Oriane

Für meine Enkelin Leonore

Ina Walter

Oriane

Nach einer wahren Begebenheit frei erzählt.

Roman

Bibliografische Information der Deutschen Nationalbibliothek:
Die Deutsche Nationalbibliothek verzeichnet diese Publikation in der Deutschen Nationalbibliografie; detaillierte bibliografische Daten sind im Internet über http://dnb.dnb.de abrufbar.

Satz, Umschlaggestaltung, Herstellung und Verlag:
BoD – Books on Demand

ISBN: 978-3-8482-6966-2

Lektorarbeiten: Dr. Tilmann Kleinau, Stuttgart
Umschlaggestaltung: Leonore Hockemeyer, Regensburg
EDV-Unterstützung: Markus Zinnecker, Regensburg

Teil 1

Oriane Santos war sieben Jahre alt, als sie beide Eltern durch einen Autounfall verlor.

Der beste Freund ihres Vaters, Horst Maybach, nahm das kleine Mädchen in seinem Haus auf. Seine Frau Elena und er hatten keine Kinder und bewohnten ein Haus am Pilsensee bei München. Horst Maybach arbeitete als Zahntechniker im eigenen Betrieb mit mehreren Angestellten, ebenfalls seine Frau Elena, jedoch nur halbtags. Die Herzlichkeit, mit der Elena und Horst dem elternlosen Kind begegneten, ließen den schweren Verlust leichter ertragen. Außerdem hatten Orianes Eltern oft Onkel und Tante besucht, und das Kind war von klein auf vertraut mit dem Haus und dem Grundstück am See, wo es schwimmen lernte und mit Horst im Kahn weit hinausgefahren war.

Im Herbst besuchte Oriane die Grundschule in Hechendorf am Pilsensee. Sie ging jetzt in die zweite Klasse zusammen mit dem Nachbarsohn Anton. Die Kinder kannten sich, seit sie laufen konnten und freuten sich, dass sie nun miteinander dieselbe Klasse teilten. Anton wohnte mit seiner Mutter, die sich als Zugehfrau ihr Geld verdiente gleich nebenan im Haus der Großmutter. Antons Vater verließ seine Frau, als sein Sohn im Kindergartenalter war. Da Anton keine Geschwister hatte, war Oriane eine willkommene Spielkameradin für ihn. Wenn er jedoch zum Fußball-Training ging, war ihm Oriane absolut nicht wichtig. Darüber war sie oft recht betrübt, denn weit und breit gab es keine gleichaltrigen Kinder zum Spielen. Ab und zu besuchte sie mal eine Klassenkameradin, aber da die Maybachs abseits wohnten, gestalteten sich diese Zusammenkünfte mit viel Zeitaufwand.

Doch da tröstete sie Onkel Horst. Er war für das Kind seines Freundes da, wenn es seine Zeit erlaubte. Horst kümmerte sich um Orianes Schularbeiten, übte Lesen und Mathematik, denn er merkte bald, dass hier ihre Schwachpunkte waren. Sie bekam Bücher von ihm geschenkt, in denen sie gemeinsam spannende Geschichten lasen. Wenn Oriane ihre Sache gut machte, dachte sich Horst eine Belohnung aus: Schwimmen, Kahnfahren, eine Radtour, oder, was Oriane besonders begeisterte: Segeln auf dem nahen Ammersee. Das Kind flehte dann Elena an, auch mitzufahren, denn sie liebte die Tante wie eine Mutter. Elena, die sich von Herzen Kinder gewünscht hatte, aber keine bekommen konnte, befand sich in ständigem Wettstreit mit ihrem Mann um Orianes Gunst. Sie litt darunter, dass Horst mit seinen lustigen Späßen, seinem Humor ihrem ernsten Wesen überlegen war. Da sie viele Stunden am Tag in seinem Labor arbeitete, hatte sie neben ihrer Hausarbeit wenig Zeit, die sie gern Oriane gewidmet hätte. Oriane spürte ihren Kummer und fragte Elena, ob sie ihr bei der Hausarbeit helfen könnte. Erfreut stellte die Tante mit ihr einen Plan mit Pflichten auf, die ein achtjähriges Mädchen gut durchführen konnte. Oriane erledigte nun täglich zuverlässig kleinere Aufgaben, und Elena war glücklich, dass sie das Kind auch für ihren Bereich gewinnen konnte.

Horst entging nicht, dass seine Frau zufriedener war. Als er sah, wie Oriane ihr Zimmer in Ordnung hielt und Elena willig bei Arbeiten in Küche und Zimmern zur Hand ging, scherzte er: »Da brauchen wir Oriane auf keine Haushaltungsschule zu schicken, denn das lernt sie alles bei Elena!«

Das Zusammenleben der drei wurde immer harmonischer, und Oriane überwand mehr und mehr den Verlust ihrer Eltern. Sie schloss Elena und Horst in ihr abendliches Gebet ein und dankte Gott, dass er ihr so ein glückliches Zuhause geschickt hatte.

Als Oriane zehn Jahre alt war, fuhr sie täglich mit der Bahn nach München in die Realschule. Sie nahm sich vor, ihre Schulzeit mit der mittleren Reife abzuschließen. Ihr schwebte ein sozialer Beruf vor, vielleicht eine Arbeit mit Kindern. »Außerdem will ich euch nicht so lange auf der Tasche liegen, sondern bald mein eigenes Geld verdienen«, erklärte sie Elena und Horst.

Anton fuhr am Morgen ebenfalls mit ihr. Aber er hatte nur seinen Fußball im Kopf und prahlte, dass er ein berühmter Fußballstar werden wollte. Da er jede freie Minute diesem Sport frönte, schaffte er die neue Schule nicht und wurde zurück in die Hauptschule versetzt. Als er sah, dass Oriane betrübt war, lachte er unbekümmert. »Das macht mir nichts aus. Wenn ich berühmt bin, fragt eh keiner mehr, welchen Schulabschluss ich gemacht habe.« Es schien ihm auch nichts auszumachen, dass er Oriane nun kaum mehr sah. Ihre Kinderfreundschaft war zu Ende.

Horst, der auf Anton noch nie besonders gut zu sprechen gewesen war, tröstete Oriane. »Dem brauchst du wirklich keine Träne nachzuweinen. Anton denkt nur an seinen Sport. Glaubst du, dass der jemals ein Buch in die Hand nimmt?« Ungläubig schüttelte Oriane den Kopf.

Sie bedauerte, dass sie in der neuen Schule noch keine Freundin gefunden hatte. Alle kamen aus unterschiedlichen Stadtvierteln. Da fiel es niemandem ein, sie nachmittags noch am Pilsensee zu besuchen, denn die Hausaufgaben nahmen einen breiten Raum ein und andere Verpflichtungen gab es genug.

»Du hast ja uns!«, neckte sie Horst und verzog sein Gesicht zu einem breiten Grinsen. Er wollte es sich selbst nicht eingestehen, wie sehr er dieses Kind in sein Herz geschlossen hatte. Vom ersten Tage an, seit er die Verantwortung für Oriane übernahm, betrachtete er sie als etwas Kostbares, als einen Besitz, den er um keinen Preis der Welt wieder hergeben wollte. Er war sich kaum bewusst, wie sehr er darum warb, für sie der Beste, der Alleinige zu sein, der alles für sie zu geben bereit war.

Bei einer Weihnachtsfeier, die Horst für seine Angestellten gemeinsam mit Elena ausrichtete, war auch Oriane dabei. Alle bewunderten das hübsche Mädchen, machten ihr Komplimente und lobten Elena und ihren Mann, wie gut sich das nun bald zwölfjährige Mädchen zu benehmen wusste. Die Sekretärin, die Oriane aufmerksam beim Tischabräumen beobachtete, wandte sich anerkennend an Horst: »Ich kann mir schon vorstellen, wie sie als junge Dame aussehen wird. Bestimmt ist sie eine Bereicherung für ihre Frau und Sie, Herr Maybach!« Versonnen stimmte ihr Horst bei.

Etwas später sah Horst Oriane allein vor einer Vitrine stehen. Interessiert betrachtete sie die Gebissabdrücke von Kindern. Sie war voller Mitleid: »Wie können Kinder nur so schlimme Zähne haben! Müssen sie alle eine Spange tragen?« Horst nickte. »Ja, leider. Ich bin immer wieder entsetzt über solche Missbildungen. Aber wir können sehr vielen Kindern helfen.« Oriane lachte Horst bewundernd zu. »Du bist ein Künstler!« Horst ließ sie in einen Spiegel schauen und ihre Zähne zeigen.

»Du hast Perlen in deinem Mund. Eine so schön wie die andere. Überhaupt: Die ganze Oriane ist eine Perle. Von Kopf bis Fuß! Das muss mit einem Kuss belohnt werden!« Er zog Oriane zu sich heran und küsste sie. In diesem Augenblick trat Elena herein. Verwundert sah sie ihren Mann an. Doch Horst rief ihr unbekümmert zu: »Jetzt muss Oriane von dir auch noch einen Kuss bekommen, als Belohnung für ihre vorbildlichen Zähne.«

Oriane, seit Jahren von diesem Ehepaar mit Herzlichkeit verwöhnt, gab dieselbe beiden voller Zärtlichkeit zurück. Sie legte ihre Arme zuerst auf Elenas dann auf Horst 's Schultern und küsste beide auf den Mund. »Jetzt bekommt ihr beide einen Kuss von mir, weil ihr so lieb zu mir seid!«

Orianes Geburtstag war mitten im Sommer. Ihr Wunsch war eine Segelpartie auf dem Ammersee. Elena und Horst waren einverstanden. Doch leider rief schon am Vormittag Elenas Mutter aus München an. Sie müsse nach einer Untersuchung mit Besorgnis erregendem Befund ins Krankenhaus. Sie bat Elena, ihr zu helfen. Elena bedauerte sehr, dass sie Orianes Geburtstag nicht mehr mitfeiern konnte und die beiden alleine fahren sollten.

Und weil es so manches Mal passiert, dass zu einer Pechsträhne noch eine zweite auftaucht, so war auch das Segelboot nicht mehr zur Stelle. Horst teilte sich seit Jahren mit einem Sportsfreund aus dem Segelklub dieses Boot. Und gerade heute wurde es dringend anderweitig gebraucht. Horst sah Orianes Enttäuschung.

»Wir nehmen ein Pedalo! Das ist besser als gar kein Boot«, entschied er. Sie nahmen Proviant und warme Kleidung mit auf das Tretboot, und schon bald bewegten Oriane und ihr sportlicher Onkel kräftig die Pedale. Der See war ziemlich unruhig. Es waren viele Segelboote unterwegs, denn der Ammersee war das auserkorene Paradies unzähliger Segelfreunde.

Während Horst das Boot gewandt durch das Wasser steuerte, strampelte Oriane fröhlich darauf los. »Fahren wir heute mal ganz weit hinaus? Bis nach Dießen? Siehst du den Dampfer in der Ferne?«

Horst schüttelte den Kopf. »Schau dir den Himmel an! Ich fürchte, da kommt bald ein Gewitter!« Er schlug vor, sich nicht zu weit vom Ufer zu entfernen. Horst erzählte Oriane, wie er vor Jahren mit einem Freund beim Segeln von einem Gewitter und schweren Sturmböen überrascht worden war und sie kenterten.

»Der See ist für seine Tücken bei Sturm bekannt. Ich möchte das nicht noch einmal erleben.«

Jetzt sah auch Oriane, wie sich der Himmel veränderte. Die Sonne verschwand hinter Wolkenschleiern, die sich aber auffallend schnell zu dunkler werdendem Wolkengeflecht zusammenballten. Der erste Windstoß zauste Orianes Sonnenhut von ihrem Kopf. Horst versuchte ihn mit einem Stock aus dem aufgewühlten Wasser zu fischen. Doch der zweite Windstoß wirbelte ihn hoch und riss ihn mit sich fort. Es dauerte nicht lange, da zuckte ein Blitz grell über den Himmel. In Sekundenschnelle folgte ein ohrenbetäubender Schlag. Es wurde dunkel.

Die Wellen schichteten sich zu kleinen Gebirgen auf, leckten über den Rand ihres Bootes und spritzten höher und höher zu ihnen hinauf. Horst, durch seine täglichen Liegestütze gestählt, spannte die Muskeln seiner Arme und Beine an, um das widerspenstige Boot dem Ufer entgegen zu steuern. Oriane hatte Angst. »Und wenn wir kentern?«, schrie sie gegen den Wind, der zum Sturm anschwoll, übertönt vom Toben des Donners. »Jedes Boot kann kentern«, rief Horst zurück. »Aber unser Pedalo ist sehr schwer. Halte dich fest! Stemme dich gegen den Wind!«

Am Himmel hatte sich ein Inferno entfacht. Blitze entzündeten ihn, stürzten als lodernde Glut zu allen Seiten in den See. Dann aber prasselte Regen auf unsere Tretbootfahrer nieder. Hatte der Sturm ihnen schon Proviant und Rucksack in die Fluten hinaus geschwemmt, so wurden sie nun trotz ihrer Anoraks durchnässt bis auf die Haut.

Horst sah, in welch gefahrvoller Lage sie waren. Der Regen peitschte ihr Gesicht und verwehrte die Sicht auf das nahe Ufer. Oriane war kaum mehr in der Lage, in die Pedale zu treten. Sie krallte sich mit beiden Händen an Horst fest. Bei jedem Donnerschlag barg sie ihren Kopf an seiner Seite.

Endlich näherten sie sich dem Ufer. Das Klubhaus war in Sicht. Es war hell erleuchtet, obwohl es noch Nachmittag war. Erregt liefen Menschen umher. Horst spürte, wie ihn unbändige Kräfte durchpulsten.

Nach bangen Minuten gelang es ihm, sein Pedalo dem Sturm zu entreißen. Mit Hilfe einiger brutaler Sturmstöße stieß Horst das Boot an Land. Erleichtert atmete er auf, als er Oriane ans Ufer half. Sie klammerte sich an ihn, um nicht umgerissen zu werden. Er merkte, wie sie vor Kälte und Nässe zitterte.

»Lass uns ins Klubhaus gehen und nach trockenen Sachen fragen. Was wir mitgenommen haben, ist alles weg.« Schützend legte er seine Arme um sie. Da stand auch schon ein Segler aus dem Klub vor ihnen und sicherte ihr Boot. Von ihm erfuhren sie, dass mehrere Segelboote gekentert waren und eines noch vermisst wurde.

Horst und Oriane bekamen im Klubhaus heißen Tee. Als das Telefon läutete, war Elena am Apparat. Sie war in großer Sorge, denn auch in München war ein heftiges Unwetter niedergegangen. Erleichtert hörte sie nun, dass sie beide Glück gehabt hatten. Elena erklärte ihrem Mann, dass sie ihre Mutter ins Krankenhaus bringen müsse und erst am nächsten Tag nach Hause kommen könne.

Mit geliehenen Trainingsanzügen machten sie sich auf den Weg zum Parkplatz. Gewitter und Regen waren vorüber, aber es stürmte noch gewaltig.

Zu Hause angekommen, empfahl Horst Oriane, heiß zu duschen. Er bereitete inzwischen das Abendessen. Ihm fiel auf, wie blass und einsilbig das Kind war. Obwohl es noch am frühen Abend war, wollte Oriane zu Bett gehen. Verständnisvoll nickte Horst ihr zu. »Leg dich ruhig hin. Nach dem Bad sehe ich nach dir und bring dir noch einen Tee.«

Als Horst später an Orianes Tür klopfte, setzte sie sich im Bett auf, als er hereintrat. »Ich kann nicht schlafen. Das war so ein schreckliches Unwetter. Wenn du unser Boot nicht so gut gesteuert hättest, wären wir bestimmt ertrunken.« Oriane nahm seine Hand und hielt sie fest. »Kannst du noch ein bisschen bei mir bleiben? Ich fürchte mich so.« Horst spürte, wie erregt sie war. Er setzte sich auf den Bettrand. »Ich bleibe bei dir, bis du eingeschlafen bist. Versuche jetzt nicht an das Gewitter zu denken. Wir haben allen Grund, unserem Gott zu danken, dass er uns beschützt hat.« Horst erzählte Oriane eine fröhliche Geschichte, wie er das noch oft vor kurzer Zeit am Abend getan hatte. Ihre sanften Atemzüge leiteten bald den Schlaf ein. Leise schloss er hinter sich die Tür.

Nachts erwachte Horst von einem durchdringenden Schrei. Er kam aus Orianes Zimmer. Hastig zog er seinen Bademantel an und eilte zu ihr.

Zitternd am ganzen Körper saß sie im Bett. Bebend stieß sie hervor: »Unser Tretboot ist umgekippt. Die hohen Wellen haben uns fortgerissen. Es war so furchtbar!«

Horst setzte sich neben sie und versuchte sie zu beruhigen. Er trocknete mit einem Taschentuch ihren Tränenstrom, strich über ihr feuchtes Haar. Sacht glitten seine Hände über ihren Rücken, ihre Arme. Er bettete sie zurück in die Kissen und flüsterte dabei alle Kosenamen, die Elena und er ihr als kleines Mädchen gaben. Das schien Oriane zu beruhigen und ihren Alptraum zu besänftigen. Unter Tränen lächelnd rückte sie zur Seite und wies Horst einen Platz neben sich. »Bitte, bleib hier bei mir. Dann träume ich bestimmt nicht mehr so schreckliche Sachen.«

Zögernd willigte Horst ein. Er hielt ihre kleine, feste Hand in der seinen und lag dicht neben ihr.

Oriane schlief schnell ein. Er löschte das Licht und starrte ins Dunkel.

Dieses unbekümmerte Kind, das täglich mehr zu einem jungfräulichen, begehrenswerten Wesen aufblühte, konnte nicht ahnen, welch ein Sturm der Gefühle sich in ihm aufbäumte. Orianes Vertrauen zu ihm war bisher unerschütterlich. Wie sollte er sich verhalten, wie seine tiefe Liebe zu diesem Kind verbergen? Er wusste keine Antwort, obwohl er seinen Kopf mit Gedanken marterte. Erst tief in der Nacht fand er Schlaf.

Horst erwachte, weil ihn etwas unwiderstehlich an der Nase kitzelte. Als er die Augen öffnete, beugte sich Oriane lachend über ihn und strich ein Blumenblatt über seine Lippen und Nase. »Gott sei Dank ist heute Sonntag. Du hättest nämlich sonst turmhoch verschlafen!«

Horst bemühte sich, möglichst unbefangen zu erscheinen.

»Wie hast du das nur angestellt, dass ich hier in deinem Bett aufwache?« Mit spitzbübischem Lachen ergriff Oriane das nächste Kissen und schleuderte es ihm entgegen. »Du hast einen Angsthasen trösten müssen!« Horst fing es prustend auf. »Na, dann mal los. Unsere letzte Kissenschlacht ist schon eine Weile her.«

Es flogen die Fetzen. Oriane jauchzte freudig auf. Plötzlich verlor sie das Gleichgewicht und lag auf ihm. Er hielt sie fest, drückte sie an sich, dass ihr der Atem verging. Beide sahen sich an, erstaunt, fragend – einige Herzschläge lang. Sanft schob Horst das Mädchen zur Seite und versuchte zu scherzen: »Ich kann es sogar ohne meine Brille feststellen: Unser Ausflug gestern hat dir überhaupt nicht geschadet.«

Mit einem Ruck stand er auf. »Wir können im Garten frühstücken. Mal sehen, wer der erste beim Tischdecken ist.«

»Ich natürlich!« rief Oriane fröhlich.

Elena kam erschöpft aus München zurück. Sie erklärte, dass sie jetzt öfter ihre Mutter besuchen müsse und besprach sich mit ihrem Mann, wie sie sich am besten ihre Zeit einteilen könnte.

Oriane beruhigte Elena: »Ich kann nach der Schule im Haushalt etwas tun und auch für abends kochen. Du hast mir schon so viel beigebracht.«

Elena dankte ihr erleichtert: »Das ist ja nur vorübergehend.«

Aber es war nicht vorübergehend, denn Elenas Mutter erholte sich nach schwerer Operation nur langsam wieder. Als sie dann bei sich in der Wohnung sein konnte, half ihr Elena, so weit es ihr möglich war. Horst wollte jedoch auf ihre Arbeitskraft im Labor nicht verzichten. Er bestand darauf, dass sie die Vormittage für seinen Betrieb freihielt. Es gab jetzt manches Mal Spannungen zwischen dem Ehepaar, worüber Oriane betrübt war. Sie stellte sich dann als ausgleichender Pol zwischen die beiden und versuchte, die Wogen zu glätten. Sehr oft gelang ihr das auch.

Oriane bemerkte immer öfter, wie Horst sie heimlich beobachtete. Wenn sie seinem Blick begegnete, spürte sie einen Strahl inniger Zuneigung, der sich mehr und mehr verdichtete. Sie ertappte sich dabei, dass sie sehnsüchtig darauf wartete, von der Wärme dieser Augen umfangen zu werden.

Wenige Wochen vor Orianes dreizehntem Geburtstag, feierte Horst mit zahlreichen Gästen seinen Vierzigsten in einem Terrassen-Restaurant am Ammersee.

Elena war mit Oriane extra in München gewesen, um für sie beide zu diesem Anlass ein hübsches Kleid auszusuchen. Als sie das Richtige gefunden hatten und sich zufrieden vor dem Spiegel drehten, staunte Elena. »Du siehst hübsch aus, Orrilein! Und könntest schon sechzehn sein.«

Als Horst sie in dem neuen Kleid sah, umfingen seine Augen sie mit der Wärme, die sie so liebte. Doch scherzhaft meinte er nur: »Da muss ja mal ein Prinz kommen, der zu dir passen wird!«

Bei der Geburtstagsfeier zog eine Verwandte Elena voller Neugier beiseite. »Eure Nichte hat sich ja herausgemacht. Respekt! Bist du da nicht eifersüchtig? Sei mir nicht böse, aber … dein Mann sieht blendend aus. Junge Mädchen fliegen doch bestimmt auf ihn!«

Elena dachte lange über diese Worte nach. Sie entfachten berechtigten Aufruhr in ihrem Innern. Bei einer passenden Gelegenheit wollte sie ihrem Mann von dieser Bemerkung berichten.

Einen Tag nach der Feier fuhr Elena wieder zu ihrer Mutter nach München. Oriane deckte abends den Tisch und bereitete das Abendessen.

Horst war vor kurzer Zeit von der Arbeit gekommen. Er saß auf dem Sofa und besah sich ein Foto von Oriane, das sie ihm zum Geburtstag schenkte. Den Rahmen hatte sie aus Porzellanpulver gegossen und mit Bronzefarbe sehr hübsch bemalt.

»Das Bild freut mich sehr. Ich kann dich immer anschauen, auch wenn du nicht bei mir bist.« Irgendeine Schwingung in seiner Stimme ließ Oriane aufhorchen. Sie trat zu ihm, denn er wünschte sich, dass sie auf die Rückseite des Bildes noch das Datum des gestrigen Tages eintrug.

Plötzlich zog er sie sanft auf seinen Schoß. Sein Gesicht war ganz nah. »Weißt du, dass du der liebste Mensch für mich bist?«

Oriane fühlte seine Arme, die sie fest umschlungen hielten. Überrascht entfuhr es ihr: »Aber du liebst doch Elena bestimmt mehr als mich.« Sein Kopf lehnte an dem ihren. »Natürlich liebe ich sie auch, aber du bist alles für mich. Ich könnte mein Leben für dich hingeben. Und es gibt nichts, aber auch gar nichts, was daran etwas ändern würde.«

Oriane drehte sich erschüttert zu ihm.

»Aber ich habe dich doch auch sehr lieb, dich und Elena, – besonders dich. Ich würde auch alles für euch, für dich tun.« Sie konnte nicht weiter sprechen, denn seine Lippen lagen auf den ihren. »Mein Liebling«, flüsterte er unter Küssen. Immer und immer wieder: »Mein Liebling! Meine kleine, geliebte Onuschka!« Onuschka war der Kosename, den er ihr schon als kleines Mädchen gegeben hatte und der von Oriane immer sehnsüchtig erwartet wurde. Lag doch in diesem Namen, von Horst mit besonderer Innigkeit ausgesprochen, die tiefe Empfindung zu ihr verborgen.

Horst näherte sich diesem geliebten, ihm anvertrauten Wesen mit einer Behutsamkeit und einer Rücksichtnahme, die Oriane für ihr ganzes Leben unvergessen bleiben würde. Er behandelte sie wie einen kostbaren Schatz. Langsam, ohne sie zu erschrecken oder gar ihr wehzutun, wollte er ihr die Liebe nahe bringen. Zunächst streichelte und küsste er sie nur, und Oriane dankte ihm seine Zärtlichkeit mit der ganzen Hingabe ihrer erwachenden Weiblichkeit.

Eines aber bedrückte sie sehr: Wie sollte sie sich gegenüber Elena verhalten?

Horst hatte Oriane gebeten, über ihre gegenseitige Liebe mit niemandem zu sprechen. »Das ist unser alleiniges Geheimnis. Kannst du mir das versprechen?« Oriane sah ihm fest in die Augen. »Wenn du das willst, werde ich es tun. Aber wohl ist mir nicht dabei – wegen Elena.«

»Wenn der richtige Zeitpunkt gekommen ist, werde ich selbst mit ihr reden. Ein Versprechen ist wie ein Gelübde. Denke bitte immer daran.«

Da Elena noch oft nach München fuhr, sah Oriane ihre Tante wenig. Beruf und Pflege der Mutter zehrten an ihr. Sie war oft zerstreut, und Oriane hatte das Gefühl, dass sie sich für die Familie nicht so wie früher interessierte. Elena fiel auf, dass Horst nicht mehr vor dem Einschlafen zu ihr kam. Da jeder sein eigenes Zimmer hatte, setzte er sich oft noch zu ihr ans Bett, um mit ihr zu sprechen, oder ihr nur liebevoll Gute Nacht zu wünschen.

Elena dachte an die Worte der Verwandten auf der Feier, aber es war noch keine Gelegenheit gewesen, mit ihm zu sprechen. Solch heiklen Gesprächen fühlte sie sich augenblicklich nicht gewachsen.

Horst riet seiner Schwiegermutter dringend zu einem Wohnstift, doch das lehnte sie ab.

Oriane war nun vierzehn Jahre alt, voll entwickelt, aber noch mit dem letzten, leisen Hauch kindlicher Unschuld versehen, der Horst immer aufs neue begeisterte. In einer leidenschaftlichen Nacht wurde sie seine Geliebte. Sie gehörte ihm nun ganz. Nur mit ihrem vollen Einverständnis hatte er diesen Schritt gewagt, denn nach wie vor tat er nichts, dem nicht auch ihr Wille voll zustimmte.

Eines Tages fiel Oriane in der Bücherei ein Buch über das Thema »Sexuelle Handlungen mit Minderjährigen« in die Hände. In der Schule war dieses Thema schon behandelt worden, aber sie nahm das Sachbuch mit und las es aufmerksam durch. Erstaunt über ihr trotz des heiklen Themas bisher geringes Interesse, dachte sie plötzlich an ihre eigene Situation. Ihre beiderseitige Liebe und Vertrauen würden sie nicht davor schützen, straffällig zu werden. Sie gab Horst das Versprechen, niemanden in ihr Geheimnis einzuweihen. Er wusste, wie wichtig ihr Versprechen für ihn war. Und wie sehr würde sie sich gerade jetzt einem Menschen anvertrauen wollen und seinen Rat hören. Aber sie würde Horst niemals verraten können. Nein, niemals!

Als sie allein mit ihm war, spürte er sofort, dass sie bedrückt war. Oriane zeigte ihm das Buch. Horst zuckte zusammen, fasste sich aber. »Ich weiß, dass ich im Unrecht bin. Deshalb habe ich auch so lange gewartet, bis wir ganz zusammengehören. Als du zwölf Jahre alt warst, konnte ich es kaum erwarten, dich in meine Arme zu nehmen. Jetzt bist du vierzehn und immer noch zu jung. Du hast mir dein Versprechen gegeben, Onuschka, über unsere Liebe vor anderen zu schweigen. Aber du sollst selbst entscheiden, wie es mit uns weitergehen wird. In zwei Jahren bist du mit der Schule fertig. Du wirst anschließend eine Berufsausbildung in München machen und vielleicht auch dort wohnen. Du weißt, dass du von mir unterstützt werden wirst, bis du für dich selbst sorgen kannst. Aber …«

Oriane spürte, wie schwer ihm die nächsten Worte fielen. »Aber für dich und mich jetzt den richtigen Weg zu finden ist mir noch nicht möglich, weil ich auch an Elena denken muss!«

Spontan legte Oriane ihre Arme um seinen Hals. »Bitte nicht weiter sprechen! Ich wollte doch nicht, dass du jetzt schon ein fertiges Zukunftsbild vor mir ausrollst. Du weißt, wie lieb ich dich habe. Und ich weiß, was du alles für mich tust. Nie möchte ich dir wehtun, nein – niemals!«

Horst sah sie lange forschend an. Dann drohte er ihr ernst mit dem Finger: »Das würde ich lieber nicht versprechen! Du hast noch das ganze Leben vor dir. Und wir wissen alle nicht, was es mit uns vorhat.«

Elena lernte im Krankenhaus eine ältere, rüstige Dame kennen. Sie war Altenpflegerin und wohnte in der Nachbarschaft. Frau Beger, die sich auch mit Elenas Mutter gut verstand, war gerne bereit, für die alte Dame zu sorgen und Elena zu entlasten. Das war eine große Hilfe.

Horst organisierte außerdem eine Zugehfrau für das Haus, sodass seine Frau nur noch leichtere Arbeiten zu verrichten brauchte. Nach wie vor arbeitete sie in Horsts Betrieb. Trotzdem verordnete ihr der Arzt dringend eine Kur, da ihr immer öfter Erschöpfungsanfälle zu schaffen machten.

Als Horst seine Frau zum Kurort brachte, nahm sie sich vor, ihn zu fragen, wie er mit Oriane zurecht kam. Aber es ergab sich keine Gelegenheit für solch ein Gespräch.

Heimgekehrt, beschloss Horst, Oriane von der Schule abzuholen und mit ihr essen zu gehen. Freudig lief sie nach Schulschluss auf sein Auto zu und stieg bei ihm ein. Kaum saß sie auf ihrem Platz, rief eine Schulkameradin ihren Namen und überreichte Oriane einen bunten Beutel.

»Hier, dein Turnbeutel! Du hast ihn vergessen.« Voller Neugier streckte das Mädchen den Kopf zum Fenster herein und sah auf Horst. Oriane nickte ihr zu und bedankte sich. Horst schenkte dem Mädchen ein freundliches Lächeln und fuhr los. »Das war Ilona. Die Oberratsche in unserer Klasse«, seufzte Oriane. »Die geht nach der Schule immer mit den andern in die Eisdiele und alle haben einen Freund.«

Horst nahm ihre Hand. »Du kannst doch auch mitgehen. Wir haben jetzt eine Hilfe im Haus und du bist freier. Und für einen wirklichen Freund hast du noch etwas Zeit. Für den Übergang sitzt einer neben dir am Steuer.«

Oriane küsste ihn. »Jemanden wie dich finde ich sowieso nicht. Das weiß ich!«

Am nächsten Morgen kam Ilona auf Oriane zu. »War das dein Lover, zu dem du ins Auto gestiegen bist?« Oriane wurde rot bis zu den Haarwurzeln. »Das ist mein Onkel, der mich mit seiner Frau als Kind bei sich aufgenommen hat. Ich habe doch keine Eltern mehr!«

Ilona war nicht überzeugt. »Dein Onkel? Das glaubt dir aber keiner. Gut aussehen tut er ja, aber zu alt für dich ist er. Der ist doch bestimmt schon dreißig!« Oriane sagte schnippisch: »Glaub doch, was du willst!«

Als sie Horst von der Bemerkung des Mädchens erzählte, wurde er hellhörig. War er doch am Vormittag in einem Lebensmittelgeschäft, wo er seit Jahren Kunde war, von der Chefin angesprochen worden:

»Gestern hab ich die Oriane gesehen! Is des a saubers Madl wordn. Da hat ja ihr Frau a scheene Konkurrenz. Und der Herr Maybach weiß net, wem von die zwei Damen er scheenere Augn machen soll!«

Horst überlegte mit Oriane, wie er Elena am besten die Wahrheit über ihre Liebesbeziehung nahe bringen könnte.

Oriane war skeptisch. »Ich merke schon lange, wie bedrückt du deswegen bist. Mir geht es ja auch so. Elena wird sehr sauer sein. Ich habe schreckliche Angst, dass dann alles mit uns aus ist!«

An einem Sonntag besuchte er mit Oriane das Kurheim, in dem Elena wohnte.

Sie kam ihnen im Park entgegen, mit einem leisen Lächeln im gebräunten Gesicht. Sofort, als sie ihren Mann mit Oriane sah, spürte sie, dass beide ein Paar waren. Heimlich ahnte sie es schon lange, hatte diese Wahrheit jedoch verdrängt.

Horst lobte ihr gutes Aussehen und fragte, ob ihre Kreislaufprobleme besser geworden seien.

Elenas Bericht war positiv und Oriane rief erfreut: » Du scheinst hier in guten Händen zu sein.«

Elena bejahte, und dann meinte sie ganz unvermittelt: »Ich habe das Gefühl, dass ihr beide etwas auf dem Herzen habt. Sagt es mir!«

Horst konnte seine Überraschung kaum verbergen. »Ja, ich habe mir vorgenommen, dir etwas zu sagen!« Er bat Oriane, sie beide alleine zu lassen. Da sagte Elena bestimmt: »Oriane soll ruhig hier bleiben, denn sie ist genauso beteiligt wie du, Horst.«

Elena stellte sich vor die beiden und sah sie lange ruhig an. »Wer euch beide zusammen sieht, spürt sofort, dass ihr ineinander verliebt seid.« Sie setzte sich auf eine Bank. Ebenso ruhig wandte sie sich an ihren Mann: »Wie lange geht das schon mit euch? Oriane ist erst vierzehn. Und du, Horst, bist sechsundzwanzig Jahre älter, könntest ihr Vater sein.«

Horst war so erstaunt über das völlig unerwartete Verhalten seiner Frau, dass er zunächst stockend, dann aber kurz und präzise erklärte, wie er Oriane schon als kleines Mädchen in sein Herz geschlossen und sich mit aller Macht gegen diese Liebe gewehrt hatte, bis sie sich dann seit etwa einem halben Jahr ganz gehörten.

Elena fragte Oriane, ob sie denn freiwillig auf seine Wünsche eingegangen sei, denn sie sei ja noch ein Kind gewesen.

Oriane sah mit strahlendem Blick zu Horst auf.

»Ja, Elena, ich liebe ihn über alles, denn er ist unendlich lieb zu mir. Das einzige, was Horst und mir großen Kummer macht ist, dass wir dir wehtun müssen.« Oriane kniete vor Elena nieder, umfing sie mit beiden Armen und legte ihren Kopf in ihren Schoß. Sie weinte.

Alle drei schwiegen ergriffen. »Steh auf, Orrilein«, flüsterte Elena. »Wir werden eine Lösung finden müssen.«

In den kommenden Tagen gab es abends lange Telefonate zwischen Horst und Elena. Oriane war schon zu Bett gegangen. Bis in ihre Träume hinein verfolgten sie Ahnungen, was wohl über ihr weiteres Schicksal beschlossen würde. Es fiel Horst unendlich schwer, den Entschluss, zu dem er sich mit Elena durchgerungen hatte, seinem Liebling verständlich zu machen.

»Elena hat vorgeschlagen, dass du eine Weile zu ihrer Mutter nach München ziehst. Du hast dort ein eigenes Zimmer, gehst weiter in deine Schule. Nachmittags kannst du für die Schule arbeiten, dich auch etwas um die Oma kümmern, oder dich mit Schulkameradinnen treffen. Morgens kommt Frau Beger, die für die Oma, den Haushalt und die Küche zuständig ist. Abends schaut sie noch mal vorbei und versorgt die Oma zur Nacht. Was meinst …« Oriane ließ ihn nicht ausreden. Sie riss sich von Horst los. Mit flammendem Blick schleuderte sie ihre langen, dunklen Haare zurück. »Nie und nimmer mache ich das! Du willst mich los sein! Das hat Elena bestimmt! Sie will mich hier nicht mehr haben. Und jetzt soll ich die kranke Oma hüten. Ich mag diese alte Frau nicht. Ich kann sie nicht ausstehen!« Oriane stampfte heftig mit dem Fuß auf, drehte sich um und rannte zur Tür. Horst holte sie ein und drehte sie energisch zu sich. Er hielt ihre geballten Fäuste fest. Nie hatte er sie so zornig gesehen.

Es kostete ihn all seine Beherrschung, sie nicht in seine Arme zu nehmen und ihr heißes Gesicht nicht mit leidenschaftlichen Küssen zu bedecken. Doch er zwang sich zur Konsequenz. »In solch einem Ton reden wir nicht miteinander. Im Zorn sind noch nie gute Entschlüsse gefasst worden. Es hat dir doch selbst imponiert, wie vorbildlich sich Elena neulich verhalten hat. Andere schreien und schimpfen in solch einer schwierigen Situation, schmieden Rachepläne oder noch Schlimmeres. Sie aber behielt absolute Ruhe.« Horst erklärte Oriane, dass Elena, wenn sie von der Kur zurückkomme, nicht mehr mit ihnen beiden hier wohnen könne. Deshalb hätte sie die Münchner Wohnung, die der Oma gehörte, vorgeschlagen.

Aber Oriane verharrte in Trotz. »Und du bist mit allem einverstanden. Verlangt Elena auch, dass wir uns nicht mehr sehen?«

Horst wurde sehr ernst. »Nein, das verlangt sie nicht. Kein Wort des Vorwurfes entkam ihr. Aber Elena ist meine Frau. Dieses Haus gehört jedem von uns zu gleichen Teilen. Sie arbeitet seit vielen Jahren in meinem Betrieb. Sie ist meine beste Kraft, von allen sehr geschätzt. Aber das weißt du selbst. Unser Liebesverhältnis könnte für sie ein Scheidungsgrund sein. Das Recht wäre in diesem Fall absolut auf ihrer Seite, besonders, weil du noch minderjährig bist.«

Oriane setzte sich in einen Sessel und stützte den Kopf in beide Hände. »Trotzdem! Es ist alles aus. Ich weiß es!«

Horst setzte sich ihr gegenüber und nahm ihre beiden Hände in die seinen. »Du bist nach wie vor das Liebste, was ich habe. Es ist jetzt eine veränderte Situation, weil Elena um uns beide weiß. Aber du und ich wollten ja mit dieser Heimlichtuerei aufhören, und werden einen Weg finden, der für uns und Elena vertretbar ist. Einverstanden?« Mit Tränen in den Augen sah sie zu ihm auf. »Ich will darüber nachdenken. Aber … kommst du nachher noch ein bisschen zu mir? Lass uns noch ein wenig still beisammen sitzen. Das ist sonst alles zu grausam!«

Horst lächelte ihr verständnisvoll zu.

Es war für Horst noch ein hartes Stück Schwerarbeit zu leisten, bis er Oriane davon überzeugt hatte, dass eine räumliche Trennung notwendig war. Konnte er selbst es sich doch kaum vorstellen, wie er hier nur mit Elena, ohne dieses geliebte Kind, sein Leben weiterführen sollte. Aber sein Verantwortungsbewusstsein mahnte ihn, dass er die starke Bindung an Oriane lockern müsse. Es könnte sonst sein, dass sie jegliches Realitätsbewusstsein für eine Bindung an einen zukünftigen Partner verlor.

Elena würde in acht Tagen ihre Kur beenden. Sie bat ihren Mann, bis zu diesem Zeitpunkt Orianes Umzug nach München zu ermöglichen. Elena wollte dann, gemeinsam mit Horst, Oriane zu ihrer Mutter bringen.

Da Oriane einige Tage Schulferien hatte, brach über Horst die unwiderstehliche Versuchung herein, sich ebenfalls frei zu machen und mit ihr, wahrscheinlich zum letzten Mal, diese Zeit gemeinsam zu verbringen.

Horst fuhr mit ihr an den Gardasee. Trotz der warnenden Stimme in seinem Innern beschloss er, mit Oriane diese Tage zu genießen und auszukosten, als wären es die letzten ihres Lebens. Oriane hatte ihm versprechen müssen, dass sie bei ihrer Rückkehr zur Durchführung ihres Entschlusses ohne Zögern bereit war.

Sie war auf dieser Reise so überglücklich, dass Horst jeden Tag von ihrer leidenschaftlichen Anhänglichkeit und Liebe überwältigt wurde. Es war, als kämen alle Liebe und Fürsorglichkeit, die er ihr bisher gegeben hatte, voll und ganz auf ihn zurück.

Horst zeigte ihr die Sehenswürdigkeiten dieses malerischen Sees. Sie stiegen auf den Monte Baldo bei Malcesine, übernachteten mit anderen Bergsteigern auf einer Hütte und erlebten Sonnenuntergang und -aufgang. Arm in Arm standen beide in der Morgenfrühe auf dem Gipfel des Monte Baldo. Eingehüllt vom Glanz der Morgenröte, nahm Horst Orianes Hand und drückte sie an sein Herz. Beide sahen sich an. Freudig rief Oriane: »Dein Gesicht ist ganz durchglüht von der Morgenröte!« »Deines auch, Onuschka! Du bist wunderschön!«

Und dann überflutete das Sonnenlicht dieses herrliche Fleckchen Erde, welches sie sich erobert hatten. Bewegt standen beide in staunendes Schauen versunken. »An diese Stunde werden wir beide noch so manches Mal denken, meine Onuschka. Ich wünsche mir für dich, dass das Sonnenlicht dir Kraft und innere Stärke gibt. Und wenn du mal traurig oder in Not bist, dann hoffe ich für dich, dass deine Erinnerung an diese Minuten dich stärkt und tröstet!« Orianes Kopf lehnte an seiner Schulter. »Wenn du bei mir bist, würde mir das bestimmt gelingen. Aber ohne dich … wohl kaum!« »Ich kann aber nicht immer bei dir sein. Versuche es trotzdem. Ich werde dir immer gute Gedanken schicken!«

In Gardone besichtigten sie einen wundervollen Park.

Der Dichter Gabriele D'Annunzio bewohnte dort einst eine Villa und ließ nah am See ein Schiff bauen, dessen Bug ins Wasser hineinragte. Horst betrat mit Oriane dieses Schiff. Der Ausblick über den See war von diesem Platz aus überwältigend. Horst erzählte Oriane von der leidenschaftlichen Beziehung des Dichters zu der berühmten Schauspielerin Eleonora Duse. Sie spielte Rollen aus den Dramen, die er schrieb. Außer seiner Villa entdeckten sie in dem romantischen Garten D'Annunzios Grabstätte, ein aus weißem Marmor erbautes Mausoleum. Als sie es sich näher ansahen, wandte sich Oriane verwundert an Horst: »Liegt er denn da ganz allein? Neben ihm müsste doch die Frau liegen, die er am meisten geliebt hat, zum Beispiel die Duse.« Als Horst ihr erklärte, dass die Duse schon viele Jahre vor D'Annunzio starb, und der Dichter viele Liebschaften hatte, meinte sie traurig: »Ich will einmal nur neben dem Mann liegen, den ich geliebt habe.« Sie lehnte sich vertrauensvoll an ihn und sah zu ihm auf. »Neben dir will ich liegen. Nur neben dir!«

Ergriffen wandte Horst sein Gesicht ab. Die warnende Stimme in seinem Innern wies ihn hart zurecht: »Wie stark hast du dieses Kind schon an dich gebunden! Du musst dich von ihr lösen, bevor es zu spät ist.«

In Garda belegte Horst zwei Zimmer in einem gepflegten Hotel. Oriane war enttäuscht, dass ihr Zimmer ein Stockwerk weit von ihm getrennt war. Heimlich schlich sie sich nachts die Treppe hinauf und klopfte bei Horst an. Er hatte ihr erklärt, warum sie nicht zusammen in einem Zimmer schlafen konnten. Als er ihre Tränen sah, nahm er sie in seine Arme, und erst als der Morgen dämmerte, huschte sie in ihr Reich zurück.

An ihrem letzten Tag mietete Horst ein Segelboot. Orianes Wunsch war, jene Insel zu umfahren, die ihr Lieblingsmaler, Arnold Böcklin, für ein berühmtes Gemälde ausgewählt hatte. In einer verschwiegenen Bucht legte Horst ihr Boot an, und sie liebten sich dort in dieser Einsamkeit vor ihrer Heimfahrt zum letzten Mal.

»Ich danke dir für diese wunderbare Reise«, sagte Oriane zu ihm, als sie sich aus seinen Armen löste. »Schöner könnte ich mir keine Hochzeitsreise denken.«

Elena kam zurück. Eine Dame aus dem Kurheim fuhr mit ihrem Wagen vor. Elena wirkte erholt, modisch und hübsch gekleidet. Horst äußerte sich anerkennend über ihr gesundes Aussehen. Oriane umarmte ihre Tante etwas befangen, aber dennoch mit gewohnter, kindlicher Herzlichkeit. Elena war erleichtert, dass ihr Mann Wort gehalten hatte und alles zur Fahrt nach München bereit war.

Nach kurzer Kaffeepause, die mehr von Schweigsamkeit als ermunternden Worten ausgefüllt war, brachte Horst die Koffer in sein Auto. Oriane liefen die Tränen übers Gesicht, als sie über die Schwelle trat und noch einmal zurücksah. Als sich Elena nach ihr umdrehte, rief Oriane: »Darf ich euch denn ab und zu besuchen? Hier ist meine Heimat. Ich habe doch niemanden außer euch.« Ihre Stimme erstickte in Tränen. Da legte Elena den Arm um sie: »Natürlich kannst du uns besuchen, Orrilein. Es soll doch fürs erste nur mal eine räumliche Trennung sein. Horst hat mit dir besprochen, dass das jetzt für euch besser ist. Denn ich selbst bin ja auch noch da. Denk dich bitte auch in meine Lage hinein. Du liebst ihn, aber ich liebe ihn auch. Ein Wechsel, eine andere Umgebung sind deshalb manchmal sehr heilsam. Wir werden nachdenken und uns miteinander besprechen, ja?« Oriane nickte nur. Doch während der ganzen Fahrt konnte sie ihre Tränen nicht zurückhalten.

Für Horst wurde diese Autofahrt zum Alptraum. Neben ihm saß ziemlich verunsichert Elena, und hinter ihm sein schluchzender Liebling. Seine tröstenden Worte prallten an ihr ab. Elena versuchte Oriane abzulenken, indem sie ihr erzählte, dass die Oma nach der schweren Operation viel geduldiger und netter geworden sei. Auch Frau Beger wäre eine herzliche, aufgeschlossene Frau. Außerdem wäre ihr Schulweg mit dem Bus viel kürzer als bisher. »Vielleicht gefällt es dir dort sogar gut, denn bei uns in unserer Abgeschiedenheit hast du immer nur Horst und mich. Das ist auf die Dauer doch langweilig für dich.«

Oriane hatte ihre Tränen getrocknet, als sie am Ziel waren. Gemeinsam trugen sie die Koffer zum Aufzug eines gepflegten Wohnhauses, das von einem Garten mit hohen Bäumen umgeben war. Frau Beger öffnete ihnen. Oriane wurde sehr herzlich von Elenas Mutter begrüßt, einer schmalen, weißhaarigen Dame mit einem fein geschnittenen Gesicht. Oriane staunte, denn sie hatte eine ganz andere Erinnerung an sie. Als sie dann zu dritt in Orianes gemütlich eingerichtetem Zimmer standen, drängte Horst zur Abfahrt mit Elena. Sie hatte Oriane erklärt, dass sie jede Woche kommen würde, um zu sehen, wie es der Oma und ihr ging. »Lasst es uns jetzt kurz und schmerzlos machen«, mahnte Horst, der innerlich vibrierte. Da wandte sich Oriane an Elena: »Aber Horst hat doch mit mir immer Mathe gelernt. Soll jetzt auch damit Schluss sein?« Horst wurde energisch: »Davon ist gar keine Rede. Ich habe Mittwochnachmittag frei. Da machen wir eine Zeit aus. Du hast ja hier ein Telefon!« Er gab ihr einen herzhaften Kuss und drehte sich zur Tür. Elena umarmte Oriane liebevoll und folgte Horst nach. Oriane stand wie angewurzelt mitten im Zimmer.

Teil 2

Die nächste Zeit war hart für Oriane. So freundlich die Oma und Frau Beger waren, sie litt unendlich unter der Trennung von Horst. Wenn er abends anrief, war sie freudlos und fremd. Sie klagte nicht, weil sie von Kind auf wusste, dass er das nicht leiden konnte. Er hörte auch keinen Vorwurf von ihr. Mit keinem Wort fragte sie ihn, wie es ihm ging. Ihre Gleichgültigkeit und Interesselosigkeit schmerzten ihn derart, dass er zu Elena sagte: »So geht das nicht weiter! Sie ist ja völlig verändert.«

Dieser Meinung war Elena ebenfalls nach einem Besuch in München. Oriane gab freundlich Antwort. Aber es gab weder Fragen noch irgendwelche Zeichen der Zuneigung.

Besorgt wandte sich Elena am Abend an ihren Mann: »Oriane ist so auf dich fixiert, dass sie ohne dich kaum mehr zurecht kommt. Ich fürchte, dass du in ziemliche Schwierigkeiten kommen kannst.«

Er rief Oriane an und verabredete sich mit ihr in einem nahen Café.

Am frühen Nachmittag war es dort noch still und leer. Oriane saß allein in einer geschützten Ecke, über ihr Mathematikbuch geneigt. Sie begrüßte ihn wie einen entfernten Bekannten, blass und schmal, ohne jegliche Regung im Gesicht. Horst war zutiefst erschüttert über die Veränderung dieses geliebten Wesens. Ohne Übergang schlug Oriane eine Seite ihres Mathebuches auf. Dabei sah er, dass ihre Fingernägel bis zu den Kuppen abgebissen waren. Das Nagelbett war ringsum blutig entzündet. Wie stolz war sie sonst auf ihre gepflegten Hände gewesen.

»Wir haben nächste Woche Schulaufgabe. Und hier verstehe ich etwas nicht.« Sie deutete auf eine Textaufgabe. Horst erklärte sie ihr, aber er merkte, dass sie überhaupt nicht zuhörte. Als es ans Ausrechnen ging, brachte sie alles durcheinander. Da legte er eine Hand auf die ihre. »So geht das nicht. Lass uns erst einen kleinen Spaziergang machen. Vielleicht geht es dann besser.«

Schweigend gingen sie hinaus. Ganz in der Nähe waren Parkanlagen. Es war kühl, wenig einladend, sich auf eine Bank zu setzen. Horst war erleichtert, dass wenig Menschen unterwegs waren. Da Oriane kein Wort an ihn richtete, blieb er plötzlich stehen und bat sie, ihn anzusehen. Doch sie hielt trotzig den Kopf gesenkt und schaute zu Boden.

»Wenn du dich weiter so verhältst wie jetzt, ist es besser, wir sehen uns nicht mehr.« Das waren harte Worte von ihm, aber sie bewirkten, dass Oriane zu ihm aufsah. Die Erstarrung wich langsam aus ihrem Gesicht, aus ihrer Haltung. »Wenn du das tust«, stieß sie hervor, »dann will ich nicht mehr leben. Denn dann hat nichts mehr einen Sinn für mich.«

Horst erschrak zutiefst. Es fiel ihm schwer, gefasst zu bleiben. »Du hast mal zu mir gesagt, dass du mir nie wehtun willst. Wenn du aber solche Worte wie jetzt sagst, und dein Wesen sich so verändert, dann tust du mir sehr weh. Begreifst du das?« Schuldbewusst sah sie zu ihm auf und nickte. Da nahm er ihre Hände in die seinen und beschaute ihre Finger. »Ich habe es sofort gesehen. Du hast sie früher so schön gepflegt. Aber sie geben mir ein Zeichen, wie es in deinem Innern aussieht und wie wenig einig du mit dir selbst bist. Leider liegt der große Fehler bei mir.« Heftig begehrte Oriane auf: »Wieso bei dir?«

Beide gingen jetzt den Parkweg an Münchens dominantem Fluss, der Isar, entlang. Mitte Oktober begann sich das dichte Laub der hohen Bäume langsam zu färben und das Ahnen des nahenden Winters atmete schon über der Stadt. Horst setzte Oriane auseinander, wie er viel zu spät erkannt habe, dass er in seiner Liebe zu ihr an erster Stelle an sich selbst, aber nicht an sie und ihre Zukunft dachte. Er habe sie zu stark an sich gebunden, statt sie langsam von sich zu lösen. Auch habe er zu wenig überlegt, wie er mit Elena und Oriane unter einem Dach in dieser veränderten Situation leben würde. Deshalb sei jetzt eine vorübergehende Trennung für alle Teile wichtig, denn nur in ihr komme jeder für sich zum Nachdenken. »Wie es weitergeht, wird ohnehin von höheren Mächten beschlossen, ob es uns recht ist oder nicht!«

Oriane blieb stehen und rief leidenschaftlich aus: »Dann war also unsere wunderschöne Reise das Ende unserer Liebe.«

»Sie ist eine unvergessliche Erinnerung, die uns niemand nehmen kann«, beschloss Horst das Gespräch.

Beim Abschied versprach sie ihm, nicht mehr »zickig« zu sein. Auch ihre Fingernägel sollten wieder wachsen. Bei seinem Kuss und seiner Umarmung spürte Oriane eine unsichtbare Schranke, die sich trotz seiner Herzlichkeit und Liebe als kaum wahrnehmbare Distanz zwischen sie legte.

Manchmal beschert uns im Leben das Schicksal eine Belohnung. Nämlich dann, wenn wir uns mühsam zu einem Entschluss durchgerungen haben, schwere Entscheidungen fällten oder, wie hier in dieser Erzählung, eine wichtige Trennung vollzogen worden ist. Dann kann es geschehen, dass diese Belohnung wie ein wohltuendes Licht in unser Leben fällt.

Diese Belohnung kam auf Oriane in Gestalt einer Freundin zu, einer Freundin, die sie schon seit ihrer Kindheit schmerzlich vermisste. Marietta wohnte in ihrer unmittelbaren Münchner Nachbarschaft. Sie war mit ihren Eltern und ihrem älteren Bruder neu hergezogen und ging mit Oriane in dieselbe Schule und auch in die gleiche Klasse.

Marietta war fünfzehn Jahre alt, lebenslustig und positiv. Die beiden Mädchen mochten sich sofort, setzten sich in der Klasse nebeneinander, fuhren mit dem Bus gemeinsam in die Schule und erledigten öfter zusammen die Schulaufgaben. Marietta befreundete sich auch schnell mit Elenas Mutter und mit Frau Beger. Sie schlug sogar vor, mit der alten Dame ab und zu nachmittags spazieren zu gehen, damit Frau Beger entlastet war. Abends kam Marietta manchmal zum Fernsehen herüber. Ihre Eltern hatten »die Glotze« wegen der immer fernsehsüchtigeren Kinder abgeschafft. Zum Wochenende backten die Mädchen Kuchen in Oma Lottes Küche. Stolz zeigte Oriane ihre Kochkünste, die sie bei Elena gelernt hatte. Es wurde gelacht und gelärmt, und die stille Wohnung von Elenas Mutter wurde durch das junge Leben gänzlich verwandelt. Als Elena ihre Mutter und Oriane besuchte, konnte sie diese erfreuliche Veränderung kaum fassen. Ihre Mutter war wie ausgewechselt. »Diese beiden entzückenden Mädchen sind der reinste Jungbrunnen für mich!«

Marietta gefiel auch Elena sehr. Sie lud Orianes Freundin am Wochenende zum Pilsensee ein, damit Horst sie kennen lernen sollte.

Zum ersten Mal nach ihrer Trennung von Horst betrat Oriane wieder ihr Heimathaus. Durch Mariettas Fröhlichkeit traten alle früheren Probleme in den Hintergrund. Sie gefiel auch Horst sofort. Marietta packte überall zu und freute sich kindlich, als Elena und Horst am Abend Gesellschaftsspiele mit ihnen machten. Sie schliefen beide in Orianes Zimmer, und das Ehepaar hörte noch ihr munteres Geplauder bis Mitternacht.

»Wie gut, dass Oriane nun im ganz normalen Alltagsleben zurecht kommt«, wandte sich Elena an ihren Mann. Er gab ihr recht, doch in seinem Inneren sah es anders aus. Es war schwer für ihn, zu sehen, dass dieses geliebte Kind nun auch ohne ihn sein konnte, dass er nicht mehr der Einzige und Wichtigste für sie war.

Elena spürte, wie er litt. Sie war besonders aufmerksam zu ihm und verwöhnte ihn, wo sie nur konnte. Horst ließ es wohlwollend geschehen. Die gemeinsame Sorge um Oriane, Elenas Anteilnahme und ihr vorbildliches Verhalten in den vergangenen Monaten verband das Ehepaar in einer neu entdeckten Freundschaft.

Eines Tages wollte Elena den beiden Mädchen eine Freude machen und lud sie zum Eisessen ein.

Zu dritt saßen sie in der gemütlichen Ecke einer Konditorei. Während sich Oriane und Marietta genüsslich einen Freundschaftsbecher teilten, sah Elena amüsiert ihre Gruppe in einem pompösen Spiegel, der ihnen gegenüber angebracht war. Sie selbst, sportlich elegant im violettfarbenen Herbstkostüm. Mit Vorliebe trug sie enge Röcke, da ihre wohlgeformten, schlanken und noch braungebrannten Beine darin gut zur Geltung kamen. Ihre Zehen, mit dezent lackierten Nägeln, fühlten sich noch bis in den November hinein wohl in offenen, immer besonders hübschen Schuhen. Da sie und ebenfalls Horst oft noch bis weit in den Oktober hinein im Pilsensee schwammen, waren beide ganz und gar abgehärtet.

Ihr Haar war modisch kurz geschnitten, ihre Haut glatt und noch vom Sommer leicht gebräunt. Eine attraktive Frau mit Vierzig, mitten im Leben stehend. Während die Freundinnen betont langsam ihre Köstlichkeit verzehrten, um möglichst lange genießen zu können, rührte Elena nachdenklich in ihrer Kaffeetasse. Das Dreier-Spiegelbild ließ sie nicht los. Oriane, schlank und biegsam, leger in Jeans und Pullover, das lange, dunkle Haar in ungebändigten Locken über die Schultern herabfallend. Und Marietta, als blonder, kurzhaariger Gegensatz, mit blitzend braunen Augen und lachendem Mund, stets zu Neckereien bereit. Beide Mädchen schminkten sich sanft Augen und Wimpern.

Als dann Marietta eher gehen musste, war Elena mit Oriane allein. Sofort, als habe sie auf diesen Augenblick gewartet, wandte sich Oriane an ihre Tante: »Ich glaube, ihr kommt ganz gut ohne mich zurecht?«

Elenas Antwort kam zögernd. »Weißt du, wir vermissen dich natürlich, aber die Trennung war notwendig. Ich hätte nicht gewusst, wie es sonst weitergehen soll.«

Elena sah, wie erregt Oriane plötzlich war. Als habe diese Frage schon lange in ihr gegärt, platzte sie heraus: »Ihr habt doch beide getrennte Schlafzimmer. Kann eine Ehe denn noch weiter bestehen wenn … wenn … ach, du weißt schon, was ich meine?«

Elena war äußerst erstaunt über diese sehr intime Frage, beschloss aber, ganz offen, von Frau zu Frau mit Oriane zu sprechen. Sie erzählte ihr, wie sehr sie und Horst sich ein Kind wünschten. Wie ihre ersten Ehejahre neben der Arbeit nur von diesem Wunsch ausgefüllt waren. Sie, Elena, sei völlig zermürbt gewesen, als sie dann von ihrer Unfruchtbarkeit erfuhr. Sie habe nur noch ihre Ruhe haben wollen.

»Aber Horst ist ja auch mein Chef, Oriane. Ich arbeite sehr gern für ihn, wie alle anderen in unserem Betrieb. Du weißt, wie gerecht er ist. Er sieht alles, ihm entgeht nichts. Die Ärzte, die alle die Prothesen bei ihm arbeiten lassen, schätzen ihn sehr. Ich war damals seine erste Angestellte, als er das Labor eröffnete. Wir besprechen alles Geschäftliche, aber auch Private miteinander. Es ist so wichtig, dass ein Paar miteinander reden kann. Und ... was du als junges Mädchen vielleicht noch nicht begreifen kannst: In der Ehe kann ein Paar auch miteinander verbunden sein, wenn es sich etwas seltener miteinander körperlich vereint. Als du dann zu uns kamst, war das Kinderproblem gelöst. Wir waren so glücklich über dich. Ich konnte doch nicht ahnen ...« Elena war zu erregt, um weiterzusprechen. Beide schwiegen. Schuldbewusst streckte ihr Oriane ihre Hände entgegen. »Es tut mir arg leid, dass wir dir so wehgetan haben, wo ihr so viel für mich getan habt. Aber er ist auch für mich ein Vorbild. So jemanden wie ihn finde ich niemals.« Jetzt musste Elena lächeln. »Da sagt so ein blutjunges Menschenkind: Niemals! Mit fünfzehn Jahren weißt du ja nicht, was das Leben alles für Überraschungen bereit hält. Du hast doch noch keinerlei Vergleiche.«

Als Oriane ihr erklärte, wie albern die Burschen in ihrer Klasse alle seien, meinte Elena, dass sie neulich kurz Mariettas Bruder begrüßt habe, der demnächst mit den beiden Mädchen in die Tanzstunde gehen würde. »Das scheint mir ein ernsthafter junger Mann zu sein. Er erzählte mir, dass er schon einige Semester Medizinstudium hinter sich hat. Wahrscheinlich will er Facharzt für Augen-Medizin werden, wie seine Eltern. Er ist groß, sieht gut aus. Etwas schüchtern scheint er zu sein, aber albern ist er sicher nicht. Marietta hat ihn dir doch bestimmt schon vorgestellt?«

Elena merkte sofort, dass Oriane an dem Bruder ihrer Freundin wenig interessiert war. »Schüchtern ist gar kein Ausdruck! Der ist ganz stink-, stink-langweilig!« Oriane blockte jetzt völlig ab, und Elena beschloss, das Gespräch auf sich beruhen zu lassen.

Oriane und Marietta begannen einen Tanzkurs in Standardtänzen, was beiden einen Heidenspaß machte. Marietta brachte auch ihren Bruder Robert mit, denn ihre Eltern wollten nicht, dass die Mädchen am Abend ohne männlichen Schutz nach Hause gingen. Oriane war absolut nicht begeistert, dass sie sich bei den Tanzschritten ein wenig um ihn kümmern sollte, weil er sich äußerst schwer tat. Er hatte kein Gefühl für Rhythmus und trat ihr immer wieder auf die Füße. Die anderen Mädchen stürzten sich bei Damenwahl zuerst auf ihn, weil er so gut aussah. Als aber seine Ungeschicklichkeit offensichtlich wurde, ließen sie von ihm ab. Robert verriet seiner Schwester, dass er für Oriane schwärmte, aber sie ließ ihn spüren, dass sie nichts für ihn übrig hatte. Da gab er es auf, und die beiden Mädchen mussten alleine gehen.

Auf diesen Tanzkurs folgte ein zweiter, ein dritter, eine ganze Serie. Die Tanzwut hatte die Freundinnen ergriffen. Sie übten zu Hause alle Tänze durch, inzwischen auch die Lateinamerikanischen, wo immer sich eine Gelegenheit bot. Oma Lotte und Frau Beger hatten ihren Spaß, wenn die Mädchen im großen Wohnzimmer ihre Figuren drehten. Elena und Horst erlebten an vielen Wochenenden am Pilsensee die Tanzkünste. Elena ließ sich sogar anstecken und zog ihren Mann bei schwungvoller Musik in diesen unwiderstehlichen Sog mit hinein.

Zwischendurch lernte Horst mit Oriane an den Wochenenden am Pilsensee Mathe, wobei sich auch Marietta anschloss. Stand doch im Sommer beider Abschluss der Mittleren Reife bevor.

Ganz von selbst ergab es sich, dass Oriane kaum mehr mit Horst allein war. Instinktiv fühlte sie, dass er das so wollte. Wie schwer ihm diese Distanz fiel, ahnte sie nicht. Das einst so stille, abgeschiedene Haus war nun an den Wochenenden von heiterem Leben durchströmt. Zog doch Marietta auch mehr und mehr ihren Bruder, dessen Wohl ihr sehr am Herzen lag, mit in dieses Leben hinein. Im Frühsommer segelte Horst mit den jungen Leuten. Er nahm auch Robert mit, denn er mochte den stillen jungen Mann, der sich sehr geschickt beim Sport anstellte und ihm freudig zur Hand ging. Je öfter Robert mitkam, umso schmerzlicher wurde Horst bewusst, wie sehr er einen eigenen Sohn vermisste. Ärgerlich bemerkte er, wie schnippisch Oriane zu dem netten Jungen war. Als er sie zur Rede stellte, war sie ebenso schnippisch zu ihm:

»Er ist eben einfach nicht mein Typ!« Horst bereute sofort seine Frage: »Und wie soll dein Typ sein?« Prompt kam die Antwort: »Nur so wie du!« Zuinnerst freute sich Horst, aber er überspielte diese Freude gelassen. »Kein Mensch ist wie der andere. Du willst doch keine alte Jungfer werden? Aber wenn du weiter so ablehnend bist ...« Oriane schwieg trotzig.

In den Ferien arbeiteten die Freundinnen ganztags als Helferinnen in Kindergärten. Da hieß es, am Morgen schon um sieben Uhr zur Stelle zu sein, die Kinder der berufstätigen Mütter zu betreuen und zu versuchen, sie sinnvoll zu beschäftigen. Das war nicht immer leicht, denn es gab auch recht freche Jungen und Mädchen, die bewusst störten, Streit suchten und es ihren Erzieherinnen schwer machten. Oriane kam manchmal recht erschöpft nach Hause und klagte Oma Lotte und Frau Beger ihre Nöte. Zwischendurch kuschelten sich aber auch liebebedürftige Kinder in ihren Schoß, sagten ihr, was sie für hübsche Locken und für große, schöne Augen hätte und wie lieb sie wäre. Das versöhnte Oriane.

Auch hatte sie viel weniger Disziplinschwierigkeiten als Marietta. Es war eine natürliche Begabung – die Kinder mit wenigen Worten und Blicken von den Aufgaben zu überzeugen, die zu verrichten waren. Oriane überwand manch heikle Situation mit überzeugender Natürlichkeit.

Als der Schulabschluss nahte, bemühte sich Oriane um eine Praktikantenstelle in einem Kindergarten, um zu testen, ob eine Ausbildung auf der Fachschule für Sozialpädagogik der geeignete Weg für sie sein könnte. Sie stellte sich der Leiterin eines privaten Kindergartens, der einen besonders guten Ruf hatte, vor. Verena Hellwig war Ende zwanzig, erst wenige Monate verheiratet. Beide spürten sofortige Sympathie füreinander. Oriane gefielen der große, sonnige Raum, der herrliche Garten und eine Terrasse, die von Rosenbüschen umrankt wurde. Oriane wurde engagiert. Glücklich verabschiedete sie sich von Verena Hellwig. Da läutete es draußen. Horst stand vor der Tür. Er wollte Oriane abholen, denn er hatte diese Praxisstelle für sie entdeckt. Freudig eilte Oriane auf ihn zu. Horst stellte sich der Leiterin vor. »Ich bin für meine Pflegetochter verantwortlich und möchte gerne wissen, ob sie bei Ihnen arbeiten kann.«

Zufrieden über die guten Nachrichten, verabschiedeten sich beide. Horst entging der erstaunte Blick nicht, den Verena Hellwig nach einem Händedruck auf ihn richtete.

Mit strahlendem Lächeln setzte sich Oriane im Auto neben Horst. »Heute ist ein Glückstag! Ich darf schon nächsten Monat bei Frau Hellwig anfangen. Und du holst mich ab. Was schöneres gibt es ja gar nicht!« Es tat Horst leid, dass er ihre Freude schmälern musste. »Wir sind nachher zum Abendessen bei Oma Lotte eingeladen. Elena kommt auch, denn alle sind neugierig, wie es dir ergangen ist.« Sofort schlug ihre Stimmung um. »Ich habe mich so gefreut, mal mit dir allein zu sein. Nie mehr ist das möglich. Das tust du absichtlich!«

Horst steuerte auf eine ruhige Seitenstraße zu. Es hatte geregnet. Schwer und nass hing das dichte Laub der Bäume über die Fußwege. Horst schaltete den Motor aus und nahm Orianes Hand. »Ich möchte etwas mit dir besprechen.« Oriane klopfte das Herz zum Zerspringen, als Horst ihr erzählte, dass er am Grab ihres Vaters war. Sein Gewissen habe ihm keine Ruhe mehr gelassen. »Ich habe das Vertrauen meines besten Freundes missbraucht, weil ich dich schon als Kind nicht nur seelisch, sondern auch körperlich an mich gebunden habe. In meiner Liebe und meinem Egoismus zu dir war ich blind. Ich spüre, dass du noch die Hoffnung hast, dass es zwischen uns wieder so wird wie früher. Und ich sehe auch, dass du deshalb keine Blicke für andere männliche Wesen hast, die zu dir passen würden. Deshalb habe ich meinem Freund versprochen, dass ich für dich Vater sein werde. Ein Vater, der dich von Herzen liebt und dir beisteht, soweit es in meinen Kräften steht. Aber nicht mehr!«

Für Oriane schien eine Welt einzustürzen. Horst hatte sie durchschaut. Es war genauso, wie er es sagte, denn in ihrem Innern sah und fühlte sie nur ihn, hoffte auf ihn, ein Wunschbild der Liebe träumend, das nie Erfüllung werden konnte. Ehe er es sich versah, warf sie sich ihm entgegen und bedeckte sein Gesicht mit derart leidenschaftlichen Küssen, dass es ihm kaum möglich war, diesem Sturm der Gefühle Herr zu werden. Er ging mit allen Kräften gegen den Orkan in seinem Innern an, wehrte sich gegen seine Gefühle und küsste sie so heftig auf die Lippen, dass es ihr weh tat. Aber nur so konnte er dieses ungestüme Wesen besänftigen.

Mit einem Ruck lehnte sich Oriane zurück. Sie tastete nach einem Taschentuch. Ihre Lippe blutete. Horsts Atem ging schwer, aber als er versuchte, seine Haare glatt zu streichen und seine Weste zurecht zu zupfen, dachte er unwillkürlich an ihre Kissenschlachten, die er mit Oriane früher ausgeheckt hatte. Und Oriane, vom Humor ihrer Freundin Marietta beeinflusst, schaute auf Horsts zerzaustes Haar.

»Das war der Überfall einer wild gewordenen Tigerin«, rief Horst. Und plötzlich, so absurd es auch sein mochte, lachten beide, lachten wie früher beim Fangen, Spielen und Verstecken. Und immer wieder lachten sie und konnten nicht aufhören. Es war, als habe sich ein Krampf gelöst und in ein befreiendes Aufatmen geflüchtet. Horst schaltete Motor und Scheibenwischer an. Als sollten ungute Gedanken und falsche Hoffnungen restlos von den Sturzbächen des Regens in den Rinnstein gespült werden, so ergoss sich jetzt ein Platzregen über die Straße, auf ihr Autodach nieder. Oriane, noch erschöpft vom Lachen, legte ihre Hand auf seinen Arm. »Ich bin ein unausstehliches Biest, Horst. Ich weiß von Elena, wie sehr sie dich mag. Sie spricht so gut von dir. Ich darf nicht mehr zwischen euch treten. Bitte, bitte, sei mir nicht böse wegen vorhin.« Da stieß auch Horst schnaufend die angestaute Luft durch die Zähne und lachte ihr zu. »Dann brauche ich also keine Polizei zu rufen? Denn eine Tigerin im Auto ist ziemlich gefährlich!«

Von diesem Tage an änderte sich das angespannte Verhältnis zwischen Horst und Oriane. Wenn sie mit ihren Freunden am Pilsensee war, wurde viel gelacht, denn dafür sorgte schon Marietta. Horsts Humor hielt die kleine Familie zusammen. Ein fröhliches Wort von ihm genügte, nahm den beginnenden Schwierigkeiten die Spitze und entschärfte schnippische Redensarten. Dagegen kam auch Oriane mit ihrer ablehnenden Haltung gegen Robert nicht mehr an. Sie war jetzt freundlicher zu dem wortkargen jungen Mann, bezog ihn öfter in die Gemeinsamkeit mit Marietta mit ein, worüber sich seine Schwester besonders freute. Fühlte er sich im Maybachhaus doch so wohl, dass er immer dort war, wenn es seine Zeit erlaubte.

Am glücklichsten war Elena. Voller Freude lockte sie ihre Vorliebe für Gemütlichkeit und Gastlichkeit hervor, wenn an den Wochenenden ihr Mann und die Jugend bei ihr versammelt waren. Aber nicht nur Marietta und Robert fühlten sich wie Kinder im Haus. Auch die Eltern der Geschwister besuchten das gemütliche Heim am Pilsensee. Das vielbeschäftigte Arztehepaar liebte diese »Oase des Friedens.« Und besonders Roberts Vater dankte Horst, dass er seinen Sohn, der trotz seiner Intelligenz so schwer aus der Reserve zu locken war, wie einen wirklichen Freund behandelte.

Zu innerst aber beglückte Elena, dass Horst mit ihr über alles sprechen konnte. Er suchte und hörte auf ihren Rat, vertraute ihr an, was ihn bedrückte und hatte sie nach langer Zeit eine ganze Nacht nicht mehr aus seinen Armen gelassen.

Oriane arbeitete nun schon eine Weile in Verena Hellwigs Kindergarten. Sie war täglich erstaunt, was man Kinder, besonders im Vorschulalter, lehren und wie man sie damit begeistern konnte. Die Leiterin bastelte mit den Kleinen oft geradezu kunstgewerbliche Dinge, die von den Müttern sorgfältig aufgehoben und bestaunt wurden. Verena spielte sehr gut Klavier und sang mit den Buben und Mädchen alle Kinderlieder, die Oriane noch aus ihrer Kindheit kannte. Beim Geschichtenerzählen war es so mäuschenstill, dass auch Oriane Zeit und Raum vergaß. An Geburtstagen wurde Kasperletheater gespielt. Da musste sich auch Oriane beteiligen, und bald machte es ihr Spaß, dieses Neuland der verteilten Rollen mehr und mehr zu entdecken. Täglich wurde geturnt. Da saß Verena mit den Kindern auf dem Fußboden und machte die Übungen vor. Zwischendurch spielte sie auf dem Klavier zur rhythmischen Gymnastik. Mittags tobten sich die Kinder im großen Garten aus. Da es für Verenas Kindergarten eine gute Adresse gab, die für die Kinder kochte und das Essen brachte, wurde nach Tisch eine längere Ruhepause eingerichtet. Fast alle Kleinen schliefen fest. In dieser Zeit führte Oriane mit Verena gute Gespräche. Ganz unverhofft fragte Verena eines Tages nach Horst: »Ich hatte den Eindruck, dieser Herr wäre dein Freund!« Da Oriane blutrot wurde, wehrte Verena schnell ab. Doch Oriane kam ihr zuvor: »Er ist für mich Vater und Freund!« Verena wollte nicht weiter fragen. Instinktiv, seit sie Horst gesehen hatte, fühlte sie, dass da noch etwas anderes war als eine Pflegetochter-Vater- Beziehung.

Um fünf Uhr nachmittags wurden die Kinder von ihren Müttern, Vätern, Großeltern oder anderen Verwandten abgeholt. Oriane musste sich dann noch eine geraume Zeit mit dem Saubermachen der Räume und der sanitären Anlagen beschäftigen. Verena ging ihr dabei zur Hand. Sie legte großen Wert auf Ordnung. Es kam Oriane sehr zu Gute, dass sie von Elena für alle häuslichen Arbeiten beste Grundlagen erhalten hatte.

So war dieses Jahr der Praxis für Oriane in jeder Hinsicht positiv. Die Kinder liebten sie und hörten auf ihr Wort. Die Eltern lobten diesen so hervorragend geführten Kindergarten, und Oriane lernte dort so viel Wertvolles, was sich mit ihrem Leben fest verbinden würde. Ihr Ziel richtete sie deshalb darauf, selbst einmal solch einen Betrieb zu leiten. Mit den besten Vorsätzen meldete sie sich in der Fachschule für Sozialpädagogik an, die sie nun zwei Jahre besuchen würde.

Es fiel Oriane nicht leicht, nach ihrem anregenden Praxisjahr nun täglich für anspruchsvolle Unterrichtsfächer zu pauken. Psychologie, Sozialkunde, Politik, Englisch, Geschichte und eine weitere Fremdsprache vervollständigten ihren Lehrplan. In Werkarbeit kam ihr Verenas künstlerisches Vorbild zugute. Viele Praxiswochen in Kindergärten, Heimen und Hort gaben ihr positive, aber auch negative Einblicke in Führung und Haltung der Erzieherinnen, die Vielfalt der Kinder und das Betriebsklima, das Oriane oftmals überhaupt nicht entsprach. So lehnte sie es ab, dass die Kinder angeschrieen wurden, wenn sie nicht sofort reagierten, wie dies in einem städtischen Kindergarten, den sie für mehrere Wochen besuchte, der Fall war. Oriane dachte an Verenas ruhige Gelassenheit, ihre klaren Anweisungen und an ihr bestimmtes »Nein«, wenn sie etwas nicht erlaubte.

Oriane befreundete sich in diesen zwei Jahren mit Vanessa, einem musikalischen jungen Mädchen. Sie spielte sehr gut Geige und hatte bei einem ausgezeichneten Lehrer Unterricht. Vanessa lud Oriane zu einem Streichquartettabend in ihrem Elternhaus ein. Mit Studenten der Musikhochschule trug sie Kompositionen von Schubert und Beethoven vor. Anschließend war noch geselliges Beisammensein mit interessanten Gesprächen und Diskussionen. Zum Schluss spielte Vanessa sehr virtuos ein Stück auf der Geige. Zahlreiche Gäste klatschten Beifall. Oriane war sehr beeindruckt von diesem Abend und bedauerte, dass sie Horsts Drängen, Klavierunterricht zu nehmen, als Kind nicht nachgekommen war. Horst hatte ihr oft erzählt, wie gut ihre Mutter Klavier gespielt und dazu gesungen hatte, aber Oriane war leider nicht dazu bereit gewesen, da die Schule ihr schon genug freie Zeit nahm. Jetzt bereute sie, dass sie nicht auf ihn gehört hatte. Da sie nun öfter von der Freundin eingeladen wurde, erkannte Oriane, welch eine Bereicherung die Musik war und mit welcher Hingabe Vanessa und ihre Freunde ihr dienten.

Voller Erstaunen fragte Oriane Vanessa, wieso sie, anstatt auf die Musikhochschule zu gehen, Sozialpädagogik studierte. Das sei doch absurd bei ihrer Begabung. Da erklärte ihr die Freundin, dass ihre

Lieblingstante ein Kinderheim am Bodensee leitete. Von klein auf verbrachte sie ihre Ferien dort und arbeitete mit, weil sie Kinder über alles liebte. »Wenn du willst, fahren wir zwei in den Sommerferien hin.«

Oriane war neugierig und fuhr nach Lindau am Bodensee mit. Es wurden erlebnisreiche Wochen, denn Vanessa zeigte der Freundin die Vielfalt des Sees, auch die Ufer der Schweiz. Oriane wurde durch die wundervollen Landschaften, auch des Nachbarlandes, oft an den Gardasee erinnert, wo sie mit Horst so unvergessliche Tage erlebt hatte.

Der Höhepunkt war zum Schluss ein Hauskonzert in Konstanz, zu dem Vanessa eingeladen war. Sie bekam stürmischen Applaus für ihren ausgezeichneten Vortrag auf der Geige und den dringenden Rat eines Musikprofessors, auf dem Konservatorium ein Musikstudium zu belegen.

»Das ist absolut der richtige Weg für dich«, meinte auch Oriane, selbst wenn sie traurig darüber war, dass Vanessa nun im zweiten Jahr ihrer gemeinsamen Ausbildung nicht mehr dabei sein würde. Die Musik blieb jedoch eine erfreuliche Verbindung zwischen ihnen.

Wieder in München, wollte Oriane wissen, wie es Marietta ging, – sah sie die Freundin doch jetzt nur noch an den Wochenenden. Marietta machte zum Entsetzen ihrer Eltern eine Schreinerlehre. Oriane wusste von Mariettas Vorliebe für Holzarbeiten. Ihr Traum war es, einmal einen Schrank, einen Sekretär oder andere, auch kunstvollere Möbel selbst anfertigen zu können. Als sie die Freundin in der Schreinerei besuchte, schleppte sie gerade lachend einen Stapel Holz in die Werkstatt. »Mach gerade Packeseldienste«, rief sie der Freundin entgegen. Oriane tippte auf ihren Arbeitskittel und die unförmigen Handschuhe. »Macht es dir Spaß?« Da rief der Meister aus seiner Hobelecke: »Ihre Freundin kann schuften wie a Mannsbild!« Alle Männer im Raum lachten. Marietta war die einzige Frau.

Robert hatte sich für zwei Semester Medizinstudium in England entschieden. Oriane nahm von seiner Abwesenheit wenig Notiz.

Ihr fiel es kaum auf, dass Robert nicht mehr zum Pilsensee kam. Umso schmerzlicher vermisste ihn Horst. Marietta erzählte Oriane, Robert sei in London bei einer sehr netten Familie untergekommen, die eine hübsche Tochter habe. Robert hätte sich mit ihr angefreundet, und sie unternähmen viel gemeinsam. Marietta beobachtete bei ihrem Bericht sehr genau, wie Oriane reagierte. Tief enttäuscht erkannte sie, wie gleichgültig Robert der Freundin war. Oriane zuckte nur mit den Schultern. »Es ist höchste Zeit, dass Robert endlich eine Freundin hat!«

Als Robert dann nach einem Jahr wiederkam, schloss er sich einem Studienkollegen an, der ein begeisterter Konzertgänger und Opernfreund war. Da die Kunststadt München den jungen Leuten eine Fülle von Angeboten, auch zu erschwinglichen Preisen, anbot, erschloss sich für Robert ein für ihn bisher unbekanntes Gebiet. Als er zum ersten Mal wieder im Maybachhaus erschien, erzählte ihm Oriane von den Musikabenden in Vanessas Elternhaus. Interessiert hörte ihr Robert zu und lud sie ein, mit ihm in die Oper zu gehen. Oriane willigte ein, was Robert sehr freute. Sie machte sich hübsch zurecht und saß zwischen Robert und seinem Freund hoch oben im höchsten Rang. Aber von dort oben sah sie weder die Sänger auf der Bühne, noch konnte sie sich auf die Musik konzentrieren. Roberts Freund flirtete nämlich vom ersten Augenblick ihrer Bekanntschaft an derart auffällig mit ihr, dass sie ihn mit ein paar schnippischen Worten unsanft abblitzen ließ. Robert hatte von seinem Freund solche derben Annäherungsversuche nicht erwartet. Er sagte ihm die Meinung, und Oriane ging nicht mehr mit, was er sehr bedauerte. Für ihn hatte sich mit der Musik eine Welt geöffnet, die ihm sein Leben wertvoller und ihn selbst offener und mitteilsamer machte. Das spürten auch Horst und Elena, wenn er bei ihnen am See war. Auch Oriane fand ihn gesprächiger. Er erzählte ihr jetzt manchmal, welche Oper oder welch ein besonders eindrucksvolles Konzert er gerade gehört hatte. Seine Schwester zeigte für solch geistige Höhenflüge wenig Interesse, doch bei Oriane fand er ein offenes Ohr, da sie durch die Hauskonzerte bei Vanessa geschult wurde. Robert begleitete Oriane einmal zu solch einem Abend. Und Oriane staunte, wie lebhaft sich Robert an der musikalischen Gesprächsrunde beteiligte. Vanessa war sehr beeindruckt von ihm. »Ein besonderer Typ! Du hast mir noch nie von ihm erzählt. Er hat ein bemerkenswertes Musikverständnis. Und schwer verliebt in dich ist er auch. Merkst du Schussel das denn nicht? Lass ihn dir nicht wegschnappen. Ich bin ja schon vergeben!« Lachend wandte sich Vanessa ab und verabschiedete sich von ihrem Freund, dem Cellisten ihres Streichquartettes.

Besonders Horst freute sich über Roberts zunehmende Veränderung. War es doch sein heimlicher Wunsch, dass sich Oriane diesem wertvollen, jungen Mann mehr anschließen würde. Robert hatte ihm anvertraut, dass er sich von seiner Londoner Freundin getrennt habe. Sie sei sehr scheu, ja ängstlich gewesen, sodass er durch diesen Wesenszug nur noch mehr Gefangener seiner Zurückhaltung wurde. Außerdem hatte Robert in dem Jahr London Oriane nicht vergessen können. Auch das gestand er Horst, der sein heimlicher Vertrauter geworden war.

Viel zu rasch ging für Oriane auch das letzte Studienjahr zu Ende. Sie machte ein zufrieden stellendes Staatsexamen, verlor aber in den beiden Jahren nie den Kontakt zu Verena Hellwigs Kindergarten, den sie bald im Angestelltenverhältnis als staatlich geprüfte Erzieherin betreten wollte.

An einem Samstagnachmittag traf sich Oriane mit Marietta in einer Münchner Eisdiele. Beide hatten vor, ihre nun glücklich bestandene Ausbildungszeit zu feiern. Da stand plötzlich, wie aus dem Erdboden gewachsen, Anton vor ihnen. Anton, der Kinder- und Schulfreund, mit dem Oriane viele Jahre lang gespielt, gelacht und geweint hatte, weil er sie oft mit seiner Fußballleidenschaft ärgerte und vernachlässigte. Anton, den sie viele Jahre lang nicht mehr gesehen hatte. Da stand er nun, in Motorradkluft, breitschultrig, durchtrainiert, ein Traumbild von einem achtzehnjährigen Burschen. »Hallo, Orri!« schrie er durch das ganze Lokal, bevor er sich in seiner respektablen Größe vor den beiden verdutzten Mädchen aufbaute. Er streckte Oriane beide Hände entgegen. »Mei Liaba, Klasse schaugst aus!« Er nahm den nächsten Stuhl und setzte sich zu ihnen. Marietta nickte er nur kurz zu und wandte sich ganz an Oriane.

Ohne Übergang sprudelte er darauf los, dass er ein paar Jahre in Norddeutschland beim Training war, dass er als Torwart was galt in seiner Mannschaft. »Ohne mich sind die nix –, aus, Punkt, Amen.« Er erzählte so witzig, dass die Mädchen hellauf lachten. Erst nachdem er berichtet hatte, dass er gerade Urlaub habe und bei seiner Mutter wohne, wollte er wissen, was Oriane machte. Als er hörte, dass sie vor kurzem ihr Staatsexamen bestanden hatte und in Kürze in einem Kindergarten als Erzieherin angestellt würde, konnte er sich kaum beruhigen. »A Kinderfrau? O mei, o mei! So wie du ausschaugst? Zu dir passt da Film, oders Fernsehn, oder a Model. Mit di Kids kannst di später noch gnug rumärgern!«

Oriane gab ihm kurz zu verstehen, dass ihr dieser Beruf Spaß mache. Da wandte sich Anton ungläubig lachend an Marietta: »Machst du wenigstens was G'scheits?« Das Schreinerhandwerk schien ihm zu imponieren. Aber schnell winkte er ab, dass man sich mit diesem Beruf keine Reichtümer erwerben könne. Da sei Fußball schon was ganz anderes. Und Anton sprach von den Stars unter seinen Kollegen, die Tausende verdienten und fein heraus wären. Dieses und nur dieses

Ziel strebte er an. Er erzählte den Freundinnen, dass er ein Angebot nach Amerika habe und schon ganz damisch sei.

Nachdem er einen großen Eisbecher verdrückt hatte, zahlte er für sich und für die Freundinnen. Ihre Einwände fegte er energisch vom Tisch.

»Geh, jetzt habt's euch net so. I hab mehr als ihr. Also lasst's euch g'falln!"

Anton bot den beiden an, sie auf seinem Motorrad mit zum Pilsensee zu nehmen. Er habe zwei Plätze. Die Mädchen waren einverstanden. Oriane setzte sich hinter Anton und Marietta kroch in den Beifahrer. Anton brauste los. Er legte auf der Fahrt an Tempo so zu, dass den beiden der Atem verging. Einige Male schrieen sie, dass er langsamer fahren solle. Nur widerwillig mäßigte er sich.

Im Maybach-Haus kam ihnen Robert entgegen, der schon auf die Mädchen gewartet hatte. Überrascht sah er Oriane vom Motorrad steigen. Horst, der soeben den Rasen gemäht hatte, erschien ebenfalls.

Oriane sah in die verdutzten Gesichter der Männer und erklärte lachend: »Das ist Anton, unser Nachbar. Wir haben ihn zufällig getroffen.«

Horsts prompte Ablehnung war nicht zu übersehen. »Wir haben Sie seit Jahren nicht mehr gesehen. Sind sie jetzt wieder daheim?« Antons lachend hingeworfene Worte: »Nur für ein paar Wochen!« verstärkte Horsts Antipathie gegen den jungen Mann noch mehr. Inzwischen stellte Marietta Anton ihren Bruder vor, was Anton dazu veranlasste, seine Augen zwischen Oriane und Robert rollen zu lassen. Er nickte Oriane zu: »Dein Lover?« Errötend verneinte Oriane und war froh, dass Elena in der Türe erschien. Als sie erfuhr, wer da gekommen war, entschärfte sie die peinlich werdende Situation, indem sie belustigt auf die bald drei Meter hohe, ungepflegte Hecke zeigte, die das Nachbargrundstück umgab. »Man sieht weder ein Haus noch irgend einen Bewohner. Ihre Mutter lebt dort wohl ganz allein?« Anton erklärte, dass seine Mutter noch viele Putzstellen habe, aber im Garten nichts mehr mache. Da wolle er jetzt aber ein wenig Ordnung schaffen. Er wandte sich an Oriane: »I würd gern mal mit dir was unternehmen. Mit dir natürlich auch«, nickte er Marietta zu. »Wann habt's ihr denn mal Zeit?« Beide Mädchen gaben ihm zu verstehen, dass sie sehr beschäftigt wären. Anton schickte sich an, sein Fahrzeug zum Nachbarhaus zu schieben. »I läut einfach mal an. Servus, mitanand!« Er nickte allen zu und weg war er.

In den nächsten Tagen begann auf dem Nachbargrundstück ein reges Treiben. Anton bestellte zwei Gärtner und einen Baumfäller. Als Elena und Horst früh um sieben aus dem Haus gingen, wurde schon die gewaltige Hecke geschnitten. Anton mähte den Rasen. Maler erschienen, um das heruntergekommene Haus einzurüsten. Als Elena am Nachmittag heimkam, rief Anton ihr über den Zaun zu, was er alles mit dem Haus vorhatte. Natürlich erkundigte er sich auch gleich nach Oriane, und wann er sie wohl antreffen würde. Elena gab nur zögernd Auskunft. Hatte sie doch genau wie ihr Mann nur Robert für Oriane im Kopf.

Zum Wochenende kamen die jungen Leute wieder und staunten, was mit Antons Elternhaus und Garten inzwischen geschehen war. Horst war entsetzt. »Das ist ja zum Mäusemelken! Jetzt kann einer dem andern zum Küchenfenster hinein glotzen und genau sehen, wer aus und ein geht.«

Wie zur Bestätigung dieser unerwünschten Kontakte winkte Anton zu Oriane hinüber. »Hey, darf i nachher mal rüberkommen? Wenn die hohe Tanne da hinten gfällt ist, komm i, ja?« Ziemlich erbost über diesen Störenfried rief Robert: »Wir wollen nach dem Essen mit dem Kahn hinausfahren!« Die Motorsäge hatte soeben ihr Vernichtungswerk begonnen. »Au fein, i freu mi!« schrie Anton zurück, aber der Freudenschrei ging unter in ohrenbetäubendem Getöse.

Natürlich fuhr Anton mit hinaus in den leuchtenden See. Bald war das fröhliche Gelächter der jungen Leute weit zu hören. Anton war Meister im Witze- und auch im Anekdotenerzählen. In seinem Verein war er deshalb nicht nur wegen seiner außergewöhnlichen Fähigkeiten als Torwart sehr begehrt. Oriane staunte, denn in der Schulzeit hatte er sich zwar immer schon als sehr redegewandt und als guter Mathematiker hervorgetan, war aber sonst ein fauler Schüler gewesen. Wenn er jedoch mit seinen Witzen zu derb oder gar obszön wurde, bremste ihn Marietta mit ihrer spitzen Zunge. »Halt die Klappe, Toni! Du wirst ordinär!« Alle drei fielen über ihn her. Oriane sagte, dass Horst auch viele, lustige Witze erzählte, aber sie seien nie vulgär. Anton wartete gar nicht noch Roberts Meinung ab. Er rollte die Augen und schnitt eine Grimasse. »Jesses Maria, i hab ja vergessen, dass i hier in der feinen G'sellschaft bin. Der Herr Mediziner! Au weih, au weih! Meine Leut mögn meine Witz!« Und schon hatte er wieder eine Ulkgeschichte auf Lager. Marietta und Oriane, nicht aber Robert, waren sich einig, dass man auf Anton nicht böse sein konnte.

An diesem Abend schwammen die jungen Leute noch weit in den See hinaus, machten ein Feuer und brieten Kartoffeln und Würstchen. Anton ließ durchblicken, dass er sehr gut verdiente und aus diesem Grund sein Elternhaus völlig umkrempeln und verschönern würde. Die Mädchen waren gerührt, als er erzählte, wie erfreut seine Mutter über sein Einschreiten war. »Jeden Tag kocht's mir mei Lieblingsessen und Busserl krieg i von früh bis in d'Nacht!«

Es ergab sich ganz von selbst, dass die Vier in Antons Urlaubszeit jedes Wochenende miteinander verbrachten. Auch Marietta, die Anton zuerst kritisch begegnete, fand ihn jetzt besonders witzig und nett. Robert lehnte ihn von Anfang an ab. »Für mich ist er ein Wichtigtuer und Aufschneider. Ich kann nichts mit ihm anfangen.« Eine nagende Eifersucht überfiel ihn, wenn er Anton sah. Er spürte, dass dieser junge Mensch, der nur mit dem Finger zu schnippen brauchte, um die Herzen von Jung und Alt zu erobern, die begehrenswerten Eigenschaften besaß, die ihm fehlten. Bei ihrer letzten Bergwanderung beobachtete Robert voller Argwohn, wie Anton Oriane auffällig umwarb und sie anscheinend nichts dagegen hatte. Beide jungen Männer durchschauten ihre gegenseitige Abneigung. Anton merkte jedoch sofort, wie sehr Robert von Horst und Elena bevorzugt wurde und hielt daher seine eigenen Gefühle gegen ihn zurück.

Eines Abends, als Marietta und Robert nach einem Tagesausflug schon ins Haus gegangen waren, überreichte Anton Oriane beim Abschied eine Theaterkarte für ein Musical, das seit Tagen mit einem Riesenerfolg im Deutschen Theater aufgeführt wurde. Überall wurde die zündende Musik dieses Ereignisses gespielt. Anton wollte Oriane in ihrer Arbeitsstätte abholen, sie feierlich zum Essen einladen und später wieder heim zu ihrer Münchner Wohnung bringen. »Nie bin i mit dir allein, Orri. Der Urlaub is eh scho bald futsch, und i bin dann weit weg. Also, magst?« Oriane sagte zu. Da hob er sie mit seinen Armen hoch und gab ihr einen herzhaften Kuss.

Wenn nicht gerade Horst mit dem Fahrrad zum Gartentor herein gefahren wäre, hätte Anton Oriane bestimmt nicht so schnell losgelassen. Später zeigte sie Horst die Theaterkarte.

»Magst du Anton?« Er gab ihr die Karte zurück. Oriane zögerte. »Ja, schon. Er ist recht nett!« Horst wurde nachdenklich. »Recht nett! Für eine tiefere Beziehung reicht das ja nicht. Du weißt, dass mir dein Wohl sehr am Herzen liegt. Deshalb möchte ich dir eines sagen: Solltest du dich mit Anton näher einlassen, dann verlange von ihm, dass er sich schützt. Bitte, denk daran! Es ist so schnell etwas geschehen, und die Frauen bleiben oft allein zurück. Dieser Anton hat hochgesteckte Ziele, die er bei seinem Ehrgeiz bestimmt erreichen kann. Aber er ist auch jemand, der nur zu blinzeln braucht, und schon kommen die Mädchen mit Kusshand in seine Arme gelaufen. Hast du ihn mal gefragt, was er von Treue hält?« Jetzt musste Oriane lachen. »Ach, Horst, jetzt siehst du Gespenster. Er ist ja bald wieder weg. Und … ich lass mich doch nicht mit ihm ein. Ich kenn ihn ja kaum.«

Da drohte ihr Horst mit dem Finger. »Sei da nicht so sicher. Die jungen Burschen wollen alle das gleiche. Und wenn dann noch Alkohol mit im Spiel ist? Wir hier trinken selten was. Du bist überhaupt nichts gewöhnt!« Oriane fiel ihm lachend um den Hals und küsste ihn auf eine Backe.

»Da muss ich ja wirklich höllisch acht geben, wenn ich mit unserem Nachbarn ausgehe. Am besten schreibe ich mir alle Regeln auf, damit ich ja nichts vergesse.« Horst stimmte in ihr Lachen ein, pfiff durch die Zähne und gab ihr einige herzhafte, provisorische Ohrfeigen. Sie gingen auseinander, denn Marietta rief zum Abendessen. Oriane hörte Horst noch rufen: »Halt die Ohren steif!«

Der Tag, an dem Oriane von Anton abgeholt werden sollte, bescherte ihr eine ernste Unterredung mit Verena Hellwig. Als die Kinder mittags schliefen, rief die Leiterin Oriane in den Nebenraum. Verena bat Oriane in die Sitzecke. Sie stellte Gebäck und Kaffee auf den Tisch und kam gleich zur Sache. »Ich bekomme im Herbst mein erstes Kind, Oriane. Du hast es bestimmt schon geahnt. Das habe ich an deinen heimlichen Blicken bemerkt.« Oriane nickte errötend. Verena erklärte nun ihrer jungen Kindergärtnerin, dass sie wenige Monate vor ihrer Mutterschutzzeit eine junge Erzieherin einstellen wollte, die sie dann in ihrer Abwesenheit vertreten würde. Da Oriane nach ihrem Staatsexamen noch nicht genügend Praxiserfahrung habe, dürfe sie einen Betrieb wie den ihren nicht allein leiten.

Oriane brannte die Frage auf den Lippen: »Können Sie denn überhaupt wiederkommen? Sie wollen doch sicher ihr Kind nicht in fremde Hände geben?« Sie spürte die Unschlüssigkeit der Erzieherin, von der sie so unendlich viel lernen konnte, ja, für ihr ganzes Leben bereichert wurde. Für Oriane war es schwer vorstellbar, hier ohne Verena arbeiten zu müssen. Ihre Augen wurden feucht. Mitleidsvoll reichte Verena dem jungen Mädchen die Hand. »Kinderkriegen ist auch mit Opfern verbunden. Aber wann ist die rechte Zeit dafür? Mein Mann ist sehr viel älter als ich. Und ich liebe meinen Beruf über alles. Aber ein eigenes Kind! Dieser Wunsch steht über allem!« Oriane tupfte mit einem

Taschentuch energisch über ihre Augen. »Verzeihen Sie bitte. Ich habe nur an mich gedacht, weil ich so gern hier bei Ihnen bin. Natürlich freue ich mich riesig für Sie und wünsche, dass alles ganz gut geht.«

Verena lächelte: »Ich bin ja noch ein paar Monate hier. Wir beide werden eine geeignete Erzieherin aussuchen. Du wirst mit dem gleichen Gehalt wie jetzt an ihrer Seite arbeiten, bis ich wieder hier bin. Sollte es anders kommen, müssen wir uns eben beugen. Wir haben höhere Fügungen nicht in unserer Hand.«

Als Anton am Nachmittag Oriane abholte, stellte ihn Oriane Verena vor und zeigte ihm die Kindergartenräume. Die Leiterin winkte den beiden vom Fenster aus nach und sah, wie Oriane auf das Motorrad stieg und ihre Arme um Antons Mitte schlang. Geräuschvoll brausten sie davon. Doch ebenso heftig brausten Zukunftsgedanken durch Verenas Kopf. Würde sie jemals diesem jungen, für diesen Beruf sehr geeigneten Mädchen ihren Kindergarten übergeben können? Oder würde Orianes Lebensplanung bald Mann und Kinder im eigenen Lebensgarten bescheren? Diese letzte Version schien ihr wahrscheinlicher.

Es wurde ein fröhlicher Abend mit Anton. Orianes trübe Gedanken wegen der baldigen veränderten Situation im Beruf wurden von Antons Späßen vertrieben. Er verwöhnte sie mit einem herzhaften Essen in einem angenehmen Lokal und küsste sie ganz ungeniert, obwohl er merkte, dass es ihr nicht recht war. Bald amüsierte sich auch ein junges Paar vom Nachbartisch an seinen Witzen. Wenn ihn Oriane nicht erinnert hätte, wären sie zu spät oder auch gar nicht ins Theater gekommen.

Das schwungvolle Musical beflügelte sie beide zu ausgelassener Stimmung. In einer Eisdiele bestellte Anton später Champagner-Eis, das ihrer guten Laune die Krone aufsetzte. Als Anton noch einen Prosecco anschließen wollte, wehrte Oriane ab: »Du musst mich ja schließlich noch heimbringen.« Anton flötete: »Heimbringen? I muss mei Herzerl ins Betterl bringen!«

Oriane dachte plötzlich an Horst und an ihr letztes Gespräch. Ziemlich bestimmt erklärte sie Anton, dass sie ihn auf keinen Fall mit in Oma Lottes Wohnung mitnehmen könne.

Er war empört. »Du willst mi allein in der Nacht heim schickn? Na, so grausam kannst net sein.« Oriane wurde es plötzlich bewusst, dass sie diesen Tag nicht zu Ende gedacht hatte. Oma Lotte war informiert, dass Oriane nach dem Theater nach Hause kommen würde. Da die Oma sich für alles, was Oriane betraf, interessierte, wollte sie auf sie warten. Als Oriane Anton hierüber aufklärte, war er sichtlich verstimmt, zupfte an den Fransen der Tischdecke. »Geh komm, die alte Frau versteht doch davon nix. Die merkt des doch gar net, wenn'st mi mitnimmst.« Anton schmollte jetzt wie ein kleiner Junge, streichelte aber plötzlich Orianes Hände und flüsterte ihr zu, dass sie doch so einen schönen Abend nicht so lieblos beenden wollten.

»Geh, Herzerl, wenn d'mi jetzt allein fahrn lässt, weiß i, dass d'mi net magst!« Da kam Oriane auf die Idee, die Oma anzurufen, um ihr zu sagen, dass sie mit Anton zum Pilsensee hinausfahren und bei Elena und Horst übernachten würde.

Anton war begeistert. Er schaute auf seine Uhr. »S'is ja noch net so spät. Da zeig i dir meine Pokale, die i g'wonnen hab, und dann bring i di heim.«

Oriane war einverstanden. Sie riefen Oma Lotte an. Sie war tatsächlich noch wach und war froh, dass Oriane ihr Bescheid gab.

Es war kurz nach Mitternacht, als Anton den Haustürschlüssel aus seiner Tasche zog. Oriane wäre am liebsten sofort nach Hause gegangen, weil sie müde war, aber Anton schob sie energisch zum Gartentor hinein. »Na, na, Herzerl, du hast's versprochn.«

Es brannte noch Licht. Seine Mutter öffnete. Fröhlich begrüßte sie ihren Sohn: »Du bringst noch Bsuch? Ja, wer ist's denn heut?« Als sie Oriane sah, fuhr sie peinlich berührt zurück: »Oh, des junge Madl von nebnan!« Lachend fiel ihr Anton ins Wort und sagte ihr, dass er Oriane nur schnell seine Pokale zeigen wollte. Aber da fiel ihm ein, dass

Oriane noch gar nicht gesehen hatte, wie tipp topp das ganze Haus nicht nur von außen, sondern auch von innen renoviert war. Voller Stolz zeigte nun Frau Böck, seine Mutter, Küche und Wohnzimmer. Aber auch alle übrigen Räume mussten bis in den hintersten Winkel angesehen werden. Es herrschte eine vorbildliche Ordnung, und Frau Böck war des Lobes voll, was ihr Bua alles in seinem Urlaub geleistet hatte. Und als Krönung dieser mitternächtlichen Betrachtung verriet die Mutter ihrem Sohn, dass sie einen Apfelstrudel eigens für ihn gebacken habe, der im Ofen bestimmt noch warm geblieben sei. Anton stieß einen Freudenschrei aus. Er fiel seiner Mutter um den Hals. »Mei liabs Schnuckiputzerl! Da holn ma uns glei an guatn Wein dazua!«

Die drei saßen am Küchentisch und ließen es sich schmecken. Oriane wurde wieder hellwach. Nach dem ersten Glas kitzelte das süffige, ziemlich schwere Getränk so unverfroren ihre Lachmuskeln, dass dieses Mal sie selbst es war, die mit den lustigsten Einfällen ihrer Kindergartenkinder Anton und seine Mutter zu äußerster Heiterkeit anregte.

Oriane wunderte sich, dass sie die beiden so zum Lachen brachte. Sie bekam Spaß daran, fand es wunderlich, dass ihre Gesichter mal vor ihrer Nase tanzten, mal weit weg aus den Zimmerecken grinsten. Sie bat Anton, ihr die Pokale zu zeigen, aber als er mit ihr die Treppe hinaufgehen wollte, musste sie sich am Geländer festhalten, weil ganz plötzlich die Stufen völlig verschoben waren. »Du musst di niederlegn, Orri«, rief ihr Anton zu. Aber Oriane hielt sich die Seiten vor Lachen.

Da nahm sie Frau Böck mit ihrem Sohn sanft am Arm und führte sie in Antons Zimmer. Oriane ließ es geschehen, dass sie dort auf ein Sofa gelegt und zugedeckt wurde. Sie schloss die Augen, drehte sich auf die Seite und schlief sofort ein.

Als sie erwachte, dämmerte draußen schon der Morgen. Ein sägendes Geräusch ließ sie hellhörig werden. Sie setzte sich auf und sah Anton schlafend in seinem Bett liegen. Sein Schnarchen war nicht zu überhören. Oriane griff sich an den schmerzenden Kopf, sah an ihrem zerknitterten Sommerkleid herunter und beschloss, in ihre Schuhe zu schlüpfen um diesen unmöglichen Zustand schleunigst zu beenden.

Als sie leise die Zimmertüre öffnete, stieß sie an den Kleiderständer, der mit Getöse zu Boden fiel. Mit einem Schrei erwachte Anton und schnellte hoch, als er sah, dass Oriane weggehen wollte. »Ja Orri, wo willst denn hin mitten in der Nacht?« Und schon war er bei ihr und schlang die Arme um sie. »Geh komm, so geht des fei net. Heut Nacht hast glei gschlafa und jetzt soll i noch net amal a Busserl kriagn.«

Oriane wollte ihn mit einem Kuss zufrieden stellen, aber da hatte sie sich verrechnet. Ungestüm zog Anton sie zu seinem Bett. Ehe sie es sich versah, öffnete er den Reißverschluss ihres leichten Sommerkleides, streifte ihre Schuhe ab, hob sie hoch und legte sie in sein Bett. Ihr empörter Wiederstand zerbrach an seinen überlegenen Kräften. Ihren Schrei: »Ich will nicht! Lass mich sofort los!« erstickte er mit zornigen Küssen. Oriane meinte, den Druck seines sich wild auf ihr bewegenden Körpers nicht ertragen zu können. Sie fühlte sich wie von Zangen umklammert, wie in einen Schraubstock gepresst. Panische Angst ergriff sie. Sekunden nur dachte sie an Horst, seine behutsame Zärtlichkeit und an seine Gabe, sich ganz und gar in das Wesen einer Frau einzufühlen. Und Anton? Was bildete sich dieser Rüpel überhaupt ein, derart unverschämt von ihr Besitz zu ergreifen, ohne sie zu fragen, ob sie überhaupt wollte. So heftig, wie der erotische Spuk begonnen hatte, so schnell war er vorbei. Als sich Anton neben Oriane legten wollte, riss sie sich los und wollte sich anziehen. Ziemlich brutal versuchte er das zu verhindern. »Na, so geht des net. Davonlaufen gibt's bei mir net.« Orianes Geduld war zu Ende. Sie stieß Anton so heftig in die Seite, dass er zurückwich und schrie: »Wenn du mich nicht sofort loslässt, schreie ich um Hilfe!« Wütend schwang sie beide Beine aus dem Bett und griff nach ihrem Kleid. »Machst du das bei allen Mädchen so? Das ist doch keine Liebe! Das war eine Vergewaltigung!«

Zornig hatte sich Anton im Bett aufgerichtet. »Jetzt mach aber nen Punkt! Kannst wohl Sex net von Liebe unterscheiden? Bist scho noch a rechts Tschapperl! Von nix a Ahnung. Des is nix für mi. Na, des is wirkli nix!«

Mit flammenden Augen, fertig angekleidet, stand jetzt Oriane vor ihm. »Für mich ist das erst recht nichts. Ich will dich nicht mehr sehen, Anton, kapiert? Nie mehr!« Sie drehte sich um, öffnete die Tür und machte sie geräuschvoll zu. Empört hörte sie hinter sich Antons wütende Schimpfworte: »Saublöds Weibsstück, saublöds!«

Im Treppenhaus begegnete ihr Frau Böck. »Frühstück is fertig. Guat gschlafa?«

Oriane warf ihr einen verächtlichen Blick zu und ließ die Haustüre ins Schloss fallen.

Als sie nebenan das Maybachhaus öffnete, schlug die Kirchturmuhr acht mal. Es war Samstag, und Oriane wurde bewusst, dass sie sonst immer erst mittags mit Marietta und Robert hierher kam. Im Haus war alles noch still. Sie hatte das dringende Bedürfnis, sich sofort zu duschen. Als sie ins Bad gehen wollte, hörte sie das Öffnen einer Türe. Es war Horst. Er kam im Bademantel aus Elenas Zimmer. Schweigend sah er auf Oriane. Sofort ahnte sie, dass er alles wusste. Ihr bleiches Gesicht, das zerzauste Haar und das zerknitterte Kleid machten jedes weitere Wort überflüssig.

Oriane errötete zutiefst. Nach banger Schweigeminute entrang sich ihr bebend ein Satz: »Anton hat mir nach dem Theater noch seine Pokale zeigen wollen.« Horst sah sie an, mit jenem forschenden Blick, dem nichts entging. Er bemerkte sofort, dass etwas geschehen war, das sie erst verarbeiten musste. Er spürte, dass sie litt und sich am liebsten in seinen Armen ausgeweint hätte. In dem Bewusstsein, dass dieser Luftikus seinem Liebling ein Leid zugefügt hatte, stieg heißer Zorn in ihm auf. Die Kehle war ihm wie zugeschnürt. Mühsam entrang sich ihm zunächst nur ein einziges Wort: »Aha!« Wie beiläufig fragte er, ob sie zuerst ins Bad gehen wollte, was Oriane kleinlaut bejahte.

Als sich Oriane geduscht und angezogen hatte, suchte sie im Apothekenschrank nach einer Tablette gegen ihre heftigen Kopfschmerzen. Der ganze Groll gegen Anton schien ihre Stirn, ihren Hinterkopf zum Dröhnen gebracht zu haben. Sie hörte Elena und Horst im Garten am Frühstückstisch und sehnte sich danach, bei ihnen zu sein. Mit einem Morgenkuss setzte sie sich zu ihnen.

Elena berichtete sofort, dass die Oma angerufen und von Orianes Telefonat am Abend erzählt habe. Sie sah in Orianes bleiches Gesicht. »Geht es dir nicht gut?« Nur mit Mühe hielt Oriane ihre Tränen zurück. »Ich habe schlimme Kopfschmerzen. Der Wein war gestern Abend sehr schwer. Und überhaupt: es war scheußlich! Ich will diesen Anton nie mehr sehen!« Auf diesen Ausbruch folgte ein Weinkrampf. Elena legte ihre Arme um sie. »Was ist denn nur passiert?« Stockend, zwischen Tränenströmen brach es aus Oriane heraus: »Ich war ziemlich beschwippst. Anton und seine Mutter brachten mich zum Sofa. Ich bin sofort eingeschlafen. Als ich gegen Morgen aufwachte, wollte ich gleich heimgehen. Aber da wachte Anton auf. Er ist über mich hergefallen. Ich darf gar nicht darüber nachdenken, wie abscheulich es war. Ein Flegel ist er! Ein unmöglicher Rüpel! Ich will nichts mehr mit ihm zu tun haben.«

Horst war außer sich: »Du weißt, dass ich noch nie viel von Anton gehalten habe. Aber dass er sich so daneben benimmt, ist verantwortungslos. Er hat ja wohl keine Ahnung, was er dir für einen Schaden zugefügt hat. Vor kurzem sprachen wir noch darüber, weißt du es noch?«

Oriane fühlte Horsts unerbittlichen Blick. »Ja, ich weiß«, stammelte sie hilflos, »aber der war ja wie ein Besessener, weil ich gehen wollte. Ich konnte mich nicht bewegen, nicht reden. Es war so schrecklich!« Horst wechselte mit Elena einen vielsagenden Blick. Oriane tat ihm unendlich leid, wie sie da zusammengesunken saß, mit verweinten Augen, als habe sie jede Hoffnung in ihrem jungen Leben verloren. Er war sich mit Elena einig, dass Worte nach solch einem Erlebnis wenig Hilfe bringen würden. Horst bat Oriane, dass sie versuchen sollte, etwas zu schlafen. »Dieser Hans Dampf in allen Gassen ist es überhaupt nicht wert, dass du auch nur einen Gedanken an ihn verschwendest.« Und Elena hielt ein Trostpflaster bereit, indem sie erklärte, dass die Geschwister, Marietta und Robert, heute früher kommen wollten und bestimmt für Ablenkung sorgen würden.

Nachdem Oriane einige Stunden geschlafen hatte, waren ihre Kopfschmerzen verschwunden, freilich nicht die nagenden Gedanken daran, dass Antons Überfall noch schwerwiegende Folgen nach sich ziehen könnte. Aber das behielt Oriane für sich, auch wenn sie immer stärker von dieser Ungewissheit gequält wurde.

Marietta und Robert zeigten sich ihr als wirkliche Freunde. Beide waren entsetzt über Antons Verhalten. Oriane spürte heimlich, dass die Geschwister ebenso über etwaige Folgen besorgt waren wie sie selbst. Als dann am Sonntag Horst alle zu einer Fahrt in die nahen Berge einlud, strömten ihnen auf Wanderwegen durch die Natur neue Kräfte und Gedanken zu. Aufgetankt mit frischer Bergluft, fuhren die drei jungen Leute am Abend nach München.

In den nächsten Tagen war Oriane zerstreut. Sie fühlte sich müde, wenig aktiv, und ihre Gedanken blieben immer wieder grollend an Anton hängen. Auch Verena merkte, dass ihre junge Kindergärtnerin wenig gesprächig war. Selbst die Kinder fragten, warum sie so traurig sei. Oma Lotte wollte wissen, ob das Rendezvous mit Anton nicht gut verlaufen wäre. Abends, beim Fernsehen brachen sie den Spielfilm ab und Oriane erzählte der Oma, wie schlecht sich Anton benommen hatte. Die alte Dame war ebenso empört wie alle anderen, aber nicht nur über Anton, sondern auch über seine Mutter. »Wenn sie einem jungen Mädchen einen so schweren Wein anbietet, hätte sie darauf dringen müssen, dass ihr Sohn dich nach Hause bringt. Kennt denn diese Frau überhaupt keine Verantwortung?«

Zum Wochenende fuhr Oriane zum ersten Mal nicht zu Elena und

Horst. Sie erklärte beiden, dass sie sich nicht wohl fühlte. Da blieb auch Marietta bei Oriane. Robert hatte Konzertkarten und musste sich für eine wichtige Klausur vorbereiten. Er fragte jedoch Oriane, ob sie mit ihm nächste Woche in die Oper gehen würde? Sein Freund, den Oriane ablehnte, war am besagten Tag verreist. Oriane sagte zu, worüber sich Robert sichtlich freute.

Horst und Elena, nach langer Zeit ohne die drei jungen Leute, gestanden sich ein, dass sie ihnen sehr fehlten. Horst war besorgt. »Da stimmt was nicht! Oriane hat doch Vertrauen zu uns! Warum versteckt sie sich plötzlich?« Elena meinte, sie würde in den nächsten Tagen ihre Mutter besuchen und dann auch Oriane sehen.

Zufällig sah sie später Frau Böck nebenan ihre Haustüre aufschließen. Als Elena sie anrief, kam sie zum Zaun. »Mei Anton is scho im Flieger nach USA. Mir tut's leid, dass unsere Kinder nix mehr voneinander wissen wolln. G'stritten habn's. Da kann ma halt nix machen!«

Da sagte ihr Elena die Meinung: »Oriane war entsetzt, wie rücksichtslos sich ihr Sohn benommen hat, Frau Böck. Er hat sich für sein unverschämtes Benehmen noch nicht einmal entschuldigt.«

Frau Böck lief puterrot im Gesicht an und schrie Elena entgegen: »Mei Toni is a hochanständiger Bua. Der könnt koaner Fliege a Haar krümmn. Jeder mag ihn. Nur die Orri is halt so a sperrigs Ding. Die macht mein Toni ganz narrisch.«

Jetzt kam Horst dazu, der alles gehört hatte. »Hören Sie bitte auf zu schreien, Frau Böck! Statt mit Beleidigungen aufzukreuzen, wollen wir hoffen, dass durch das brutale Verhalten ihres Sohnes nicht noch unerwünschte Folgen auf unsere Pflegetochter zu kommen.«

Frau Böck blieb der Mund offen stehen. »Was meinen's denn damit?« Horst hatte bereits die Türklinke in der Hand. »Dann denken Sie mal ganz scharf nach, gute Frau! Sie sind doch nicht von gestern!« Die Haustüre fiel ins Schloss.

Oriane entschuldigte sich auch für das nächste Wochenende bei Elena und Horst. »Bitte, nicht böse sein, aber ich will euch keinen Kummer machen!« »Den machst du uns aber mit deinem Nicht Kommen«, hörte sie Horst 's Stimme am Telefon. Dass sie ihn betrüben musste, schmerzte Oriane am meisten.

Marietta lud in diesen Tagen alle Verzweiflung der Freundin auf sich. »Meine Periode ist ausgefallen. Ich war beim Arzt. Ich bin höchstwahrscheinlich schwanger! Genauso habe ich mir das gedacht. Dieser Mistkerl! Was soll ich bloß tun? Ich will dieses Kind nicht. Ich würde es nie lieben können.« Weinend fiel Oriane der Freundin um den Hals.

Marietta äußerte sofort ihre unerbittliche Ansicht, auf der sie hartnäckig beharrte: »Er hat dich vergewaltigt! Von so einem Schuft trägst du doch kein Kind aus, ein Kind, von so einem Kerl! Robert sagte, er versteht nicht, dass du nicht sofort zur Polizei gegangen bist und Anton angezeigt hast.«

Doch Oriane widersprach: »Dann wäre er vorbestraft und seine Karriere als Fußballstar erledigt. Meinst du, ich habe Lust darauf, von seinem Hass ein Leben lang verfolgt zu werden?« Unwillig schüttelte Marietta den Kopf. »Wie mildtätig, dass du solche Rücksicht auf ihn nimmst. Tut er das auch mit dir?« Sie legte Oriane beide Hände auf die Schultern und sah sie beschwörend an. »Denk doch mal nach: Du willst schon mit neunzehn Jahren mit einem Kind dasitzen und dir deine ganze Zukunft verbauen? Dabei ist es möglich, eine Adresse auszukundschaften, wo dir geholfen wird, wieder frei und ungebunden zu sein. Aber … es ist deine Entscheidung!«

Oma Lotte wusste noch nichts von Orianes Pein. Als Elena sie besuchte, war Oriane nicht da. Elena hatte vergessen, dass Oriane mit Robert in der Oper war.

Es wurde Beethovens »Fidelio« aufgeführt, Roberts Lieblingsoper, wie er ihr erklärte. Er brachte Oriane das Textbuch, und sie las es aufmerksam durch. Vor der Oper lud er sie in ein Pizzalokal ein, und er freute sich über ihre interessierten Fragen zur Handlung der Oper.

Dieses Mal saßen sie auf einem Platz, von dem sie die Bühne und sogar das Orchester sehen konnte. Robert spürte mehr und mehr, wie Oriane von der gewaltigen Musik ergriffen wurde, wie sie Leid und tiefe Liebe der Leonore, die sich in Männerkleidung Zugang zum Gefängnis ihres Gatten Florestan verschaffte, durchlitt. Oriane achtete der Tränen nicht, die über ihre Wangen liefen. Leonore rettete ihren Mann und befreite ihn von allen Qualen.

Sie fühlte plötzlich Roberts Hand auf der ihren liegen, warm und tröstend. Nach dem bewegenden Schluss konnte sie nicht gleich Beifall geben. Mit feuchten Augen sah sie Robert an. »Das war ein wunderbares Erlebnis. Ich danke dir!«

Robert hatte jetzt ein eigenes Auto. Er brachte Oriane nach Hause, bat sie aber, noch nicht sofort auszusteigen. Sie merkte, dass er noch etwas sagen wollte und war erstaunt, dass der schweigsame Bruder ihrer redseligen Freundin nach diesem Musikerlebnis nicht wie so oft nach Worten ringen musste. »Marietta und ich haben uns ziemlich gestritten, wegen deiner schwierigen Situation.« Er neigte sich ganz ihr zu und sah ihr mit einer fast flehenden Bitte in die Augen, als wollte er zutiefst in ihr Inneres dringen. »Marietta sagt, dass du das Kind, wenn sich eine Schwangerschaft wirklich bestätigen sollte, nicht haben willst. Sie rät dir dazu … abzutreiben.« Oriane schrak zusammen. Zum ersten Mal hörte sie bewusst dieses vernichtende Wort. Robert sprach es hart und unerbittlich aus. Als er sah, wie sie erschrak, setzte er noch einmal zu diesen elf Buchstaben an, sprach sie langsam, warnend, in Orianes Ohren wie ein Fluch klingend: »abtreiben …«

Oriane hielt sich beide Ohren zu. »Hör auf, Robert, bitte!« Sofort milderte er den Tonfall seiner Stimme: »Verzeih! Aber erst vor kurzem vertraute mir eine Studentin an, dass sie abgetrieben hat. Ihr Gewissen lässt ihr Tag und Nacht keine Ruhe. Sie denkt nur noch daran, was sie getan hat. Sie hat sich völlig verändert, ist nicht mehr der Mensch der sie war. Obendrein wäre sie bei dem Eingriff beinahe verblutet. Sie hat großes Glück, dass sie noch lebt. Ich riet ihr dringend, einen Arzt ihres Vertrauens aufzusuchen, denn sie hat seitdem immer wieder ziemliche Schmerzen. Die Angst, dass sie vielleicht kein Kind mehr bekommen kann, bedrückt sie außerdem.« Robert sah, wie beeindruckt Oriane war. Er wollte ihr helfen, wollte verhindern, dass es ihr so erging wie jener Studienkollegin. Wünschte er sich doch seit Jahren, dass es ihm gelingen würde, ihr näher zu kommen. Aber immer stand sein Unvermögen, die rechten Worte zu finden, zwischen ihnen. Er war tief betrübt, sehen zu müssen, wie sie litt. Inständig hoffte er, dass er ihr wenigstens jetzt sagen könnte, was er für sie wünschte: »Ich habe doch in der Oper gesehen, wie dich die Musik ergriffen hat. Da kann ich mir einfach nicht vorstellen, dass du bereit wärst, deinem Kind etwas anzutun!«

Oriane war erschüttert, dass er so eindringlich zu ihr sprach und um sie bemüht war. Sie reichte ihm ihre Hände. »Ich denke darüber nach, Robert. Und ich danke dir für die Oper. Ich würde gern wieder mitgehen!«

Als sie am Abend allein war, dachte sie noch lange über das Gespräch mit Robert nach. Durch die Musik und die Handlung der Oper war sie in eine ihr noch unbekannte Welt entrückt. Eine Verzauberung, in der sie für eine Weile ihre heikle Situation vergessen hatte. Jetzt brachen alle Ungewissheiten wieder auf sie ein. Sie grübelte über die absolut gegensätzlichen Meinungen der Geschwister und fand sich feige, dass sie nicht längst mit Horst und Elena über ihre Nöte gesprochen hatte.

Doch am nächsten Spätnachmittag, als sie vom Kindergarten zurück kam, stand Horst vor der Tür. »Wenn du nicht zu uns findest, muss ich ja wohl zu dir kommen«, scherzte er, aber Oriane merkte, dass tiefer Ernst in seiner Stimme klang. Oriane setzte sich mit Horst ins Wohnzimmer, denn Oma Lotte war zu einer Einladung gegangen. Wie immer, wenn sie mit ihm allein war, fing ihr Herz erregt an zu schlagen und war befangen. Daran hatte sich, trotzdem er ihr von seinem Versprechen mit ihrem verstorbenen Vater erzählt hatte, nichts geändert. Nur ein leises, liebendes Entgegenkommen von seiner Seite hätte genügt, um sie in seine Arme stürzen zu lassen.

Horst setzte sich nicht gleich. Er stellte sich vor Oriane und drehte ihren Kopf behutsam zu sich. Seine Augen fielen als warmer Strahl in die ihren, als forderten sie sanft das Vertrauen heraus, das von Kindheit an zwischen ihnen bestand. »Ich kenne dich so gut, Onuschka, dass ich genau weiß, was mit dir los ist.«

Leidenschaftlich brach es aus ihr heraus: »Aber du weißt bestimmt nicht, dass ich nicht kommen wollte, weil ich dieses Kind nicht haben will. Niemand kann mich zwingen, von solch einem Typen ein Kind aufzuziehen.«

Horst setzte sich jetzt Oriane gegenüber.

Er wartete eine Weile, bis sie sich beruhigt hatte. »Natürlich kann dich niemand zwingen. Und ich kann es sehr gut verstehen, dass du dich gegen diesen Schicksalsschlag auflehnst. Aber das ungeborene Wesen, das jetzt in dir wächst, das will zu dir kommen. Dieses junge Wesen in dir hat sich dich als Mutter und auch Anton als Vater ausgesucht. Willst du ihm diesen Wunsch abschlagen?«

Mit erstaunten Augen sah Oriane ihn an. »So siehst du das? Daran habe ich überhaupt nicht gedacht. Ich soll also alles auf mich nehmen? Ich bin überhaupt nicht gefragt worden, ob ich das will. Und jetzt soll ich ein Leben lang dafür büßen, dass ich so dumm war und mit Anton mitgegangen bin?«

»Wie oft im Leben werden wir nicht gefragt, sondern es wird über uns verfügt. Ob wir wollen oder nicht. Was du tust, kommt auf dich zurück. Ich glaube kaum, dass du glücklicher wirst, wenn du eine schwierige Entscheidung, wie du sie jetzt vor dir hast, aus der Welt schaffen willst. Wir müssen doch versuchen, unser Leben in den Griff zu bekommen. Du bist jung und gesund. Du weißt, dass ich dich sehr lieb habe und dass Elena und ich zusammenhelfen, besonders wenn Not an Mann ist, wie jetzt bei dir.«

Damit war zunächst alles gesagt. Horst erkundigte sich nach dem Opernabend mit Robert. Er freute sich, dass sich Orianes trübe Stimmung nach der Wendung des ernsten Gespräches wie ein plötzlicher Sonnenstrahl am Himmel aufhellte.

Natürlich blieb Horst durch einige Äußerungen Orianes nicht verborgen, welche Ansicht der junge, zukünftige Mediziner im Gegensatz zu seiner Schwester von einer Schwangerschaftsunterbrechung vertrat.

»Robert ist mir wie ein Sohn ans Herz gewachsen. Ich staune manchmal über seine reifen und durchdachten Ansichten. Du solltest jetzt bei deinem Problem auf ihn hören, Onuschka, nicht auf Marietta. Es ist manchmal traurig, dass die Stillen und wirklich Wertvollen zu wenig beachtet werden. Aber es freut mich, dass du jetzt freundlicher zu ihm bist.«

Elena, Oma Lotte und Frau Beger – alle teilten die Ansicht, dass Oriane, die nun von ihrem Arzt den eindeutigen Befund einer Schwangerschaft bestätigt bekam, diesen Schicksalsschlag annehmen und das Kind austragen müsse. Nur Marietta versuchte, die Freundin noch bis zum letztmöglichen Termin eines Eingriffes zu überreden. Sie erzählte Oriane von einer gemeinsamen Schulkameradin, die Marietta ins Vertrauen gezogen hatte. »Stell dir vor, Orri! Lilli ging zu einer Hebamme, die im Geheimen solche Eingriffe praktiziert. Sie soll auch gar nicht teuer sein. Es hat bestens geklappt. Lilli ist wieder putzmunter. Ich würde dich zu der Hebamme begleiten und dir von meinen Ersparnissen etwas leihen.«

Oriane, die morgens auf ihrem Kindergartenweg unter schlimmer Übelkeit zu leiden hatte, war trotz ihrer heftigen Ablehnung gegen ihre Schwangerschaft erleichtert, dass sie nach dem mühsamen Ringen nun keine andere Wahl mehr sah, als das Kind zu bekommen. Sie dachte an Horst, dem sie nicht mehr unter die Augen treten könnte, wenn sie Mariettas Drängen gefolgt wäre. Aber nicht nur vor Horst, sondern auch vor sich selbst könnte sie nicht mehr bestehen. Verena wollte sie noch nichts von einer Schwangerschaft sagen. Der Leiterin ging es jetzt selber oft nicht gut, und ihre ganze Stütze war Oriane.

Nach längerer Pause traf sich Oriane wieder mit Vanessa. Als die Freundin von der Schwangerschaft erfuhr, war sie voller Mitleid mit Oriane. »Das ist sehr hart für dich! Ein Mann, den du nicht lieben kannst und der in weiter Ferne ist, und ein Kind, wo du selbst noch so jung bist!« Vanessa dachte lange nach. Oriane ahnte instinktiv, dass Vanessa niemals auf den Gedanken kommen würde, dieses Kind nicht bekommen zu wollen oder gar, es zu beseitigen. Im Gegensatz zur hitzigen Marietta, sah Vanessa ein Kind als höhere Fügung an, die ihr geschickt worden war. Ein Kind betrachtete die kinderliebe Vanessa als Geschenk für eine Mutter. »Es wird eine Weile dauern, bis du dich mit dieser neuen Lebenssituation abgefunden hast. Aber du wirst Hilfen bekommen, von denen du jetzt noch keine Ahnung hast. Ganz bestimmt! Vielleicht bringt dir dieses Kind sogar besondere Freuden. Wer weiß! Ich wünsche es dir so sehr, Oriane. Kommst du zu unserem nächsten Hauskonzert? Du und dein Kind sollten jetzt viel schöne Musik hören.« Die Freundinnen umarmten sich, und Oriane war über dieses positive Treffen recht glücklich.

Als an einem Wochenende wieder alle drei jungen Leute am Pilsensee versammelt waren, entschloss sich Oriane, Frau Böck einen Besuch zu machen, da sie auch Antons Adresse in USA erfahren wollte. Die übrige Familie versammelte sich im Garten zum Federballspiel und wartete voller Spannung auf das Ergebnis von Orianes Besuch nebenan.

Frau Böck empfing das junge Mädchen nicht gerade freundlich. Als Oriane sagte, sie habe ihr etwas sehr wichtiges auch für Anton mitzuteilen, wurde sie ins Wohnzimmer geführt. Oriane schilderte der sichtlich neugierigen Frau genau, wie der frühe Morgen Anfang Juni mit Anton verlaufen war, wie sie heimgehen wollte und er sie dann sehr brutal überfallen hatte. Da setzte sich Frau Böck heftig zur Wehr: »Das kann net sein. Na, so was macht mei Bua net!«

Doch Oriane blieb dabei: »Es war aber so. Er hat mich rücksichtslos vergewaltigt. Und jetzt erwarte ich ein Kind!«

Da stand Frau Böck so heftig vom Stuhl auf, dass er umfiel. Sie rang die Hände und hob sie flehend zu Oriane. »Haben'S ihn bei der Polizei verklagt?« Oriane schüttelte den Kopf. »Hab ich nicht. Aus Rücksicht auf seine Karriere. Aber ich stehe jetzt da, habe einen Beruf, Anton ist in Amerika und will bestimmt nichts mit einem Kind zu tun haben. Und Sie, als Mutter, haben mich noch in Antons Zimmer geführt, als ich nach dem schweren Wein beschwipst war, statt mich von Anton nach Hause bringen zu lassen.«

Binnen weniger Minuten hatte sich Frau Böcks angespannter Gesichtsausdruck völlig verändert. Ohne auf die Anschuldigung zu reagieren, interessierte sie nur ein Ereignis:

»Sie wolln des Kind kriagn, wolln's net wegmacha lassn?« Oriane schüttelte den Kopf. Da ging ein Leuchten über das noch von wenigen Falten gezeichnete Gesicht der Frau. Freudentränen rollten aus ihren Augen. Ihre Arme umfingen Oriane und drückten sie so fest, dass sie kaum Luft bekam. »Madl, Madl, da werd i ja Oma. I kanns net fassn! Mei, der Toni soll des heut no wissen. A größere Freid gibt's nimmer! Auf da ganzn Welt net.« Reumütig rief sie dann aus: »Verzeih bittschön, wenn i was falsch gmacht hab. Bisher hab i mi immer auf 'n Toni verlassen könna. Der hat doch scho viele Freindinnen ghabt. Die hat er immer her zu mir bracht. Aber da is nie was schief glaufen.«

Mit so einer Reaktion hatte Oriane überhaupt nicht gerechnet. Frau Böck nahm sie immer wieder in ihre Arme, sprudelte hervor, was sie alles für das Kindchen stricken und häkeln wollte. Sie war völlig aus dem Häuschen, gab voller Eifer Oriane Antons Adresse in USA, packte ihr noch einen selber gebackenen Kuchen ein und begleitete ihr »neues Töchterl«, wie sie Oriane nannte, zur Tür. Als sie entdeckte, dass Maybachs im Garten waren, ging sie mit zum Zaun und rief strahlend hinüber: »Hallo! I werd Oma! Bin der glücklichste Mensch von der Welt. Glei ruf i 'n Toni an. Pfüat God mitanand!«

Völlig zerschlagen sank Oriane auf den nächsten Stuhl. Alle vier standen sprachlos neben ihr. Horst fing sich zuerst: »Da wird der Toni ja eine Mordsfreude haben!« Marietta giftete: »Bald hast du nicht nur das Kind, sondern auch noch die Oma am Hals.«

Robert stieß seine Schwester an: »Ich finde es rührend, wie die Frau sich freut. Die zieht bestimmt ihr letztes Hemd für das Kind aus.« Und Elena tutete in Roberts Horn: »Hätte ich der Frau Böck gar nicht zugetraut, nach dem Ausbruch neulich!«

Da rief Horst: »Jetzt wohnen wir schon so nah, dass jeder dem andern ins Fenster glotzt. Das nächste wird sein, dass wir uns alle mit Frau Böck duzen. Ihre Freude ist ansteckend. Wir sollten das gleiche tun, meint ihr nicht?« Alle lachten. Robert holte eine Flasche Prosecco und Marietta Gläser. Sie stießen miteinander an. Frau Böck öffnete nebenan das Fenster und rief: »Der Toni ruft di heut Abend an, Orri. Er grüasst alle.«

Mitten in der Nacht schrillte das Telefon. Alle, außer Robert, der noch an einer Klausur arbeitete, schliefen. Er brachte das Telefon an Orianes Tür. Sie nahm es ihm dankend ab und rollte die Augen: »Natürlich Anton!«

»Die Mama is total ausgeflippt wegn dem Baby«, schrie Anton in die Leitung. »Wir zwoa san ja fertig mitanand.« Wütend rief Oriane zurück: »Wir zwei allerdings, aber ich stehe mit deinem Kind da.«

Da überschüttete sie Anton mit Vorwürfen, weil sie ihm nicht gesagt hatte, dass sie keine Pille nahm. Er nannte sie eine altmodische Zicke aus dem vorigen Jahrhundert und erklärte ihr, dass er kein Kind brauchen könnte. Das wichtigste wäre ihm seine Karriere. Er wäre auf dem besten Weg, ein Star zu werden. Alles andere interessiere ihn nicht.

»Wenn d' des Kind net magst, gibst's da Mama. Di reisst si drum.«

Oriane kochte vor Wut: »Wenn du weiter so gemein bist, zeig ich dich wegen Vergewaltigung an. Du weißt genau, was dir dann blüht!« Sie lief die Treppe hinunter und knallte den Hörer auf. Aber kaum war sie oben, schrillte es wieder. Antons Stimme war plötzlich sanft. Er bat sie inständig, ihm nicht sein ganzes Leben zu verpfuschen. »Wenn d' mir des antust, Orri, dann spring i aus'm nächsten Wolkenkratzer, da drauf kannst Gift nehma. I schick dir auch Geld, wenn's Kind da is. Da gib i dir mei Wort. Aber jetzt lass gut sei, abg'macht?«

Doch Oriane gab nicht nach. »Du tust dir leicht. Aber ich bin ja das saublöde Weibsstück, das man ruhig so behandeln kann.«

»Oh, Jesses Maria, verzeih bittschön, aber i war halt so wütend!«

»Rutsch mir doch den Buckel runter«, schrie Oriane, aber das Gespräch war zu Ende.

Als sie wieder im Bett lag, zischte ihr Marietta schlaftrunken zu: »O mei, o mei! Was hast du dir da bloß eingebrockt!«

In den nächsten Wochen hatte Oriane im Beruf jede Menge zu tun, um die Elternschaft auch weiterhin zufrieden zu stellen und die Neuankömmlinge an die Gemeinschaft zu gewöhnen. Verena ging es gesundheitlich nicht gut. Sie konnte nur mit Mühe ihrer Arbeit nachgehen und an manchen Tagen überhaupt nicht erscheinen. Die neue Kraft trat vorzeitig bei ihnen ein. Sie hieß Brigitte, war jung, sportlich und bei den Kindern schnell beliebt. Aber als sie sah, was Verena mit den Vorschulkindern alles arbeitete, meinte sie heimlich zu Oriane: »Bei mir dürfen die Kinder viel länger und ausgiebiger spielen. Frau Hellwig macht sich viel zu viel Mühe. Das war früher so, aber heute ist Gott sei Dank alles viel einfacher.«

Als dann Verena gar nicht mehr kommen konnte, bemühte sich Oriane, mit den Kindern im Sinne von Verena zu basteln, Kasperletheater zu spielen und Malstunde zu halten. Brigitte verlegte sich auf die Tätigkeiten, die wenig Vorbereitungszeit brauchten. Ihr Hobby war:Gitarre spielen und dazu Lieder zu singen. Weihnachtsbastelei und Mütter-Bastelabende waren ihr ein Gräuel. »Das braucht es doch gar nicht. Die Kinder sind auch mit weniger zufrieden.«

»Aber die Mütter nicht«, versuchte ihr Oriane klar zu machen. »Ein besonderer Kindergarten verlangt eben auch besondere Leistungen. Das ist natürlich nicht sehr bequem. Aber anscheinend genügt dir Mittelmäßigkeit!« Bald kletterte das Stimmungsbarometer der beiden jungen Kindergärtnerinnen auf Sturm. Die Kinder erzählten zu Hause, dass sich die neue Brigitte und Oriane oft miteinander stritten. Bei Verena gingen Beschwerden ein, was in ihrer ganzen Praxiszeit noch nie vorgekommen war. Brigitte meldete sich einige Male krank. Oriane war dann ganz allein verantwortlich.

Sie besuchte Verena in der Klinik. Die beiden letzten Monate vor der Geburt war ihr absolute Bettruhe verordnet worden, wenn sie ihr Baby behalten wollte. Verena bemerkte sofort, dass Oriane schwanger war, obwohl man ihr noch kaum etwas ansah. Verena war ungehalten darüber, dass sich Oriane in Schweigen gehüllt hatte, war aber bald wieder versöhnt, weil ihr Oriane erklärte, sie habe sie nicht mit noch mehr Problemen belasten wollen. Sie beruhigte Verena und erklärte ihr, dass es gesundheitlich bestens mit ihr bestellt sei, bat sie jedoch, eine andere Kindergärtnerin zu suchen.

Das war nun Orianes Aufgabe, denn Verena konnte Interessentinnen nicht in die Klinik bestellen. Oriane gab ein Inserat auf, und sie hatte das große Glück, dass die erste Kindergärtnerin, die sich vorstellte, die Richtige war. Sie hieß Nora, hatte mehrere Jahre Praxiserfahrung und entsprach in jeder Hinsicht den Vorstellungen von Oriane. Aber auch Verena war mit der neuen Kraft einverstanden. Durch Orianes positive Erzählungen, die von Eltern bestätigt wurden, verließ sich Verena darauf, dass ihre Kindergärtnerin die rechte Wahl traf.

Im Dezember bekam Verena ihr erstes Kind. Sie war tief betrübt, dass ihr kleiner Sohn sofort nach der Geburt mit einem Hubschrauber zur Operation in die nächste Herzklinik gebracht wurde. Oriane ging diese Nachricht sehr nahe. Erhoffte sie sich doch für Verena nach den schweren Monaten so sehr eine unkompliziertere Zeit. Ihr selbst war es kaum bewusst, dass ihre Schwangerschaft bisher so beschwerdefrei verlief. Ihre Kleidung wählte sie mit Bedacht so aus, dass niemand so leicht die werdende Mutter vermutete.

»Du wirst immer schöner«, sagte Robert zu ihr, wenn sie mit ihm nun immer öfter Opern oder Konzerte besuchte. Sein Freund hatte jetzt eine Freundin. Und Robert ging mit Oriane. Es machte Robert große Freude, dass Oriane immer vertrauter mit der Theater- und Konzertwelt wurde. Sie vertiefte sich in die Opernliteratur und hörte sich auf ihrem Plattenspieler Konzerte an.

»Was meinst du, wie sich dein Kind darüber freut, wenn es so schöne Musik hört«, sagte Horst zu ihr. Es erfüllte ihn mit Sorge, dass Oriane scheinbar keine besondere Beziehung zu dem wachsenden Leben in ihrem Leibe hatte. Als ignorierte sie ihre Schwangerschaft, schenkte sie ihr kaum Beachtung, sprach weder über Beschwerden, noch über zukünftige Pläne. Mehrmals bat Elena und vor allem Antons Mutter Oriane, sich regelmäßig untersuchen zu lassen. »Du musst doch acht geben, dass alles in Ordnung ist. Interessiert es dich nicht, wie es deinem Kind geht? Andere Mütter brennen darauf, es zu erfahren!« Elena war verärgert, als Oriane erklärte, sie hätte den Arzt mehrmals aufgesucht. Er war mit ihr zufrieden und das reichte.

Oriane nahm freundlich zur Kenntnis, dass Frau Böck, die sie jetzt Maria nannte, die hübschesten Babysachen häkelte. Aber die werdende Mutter machte keinerlei Anstalten, ein Bettchen, einen Wickeltisch zu kaufen oder gar eine Kinderecke für das kleine Wesen einzurichten. Als Weihnachten näher rückte, fragte Elena Oriane, was sie sich für ihr Kind wünschte. Schließlich hätte sie ja nur noch knapp zwei Monate Zeit. Oriane zeigte sich erstaunt. Sie erklärte, dass das Baby in ihrem Münchner Zimmer Platz hätte, und Kindermöbel könnte man später kaufen.

Als eines Abends Oriane in ihrem Zimmer im Maybachhaus ein Referat für den kommenden Elternabend vorbereitete, half Marietta Elena in der Küche.

Marietta versuchte Elena, die sich traurig über Orianes Gleichgültigkeit äußerte, zu beschwichtigen: »Orri ist ziemlich verändert durch diese Schwangerschaft. Innerlich ist sie wütend auf Anton, der ihr dieses Kind aufzwingt. Auf mich wollte sie ja nicht hören. Aber ich hab ihr vorgeschlagen, dass sie es nach der Geburt zur Adoption freigibt. Wir verstehen uns leider auch nicht mehr so besonders, weil es mich fuchst, dass sie zu Robert zwar freundlicher ist als früher, aber nie mal ein bisschen mehr. Sie muss es doch endlich kapieren, wie gern er sie mag. Scheinbar kann sie ihren Freund, den sie früher gehabt hat, nicht vergessen.«

Elena erschrak heftig: »Welchen Freund?« Marietta sah Elena voll fragender Neugier an: »Weißt du davon nichts? Das muss vor der Zeit gewesen sein, als wir noch nicht in München gewohnt haben. Als ich sie dann kennen gelernt habe, da fragte ich sie natürlich, ob sie einen Freund hätte. Orri erzählte mir, dass sie sich getrennt hätten, weil er verheiratet war. Sie wollte aber nie mehr über ihn sagen. Das ist bis heute so geblieben. Dabei bin ich ihre beste Freundin. Ich bohre immer wieder, schon wegen Robert -- aber da ist Funkstille. Vielleicht hängt sie noch an diesem Freund und lässt deshalb keinen anderen an sich heran. Ich bin oft recht sauer deswegen. In einer Freundschaft gilt doch Vertrauen.«

In Elena bebte innerlich jeder Nerv. Sie wusste genau, wer dieser Freund war und auch, dass Oriane Horst ein Versprechen gegeben hatte. Bangte sie doch heimlich so manches Mal davor, dass Oriane ihren Mann in ihrer Impulsivität wieder in Versuchung führen könnte, gerade weil sie sich so oft sahen. Wenn die Geschwister nicht immer mit ihr hier zusammen wären, könnte ein Zusammenleben unter einem Dach ohnehin nicht möglich sein. Sie versuchte, dieses heikle Thema zu umgehen. »An deiner Stelle würde ich bei Oriane einen wunden Punkt nicht immer wieder berühren. Wenn du in einer ähnlichen Lage wärst, wäre dir das bestimmt auch nicht recht.« Damit war dieses Gespräch erst einmal vom Tisch.

Oriane hielt an ihrem ersten Elternabend einen Vortrag über ein Erziehungsbuch, das gerade mit Erfolg erschienen war. Anschließend gab sie offiziell bekannt, dass sie Anfang Februar ihr Kind erwartete. Den Eltern teilte sie mit, dass ihre Kollegin Nora in der Zeit, die sie selbst im Mutterschutz war, eine Praktikantin einstellen wolle.

Natürlich wurde Oriane sofort von einer Mutter gefragt, ob sie später, wenn sie wieder im Beruf wäre, jemanden für ihr Kind hätte. Elena hatte mit Frau Beger besprochen, dass diese zuverlässige Frau neben ihrer Mutter das Baby betreuen würde, wenn Oriane nicht da war. Mit dieser guten Nachricht und dem positiven Eindruck, den sie von Oriane hatten, waren die Eltern zufrieden und besprachen auf dem Heimweg, dass sie ihre Kinder auch weiterhin gerne zu diesen beiden Erzieherinnen schicken würden.

Der Heilige Abend gestaltete sich in diesem Jahr anders als sonst. Die hohe Tanne im Wohnzimmer des Maybachhauses, von Horst geschmückt, blieb ohne Kerzenglanz.

Oma Lotte, die sonst immer zum Pilsensee geholt wurde, fühlte sich nicht wohl. Sie konnte das Bett nicht verlassen und Oriane umsorgte sie, weil auch Frau Beger eingeladen war. Elena und Horst beschlossen, nach München zu fahren, um nach Oma Lotte zu sehen und Oriane zu entlasten. An der Wohnungstüre kam ihnen der Hausarzt entgegen. Er erklärte, dass das schwache Herz der Oma zu schaffen mache und er ihr eine Spritze gegeben habe. Es sei aber nicht besorgniserregend. Er habe Sonntagsdienst und sei telefonisch erreichbar. Oriane lüftete gerade das Schlafzimmer. Die Oma war eingeschlafen.

Elena und Horst hatten ein kleines, fertig geschmücktes Tannenbäumchen und alle Geschenke mitgebracht. Während beide das Wohnzimmer weihnachtlich herrichteten, bereitete Oriane das Abendessen. Dann zog sie ihr schwarzes Samtkostüm an, das sie auch im Theater trug. Der lange Rock ließ sich rückwärts nicht mehr schließen, aber durch die weite Jacke war das nicht zu sehen. Eine weiße, gestickte

Bluse fiel lose über den Rock, so dass man eine Schwangerschaft nur ahnen konnte. Elena, die sie heimlich beobachtete, fand, dass Oriane bildhübsch aussah. Als die drei bei Tisch saßen, erzählte ihnen Oriane, dass Marietta und Robert sie besucht hatten. Sie zeigte Elena und Horst eine Schallplatte mit Weihnachtskonzerten und von Robert eine Opernkarte für Aida. Am zweiten Weihnachtstag wollte er mit ihr ins Theater gehen. Oriane schien sich sehr über diese Geschenke zu freuen. Über den wunderhübschen Stubenwagen, den Elena und Horst für das Baby mitgebracht hatten, zeigte Oriane jedoch kaum eine Regung. Oriane spürte Elenas und Horsts Enttäuschung. Als Elenas Mutter nach ihrer Tochter rief, beschloss Horst, mit Oriane zu sprechen. »Ich habe dein Referat gelesen. Es ist gut und intelligent geschrieben. Du hast in den letzten Monaten im Betrieb von Frau Hellwig viel geleistet. Und das alles, während du ein Kind erwartest. Das schaffen viele Frauen nicht, Onuschka. Außerdem siehst du sehr hübsch aus. Ich muss schon sagen: Respekt!«

Oriane errötete bei seinem Lob. »Danke! So hast du schon lange nicht mehr zu mir gesprochen. Aber mir geht es gut. Ich spüre die Schwangerschaft kaum.« Oriane traf wieder dieser gütige Strahl aus seinen Augen. »Dass es dir so gut geht, ist ein ganz besonderes Geschenk, der Dank deines Kindes, weil du es behalten hast. Warum nur hast du noch so wenig Beziehung zu ihm?«

Orianes Augen wurden feucht, füllten sich aber schnell mit zornigen Tränen: »Wie soll ich ein Kind von einem Mann lieben, der mir Gewalt angetan hat? Ein Rüpel wie Anton nach einem Mann wie dir, Horst. Das ist nicht zu ertragen! Wenn ich ein Kind von dir hätte, würde ich es über alles lieben, aber nicht dieses.«

Der leidenschaftliche Ausbruch traf Horst zutiefst. Jäh überfiel ihn wieder die Anklage gegen sich selbst, der zermürbende Vorwurf, der wohl nie aufhörte, ihn zu verurteilen. Horst stand auf, ging im Zimmer umher, blieb dann in einiger Entfernung von ihr stehen und bat Oriane mit fester Stimme, ihn anzusehen: »Onuschka! Bitte! Du lebst in Wunschträumen, die sich nicht verwirklichen lassen, verbaust dir dein junges Leben und lehnst dein Kind ab, obwohl es überhaupt nichts dafür kann, dass seine Mutter jetzt eine schwierige Zeit durchmachen muss.«

Oriane trocknete ihre Tränen. »Ich will mich ja zusammennehmen, aber immer kann ich es einfach nicht. Früher hast du mich in deine Arme genommen und mir Liebe gegeben. Da war alles so leicht. Und jetzt … Mir kommt mein Leben so sinnlos vor, wenn das alles fehlt.«

Da setzte sich Horst neben Oriane und legte einen Arm um sie. »Und dabei gibt es einen Mann, der dir von Herzen zugetan ist, der nur darauf wartet, dass du auf ihn zugehst.«

Ungläubig fuhr Oriane hoch: »Wen meinst du?« Als Horst nichts sagte, las sie von seinen Lippen ab: »Ach, Robert!«

»Kannst du denn gar nichts an ihm finden?«

Oriane wirkte bedrückt. »Doch, schon. Aber er ist so still. Nur nach Konzert- oder Opernbesuchen geht er mehr aus sich heraus. Ich kenne mich mit ihm oft wirklich nicht aus.«

Horst sah, dass Elena den Kopf zur Türe hereinstreckte. Er gab ihr ein Zeichen, dass er noch mit Oriane sprechen wollte. »Dann sag ihm das doch«, riet Horst. »Bei mir spricht er und erzählt mir alles. Er hat mir auch gesagt, dass er dich gern mag, sehr gern sogar.«

Oriane lachte: »Ihr wollt mich verkuppeln! Aber so leicht geht das bei mir nicht. Ich kann ja übermorgen nach dem Theater mal versuchen, ihn ein bisschen aus seiner Reserve zu locken.« Sie stand auf und umarmte Horst mit einem Kuss: »Verzeih wegen vorhin. Ich will versuchen, diese Rückfälle in den Griff zu kriegen.«

Jetzt stand auch Horst befreit lachend auf. »Wenn dir das gelingt, hättest du einen großen Sprung vorwärts getan.«

Am zweiten Weihnachtstag holte Robert Oriane in seinem Auto ab. Die Freude, mit ihr auszugehen, stand ihm im Gesicht geschrieben. Er lud sie in ein Restaurant in der Nähe des Opernhauses zum

Abendessen ein. Oriane trug ihr schwarzes Samtkostüm, Robert einen schwarzen Abendanzug. Statt Hemd mit Schlips bevorzugte er einen weißen Rollkragenpullover. Oriane fand, dass er heute besonders gut aussah. Lächelnd sagte sie es ihm. Sein volles, brünettes Haar fiel in leichten Wellen über die Ohren. Seine tiefliegenden, grauen Augen, die sie bisher meist nur scheu gestreift hatten, ruhten heute voller Anteilnahme und besonderer Erwartung auf Oriane, als verspräche er sich von diesem Abend eine Wende in ihrer bisher so unerfüllten Freundschaft. Er war sehr aufmerksam, wollte wissen, ob sie besondere Speisen oder Getränke jetzt nicht vertragen konnte. Oriane verneinte belustigt: »Ich esse mich quer durch den Obst- oder Gemüsegarten, aber eben nicht viel.« »Du bist eine erstaunliche werdende Mutter!« Robert hob sein Glas mit einer Weinschorle und stieß mit Oriane an. Ihr Gespräch kreiste dann ausschließlich um die kommende Oper. Oriane bewunderte sein Wissen rund um die Theater- und Opernwelt. Er konnte sich begeistern und seine Freude an der Musik sosehr steigern, dass Oriane glaubte, die Zuflucht zur Klassik lasse ihm für nichts anderes mehr Raum.

Als sie dann neben Robert saß und sich selbst von Verdis hinreißender Aida - Musik überwältigt fühlte, konnte sie ihn mehr und mehr verstehen. Als er seine Hand auf die ihre legte, erwiderte sie zum ersten Mal diese liebevolle Berührung und drückte ihre freie Hand sanft auf die seine. Fühlte sie sich doch gemeinsam mit Robert fortgetragen in die Welt der ägyptischen Königstochter Aida, die mit dem zum Tode verurteilten Radames, ihrem Geliebten, freiwillig in den Tod ging. Beide wurden eingemauert.

Oriane war so ergriffen, dass sie das Händeklatschen und die Beifallsrufe kaum wahrnahm. Verständnisvoll half ihr Robert später in den Mantel und führte sie wie eine Schlafwandlerin hinaus zu seinem Wagen. Erst die frische Nachtluft ließ sie wieder zu sich kommen. Aufatmend überließ sie Robert ihre Hände. »Ich war völlig weggetreten, wie verzaubert. Danke für dieses Erlebnis, Robert!« Er hielt ihre

Hände fest. »Ich habe es gemerkt. Da geht es dir wie mir. Es ist nach so einem Abend schwer, wieder in den Alltag zurückzufinden.« Oriane schlug vor, noch einen Spaziergang zu machen: »Nach so einem Ereignis brauche ich auch etwas Abstand. Was meinst du?« Robert war sofort einverstanden. Er lachte sie an: »Aber nur, wenn du deinen Arm unter den meinen schiebst.«

Arm in Arm gingen die beiden vom Opernhaus durch die leicht verschneite Theatinerstraße, vorbei an der Feldherrenhalle und der Theatinerkirche, über der eine schmale Mondsichel durch Wolkenfetzen lugte. Mehrere Fußgänger waren unterwegs. Robert schlug den Weg zum Hofgarten ein. »Ist dir nicht kalt? Du trägst keine Mütze.« Oriane lachte: »Du ja auch nicht. Wir haben beide dichte Haare.« Oriane dachte an das Gespräch am Heiligen Abend mit Horst und überlegte, wie sie es schaffen sollte, mit Robert über persönlichere Dinge zu reden. Doch Robert kam ihr zuvor. Es kostete ihn Überwindung, nach diesem wundervollen Opernabend eine Frage zu stellen, die ihn sehr beschäftigte. Aber das Glücksgefühl im Theater, als er Orianes Hand mit zartem Druck auf der seinen spürte, setzte ihn über alle Zweifel hinweg. »Du weißt, dass mich die Musik immer auflockert. Mir fallen dann leichter die richtigen Worte ein. Aber heute wollte ich dich etwas fragen, was mich schon eine Weile sehr beschäftigt.« Oriane merkte sein Zögern, weiter zu sprechen. Sie ermunterte ihn jedoch dazu. Robert ging langsam mit ihr weiter und sprach davon, dass Marietta ihm von einem Freund erzählt habe, von dem sich Oriane trennte, weil er verheiratet war. Robert blieb jetzt stehen und sah Oriane bittend an. »Ich denke mir, dass du diesen Freund nicht vergessen kannst und deshalb auch nicht frei bist für eine neue Beziehung. Ist das so?«

Oriane war die Kehle wie zugeschnürt. Mit solch einer Frage hatte sie niemals gerechnet. Robert spürte, wie ihr zumute war. »Du brauchst mir nicht zu antworten. Aber ich möchte dir so gern näher kommen. Es gelingt mir einfach nicht. Darüber bin ich oft sehr verzweifelt.«

Auf einmal fror Oriane. Die Kälte kroch über ihren ganzen Körper, bis in die Füße. Sie bat Robert, zurückzugehen.

»Ich tue mir auch schwer, mit dir zu sprechen, Robert. Nur, wenn du so wie jetzt nach einem Konzertbesuch mit mir zusammen bist, geht es besser. Aber wenn du zum Wochenende mit Marietta bei uns bist, wirkst du meist fremd und verschlossen.«

»Darunter leide ich ja schon lange so sehr. Und ich wünsche mir nichts mehr, als dass sich das ändert. Aber was ist mit dem früheren Freund? Siehst du ihn noch?«

Als sie schwieg, fragte er leise: »Kenne ich ihn?« Oriane fühlte sich in die Enge getrieben. Sie ließ seinen Arm los. »Ich habe ihm damals das Versprechen gegeben zu schweigen. Warum willst du das so genau wissen?«

»Weil dieser Freund zwischen uns steht. Weil er verhindert, dass wir uns näher kommen können.« Als Oriane wieder schwieg, bat er sie leise:

»Antworte mir wenigstens auf meine beiden letzten Fragen: Siehst du ihn noch, und kenne ich ihn?«

Oriane war sehr erregt. Sie hatte ihre Liebe zu Horst bisher wie ein Geheimnis gehütet. Und jetzt drang Robert in sie, es preiszugeben. Da stand er vor ihr in abwartender Haltung, mit einem Blick, der voller Hoffnung war, dass er Oriane für sich gewinnen konnte. Nur schwer überwand sie sich, wollte ihn aber nicht länger peinigen.

Kaum hörbar, rang sie sich nur ein einziges Wort ab: »Beides!«

Sie waren bei dem Parkplatz hinter dem Opernhaus angekommen.

Robert schloss den Wagen auf. Oriane sah, dass ihn die Entschlüsselung dieses einen Wortes marterte. Es tat ihr plötzlich leid, dass er sich ihretwegen so quälte. Als sie neben ihm saß, neigte sie sich ihm zu. »Ich finde es traurig, dass wir nach einem schönen Abend über so schwierige Dinge reden müssen. Muss das sein?«

Robert sah sie traurig an. »Ja, es muss sein. Wenn du ihn immer noch siehst, dann sehe ich keine Chance, dass wir uns näher kommen.

Und dass ich ihn auch noch kennen soll. Oriane, du folterst mich!«

Er ließ den Motor an. Nur wenige Male, seit sie Robert kannte, sah sie ihn so unwillig: »Wenn du mir jetzt nicht sagst, wer das ist, dann fahre ich so lange durch die Stadt und aus München heraus, bis ich es weiß!« Oriane merkte, dass sie nicht mehr aus der Falle herauskonnte. Robert hatte sie zugeschlagen, und nur er würde sie öffnen. Da gab sie sich einen Ruck: »Dann muss ich dir jetzt sehr weh tun, aber du willst das ja so haben. Du magst ihn sehr gern und er dich auch. Sogar ganz besonders gern.«

Robert fuhr den Wagen in der ruhigen Straße an die Seite und hielt an.

»Wer sollte das sein? Nein, das gibt es nicht! Das ist doch nicht möglich! Das kann nur Horst sein!«

Er sah Oriane irritiert an: »Und du? Er war dein Freund? Ihr habt euch geliebt? Du warst doch damals noch ein Kind. Ich kann das nicht glauben. Sag, dass das nicht wahr sein kann!«

Oriane weinte jetzt hemmungslos. »Du bist jetzt der einzige Mensch außer Elena, der es weiß. Aber du sollst auch wissen, dass Horst immer der liebste Mensch für mich war. Er hat nie etwas getan, womit ich nicht ganz und gar einverstanden war.«

Robert schien jetzt nur eines wichtig zu sein. »Seid ihr auch jetzt noch zusammen?«

Oriane schüttelte den Kopf. »Nein, seit über drei Jahren nicht mehr.«

Sie fühlte, dass sie Robert kurz erzählen musste, was zwischen Horst und ihr gewesen war. Und so hörte er, dass Horst ihr seine Liebe gestanden hatte, als sie dreizehn Jahre alt war, dass er eine wunderschöne Reise an den Gardasee mit ihr unternommen hatte, und von Elenas Wunsch nach der räumlichen Trennung, nachdem sie durch Horst von ihrer Liebe erfahren hatte. Robert hörte atemlos zu und erfuhr, dass Orianes Besuche an den Wochenenden bei ihren Pflegeeltern nur durch Marietta und Roberts Freundschaft möglich waren. Natürlich verschwieg Oriane auch Horsts Selbstvorwürfe nicht, weil er sie zu sehr an sich gebunden hatte.

Oriane spürte, wie erschüttert Robert war. In ihm brannten noch viele Fragen, die er aber aufschieben wollte.

»Du warst ein Kind. Dich trifft keine Schuld. Aber er?«

Robert verhüllte sein Gesicht mit beiden Händen. »Ich liebe ihn mehr als meinen Vater. Horst interessiert sich für alles, was ich tue, gibt mir Ratschläge, die ich achte oder befolge. Ich freue mich, dass Elena und er sich gut zu verstehen scheinen, aber … du und Horst in einem Liebesverhältnis? Das will mir nicht in den Kopf.«

Oriane wunderte sich über sich selbst, dass sie nun zum ersten Mal mit fester Stimme Worte aussprach, die sie wie ein Gelöbnis der Vergangenheit übergab: »Es sind über drei Jahre vergangen, Robert. Horst ist jetzt für mich ein lieber, väterlicher Freund, aber nicht mehr. Das war eine sehr schwere Entscheidung, aber ich weiß von Kind an, dass es endgültig ist, wenn er etwas beschlossen hat. Außerdem mag ich Elena zu gern, um sie noch einmal zu betrüben.«

Robert drehte sich jetzt ganz ihr zu und nahm ihre Hände in die seinen. »Ich möchte so gern dein Freund sein – ein wirklicher Freund, und noch viel mehr. Kannst du dir vorstellen, nach allem, was hinter dir liegt, dass du es auch möchtest?«

Oriane lächelte ihn an. Ihre Antwort kam aus voller Überzeugung: »Ja, Robert, ich will es auch.«

Da hob er sacht ihre Hände zu seinen Lippen und küsste die Innenseite der Handflächen.

Silvester feierte Oriane zum ersten Mal seit ihrer Kindheit nicht bei Elena und Horst. Die beiden blieben bei Oma Lotte, der es gar nicht gut ging, und Oriane war bei Marietta und Robert eingeladen. Die jungen Leute waren zu sechst, denn Roberts Freund hatte seine Freundin mitgebracht und Marietta wollte Oriane ihren neuen Freund vorstellen. Es war ein Kollege aus der Schreinerei, der bereits Buchhändler war, aber aus reiner Liebhaberei das Schreinerhandwerk lernen wollte. Sofort, als Oriane kam, zog Marietta die Freundin in ein Nebenzimmer. »Was hast du nur mit Robert gemacht?«, lachte sie vergnügt. »Du hast den Eigenbrötler ja völlig umgekrempelt. Er spricht und lacht und ist kaum wiederzuerkennen. Ich könnte dich zerquetschen vor Freude. Was ist denn da nur passiert?«

Oriane dachte an das heikle Gespräch nach dem Opernerlebnis und hoffte, dass Robert seiner Schwester nichts Näheres anvertraut hatte. »Wir sind jetzt beide miteinander befreundet«, sagte sie fröhlich, und bevor Marietta weiter neugierige Fragen stellen konnte, stürmte Paul, ihr Freund, herein und meinte, sie würde in der Küche gebraucht.

Es wurde ein sehr vergnügter Abend. Roberts und Mariettas Freunde würzten mit Humor und witzigen Einfällen die letzten und ersten Stunden der Jahre 1970/71. Robert dagegen hatte sich auf regen Blickkontakt mit Oriane verlegt. Am wichtigsten war für ihn, möglichst viele Blicke von Oriane erwidert zu bekommen. Oriane konnte diese Wandlung kaum fassen. Bisher hatte sie in seiner Gegenwart kaum eine Gefühlsregung empfunden. Erst seit dem letzten Opernbesuch, als er ihr gestand, dass er ihr Freund sein wollte und ihre Hände küsste, hatte sie eine warme Welle der Zuneigung zu ihm ergriffen. Als Robert sie in der Nacht nach Hause brachte, nahm er sie zum Abschied in seine Arme und küsste sie. »Du bedeutest mir viel, ganz viel!«

Oriane schlang beide Arme um seinen Hals. »Ich mag dich auch sehr, Robert.«

Die Festtage waren vorüber, und jeder ging wieder seiner Arbeit nach. Oriane und ihre Kollegin im Kindergarten stellten eine Praktikantin ein, die während Orianes Abwesenheit Nora zur Hand gehen sollte.

Verena Hellwig besuchte kurz ihren Kindergarten. In der Herzklinik hatte sich Verenas Kind nach der schwierigen Operation nur langsam erholt und musste nun zu Hause mit viel Zuwendung und Achtsamkeit aufgepäppelt werden. Verena, die sehr übernächtigt aussah, gestand

Oriane, dass für sie vorläufig keine Aussicht bestehe, wieder täglich im Beruf zu stehen. Die Pflege des Kleinen sei sehr mühsam und könne auf keinen Fall fremden Leuten überlassen werden. Da Oriane nun mehrere Monate im Mutterschutz sein würde, verabschiedete sich Verena mit guten Wünschen für die baldige Geburt und betonte, dass sie mit Orianes weiterer Mitarbeit drei Monate nach der Entbindung fest rechnete.

Oriane war nun frei. Während alle anderen arbeiten gingen, konnte sie morgens länger schlafen und machen, was sie wollte. Doch dieses »dolce far niente«, wie sie es nannte, sollte nur ein kurzes Gastspiel geben. Frau Beger bekam eine heftige Grippe, von der sie sich lange Zeit nicht erholte. Oriane musste Oma Lotte morgens bis nachmittags betreuen. Sie hatte mit Haushalt, Kochen und Einkaufen alle Hände voll zu tun. Nachmittags kam Elena, um sie abzulösen. Sie blieb dann, bis sie ihre Mutter zur Nacht versorgt hatte.

Robert rief Oriane jeden Tag an und war besorgt, dass sie so viel zu tun hatte. Er setzte es durch, dass sie spazieren ging. Obwohl ihn seine Doktorarbeit viel Zeit kostete, machte er weite Wege mit ihr.

Einmal erzählte ihr Robert bei ihrem Spaziergang, dass er vor Jahren eine Freundin hatte und vertraute Oriane an, dass selbst Marietta nichts von dieser Liebesbeziehung wusste. Er war damals neunzehn Jahre alt und sie in der Abiturklasse seine Sportlehrerin, zehn Jahre älter als Robert. Sie hätten sich sehr gut verstanden, und Anna habe eine hohe Meinung von der Liebe gehabt. Ihr Mann war bei einem Motorradunfall ums Leben gekommen. Ihr dreijähriges Töchterchen war viel bei Annas Mutter. Da Robert immer sofort nach der Schule zu ihr ging, habe niemand, auch nicht seine Schwester, von dem Verhältnis erfahren. Als Anna nach Norddeutschland versetzt wurde, trennten sie sich.

»Nach Anna gefiel mir keine mehr«, sann Robert dieser Erinnerung nach. »Eine kurze Affäre mit einer Studentin war ziemlich enttäuschend. Als ich dich dann sah, fühlte ich sofort: Diese oder keine!«

Oriane war traurig. »Danke für dein Vertrauen, Robert. Und ich war von Anfang an solch ein Ekel zu dir. Mir fehlte leider jegliche Menschenkenntnis.«

Robert drückte ihren Arm beim Gehen fester an sich. »Du warst innerlich nicht frei, hattest dich noch nicht von Horst gelöst!«

Auf einem dieser Wege durch die Isaranlagen sagte ihm Oriane, dass sie Horst über Roberts eindringliche Frage nach ihrer früheren Beziehung berichtet hatte. Robert erfuhr von Oriane, dass Horst nur kurz sagte, er würde mit Robert sprechen.

Die beiden Männer unterhielten sich lange. Nach dieser Aussprache kamen beide überein, dass ihr gegenseitiges Vertrauensverhältnis in keiner Weise gelitten, sondern ihr Gespräch sie einander noch näher gebracht hatte.

Teil 3

Als sich der Monat Februar und damit der Geburtstermin von Orianes Kind näherte, konnte Oma Lotte das Bett nicht mehr verlassen. Da Frau Beger wieder gesund war, wechselte sich Elena in der Pflege ihrer Mutter mit der treuen Hilfe ab. Oriane, der es nach wie vor gut ging, unterstützte die beiden Frauen, war jetzt aber spürbar entlastet.

Eines Abends rief Robert an. Er fragte Oriane, ob sie es noch wagen würde, mit ihm in die Operette: »Die Csardasfürstin« zu gehen. Oriane hatte gehört, dass diese Aufführung im Deutschen Theater wahre Begeisterungsstürme auslöste und die Münchner von der Inszenierung, den Sängern und den humorvollen Einfällen Loblieder in alle Winde streuten.

Oriane sagte zu, trotz Elenas Bedenken. Lachend umarmte sie die Tante. »Ich nehme zur Vorsicht meinen Klinikkoffer mit!«

Im Theater begrüßten Roberts Freund Rolf und seine Freundin Natascha Oriane und Robert. Rolf konnte es trotz der Anwesenheit seiner attraktiven Freundin nicht unterlassen, Oriane mit Komplimenten zu schmeicheln. »Du bist die Königin dieses Abends«,rief er aus und bewunderte ihr langes Chiffonkleid und ihr kunstvoll hochgestecktes Haar. Niemand würde vermuten, dass sie vielleicht schon in drei Tagen ihr erstes Kind erwartete.

Es war eine mitreißende Aufführung. Nicht nur die Musik und die Sänger brachten Gemüt und Blut in Wallung, sondern Witz und Komik in Tänzen und Wortgefechten entfachten im Publikum überschwängliche Laune. Es war ein Triumph der Heiterkeit, der vorausgegangene Begeisterungsstürme noch steigerte.

Oriane, die sich vor Lachen kaum mehr halten konnte, hörte neben sich Robert, dessen tiefe Stimme mit ihrer hellen wetteiferte. Noch nie hatte sie ihn so unbeschwert, so heiter erlebt. Er hielt ihre Hand, sie sahen sich an und prusteten los, bestärkt von den unwiderstehlichen

Ereignissen auf der Bühne und dem Fröhlichkeitsrauch der Menschen, die sie umgaben.

Plötzlich stockte jäh Orianes Atem. Es war, als spaltete ein Riss ihren Körper. Sie wagte sich nicht zu bewegen, horchte in sich hinein und wusste sofort: die ersten Wehen! Die Musik spielte soeben in getragenem Tempo eine schwelgerische Melodie. Es folgte ein Liebesduett. Robert neigte sich Oriane zu: »Geht es dir nicht gut?«

Sie flüsterte ihm zu: »Wir haben soviel gelacht! Vielleicht kommt das Kind deshalb eher!«

Robert schlug vor zu gehen, aber Oriane hoffte, noch bis zum baldigen Schluss bleiben zu können, was glücklicherweise gelang. Da sie einen Außenplatz hatten, schafften sie es, noch vor dem nach draußen eilenden Menschenstrom den Saal der frenetisch Applaudierenden zu verlassen. Im Auto neben Robert sitzend, spürte Oriane dann die immer heftiger werdenden Wehen. Voller Mitgefühl las er in ihrem schmerzverzerrten Gesicht, wie sie litt. Robert hatte Glück, dass er sofort beim Klinikeingang sein Auto abstellen und Oriane langsam, Schritt für Schritt in die Klinik führen konnte.

»Ich würde so gerne bei dir sein, aber das wird mir nicht erlaubt«, sagte Robert, als eine Schwester erschien und Orianes Arm nahm.

»Sind sie der Vater?«

Bedauernd schüttelte Robert den Kopf: »Leider nein!«

Robert ließ Oriane wissen, dass er bis zur Geburt des Kindes im Wartezimmer bleiben würde. Trotz der Schmerzen schickte sie ihm noch ein Lächeln. Dann war er allein.

Im leeren Wartezimmer wanderte Robert erregt umher. Dann wieder stand er am weit geöffneten Fenster und presste die Hände auf sein heftig pochendes Herz. Mehr denn je wurde ihm bewusst, wie stark sich sein Leben mit Oriane verband. Die Zeit ihrer Ablehnung gegen ihn war vorüber. Endlich konnte er sich überwinden und ihr seine Liebe zeigen. Und an der Geburt dieses neuen, kleinen Wesens wollte er mit allen Fasern seines Herzens teilnehmen.

Roberts Erregung wuchs von Minute zu Minute. Es war so still überall. Er öffnete die Türe zum Korridor und horchte hinaus. Der Kreissaal war in der Nähe. Wie oft schon hatte er in seinen Krankenhaus- Praxiswochen die Schreie gebärender Frauen gehört. Nur schwer konnte er es ertragen, leidende Menschen zu sehen oder zu hören. Einige Male war er nahe daran gewesen, das Medizinstudium deswegen aufzugeben.

Endlich wurde die Stille durch den Schrei eines Neugeborenen gelöst. Robert hoffte, dass es Orianes Kind war. Sein Herz klopfte zum Zerspringen. Er rannte zum Fenster, sog die kühle Nachtluft ein, ging auf und ab, – auf und ab.

Ganz plötzlich stand eine junge Schwester in der Türe. »Herzlichen Glückwunsch! Sie haben einen Sohn! Gesund und vier Kilo. Der jungen Mutter geht es auch gut!«

Ein befreites Lächeln huschte über Roberts Gesicht. Vor Aufregung vergaß er zu sagen, dass er nicht der Vater war.

Die Schwester hatte es eilig und teilte ihm mit, dass er geholt würde, wenn seine Frau in ihrem Zimmer war.

Es war weit nach Mitternacht, als Robert in Orianes Zimmer geführt wurde. Die Schwester legte einen Finger auf die Lippen: »Sie schläft! Bleiben Sie nur kurz!«

Scheu trat Robert an ihr Bett. Da lag Oriane schlafend, mit dem friedlich schlummernden Söhnchen im Arm, das Haar aufgelöst auf dem Kissen verteilt. Es war ein Anblick, der ihn überwältigte. In andächtiges Schauen versunken, vergaß er die Zeit, vermochte sich nicht loszureißen. Ein Wunsch in seinem Innern sehnte sich danach, mit ihr ein gemeinsames Kind zu besitzen. Am liebsten hätte er sich neben ihr niedergekniet und ihr blasses Gesicht und ihre Hände geküsst. Aber stattdessen breitete er eine Welle tiefer Zärtlichkeit über Mutter und Kind aus, beugte sich sacht zu ihrem Arm, der das Kind umfangen hielt, berührte ihn und das Köpfchen des Kindes sanft mit den Fingerspitzen. Dann ging er auf Zehenspitzen am Bett einer schlafenden Frau vorüber, durch den vom Nachtlicht nur schwach beleuchteten Raum.

In den nächsten Tagen fühlte sich Oriane wie in einem wirklichkeitsfremden Traum, der sie ihrem bisherigen Leben völlig entrückte. Es war für sie unbegreiflich, dass dieses neugeborene kleine Wesen ihr Kind und sie seine Mutter sein sollte. Für dieses Kind, das ihr ein ungeliebter Mann aufgezwungen hatte, sollte sie nun Jahrzehnte lang die Verantwortung übernehmen. Ihr Leben würde sich total verändern. Alles würde sich nach dem Kind richten müssen. Für sie selbst würde wenig Zeit bleiben. Und ihr Beruf? Die vielen fremden Kinder, die von ihr betreut wurden, für die sie ihr bestes geben musste. Wie konnte sie das nur alles bewältigen?

Oriane schlug die Hände vor ihr Gesicht. Sie war ratlos. Vor der Geburt hatte sie alle belastenden Gedanken weggeschoben, hatte weder an ihre Pflichten mit einem Baby noch an ihre Zukunft gedacht.

Jetzt, in der Geborgenheit dieses Krankenzimmers, rollten Gedankenwellen gleich einer Sturzflut auf sie zu. Die junge Frau in ihrem Zimmer sprach eine fremde Sprache und schien keinerlei Kontakte haben zu wollen. Ihr Kind war bei der Geburt gestorben. Oriane hätte sie gerne getröstet. Sie schämte sich fast ihrer eigenen Sorgen, aber da sich keiner dem anderen mitteilen konnte, blieb jeder mit seinen Gedanken allein.

Orianes Kind bekam von seiner Mutter so wenig Milch, dass die Schwester nach jeder Mahlzeit ein schreiendes Bündel hinaustrug. Da Oriane ohnehin wenig Bereitschaft zum Stillen zeigte, erhielt ihr Kind bald die Flasche. Aber trotz genügender Nahrung, bester Pflege und guter Gesundheit schrie der Kleine stundenlang, Tag und Nacht. Oriane flehte die Schwestern an, das Kind wenigstens nachts ins Kinderzimmer zu holen, damit sie schlafen konnte. Als Elena sie besuchte und das Baby bewunderte, war sie betrübt, dass sich Oriane heftig über ihr schreiendes Kind beklagte.

Horst kam allein. Er nahm den schreienden Kleinen aus dem Bettchen, redete ruhig auf ihn ein und wiegte ihn im Arm. Da schlief das Bübchen friedlich ein.

Oriane war höchst erstaunt: »Wie gut du ihn beruhigen kannst. Mir gelingt das nicht!« Horst nahm lächelnd ihre Hand: »Wenn du dein Kind lieb hast, kannst du das genauso. Wie soll er denn heißen?«

Oriane war verlegen. »Oh, einen Namen? Daran habe ich noch gar nicht gedacht.«

Horst sah sie lange aufmerksam an. »Ich wüsste jemanden, der sich sehr freuen würde, mit dir gemeinsam einen Namen zu finden.«

Oriane errötete. »Robert?«

Horst nickte. Er erzählte Oriane, dass Robert ihm berichtet habe, was es für ein Erlebnis für ihn war, Mutter und Kind als erster sehen zu dürfen, schlafend, – in tiefer Nacht. »Es muss unvergesslich für Robert gewesen sein.«

Horst legte Oriane ein blaues Päckchen für den Kleinen in den Schoß und verabschiedete sich mit einem Kuss auf ihre Stirn. »Es kommt jetzt eine ganze Menge auf dich zu. Aber du wirst hineinwachsen. Und, – vergiss nicht, wir helfen dir dabei!«

Als Marietta kam, schrie der Kleine wieder aus Leibeskräften. Kopfschüttelnd stand die Freundin am Bettchen. »Das ist ja nicht auszuhalten! Da gehst du drauf! Tag und Nacht wird dein Kind dich jetzt beschäftigen. Und das mit neunzehn Jahren, wo man ja wirklich was anderes im Kopf hat.«

Als Oriane kein Wort sagte, hatte Marietta Mitleid. Resolut wie sie war, läutete sie der Schwester und bat sie, den Kleinen ins Kinderzimmer zu bringen, da es bei diesem Geschrei nicht möglich sei, miteinander zu sprechen. Doch das lehnte die Schwester ab und brachte dafür das Fläschchen. Schweigend sah Marietta zu, wie Oriane den Kleinen wickelte und ihm dann sitzend zu trinken gab.

»Du bist ja schon ganz schön in Übung. Wenigstens mal ein paar Minuten ohne Geschrei. Bin ja gespannt, was Robert von so einem kleinen Wurm hält. Schade, zwischen euch beiden ist alles so gut gelaufen, und jetzt ist durch das Kind alles unterbrochen. Ihr könnt doch nichts mehr miteinander unternehmen. Ist dir das klar?«

Als Oriane den Kleinen wieder in sein Bettchen legte, fing er wieder an zu weinen. Marietta merkte, wie angespannt die junge Mutter war und vermied nun negative Einwände. Oriane erklärte ihr, dass sie selbst erst mit sich klar kommen müsse und über die jetzige Situation alles andere als glücklich sei. »Aber wenn du so schwarz siehst, wird alles noch schlimmer.« Da umarmte Marietta die Freundin schuldbewusst und warf einen Blick auf das Kind: »Eigentlich sieht dein Sohn ja ganz manierlich aus. Vielleicht fällt ihm auch mal was anderes ein als nur zu plärren. Seine Oma wird bestimmt begeistert von ihrem Enkel sein!«

Antons Mutter war, wie erwartet, restlos begeistert, als sie ihren Enkel auf dem Arm hielt. Sie wusste sich nicht zu lassen vor Freude, zog Fotos ihres Sohnes aus der Tasche und lobte in den höchsten Tönen die verblüffende Ähnlichkeit zwischen Vater und Sohn. Maria Böck erklärte Oriane, dass Anton einen speziellen Namen für den Fall, dass es ein Sohn war, ausgesucht habe. Anton legte großen Wert darauf, dass sein Sohn den Namen seines Vaters tragen und mit Vornamen Jakob heißen sollte. Maria erhob sich mit dem Kleinen auf dem Arm, sah Oriane mit beschwörendem Blick an und fragte, ob sie mit dieser Bitte ihres Sohnes einverstanden sei, oder ob sie schon einen anderen Namen habe. Oriane, die ihr Erstaunen kaum verbergen konnte, verneinte. Da drückte Maria Böck Oriane nebst Enkelkind voller Inbrunst an sich. Unter Tränen rief sie aus: »Gott schütze dich und den Jakob, das ganze Glück meiner alten Tage. Du sollst meine Hilfe haben, so oft du mich brauchst, Orri. Verlass dich drauf! Ich bin noch sehr fit!«

Jetzt hatte Orianes Kind einen Namen, und die junge Mutter war beschämt, dass sie selbst sich bisher überhaupt nicht bemüht hatte.

Als Vanessa Oriane besuchte, nahm sie Jakob auf den Arm, sah ihn aufmerksam an und strich ihm zart über das Köpfchen: »Dein Sohn hat einen typisch musikalischen Hinterkopf. Ich wünsche deinem Jakob, dass er mal ein besonders guter Musiker wird. Versprich mir, dass du mir berichtest, ob sich mein Wunsch erfüllt hat.« Lächelnd versprach es Oriane der Freundin.

Elena rief Oriane an und bat sie, noch ein paar Tage länger in der Klinik zu bleiben. Oma Lotte lag im Sterben, und Elena wollte es Oriane ersparen, dass sie mit dem Kind gerade jetzt nach Hause kam.

Oriane war darüber recht betrübt, denn sie hatte die Oma liebgewonnen und würde sie sehr vermissen, wenn sie nicht mehr da wäre.

Aber noch jemanden vermisste Oriane, mehr, als sie sich eingestehen wollte: Robert! Nur durch Horst hatte sie erfahren, dass Robert nach der Geburt bei ihr und ihrem Kind war. Seitdem hatte sie ihn nicht mehr gesehen. Er rief sie aus Hamburg an, wohin er mit seinen Eltern gefahren war. Der älteste Bruder seines Vaters feierte dort seinen fünfundsechzigsten Geburtstag. Robert bedauerte es sehr, dass er sie in der Klinik nicht hatte besuchen können. Er bot Oriane an, sie mit dem Kind abzuholen.

Robert hielt Wort. Es war jedoch eine traurige Heimkehr, denn Oma Lotte war am vorigen Tag gestorben. Elena empfing die jungen Leute im schwarzen Kleid und mit verweintem Gesicht. Frau Beger, die sich in der Wohnung zu schaffen machte, brachte Kaffee ins Wohnzimmer. Ein Lächeln huschte über ihr kummervolles Gesicht, als sie sich über Jakob beugte, der in seiner Tragetasche eingeschlafen war. Es lag eine bedrückende Stimmung über der kleinen Gruppe, die anscheinend auch Jakob zu Gemüte fuhr, denn er erwachte und fing jämmerlich an zu schreien. Oriane nahm ihn auf den Arm und reichte ihn Elena weiter, aber die schwarze Kleidung schien keineswegs beruhigend auf das Kind zu wirken.

Da erbarmte sich Robert, und er vollbrachte das Wunder, dass ihn

Jakob interessiert fixierte und ihm das erste Lächeln schenkte. Der Bann war gebrochen. Der neue kleine Erdenbürger sorgte dafür, dass die Trauergedanken bei dem positiven Willen zum Leben nicht übermächtig wurden. Robert erzählte von der Geburtstagsfeier in Hamburg. Sein Onkel war Kinderarzt, hatte eine sehr gut gehende Praxis, die er aber bald einem jungen, tüchtigen Arzt übergeben wollte.

Robert richtete seinen Blick auf Oriane, als er weitersprach: »Onkel Herbert dachte dabei an mich und meinte, ich könnte doch statt meiner Ausbildung als Facharzt für Augenheilkunde den Facharzt für Kinderheilkunde machen.«

Elena, sowie Horst, der gekommen war, um seine Frau abzuholen, fanden diesen Vorschlag sehr überlegenswert. Nur Oriane meinte zögernd: »Da bist du dann aber sehr weit weg.«

Robert sah sie liebevoll an. »Ich weiß. Wir reden noch darüber.«

Da Elena von den vielen, durchwachten Nächten bei ihrer Mutter sehr erschöpft war, drängte Horst zum Aufbruch. Zum Abschied legte er den Arm um Oriane und neigte sich mit ihr über das schlafende Kind. »Dein Jakob hat eine sehr positive Ausstrahlung. Das ist mir sofort aufgefallen.

Ich kann mir vorstellen, dass du Freude an ihm hast!«

Als alle fort waren, blieben Oriane und Robert allein in der Wohnung zurück. Frau Beger hatte angeboten, dass sie abends zurückkommen und nachts hier schlafen wollte, damit Oriane in der ersten Nacht nicht allein sein sollte.

Robert setzte sich neben Oriane auf das Sofa und nahm ihre Hand. »Endlich bin ich mit dir allein. Ich konnte es kaum erwarten, dich und Jakob wiederzusehen.«

Oriane legte ihren Kopf an seine Schulter. »Ich bin so froh, dass du wieder da bist und ganz in meiner Nähe wohnst. Es fällt mir schwer, hier allein zu sein. Oma Lotte fehlt mir, und du gehst vielleicht auch bald weit weg. Muss das sein?«

Robert zog sie an sich. »Es macht mich glücklich, dass du mich nicht fortlassen willst. Aber ich muss diese neue Situation ohnehin noch reiflich überlegen. Außerdem liegen ab sofort mehrere Wochen Krankenhauspflegedienst vor mir. Da heißt es: früh um sechs Uhr antreten!«

Oriane machte ein betrübtes Gesicht. »Da bist du ja voll eingespannt. Und ich habe nun ein Kind und bin von früh bis spät angehängt. Unsere Opern- und Konzertbesuche gibt es wohl jetzt nicht mehr?«

Robert lächelte sanft. »O ja, die gibt es schon noch! Du hast Frau Beger, die abends mal auf Jakob aufpassen kann. Marietta wird ebenfalls einspringen. Außerdem hast du noch Elena und Antons Mutter, die sich um ihren Enkel reißen wird. Das sind vier Leute, Oriane, und erfreuliche Aussichten, findest du nicht?«

Jetzt lachten beide. Leider blieb für weitere Unterhaltungen keine Zeit mehr. Jakobs Ärmchen ruderten wild durch die Luft, und sein kräftiges Schreien meldete, wie groß der Hunger war.

Oriane nahm den Kleinen auf ihren Schoß und gab ihm die Flasche. Robert saß noch eine Weile still in das Mutter-Kind-Bild versunken.

Dann verabschiedete er sich. »Du brauchst jetzt Ruhe. Wenn du mich brauchst, bin ich für dich da. Als dein Arzt und dein Freund. Tag und Nacht! Versprochen?«

Die nächsten Wochen waren nicht leicht für Oriane, denn Jakob hatte seine Schreizeiten unerbittlich auf die Nachtstunden verteilt. Seine Mutter brachte er deshalb um den für sie so wichtigen Schlaf. So gut es Oriane in der Schwangerschaft gegangen war, so erschöpft und chronisch müde fühlte sie sich jetzt. Frau Beger kochte bei sich zu Hause und brachte Oriane davon mit. Sie machte die Wohnung sauber und kaufte ein, aber sonst war die junge Mutter auf sich allein gestellt. Oriane sehnte sich nach ihrer Berufszeit. Mit Jakob im Kinderwagen fuhr sie den weiten Weg zum Kindergarten und besuchte Nora und die Praktikantin. Die Kinder bestaunten das Baby, aber als Jakob die Windeln voll hatte und aus Leibeskräften schrie, waren alle erlöst, als

Oriane wieder fort war. Sie merkte, dass es auch ohne sie gut ging und war enttäuscht, dass niemand sie vermisste.

Nach langer Pause beschloss Oriane, am Wochenende zum Pilsensee zu fahren. Robert holte sie ab, und auch Marietta schloss sich an. Von Elena und Horst wurden die drei nebst Baby mit Freudenrufen empfangen. Kaum hatte sich die Haustüre hinter ihnen geschlossen, stand auch schon Maria auf der Schwelle mit einem Brief ihres Sohnes an Oriane. Ihre Omafreuden schütteten sich dann verschwenderisch über Jakob aus, der auf ihrem Arm für längere Zeit zu schreien vergaß.

Voller Spannung zog sich Oriane mit dem Brief von Anton in eine stille Ecke zurück. Sie las ihn wieder und wieder, konnte den Inhalt, gespickt mit einer Orthographie, die zum Himmel schrie, nicht fassen:

»Libe Orri! Die Mama is ja hin und weg mit dem Buam. Lass ma ihr halt die Freid. I selber kann ja hier net weg, weil i als Torwart was bin, Orri. Mei Traum is wahr wordn. Hab Geld wie Sant am Mehr und hab a super Wonung kauft im 22. Stok mit a bombiken Ausicht auf San Frantschisko. Weil jetzt halt der Jakob scho da is, will i dir für ihn a Summe von DM achtzigtausend überweisn, die du gut anlegn sollst. Dein Onkl is doch a guter Gschäftsman. Der kann dir helfn. Die Zinsn kannst für dich nehma. I hoff ja, dass des richtig machst.

Von der Mama hör i ja, wies dem Jakob get. Wir zwoa ham ja nix mitanand am Huat. Des woast ja! – Serfus! Anton.

Alle saßen erwartungsvoll am Kaffeetisch und sahen auf Oriane. Als sie sich auf ihren Platz setzte, rief Antons Mutter: »Zeig den Brief ruhig her, Orri. I woaß ja, was drin steht!«

Da gab ihn Oriane an Horst weiter und schüttelte den Kopf. »Das kann ich nicht annehmen!«

Horst las den Brief und meinte energisch: »Selbstverständlich kannst du das annehmen. Anton ist der Vater deines Kindes und weiß, was er dir schuldig ist. Er ist in einem anderen Erdteil und verdient Geld wie Sand am Meer, wie er schreibt. Und du hast die volle Verantwortung für euer Kind, stehst im Beruf und musst für eueren Lebensunterhalt aufkommen.«

Horst reichte den Brief weiter. Da rief Maria beschämt aus: » Mei Anton ist a anständiger Bursch. Der lasst si net lumpen, wenn er was angstellt hat, wie des mit der Orri. Aber sei Rechtschreibung is a Katastroph. Da kanns i noch besser auf meine oitn Tag. I genier mi deswegen vor euch. Aber die Hauptsach is doch, dass d' Orri a Geld fürn Buam kriagt.« Der Meinung waren alle. Inzwischen hatte jeder den Brief gelesen und zu Maria ein anerkennendes Wort gesagt. Ihre größte Freude war dann, dass sie ihrem Enkel eine frische Windel und die Flasche geben durfte.

Als dann am Abend Oriane und Marietta zu Bett gingen, meinte die Freundin belustigt: »Jetzt bist du ja eine reiche Frau, aber mit einer Adoption wird es nun nichts!«

Oriane schüttelte den Kopf. »Das Geld ist nicht für mich, sondern für Jakob. An eine Adoption habe ich nie ernstlich gedacht.«

Mitten in der Nacht erwachte Oriane. Sie hörte Jakob weinen, aber sein Rollenbett war nicht in ihrem Zimmer. Auch der Wasserkocher mit dem Fläschchen war nicht mehr da. Es war drei Uhr. Um diese Zeit gab sie dem Kleinen meist zu trinken. Sie zog ihren Morgenmantel an und ging leise aus dem Zimmer, um Marietta nicht zu stören. Die Türe zu Roberts Zimmer war leicht geöffnet. Es brannte Licht. Auf Zehenspitzen trat Oriane ein. Da saß Robert mit Jakob auf dem Schoß und gab ihm die Flasche. Robert sah Oriane lächelnd entgegen. »Er schrie schon ziemlich lange. Du hast ihn anscheinend nicht gehört. Da habe ich mich erbarmt.« Oriane war recht zerknirscht. »Das tut mir leid, dass er dich auch noch um deinen Schlaf bringt. Aber dass ich ihn nicht gehört habe? Das ist echt schlimm!«

Robert legte das jetzt schlafende Kind in sein Bettchen und deckte es zu, als habe er das schon immer gemacht. »Kein Wunder! Du bist eben erschöpft, weil du jede Nacht mehrmals aus dem Schlaf gerissen wirst!« Er legte seine Arme um Oriane und zog sie an sich. »Bleib noch ein wenig bei mir«, flüsterte er ihr zu. »Ich möchte so gern ganz nah bei dir sein. Komm, leg dich zu mir.«

Oriane lächelte ihn an und nickte. Sie legte sich in ihrem Morgenmantel neben ihn. Er rückte dicht zu ihr, deckte sie sorgsam zu, nahm dann ihre Hand und hielt sie fest an seiner Brust. Oriane drückte zärtlich ihr Gesicht an seinen Arm. »Ich habe dich lieb, Robert, sehr lieb sogar!«

Da presste er ihre Hand noch fester an sein Herz. »Ich auch, du Liebstes, ich auch!«

Zum ersten Mal nach Jakobs Geburt war Oriane mit Robert wieder in einer Opernaufführung gewesen. Noch ganz erfüllt von Mozarts »Zauberflöte«, brachte Robert Oriane nach Hause. Frau Beger hatte den Kleinen versorgt und sich mit den zuversichtlichen Worten verabschiedet: »Es ging alles bestens. Sie können ruhig bald wieder ausgehen.«

Oriane bat Robert ins Wohnzimmer. Zum Ausklang dieses besonderen Abends wollten sie noch ein Glas Wein miteinander trinken. Robert setzte sich eng neben Oriane. Sie tranken einander zu und sahen sich an. Robert gelang es nicht mehr, seinen Blick von ihr zu wenden.

Sachte bog er ihren Kopf zurück und küsste sie. Oriane spürte seine Lippen mit einer solch innigen Zärtlichkeit auf den ihren ruhen, dass sie sich zutiefst von dieser Berührung durchdrungen fühlte. Sie erwiderte seinen Kuss, der nicht enden wollte voller Hingabe und sehnte sich danach, dass Traum und Wirklichkeit eins wurden. Ein Glücksgefühl umfing Oriane, wie sie es jetzt in den Armen dieses oft so schweigsamen Mannes nie vermutet hätte.

»Heute lass ich dich nicht mehr fort«, flüsterte sie an seinem Ohr. Und Robert konnte nur ein Wort zurückflüstern, während sie seine Lippen und Hände liebkosten: »Endlich!«

Zum ersten Mal in seinem jungen Leben weinte Jakob nicht, als habe er beschlossen, seiner Mutter die Liebesnacht von Herzen zu gönnen.

Erst gegen Morgen machte er sich bemerkbar. Da holte ihn Robert, legte das Kind auf dem breiten Sofa im Wohnzimmer neben sich und Oriane und gab ihm sein Fläschchen. Oriane erwachte verwundert darüber, neben sich Robert mit dem Kind zu finden. Gerührt über Roberts erneute Einsatzbereitschaft, schalt sie jedoch ihre Schlaftrunkenheit und versprach, sich zu bessern. Doch Robert legte Jakob in sein Bettchen, nahm die geliebte Frau erneut in seine Arme und gab sie viele Stunden nicht mehr frei. Beide wussten nun, dass sie ihren Lebensweg gemeinsam gehen würden, auch wenn es noch Umwege zu überwinden gab.

Die Zeit des Mutterschutzes näherte sich ihrem Ende. Mit sehr gemischten Gefühlen sah Oriane dem Tag entgegen, wo sie Frau Beger ihre Mutterpflichten überlassen und sie selbst mit fremden Kindern eingespannt sein würde.

Außerdem entschloss sich Robert, in Hamburg das Angebot seines Onkels anzunehmen und neben seiner Promotion mehrere Wochen in der Kinderarztpraxis zu arbeiten, um festzustellen, ob er seinen Facharzt auf dieses Gebiet verlegen wollte.

Als Robert sah, wie niedergeschlagen Oriane über sein Fortgehen war, tröstete er sie, beschrieb das Haus nahe der Alster, wo sein Onkel wohnte und auch seine Praxis hatte. »Ich kann dort ebenfalls wohnen. Wenn du Ferien hast, besuchst du mich. Spätestens nach drei Monaten bin ich wieder hier bei dir.«

Anscheinend stand der berufliche Neubeginn der jungen Mutter unter keinem guten Stern.

Gleich am dritten Tag ihres Neuanfanges stürzte Nora am Vormittag so unglücklich mehrere Stufen die Steintreppe in den Garten hinab, dass sie sich einen komplizierten Bruch am Bein und am linken Arm zuzog. Sanitäter brachten die Verunglückte in die Orthopädische Klinik. Für die Kinder und ihre Eltern war dieser schlimme Zwischenfall ein sehr einschneidendes Erlebnis. Nora war sehr beliebt und würde nun längere Zeit fehlen. Oriane konnte die Folgen dieses Sturzes mit den Nachteilen für sie selbst noch nicht einschätzen. Die Praktikantin, mit der sie nun allein arbeiten würde, kannte sie noch kaum. Sie wusste jedoch von Nora, dass die selbstbewusste Helene sich nur ungern etwas sagen ließ, und durch ihre wenig offene Art einige Male ziemliche Schwierigkeiten gemacht hatte.

Oriane spürte sehr bald, dass Helene versuchte, besonders die neuen Kinder auf ihre Seite zu ziehen. Es fielen Worte wie: »Wann kommt Nora endlich wieder? Bei ihr war es so schön!« Das tat weh. Vor allem, weil Oriane sich viel Neues einfallen ließ, um die Kinderschar zu unterhalten und zu erfreuen. Stellte sie Helene ab und zu zur Rede, um Verbesserungsvorschläge oder eine andere Meinung zu hören, wich sie geschickt aus, oder sie rief ihre Lieblingsworte: »Alles o.k.«

Oriane ertappte sich dabei, dass ihr der Beruf nicht mehr so viel Freude machte, wie zu der Zeit, als Verena noch an ihrer Seite gewesen war.

Da vorläufig keine Aussicht bestand, dass Nora bald wiederkommen würde, nahm sich Oriane vor, durchzuhalten und das Beste daraus zu machen.

Da erschien eines Vormittags eine ältere Dame, die ihre Zwillingsenkel im Kindergarten anmelden wollte. Die Kinder waren noch in Berlin in einem antiautoritären Kinderladen, sehr frei und selbstbestimmt erzogen, und sollten nun in einem Münchner Kindergarten mit normaler Erziehung, das letzte Jahr vor der Schule verbringen. Oriane zeigte sich misstrauisch. »Das muss ich erst mit meiner Leiterin besprechen. Ich allein kann das nicht entscheiden.«

Die Großmutter der Zwillinge drang nun mit zwingender Intensität in Oriane, wie notwendig es sei, diesen Kindern lebenswichtige Regeln beizubringen. »Ich bitte Sie um alles in der Welt: Probieren Sie es wenigstens mit der Edda und dem Tobby. Wir zahlen Ihnen gern den doppelten Beitrag!«

Oriane besprach sich mit Verena. Doch Verena war bereits so geschockt durch Noras Unfall, dass Oriane den Eindruck hatte, diese stets so bewundernswerte Frau, die immer ihr Vorbild gewesen war, schien den Belastungen des Alltags nicht mehr gewachsen zu sein. Es kam neben der anstrengenden Pflege ihres Babys noch eine weitere Schwierigkeit dazu: Ihr Mann stand vor einer riskanten Operation. Eine Heilung danach war jedoch fraglich. Oriane war wie vom Donner gerührt, als Verena ihr das ungeheuerliche Angebot machte, ab sofort alle Verantwortung für den Kindergarten zu übernehmen. »Nach reiflicher Überlegung halte ich dich für geeignet, meinen Betrieb zu leiten, Oriane. Wärst du dazu bereit?«

Oriane fühlte sich überfordert. Sie war nicht im Stande, gleich zu antworten. Verena sah, wie sie zögerte, aber die Grenzen ihrer eigenen Belastbarkeit hatte sie bereits überschritten. So sehr sie ihren Betrieb liebte, so genau wusste sie, dass sie körperlich und psychisch nur noch wenige Reserven besaß. Deshalb griff sie zum letzten Strohhalm: »Wenn du es dir nicht zutraust, Oriane, wird der Kindergarten geschlossen. Es bleibt mir keine andere Wahl. Denn eine neue Erzieherin suchen … dazu fehlt mir jegliche Kraft.«

Oriane hatte den Eindruck, dass es Verena jetzt nur noch um eine rasche Entscheidung ging. Aber die konnte sie erst fällen, wenn sie sich selbst Klarheit verschaffte.

»Ihre Entscheidung kommt für mich sehr plötzlich. Ich muss mir alles erst allein überlegen. Aber Ihr Vertrauern ehrt mich. Ich danke Ihnen!«

Der Abschied war formell, ohne Lächeln.

In dieser Nacht fand Oriane keinen Schlaf. Als sie gegen Morgen einnickte, schrie Jakob. Es war Samstag, und die junge Mutter war erleichtert, dass sie zu Hause bleiben konnte. Marietta kam, brachte Frühstück und hörte von Verenas Angebot. Sie war begeistert.

»Mensch, so einen Job kriegst du nie wieder. Selbstständig im Beruf stehen! Das nimmst du doch an?«

Sie war Feuer und Flamme und wollte sofort Robert in Hamburg anrufen. Aber Robert war gar nicht der Meinung seiner Schwester. Als er mit Oriane sprach, befürwortete er die Schließung. »Du bist sonst ganz und gar an München gebunden. Einen eigenen Betrieb gibt man nur sehr schwer auf. Ich finde es sinnvoller, wenn du zu mir kommst und hier eine Erzieherinnenstelle suchst. Und zwar nur halbtags. Für Jakob gibt es bestimmt eine zuverlässige Person, die für einige Stunden auf ihn aufpasst!«

Oriane war hin- und hergerissen in ihren Gefühlen. Da machte Marietta den Vorschlag, zu Horst und Elena zu fahren. Resolut packte sie Kind und Zubehör in Roberts Auto, das er für sie zurückgelassen hatte und empfahl der zögernden Oriane auf der Fahrt zum Pilsensee nochmals energisch, das fabelhafte Angebot von Verena Hellwig anzunehmen.

Auch Elena meinte, Oriane müsse stolz sein, dass die erfahrene Leiterin ihr eine so hohe Verantwortung zutraute.

Horst überlegte lange, bis er auf Orianes Bitte Stellungnahme bezog. »Du bist noch sehr jung und hast wenig Berufserfahrung. Ich finde es viel zu früh, eine solch gewaltige Verantwortung aufgeladen zu bekommen. Die Eltern, von denen jetzt sehr viele neu für dich sind, werden dich besonders unter die Lupe nehmen. Es darf in deinem Betrieb nichts, aber auch gar nichts passieren. Du bist allein auf dich gestellt, musst für alles gerade stehen. Überlege es dir sehr gut, ob du das alles auf dich nehmen willst!«

Mit Horsts Meinung verstärkte sich Orianes Unentschlossenheit noch mehr: »Ich habe ja selber Zweifel, ob ich es schaffen kann. Nur, weil Verena mich bedrängt, soll ich eine Entscheidung treffen, die ich vielleicht bereue!«

Marietta fuhr empört hoch: »Zweifel bringen gar nichts! Wage es einfach, sonst gewinnst du nix!«

Oriane kam zu keinem Entschluss. Als sie am Sonntag nach München zurückfahren wollten, wurde sie ans Telefon gerufen. Es war Verena. Sie wollte wissen, wie sich Oriane entschieden hatte. Sofort spürte Verena das Zögern ihrer Erzieherin. Zum Erstaunen von Oriane hörte sie eine zuversichtliche, muntere Stimme durch den Hörer rufen:

»Ich habe dich immer als einen mutigen und positiven Menschen eingeschätzt, Oriane. Deshalb bin ich auch der festen Überzeugung, dass du die richtige Person für meinen Betrieb sein wirst. Ich habe den Vertrag zur Übergabe schon vorbereitet. Komm bitte morgen nach Kindergartenschluss zu mir, ja?«

Fassungslos legte Oriane nach kurzem Gruß den Hörer auf. Die anderen hatten das Gespräch mit angehört. Horst war ärgerlich:

»Diese dominante Dame setzt dir ja buchstäblich die Pistole auf die Brust!« Er riet Oriane, sich auf keinen Fall drängen zu lassen, sondern ganz allein für sich in Ruhe einen Entschluss zu fassen.

Marietta, die schon am Steuer saß, mahnte zum Aufbruch.

Nach einer schlaflosen Nacht mit einem schreienden Jakob und einem langen Gespräch mit Robert, der ihr dringend riet, den Vertrag nicht zu unterschreiben, trat Oriane ihren Arbeitsalltag an.

Übermüdet, erschöpft und ausgelaugt, kaum mehr fähig, einen Gedanken zu fassen, unterschrieb sie den Vertrag für ihre neue Stellung als selbstständige Leiterin und Erzieherin.

Als sie die glückliche, nun von aller Verantwortung befreite Verena verließ, war sich Oriane darüber klar, dass sie mit dieser Unterschrift gegen ihre innerste Überzeugung gehandelt hatte.

Erst einige Tage später, nach der positiven Reaktion einiger Eltern zu ihrem Rundschreiben über die Übergabe des Kindergartens, wurde ihr der eigene Stellenwert tiefer bewusst.

Marietta, die ihr in diesen Tagen verstärkt zur Seite stand, unterstützte sie darin. Die Freundin tröstete Oriane, weil Robert ihren Entschluss übel nahm. Fast täglich hatten die Liebenden miteinander telefoniert, aber jetzt ließ Robert nichts mehr von sich hören. Marietta machte sich Vorwürfe, dass sie die Freundin vielleicht falsch beeinflusst hatte. Denn von Roberts neuen Plänen wusste sie erst jetzt. Wollte doch ihr Onkel, dass Robert, der in der Hamburger Praxis unentbehrlich geworden war, sein Facharztstudium in Hamburg ausübte. Robert bat seine Schwester, diese noch vagen Pläne für sich zu behalten. Er würde mit Oriane sprechen, wenn er sich endgültig entschieden hätte.

Marietta, die ihre Gesellenprüfung vor sich hatte und dafür an einer anspruchsvollen Glasvitrine arbeitete, tröstete Oriane: »Wir werden die Probleme wegen Robert schon wieder gerade biegen. Er liebt dich über alles, und deshalb finden wir bestimmt den richtigen Aufhänger.«

Das erhoffte sich Oriane von Herzen, aber ihre ganze Einsatzbereitschaft galt jetzt ihrer neuen beruflichen Situation. Es befremdete sie täglich mehr, wie sich Helene ihr gegenüber verhielt. Die Praktikantin äußerste sich mit keinem Wort darüber, dass Oriane nun ihre Chefin war. Durch die Kinder erfuhr sie, dass Helene nach Dienstschluss abwechselnd von einigen Eltern gebeten worden war, auf ihre Kinder aufzupassen.

»Helene ist ganz lieb zu uns. Sie kann so schön spielen«, freute sich ein kleines Mädchen. Andere Mütter luden die Praktikantin zu Kaffee und Kuchen ein. Die Kinder kletterten auf ihre Knie und schmusten mit ihr. Oriane fiel auf, dass es Helene wichtig war, dabei die Aufmerksamkeit ihrer Chefin zu erregen. Der tägliche Kampf mit Helene setzte Oriane zu, und einige Male war sie kurz davor, sie zu entlassen. Da es aber auch in ihrem Privatleben Schwierigkeiten gab, konnte sie sich noch nicht entschließen, eine neue Kraft zu suchen. Vor allem fehlte ihr der Schlaf. Jakob hatte sich nach wie vor darauf eingeschworen, bei Tag zu schlafen und nachts zu schreien oder seine erwachenden Lebensenergien lautstark zu zeigen. Da ihn Frau Begers weite Spaziergänge mit dem Kinderwagen in süßen Schlaf wiegten, war sein Bedarf an Ruheeinheiten gedeckt. Wenn dann seine müde Mutter heimkam, war der Kleine hellwach. Er lag auf seiner Spieldecke auf dem Fußboden, rollte sich vom Rücken auf den Bauch, griff sich Spielzeug und untersuchte es mit Zunge und Zähnen. Frau Beger war des Lobes voll, wie gut sich Jakob beschäftigen konnte. Auch Marietta hatte ihre Meinung über Orianes Kind grundlegend geändert. »Ich habe immer mehr den Eindruck, dass du Glück mit Jakob hast. Er macht einen intelligenten Eindruck. Schade, dass Robert die Fortschritte nicht mitbekommt. Er mochte Jakob vom ersten Tag an.«

Oriane schüttelte traurig den Kopf. »Ich habe ihn neulich angerufen. Aber er war so fremd. Ich konnte es nicht fassen. Er sagte zu mir, ich hätte mit der Übernahme des Kindergartens mein weiteres Leben an München gebunden, ohne mich mit ihm näher zu besprechen. Ich hätte unterschrieben, obwohl er mir dringend davon abriet. Das hätte ihm gezeigt, dass ich mich nicht ernstlich zu ihm bekennen würde. Er hat mich gebeten, ihn nicht mehr anzurufen.«

Oriane weinte. Marietta versuchte, sie zu trösten, aber sie kannte ihren Bruder. »Robert kann leider recht unerbittlich sein, wenn er sich im Recht fühlt. Am besten wäre natürlich, wenn du nach Hamburg fahren würdest.« Doch Oriane wehrte ab. »Das ist unmöglich. Nächste Woche kommen die Kinder aus dem antiautoritären Kindergarten aus Berlin. Das kann mir den Garaus machen. Mir stehen jetzt schon die Haare zu Berge, wenn ich nur daran denke!«

Oriane behielt recht. Die Mutter der Zwillinge, mit der sich Oriane auf eine zweiwöchige Probezeit geeinigt hatte, kam kurz mit. Sie forderte den Jungen und das Mädchen auf, Oriane die Hand zum Gruß zu geben, was aber beide Kinder verweigerten. Als die Mutter gegangen war, wollte Oriane den Geschwistern den Kindergarten zeigen. Aber die beiden blieben ungerührt an der Türe stehen. Bei Helene war die gleiche Reaktion. Da meinte Oriane, sie sollten sich erst einmal allein alles anschauen. Sie störte sich nun im Ablauf des Vormittags nicht an die beiden, spielte und arbeitete mit den Kindern wie sonst. Schließlich ging ein größeres Mädchen zu den Zwillingen und wollte sie zum Frühstück an den gemeinsamen Tisch holen. Doch ohne Erfolg. Bei der

Turnstunde war auch keine Wandlung in Sicht. Nur saßen die beiden jetzt im Schneidersitz auf dem Fußboden. Als alle in den Garten laufen durften, nahm der neue Tobby seine Schwester Edda an der Hand. »Wir haben jetzt genug gesehen. Wir gehen jetzt nach Hause!«

Als Oriane protestierte, gab der Junge zurück: »Wir bestimmen immer selbst, was wir tun wollen. Wir lassen uns nichts von anderen sagen.« Oriane erklärte den Kindern, dass hier bei ihr das anders gemacht würde. Es sei mit ihrer Mutter abgesprochen worden, dass sie wie alle anderen Kinder abgeholt würden. Da machte Tobby kehrt und lief mit seiner Schwester Richtung Ausgang. Helene versperrte den Kindern den Weg. Da wurde Tobby handgreiflich und trat mit den Stiefeln nach der Praktikantin. Das Mädchen half kräftig mit und boxte mit ihren Fäusten nach Helene. Aber die lachte nur und wehrte die Angriffe geschickt ab. Inzwischen hatten alle Kinder einen Kreis um die Angreifer gebildet, und wie sie sahen, dass Helene die Streithähne jetzt spielerisch in Schach hielt, die beiden kitzelte und mit lustigen Namen anrief, waren alle erleichtert, dass sich die hitzige Szene in vergnügliches Wohlbefinden auflöste.

Doch Tobby zog schnell die nächste Schau ab, indem er seine Blase ausgiebig an einem Busch entleerte. Seine Schwester folgte seinem Beispiel, zog ungeniert ihre Hose herunter, hockte sich unter den Blicken aller Kinder mitten auf den Weg und hinterließ einen umfangreichen Haufen. Sie zog ein Papiertaschentuch aus der Tasche, putzte sich ab und warf es zu dem Haufen. Empört rief ein Kindergartenkind: »Putz das sofort weg!« Edda schrie frech: »Machs doch selber!«

Helene hatte schon eine Plastiktüte geholt und hielt sie Edda hin. Die warf die Tüte weg und stieg wütend mitten in die Bescherung hinein. Mit den stinkenden Schuhen rannte sie die Treppe hinauf ins Zimmer, wo gerade das Mittagessen verteilt wurde.

Oriane rief sie an, sofort die verschmierten Schuhe auszuziehen, doch Edda dachte nicht daran. Unaufgefordert holte ein Mädchen Putzeimer und Lappen und beseitigte die unerwünschten Spuren.

Tobby und Edda saßen in einer Ecke und rührten kein Essen an. Das gleiche galt, als sich die Kinder zum Schlafen legten. Die Zwillinge kamen anscheinend aus dem Staunen nicht heraus, wie selbstverständlich und geordnet sich hier alle Kinder an Regeln hielten, die das tägliche Leben für sie bereit hielt. – Regeln, ohne deren Ablauf für sie ein Tag im Kindergarten undenkbar sein würde.

Als es sich die Kinder auf ihren Liegen bequem gemacht und sich zugedeckt hatten, richtete sich ein Fünfjähriger auf und sah zu den Zwillingen. »Wenn ihr hier herumsitzt, können wir nicht schlafen. Geht bitte ins Nebenzimmer!«

Helene war in der Küche beschäftigt und Oriane ging mit den Geschwistern in den Nebenraum. Sie nahm sich vor, mit den beiden ein Gespräch zu führen, aber Tobby erklärte ihr, dass er jetzt endlich heimgehen wollte: »Wir haben keine Lust, noch länger hier zu bleiben.« Und schon hatte er seine Hand an der Türklinke. Jetzt riss Oriane die Geduld. Sie packte die Kinderhand und hielt sie fest. »Bei uns hier gilt das Wort der Erzieher und nicht das Wort eines fünfjährigen Kindes. Ihr habt heute beide gesehen, wie die Kinder sich hier benehmen. Keiner würde in den Garten pinkeln oder sein großes Geschäft mitten auf den Weg setzen. Wo kämen wir denn da hin, wenn das alle machen. Habt ihr euch das mal überlegt?«

»Das interessiert uns nicht. Uns gefällt es hier nicht. Die Kinder haben Angst vor dir, weil du so streng bist.«

Oriane spürte, dass sie mit diesen Kindern nicht weiterkommen würde. Sie hatte sich für die Ruhezeit eine wichtige schriftliche Arbeit zurecht gelegt, und nun standen die Zwillinge mitten im Zimmer und kritisierten mit höhnischem Grinsen ihre Erziehungsmethoden.

In dem Augenblick, in dem sie sich umdrehte, um den beiden einige Bilderbücher zu geben, waren sie bereits auf dem Gang, rissen die Haustüre auf und rannten durch den Garten auf die Straße. Oriane rief nach Helene, die aber gerade auf der Toilette war. Betont langsam kam sie hinter Oriane her, die auf die Straße eilte, aber keine Kinder mehr zu sehen bekam. Unverrichteter Dinge traten beide wieder ins Haus. Oriane rief sofort in der Wohnung der Zwillinge an. Es meldete sich niemand. Voller Besorgnis schickte sie Helene zur Adresse der Kinder.

Inzwischen kamen einige Kinder aus dem Schlafraum zu Oriane und erklärten, dass sie nicht schlafen könnten. Als sie erfuhren, dass die Zwillinge fortgelaufen waren, reagierten die Größeren empört. Der Älteste im Kindergarten, Ottfried, rief: »Die kommen doch hoffentlich morgen nicht wieder. Die bringen ja hier alles durcheinander.«

Oriane sagte, dass sie wie auf Kohlen säße, weil Helene noch nicht zurück war. Ihr zweites Telefonat war auch erfolglos. Innerlich vor Erregung bebend, ließ Oriane die Kinder malen. Sie kämpfte mit dem Entschluss, die Polizei zu verständigen, hoffte jedoch inständig, dass ihr diese Blamage erspart blieb. Doch als sie die Nummer etwas später wählen wollte, erschien Ottfrieds Mutter zum Abholen. Der Junge rannte sofort auf seine Mutter zu und erzählte von den »grässlichen« Zwillingen. Oriane kannte die junge Mutter, seit sie in diesem Kindergarten tätig war und mochte sie besonders. Da sie in der Nähe der Zwillinge wohnte, versprach sie, dort sofort nach den Kindern zu fragen und Oriane Bescheid zu geben.

Doch kaum war sie weg, erschien Helene. Mit lachendem Gesicht erklärte sie, dass sie die Kinder in der nahen Eisdiele gefunden hatte.

Nachdem sie ihren Riesen-Eisbecher verdrückt hätten, habe Tobby einen Zehnmarkschein aus seiner Hosentasche geholt und bezahlt. Dann sei sie mit den Kindern nach Hause gegangen. Die Mutter sei da gewesen. Mit einer Stimme, die vor Schadenfreude vibrierte, sagte Helene: »Die Kinder haben natürlich sofort gesagt, dass sie in diesen scheußlichen Kindergarten nicht mehr gehen würden. Diese Orrikanne, wie die Kinder Sie nannten, wäre ja so streng. Alle hätten Angst vor Ihnen. Die Edda erzahlte ihrer Mutter, dass sie weggelaufen sind, weil sie es nicht mehr dort ausgehalten hätten, und dass sie solches Glück gehabt haben, dass sie beim Überqueren der gefährlichen Straße nicht überfahren wurden.«

Oriane wollte dieser Person auf keinen Fall zeigen, wie getroffen sie sich fühlte. »Sie scheinen diesen Auftritt ja besonders zu genießen, Helene.« Die gab sich betont munter: »Na klar! Übrigens, die Mutter der Zwillinge war reizend zu mir. Sie fragte mich, ob ich ab und zu abends auf die Kinder aufpassen möchte, wenn sie mit ihrem Mann ihren gesellschaftlichen Verpflichtungen nachkommen muss. Sie zahlt sehr gut.«

Als Oriane meinte, diesen Job führte sie doch bereits schon in anderen Familien durch, kam noch ein Seitenhieb: »Bei dem mageren Gehalt hier bei Ihnen bin ich gezwungen dazu.«

Ungerührt hielt ihr Oriane vor Augen, dass ihre Kolleginnen von privaten Einrichtungen das gleiche Gehalt an Praktikantinnen bezahlten wie sie.

Mit honigsüßem Lächeln servierte Helene ihrer Chefin noch eine Gute-Nacht- Botschaft: »Die Mutter der Zwillinge kommt mit den beiden übrigens morgen früh wieder zu uns. Sie will sich nämlich Ihren Betrieb genauer ansehen. Tschüss!«

Als Oriane ihre Arbeitsstätte verließ, war ihr zu Mute, als wanke der Boden unter ihren Füßen. Mechanisch setzte sie sich auf ihr Fahrrad und fuhr, als gehe sie nichts, was sie auch tat, etwas an. Frau Beger wartete bereits über eine Stunde auf sie. Als sie in Orianes bleiches Gesicht sah, ahnte sie, dass die junge Mutter einen schlechten Tag gehabt hatte. Aber Oriane sagte nichts. Sie fragte nur, ob Jakob wieder so viel geschlafen hätte. Frau Beger bejahte. »Er ist halt a Nachtmensch. Da kann man nix machen!«

Oriane gähnte. »Da kann ich mir die Nachtruhe, die ich so dringend bräuchte, mal wieder um die Ohren schlagen. Wenn er jetzt aufwacht, schläft er vor Mitternacht nicht ein. Um drei Uhr schreit er dann schon wieder und wenn ich aufstehe, schläft er ein. Lange halte ich das nimmer aus!«

Frau Beger war voller Mitleid und schlug Oriane vor, den Kinderarzt aufzusuchen. Aber Oriane winkte ab: »Habe ich schon. Homöopathie schlägt bei Jakob nicht an, und schwerere Tabletten lehne ich ab.«

»Ja, dann kann man halt nix machen!«, wiederholte Frau Beger, und verabschiedete sich. Oriane musste sehen, wie sie allein fertig wurde. Sie dachte daran, dass Robert bestimmt etwas machen könnte. Robert, er fehlte ihr immer mehr. Und auf einmal bereute sie es unendlich, dass sie Verena Hellwigs rein egoistischen Wünschen so spornstreichs nachgekommen war. Robert hatte ihr das nicht verziehen, und sie glaubte immer mehr daran, dass er deshalb für sie verloren war.

Jakob machte sich bemerkbar. Er lachte seine Mutter an und wollte ihr nahe sein. Oriane nahm ihn hoch, legte das lebhaft strampelnde Kind auf den Wickeltisch, wo sie alle Mühe aufwenden musste, ihn zu bändigen.

Seinen Gemüsebrei nahm Jakob genussvoll vom Löffel, und Oriane war froh, dass der Kleine sich so gut füttern ließ. Auf seiner geräumigen Fußbodendecke konnte er sich dann nach Herzenslust drehen und energische Robbenbewegungen ausprobieren. Täglich schob er seine kräftigen Beinchen und Arme zielsicherer in die gewünschte Richtung. Oriane legte dann ein Spielzeug in seine Nähe, das sich Jakob voller Ausdauer ergatterte.

Auch in dieser Nacht verstand Jakob nicht, dass seine Mutter unbedingt schlafen wollte, wo er doch so hellwach war. Nachdem sie auf sein wildes Geschrei nicht reagierte, besann er sich anders und entdeckte, dass er mit seinen Fingern spielen konnte. Dabei brabbelte er vor sich hin, quietschte und grummelte Laute, die eine junge Mutter normalerweise in Entzücken versetzt hätten, wenn es nicht mitten in der Nacht wäre. Oriane, die sich unruhig im Halbschlaf umherdrehte, hatte ihr Kind trotzdem im Auge. Doch morgens stand sie wie gerädert auf und dachte an den schwierigen Tag, der vor ihr lag.

Frau Göbel, die Mutter der Zwillinge, erschien mitten im freien Spiel. In diesen ersten zwei Stunden spielten die Kinder, was sie wollten. Es wurde gemalt, gebastelt, gebaut. Eine Gruppe größerer Buben hatte sich eine Ritterburg aufgebaut. Einige kleine Mädchen spielten in der

Puppenecke. Oriane schnitt mit einer Gruppe Überraschungsdeckchen aus. Frau Göbel musste eigentlich auffallen, dass alle Kinder voller Eifer in ihr Spiel versunken waren. Die Zwillinge standen wieder wie am Tag zuvor im Zimmer, nicht die geringste Lust zeigend, sich zu beteiligen. Als ihre Mutter und Oriane sie aufforderten mitzuspielen, schüttelten sie den Kopf und schnitten eine Grimasse. Oriane ließ sich in ihrer Bastelarbeit nicht stören. Freudig zeigten ihr die Kinder die fertigen Deckchen. Weder bei der lebhaften Turnstunde, noch bei Singspielen im Kreis rührten sich Edda und Tobby von der Stelle. Nach dem Frühstück wählte Oriane ein Bilderbuch aus und sah es gemeinsam mit den Kindern an. Eifrig beteiligten sich die kleinen Zuhörer und waren enttäuscht, als es zu Ende war. Plötzlich rief Tobby aus seiner Schmollecke: »Ich finde das Buch blöd.« Und Edda schrie: »Hier ist alles blöd. Ihr seid alle blöd und die Orrikanne ist noch blöder!« Da stand Ottfried auf, ein kräftiger Sechsjähriger. Er pflanzte sich vor Edda auf und sagte verächtlich: »Und du bist die blödeste Kuh, die auf der ganzen Welt rumläuft.«

Niemand konnte so rasch handeln, wie es geschah. Tobby rannte auf Ottfried mit geballten Fäusten zu und schlug ihn derart rabiat auf die Nase, dass sofort Blut floss. Oriane sprang zwischen die Buben und schob Edda beiseite. Die aber ergriff Orianes Hand und biss so heftig hinein, dass Oriane aufschrie. Voller Zorn und Schmerz packte Oriane das Mädchen bei den Haaren und gab ihr mehrere kräftige Ohrfeigen. Während Edda in einen hysterischen Weinkrampf ausbrach, hatte Ottfried seinen Angreifer auf den Boden geworfen, kniete sich auf den brüllenden Tobby, krallte seine Finger in seine Schultern und schüttelte ihn, dass sein Kopf wild umher schleuderte.

In Sekundenschnelle fasste Oriane die fauchenden Buben. Auf ihren Ruf: »Schluss! Sofort!« ließen die Jungen einander los .Tobby stieß jedoch aggressiv mit den Stiefeln nach seinem Gegner. Streng fuhr ihn Oriane an, während sie mit einem Tuch Ottfrieds blutende Nase betupfte. »Hör auf, ihn zu stoßen! Siehst du nicht, wie er blutet?«

Frau Göbel war entsetzt aufgestanden. Die Zwillinge drängten sich laut weinend an ihre Seite. »Ich bin fassungslos! Fassungslos über Ihren chaotischen Betrieb.« Und dann schrie sie Oriane an: »Gestern liefen meine Kinder allein diesen gefährlichen Weg nach Hause, weil Sie Ihrer Aufsichtspflicht nicht nachgekommen sind. Und heute wird meine Tochter geohrfeigt und mein Sohn von einem Rüpel zu Boden geschlagen. So ein Betrieb muss verboten werden! Ich werde das Jugendamt einschalten!«

Sie fasste ihre Kinder an der Hand und ging zur Tür. Da hob Oriane ihre Hand mit der Bisswunde Eddas. Alle Zähne des Kindes waren hineingedrückt und blutunterlaufen. »Sie haben Edda und Tobby heute in einen friedlich spielenden Kindergarten gebracht. Chaotisch wurde er erst durch Ihre Kinder. Edda hat mich in die Hand gebissen und mir sehr wehgetan. Ihre Kinder werden hier auf gar keinen Fall aufgenommen!« Frau Göbel drehte sich noch einmal nach Oriane um. »Mein Mann ist Rechtsanwalt! Sie werden sehr bald von uns hören.«

Die Kinder scharten sich tief beeindruckt um Oriane. Sie wollten wissen, was es mit dem Jugendamt auf sich hatte und warum diese böse Frau Oriane bedrohte. Seltsamerweise ergriffen die Kinder, die Oriane noch nicht so gut kannten, weniger die Partei für sie, sondern hielten sich an Helene. Die wandte sich spöttisch lächelnd an ihre Chefin: »Das kann ein schlimmes Nachspiel geben, denn Sie haben das arme Ding ja ganz arg geohrfeigt.« Prompt stellte sich Ottfried neben Oriane. »Die Edda ist nicht arm, sondern ein ganz fieses Ding. In die Hand hat sie die Oriane gebissen. Hast du das nicht mitgekriegt?« Mit flammenden Augen sah er Helene an. Oriane maß die Praktikantin mit einem vernichtenden Blick.

Beinahe hätte sie die Beherrschung verloren und dieser intriganten Person ihre fristlose Entlassung entgegengeschleudert. Nur mühsam bezähmte sie sich.

Beim Abholen der Kinder gab es heikle Diskussionen. Oriane erklärte den Müttern, wie es zu diesem heftigen Zusammenstoß gekommen war. Sie verschwieg auch nicht, dass ihr bei Edda die Hand ausrutschte.

Da erhob eine Mutter energisch ihre Stimme: »Das wäre mir schon gestern passiert, als dieses unverschämte Gör ihr großes Geschäft in den Garten gemacht hat.«

Wie vorhin bei den Kindern, sah Oriane sofort, dass die Mütter, die sie schon länger kannten, auf ihrer Seite standen. Die neuen hielten sich bedeckt. Frau Hartmann, Ottfrieds Mutter, war die Letzte, die ging. Vertrauensvoll berührte sie Orianes Arm. »Frau Hellwig hätte Ihnen nie ihren geliebten Kindergarten überlassen, wenn sie nicht voll und ganz mit Ihnen einverstanden wäre. Für meinen Ottfried ist der Kindergarten alles. Ich halte zu Ihnen, Oriane. Ich weiß, dass eine ganze Reihe von Müttern mit Ihnen voll einverstanden sind. Nur nicht den Mut verlieren!«

Am nächsten Tag fehlten einige der neuen Kinder unentschuldigt.

Da eines der größeren Mädchen Geburtstag hatte, wurde Kasperltheater gespielt. Der fast siebenjährige Otto durfte helfen. Obwohl ihr überhaupt nicht danach zu Mute war, hatte sich Oriane eine spannende Geschichte ausgedacht. Mit verstellter Stimme bewegte sie geübt die abenteuerlichen Figuren, und Otto war stolz, dass er die Hauptrolle des Räubers spielen durfte. Die Kinder klatschten so ausgelassen, dass Oriane nicht bemerkte, wie ein fremder Herr eingetreten war und nun als Zuhörer in der hintersten Reihe saß.

Mit lautstarker Betonung rief Helene Oriane zu: »Der Herr ist vom Jugendamt!« Herr Friedrich, ein noch jüngerer, sportlicher Mann mit Glatze und Nickelbrille, stellte sich vor und bat Oriane, sich nicht stören zu lassen. Er wolle sich einen Eindruck von ihrem Betrieb verschaffen. Da er die junge Erzieherin freundlich anlächelte, verbarg Oriane ihren berechtigten Schreck über diesen Besuch und lächelte zurück. Sie setzte sich mit den Kindern im Kreis auf den Fußboden und sie sprachen miteinander über das Kasperltheater. Oriane freute sich, dass die Kinder vom Besuch des Fremden kaum beeindruckt waren und sich eine eifrige Diskussion über das Gesehene anschloss. Erst als sich die Kinder zum Mittagsschlaf hinlegten, verabschiedete sich Herr Friedrich mit den Worten: »Was ich hier gesehen habe, hat einen guten Eindruck auf mich gemacht.«

Oriane war äußerst beunruhigt, als am nächsten Tag noch mehr Kinder unentschuldigt fehlten. Helene hatte sich schon am frühen Morgen krank gemeldet, was Oriane voller Erleichterung aufatmen ließ. Sie beschloss, sofort eine neue Praktikantin zu suchen.

Als Ottfried von seiner Mutter gebracht wurde, wartete diese einen günstigen Augenblick ab, um Oriane unter vier Augen zu sprechen. Sie berichtete von Telefonaten zahlreicher Mütter. Eine Mutter habe ihr berichtet, dass eine Dame des Jugendamtes die Familie Göbel besuchte. Diese Dame hätte mit Helene gesprochen, die zu dieser Zeit im Hause Göbel gewesen sei, um die Kinder zu hüten. »Ich habe das ungute Gefühl, dass da eine Intrige im Gange ist. Und die geht nicht nur von der Familie Göbel aus, sondern ziemlich massiv von Helene. Warum nur haben Sie dieses Mädchen nicht gleich, als Sie hier anfingen, entlassen?«

Ja, warum nur? Das fragte sich Oriane ebenfalls. Aus Mitleid? Helene hatte damals Nora und ihr vorgejammert, keine passende Stelle zu finden. Auch die erkrankte Nora bereute diese Nachgiebigkeit schnell, denn sie hatte ebenfalls Ärger mit Helene.

Als die Kinder nach einem erholsamen Spieltag alle abgeholt worden waren, räumte Oriane auf und machte Ordnung. Da läutete die Hausglocke. Es war die besagte Dame vom Jugendamt. Oriane führte sie in den Nebenraum und fühlte ihr Herz unsinnig schlagen. Frau Hammer, eine ältere Frau mit strengen Zügen unter dem glatt gescheitelten Haar, musterte Oriane mit Blicken, die sich wie Nadelstiche in ihr Gesicht bohrten. »Es sieht schlecht aus mit Ihrem Betrieb«, hörte Oriane eine harte Stimme sagen. »Sie, als Leiterin eines solch verantwortungsvollen Betriebes, haben Ihre Aufsichtspflicht verletzt, weil Sie zu spät merkten, dass zwei Kinder fortgelaufen sind und allein eine gefährliche Straße überquert haben. Edda Göbel wurde einen Tag später von Ihnen so schlimm geohrfeigt, dass sie nachts mit starken Ohrenschmerzen in die Klinik gefahren wurde. Außerdem hat Ihre Praktikantin anhand von mehreren Beispielen berichtet, dass Sie weder bei Kindern noch bei den Eltern beliebt sind. Sie spricht Ihnen die Fähigkeiten zu einer guten Erzieherin ab. Das sind alles keine guten Voraussetzungen, die wir aber von privaten genauso wie von staatlichen Einrichtungen verlangen. Sie sind noch sehr jung, haben wenig Praxiserfahrung. Dass Frau Hellwig, eine ausgezeichnete Pädagogin, Ihnen so überraschend ihren Betrieb übergab, war wohl eine absolute Notsituation?«

Als Oriane diese Frage bestätigte, legte Frau Hammer ungerührt das bereits beschlossene Urteil vor: »Das Jugendamt hat die Weisung erlassen, Ihren Betrieb zu schließen.«

Oriane hatte sich stolz aufgerichtet. Sie wusste nur eines: Diese Anschuldigungen würde sie nicht auf sich sitzen lassen. Mit fester, selbstbewusster Stimme erklärte sie der harten Frau, wie alles geschehen war. Von den antiautoritär erzogenen Zwillingen, die ihren ganzen Betrieb auf den Kopf gestellt hatten, von Eddas äußerst schmerzhaftem Biss in ihre Hand. Durch den heftigen Schmerz habe sie dem Kind die Ohrfeigen gegeben. Sie sprach von Helenes Abneigung, die gegen sie vom ersten Tage, seit sie hier eingestellt worden war bestanden hatte. Oriane verheimlichte auch nicht, dass sie nun mit einem kleinen Kind als alleinerziehende Mutter ohne Beruf auskommen müsste. »Sie können doch wegen einer Ohrfeige nicht mein ganzes Leben zerstören. Ich habe bisher noch nie ein Kind geschlagen.«

»Da war aber Ihre Praktikantin ganz anderer Meinung. Die sagte aus, dass Ihnen sehr oft die Hand ausrutscht.«

Jetzt fuhr Oriane empört hoch: »Das ist eine Lüge. Dieses Mädchen behauptet Dinge, die in keiner Weise den Tatsachen entsprechen!«

Frau Hammer war beeindruckt. Aber sie war als Angestellte einer wichtigen Institution verpflichtet, vorgeschriebene Bestimmungen einzuhalten. »Es sind nun einmal schwerwiegende Dinge geschehen. Außerdem sind Sie noch sehr jung und unerfahren. Wer gibt uns die Garantie dafür, dass sich solch ein Vorfall nicht wiederholt? Aber Sie können Einspruch erheben, – unter Umständen vor Gericht. Mit Herrn Dr. Göbel als Rechtsanwalt. Wenn Sie kämpfen wollen? Sie können es versuchen!«

Wenig später stand Oriane regungslos hinter der Türe, die sich hinter dieser unerbittlichen Frau geschlossen hatte.

Wenn jetzt hinter ihr ein schwarzes Loch aufgetaucht wäre und sie beim Schritt nach rückwärts verschlungen hätte, wäre sie darüber nicht weniger erschüttert gewesen.

Wie lange sie dort gestanden hatte, wusste Oriane nicht mehr. Sie hörte ein Auto vorfahren und eine Türe zuschlagen. Und dann klingelte es. Oriane sah durch das Fenster einen Herrn stehen. Sie konnte es nicht glauben! Es war Horst! Sie riss die Haustüre auf und warf sich in seine Arme. Voller Verzweiflung schluchzte sie: »Alles ist aus! Nichts stimmt mehr! Es ist furchtbar!«

Horst war auf solch einen Ausbruch überhaupt nicht gefasst. Oriane zog ihn in das kleine Zimmer, in dem Frau Hammer ihr vernichtendes Urteil gefällt hatte.

»Was ist denn passiert? Du bist ja völlig aufgelöst!« Horst stand dicht vor Oriane und sah irritiert in ihr tränennasses Gesicht. »Ich habe geahnt, dass bei dir irgendwas nicht stimmt. Deshalb bin ich schnell hergefahren.«

»Das Jugendamt hat meinen Kindergarten geschlossen!«

Horst fasste es nicht. »Das kann nicht sein!« Oriane erzählte ihm alles. Er unterbrach sie nicht. Als sie geendet hatte, konnte er nicht verstehen, dass sie diese Kinder aus einem antiautoritären Kinderladen überhaupt angenommen hatte, auch nicht zur Probe. »Da prallen doch zwei völlig konträre Welten aufeinander. Das musste ja schief gehen!«

Horst wetterte, dass sie Helene nicht gleich zu Beginn entlassen hatte, was ja auch Ottfrieds Mutter schon rügte. Hart ging Horst jedoch wegen der Ohrfeigen mit ihr ins Gericht. »Eine Affekthandlung! Und dazu noch ein entzündetes Ohr! Das darf einer leitenden Erzieherin unter gar keinen Umständen passieren! Das kann dich deinen Beruf kosten! Ist dir das klar? Dafür gibt es auch keine Entschuldigung!«

Ein kaum zu stillender Tränenstrom war die Antwort. Horst fühlte sich im Augenblick ratlos. Er bereute es fast, dass er ihren Schmerz mit seiner Kritik noch verstärkt hatte. Dazu kam die Enttäuschung, dass sein Liebling die schwierige Aufgabe eines selbstständigen Berufes nicht geschafft hatte. Sichtlich verzweifelt rückte Oriane ihren Stuhl nahe an ihn heran. Sie lehnte ihren Kopf an seine Schulter und versuchte, ihre Tränen zu trocknen.

»Sag mir bitte, was ich jetzt tun soll. Bisher hast du immer das Richtige für mich gewusst. Aber es wäre fürchterlich für mich, wenn du mich jetzt wegen dieser blöden Ohrfeigen verachten würdest. Ich habe noch nie ein Kind geschlagen. Wenn diese Edda mich nicht so schrecklich in die Hand gebissen hätte, wäre das nie passiert.« Sie zeigte Horst ihre Hand. Jeder Zahn der oberen Reihe von Eddas Zähnen war blutunterlaufen auf der Handinnenfläche abgebildet. Horst war betroffen. »Das ist ja kriminell. In meinem Beruf als Zahntechniker habe ich so was noch nicht zu sehen bekommen. Da müssten wir ein Foto machen und es als Beweisstück deinen Peinigern zeigen.«

Er fragte Oriane, ob sie diese Schließung hinnehmen wollte oder ob sie um ihren Kindergarten kämpfen würde.

Da schüttelte Oriane heftig den Kopf. »Ich glaube kaum, dass ich noch die Kraft habe, gegen diese gehässigen Menschen, wie Helene und die Eltern der Göbel-Kinder, anzugehen. Ich fühle mich so müde und ausgelaugt, wünsche mir nur noch, mal eine einzige Nacht richtig schlafen zu können.« Das klang wie ein Hilferuf. Horst sah ihr schmal gewordenes Gesicht und ihre nach Jakobs Geburt schon bald wieder sehr schlank gewordene Gestalt. »Das hört sich nicht gut an. Lässt dich Jakob nachts immer noch nicht durchschlafen? Er ist doch fünf Monate alt.« Müde winkte Oriane ab. »Frau Beger lässt ihn tagsüber stundenlang schlafen.« Horst meinte, das wäre natürlich sehr bequem.

Er brachte Oriane nach Hause, wollte aber mit ihr überlegen, wie sie mit dieser völlig unerwarteten Lebenssituation fertig werden würde.

Jakob hatte wenig Verständnis für die Probleme seiner Mutter. Vor Freude, dass sie wieder bei ihm war, strebte er ihr entgegen. Quietschend griff er von ihren Armen aus nach Horsts Brille, streckte den Kopf weit zu ihm hin, um in seine Nase zu beißen. Schnell setzte Horst den zappelnden Kleinen auf seine Knie und ließ ihn dort reiten, was dem Kind einen Riesenspaß machte. Frau Beger hatte inzwischen das Abendessen ins Wohnzimmer gebracht und Jakobs Decke auf dem Boden ausgebreitet. Oriane hatte Frau Beger kurz erklärt, dass es im Kindergarten Schwierigkeiten gab und sie sich deshalb mit Horst noch besprechen wollte. Als sie sich verabschiedete, steckte ihr Horst für die Überstunden einen Geldschein zu, worüber sie sich sehr freute. Nachdrücklich, aber mit Humor bat er sie, Jakob etwas weniger schlafen zu lassen, damit seiner Mutter mehr Nachtruhe vergönnt wäre.

Als Jakob seine Mahlzeit sah, zappelte er vor Freude mit Armen und Beinen. Horst fand vor Erstaunen kaum Worte, was Jakob für Fortschritte gemacht hatte. Voller Genuss aß Jakob sein Breichen vom Löffel. Zufrieden lag er dann auf seiner Decke. Seine Mutter gab ihm ein Spielzeug. Das drehte und wendete er in seinen gewandten Fingern, drehte sich auf den Bauch und untersuchte das Auto aus dieser Lage. Horst konnte das Auge kaum von Jakob abwenden. »Du hast ein faszinierendes Kind! Diese flinken kleinen Finger, und wie rasch er auf alles reagiert. Der wird dir jetzt jeden Tag neue Überraschungen zeigen. Schade, um jede Stunde, die du mit fremden Kindern verbringst, statt mit ihm. Was meinst du, wie sich Robert freuen würde, wenn er Jakob sehen könnte.«

Oriane zuckte zusammen. »Robert, wieso kommst du auf ihn?«

»Er rief mich gestern an. Wir haben lange miteinander gesprochen.«

Oriane war ärgerlich. »Und mit mir will er nicht mehr reden. Er wollte nach drei Monaten wieder hier sein. Aber jetzt ist er schon viel länger fort. Er nimmt es mir übel, dass ich den Kindergarten übernommen habe.« Oriane war entsetzt, als Horst ihr sagte, dass Robert in Hamburg bleiben würde. »Es ist die Chance seines Lebens, Onuschka. Robert kann neben seinem Praktikum bei seinem Onkel sein Facharztstudium machen und seine Doktorarbeit zu Ende bringen. Er wird gut bezahlt, wohnt dort im Haus mit Frühstück und Mittagessen. Wenn er die Praxis übernimmt, kann er weiter in dem sehr schönen Haus in Alsternähe wohnen, denn der Onkel will sich mit seiner Frau auf der Nordseeinsel Wangerooge in seinem Ferienhaus zur Ruhe setzen. Von solch einer Chance kann ein junger Mensch nur träumen. Trotzdem ist Robert recht niedergeschlagen, weil du dir in München eine Existenz aufgebaut hast, die es ja unmöglich macht, mit ihm zusammen zu kommen.« Leidenschaftlich rief Oriane: »Niemals hätte ich den Vertrag von Verena Hellwig unterschrieben, wenn ich gewusst hätte, dass Robert für immer in Hamburg bleibt.«

»Er hat erst vor wenigen Tagen diesen Entschluss gefasst.« Horst legte sanft seine Hand auf die ihre. »Wenn er mit mir spricht, merke ich bei jedem Wort, wie sehr er dich vermisst. Er fragt immer, wie es dir geht und was Jakob macht. Ihr müsst miteinander sprechen. Vielleicht sollte dir dieser Schicksalsschlag mit dem Kindergarten den Weg zu Robert freimachen.«

Horst spürte eine sichtliche Erleichterung bei Oriane. »Genau das ging mir auch durch den Kopf. Wenn ich hier alles geregelt habe, müsste ich nach Hamburg zu Robert. Aber mit Jakob?«

»Den nehmen Elena, Maria und ich!« Horst fühlte ein Ziehen an seinem Hosenbein. Jakob machte sich interessiert daran zu schaffen. Erwartungsvoll sah er zu Horst auf und strebte zu ihm hinauf. Da ließ ihn Horst noch einmal auf seinen Knien reiten. Bald aber lehnte er sich gähnend an die breite Schulter neben seinem Kopf, und die Äuglein fielen zu.

»Ich glaube kaum, dass wir drei Schwierigkeiten mit dem kleinen Kerl haben werden«, meinte Horst zuversichtlich.

Als Oriane und er zu Abend gegessen hatten, brachte er Jakob in sein Bettchen. Oriane deckte ihn zu und öffnete leicht das Fenster in ihrem Zimmer. Horst trat neben sie und sah sie fragend an. »Stehst du deinem Kind jetzt näher als in der Schwangerschaft? Damals war ich in Sorge, weil du so wenig Beziehung zu deinem werdenden Kind hattest.«

Oriane zögerte mit der Antwort, denn Horst hätte es sofort gespürt, wenn sie nicht aufrichtig war. »Es ist nicht so, wie es sein sollte, weil ich eben nicht vergessen kann, wie er entstanden ist. Mir tut es aber leid, dass ich so wenig Zeit für ihn habe. Du hast recht: Für die fremden Kinder bin ich viel mehr da als für ihn.« Horst betonte, dass sie ihre Unterschrift für die Übernahme des Kindergartens viel zu schnell und zu früh gegeben habe. »Die ersten Jahre sollte eine Mutter ganz für ihr Kind da sein. Aber vielleicht wird das jetzt anders. Und … versuche, zu vergeben. Jakob kann doch wirklich nichts dafür!« Nach einem liebevollen Blick auf das Kind wandte sich Horst zum Gehen. »Pass auf, in dem Kleinen steckt was! Du wirst schon sehen!«

Draußen im Korridor nahm er Oriane voller Herzlichkeit in die Arme. Er bat sie, ihn am nächsten Tag anzurufen, sobald sie wichtiges erfahren würde. »Und vergiss nicht, mit Robert zu sprechen. Er wartet nämlich sehr darauf.«

Oriane umarmte ihn. »Du warst heute mal wieder eine große Hilfe für mich. Ich danke dir!«

Orianes Wecker läutete um halb sechs Uhr. Jakob schlief noch. Er hatte sie nachts nicht gestört. Seine Mutter fühlte sich deshalb wie neugeboren, bereit, allen Anforderungen dieses Tages die Stirn zu bieten.

Wenige Minuten, nachdem sie ihren Kindergarten betreten hatte, läutete es an der Haustüre. Es war Herr Friedrich vom Jugendamt. Freundlich entschuldigte er seine frühe Störung. »Ich habe gestern noch lange mit Frau Hammer über Ihren Fall gesprochen, Frau Santos. Wir kamen überein, dass der Kindergarten mit einer neuen Leitung weitergeführt werden soll und Ihnen eine Bewährungszeit gegeben wird. Es war für Sie ein großes Pech, dass diese Kinder aus dem antiautoritären Kindergarten in Berlin an zwei Tagen solch ein Chaos anrichteten und Sie dabei kurz die Nerven verloren. Der Großteil der Elternschaft steht hinter Ihnen und lobte Ihre Arbeit. Ihre Praktikantin ist sehr intrigant und nimmt es mit der Wahrheit nicht genau. Das wurde inzwischen von Rechtsanwalt Dr. Göbel bewiesen. Herr Dr. Göbel hat sich übrigens bei Frau Hellwig nach Ihnen erkundigt, Frau Santos. Allem Anschein nach erfuhr er sehr Positives über Sie. Die Praktikantin wurde von Frau Hellwig negativ beurteilt. Ich selbst hatte von Ihrer Arbeit einen guten Eindruck, ebenso Frau Hammer von Ihnen persönlich. Wir haben deshalb folgenden Vorschlag:« Herr Friedrich berichtete Oriane, dass seine Schwester, eine Jugendleiterin mit vielen Jahren Praxiserfahrung, eventuell den Kindergarten übernehmen könnte.

»Sie würde jedoch gerne mit Ihnen zusammen arbeiten, wenn Sie das möchten. Vielleicht ist es sogar eine Erleichterung für Sie, diese enorme Verantwortung nicht alleine tragen zu müssen.«

Solch eine Lösung hätte Oriane allerdings nicht für möglich gehalten.

Herr Friedrich, der seine Schwester als einen sehr warmherzigen Menschen beschrieb, ahnte ihre Erleichterung und schlug vor, dass sie sich alles in Ruhe überlegen sollte. Er betonte nochmals die Wichtigkeit des Kindergartens und begrüßte die bevorstehenden Pfingstferien. Danach würde sich alles normalisieren. Er bat Oriane, ihn möglichst bald anzurufen, um ihm ihre Entscheidung mitzuteilen. Beim Abschied fragte er, ob er sie mit seiner Schwester, Frau Susanne Steiner, bekannt machen dürfe. Oriane schlug ein baldiges Treffen vor und bedankte sich für seinen Einsatz, der ihrer schwierigen Lebenssituation ganz neue Perspektiven gab. Er schenkte ihr noch ein liebenswürdiges Lächeln und ging zu seinem Wagen.

Oriane hatte weder Ruhe noch Zeit zum Nachdenken, denn innerhalb kürzester Zeit füllte sich der Raum mit Eltern und Kindern. Die Kinder fingen wie gewohnt an, sofort zu spielen, während die Mütter von Oriane wissen wollten, was es für Neuigkeiten gab. Am wichtigsten war für alle die Weiterführung. Dass eine neue Leiterin vorgeschlagen worden war, traf auf geteiltes Echo. Freudig begrüßt wurde, dass Oriane höchstwahrscheinlich mit der Leiterin zusammenarbeiten würde. Für die meisten Mütter lag die Schuld an diesen unmöglichen Zwillingen und ihrer Mutter. Aber auch Helene wurde scharf gerügt. Frau Hartmann erzählte, ihr seien sehr abfällige Äußerungen der Praktikantin über Oriane zu Ohren gekommen. Oriane, die sich nun weiter keinen Tratsch anhören wollte, bat die Mütter, sie mit den Kindern allein zu lassen.

Als Oriane etwas später aus dem Fenster schaute, sah sie noch eine ganze Weile lebhaft diskutierende Mütter in Gruppen beieinander stehen.

Erst als sie alle Aufräumarbeiten hinter sich gebracht hatte, kam ihr zum ersten Mal ihre neue Situation zum Bewusstsein. Die hohe Verantwortung, die seit Monaten auf ihr lastete, fiel wie ein zentnerschwerer Stein von ihr ab. Mit ihren noch nicht zwanzig Jahren war es verzeihlich, dass sie noch keinen umfassenden Einblick in soziale Bereiche, sowie auch nicht über genügend Einfühlungsvermögen und Menschenkenntnis verfügte. Niemals würde Oriane Edda und Tobby, Kinder, wie von einem fremden Stern geschickt, bei sich aufgenommen haben, wenn sie die Praxiserfahrung einer Verena Hellwig gehabt hätte – oder eine Praktikantin wie Helene behalten, die nur darauf bedacht war, sie zu demütigen. Oriane spürte, wie viel sie noch lernen musste, um solchen Herausforderungen, wie jetzt, gewachsen zu sein. Aber sie atmete tief ein und tief aus, denn sie fühlte sich auf einmal frei, so leicht, so ungewohnt frei. Sie konnte nun jemanden fragen, der erfahrener war als sie. Sie brauchte nicht mehr darum zu bangen, dass die Eltern vielleicht unzufrieden mit ihrer Arbeit sein könnten, weil ja die Hauptverantwortung bei der künftigen Leiterin lag. Sie war freier für Jakob … und? Und noch ein glückliches Aufatmen durchströmte sie. Frei für Robert! Jetzt hielt sie nichts mehr. Sie schloss alles vorsorglich ab, holte ihr Rad und fuhr nach Hause. Wollte sie doch so schnell wie möglich Robert anrufen. Und Horst ebenso.

Doch Horst war schon da, als sie die Wohnungstüre aufschloss. Und Elena ging ihr mit Jakob auf dem Arm ebenfalls entgegen. Frau Beger war schon fort.

»Es gibt riesengroße Neuigkeiten!«, rief ihnen Oriane zu. Aber Jakob wollte auf den Arm seiner Mutter. Er weinte, weil er Hunger hatte.

»Leg erst los, wenn er sein Futter verdrückt hat«, meinte Horst. Als Jakob friedlich auf seiner Decke lag und spielte, hatte die Spannung auf Orianes Neuigkeiten den Höhepunkt erreicht. Atemlos hörten beide zu. Als sie von den aufregenden Gesprächen und Änderungen berichtet hatte, meinte Horst, der sich nun auch von einer Seelenlast befreit fühlte, dass dieser Vorschlag vom Jugendamt in Orianes jetziger Situation ausgesprochen passabel sei. Als seine Frau wissen wollte, ob Oriane bereit wäre, mit dieser neuen Leiterin, die sie ja noch gar nicht kannte, zu arbeiten, antwortete Oriane: »Ich könnte es mir vorstellen. Aber zuerst spreche ich mit Robert. Noch heute.«

Abends saß Oriane mit klopfendem Herzen am Telefon. Es waren Wochen vergangen, seit sie zum letzten Mal mit Robert gesprochen hatte. Sie dachte an das Gespräch zwischen Horst und Robert. Das machte ihr Mut. Robert war sofort am Apparat. Vier Worte, die ihr verrieten, wie sehr er auf einen Anruf von ihr gewartet hatte: »Oriane? Gott sei Dank!«

Aber diese vier Worte lösten ihre Furcht, ihn zu verlieren, weil ihre beruflichen Pläne die seinen durchkreuzt hatten. Sie erzählte ihm von den schlimmen Ereignissen im Kindergarten, dem Beschluss des Jugendamtes und von dessen Vorschlag, nach den Pfingstferien mit einer neuen Leiterin zusammenzuarbeiten.

»Ich hätte doch niemals diesen Vertrag unterschrieben, wenn ich gewusst hätte, dass du in Hamburg bleibst«, schloss Oriane ihren Bericht. Sie spürte, dass Robert nach den geschilderten Neuigkeiten seine Erregung und Freude kaum mehr bändigen konnte. »Ich kann das alles kaum glauben! Die Ereignisse überstürzen sich ja förmlich! Ich weiß selbst erst seit kurzem, dass ich die Chance hier annehmen muss.« Oriane spürte, wie sehr ihr Bericht ihn aufgewühlt hatte. Ahnte er doch, dass mit ihrer Schilderung die Wende zu einer neuen Lebensgemeinschaft für sie beide begann. Er konnte es kaum mehr erwarten, eine wichtige Frage an Oriane zu stellen. Wie nebenbei erinnerte er sie daran, wie sehr er ihr abgeraten hatte, diesen übereilten Vertrag zu unterschreiben, ja sogar für eine Schließung plädiert hatte. Robert interessierte jetzt nur eines: »Du bist doch jetzt diese Riesenverantwortung los, bist viel freier als bisher, Oriane, freier für Jakob und …« » … und für dich, Robert!«, rief Oriane glücklich. Ich habe übermorgen Pfingstferien. Ich könnte dich besuchen!«

Roberts Stimme verwandelte sich, als gälte es plötzlich hundert Rosen zu überreichen. »Du kannst kommen? Ist das wirklich wahr?«

Erst als Oriane in den Hörer rief: »Ja, Robert, ja!«, rief er, schier überwältigt vor Freude zurück: »Das ist ja herrlich! Herrlich! Wann?«

»Sobald du kannst!« »Ich will sofort, aber in drei Tagen habe ich frei.«

Sie einigten sich, dass Oriane in zwei Tagen mit dem Nachtzug fahren würde. Ungezählte Küsse durchflogen die Leitungen zwischen München und Hamburg.

Oriane lag im obersten Bett des Schlafwagens nach Hamburg. Unter ihr schnarchte eine ältere Frau, aber diese ungewohnten Geräusche hielten sich noch in einem erträglichen Rhythmus.

Oriane ließ die Ereignisse des vergangenen Tages an sich vorüberziehen, denn das Geräusch der Räder störte ihren Schlaf. Vormittags hatte sie sich, rasch entschlossen, mit Susanne Steiner getroffen. Eine chic gekleidete Frau, Mitte dreißig, wie Oriane vermutete, mit einer Haarpracht, die der ihres glatzköpfigen Bruders absolut nicht ähnelte. Beide Frauen hatten einen guten Draht zueinander. Frau Steiner wollte überhaupt nicht wissen, wie Oriane zu dem Vorschlag des Jugendamtes stand. Das hatte ihr Bruder bereits alles berichtet. Sie interessierte sich ausschließlich dafür, wie Oriane einen Kindergartentag gestaltete und wie ihre beruflichen Ideale aussahen. Orianes Ausführungen schienen ihr zu gefallen, denn sie verabredeten sich nach den Pfingstferien zur gewohnten Zeit.

Helene hatte Oriane telefonisch gebeten, ihr ein Zeugnis auszustellen. Oriane wunderte sich über ihre sanfte Stimme, die absolut nicht mit ihrer üblichen Arroganz übereinstimmte. Oriane wollte bewusst keine der vielen Demütigungen, die dieses Mädchen ihr angetan hatte, in sich wachrufen. Sie bestätigte in zwei Zeilen lediglich Datum und Zeitangabe ihrer Kindergartenpraxis. Sonst nichts!

Am frühen Nachmittag war dann Elena gekommen, um sie mit Jakob zum Pilsensee abzuholen. Im Maybachhaus wurde Oriane vom Anblick eines extra großen Laufstalles überrascht, den Horst von Nachbarn geliehen hatte. Doch als Jakob nach seiner Mahlzeit auf seiner gewohnten Decke hineingelegt wurde, erhob er ein Protestgeschrei. Die Begrenzung der Stäbe störte ihn, denn das war er nicht gewöhnt. Als Horst am Abend kam, meinte er, Jakob würde dieses Möbelstück bestimmt noch zu schätzen wissen. Es ginge nur nicht alles auf einmal. Oriane brachte den müden Kleinen in sein Rollenbett. Es stand in Elenas Zimmer. Oriane entdeckte sofort, dass Elenas frühere Schlafcouch durch ein breites Doppelbett ersetzt worden war. Sie bedankte sich bei ihrer Tante, dass sie bereit war, neben dem Beruf noch Jakob zu versorgen. »Morgen früh bringe ich Jakob zu Maria, bis ich wiederkomme. Sie kann es schon gar nicht mehr erwarten.«

Spät abends hatte Horst sie zum Nachtzug nach Hamburg gebracht. Er hatte ihr Karten für den Schlafwagen besorgt. »Störungsfrei wirst du zwar nicht schlafen können, aber wenigsten ohne Geschrei«, lachte er ihr zu. Als sie sich bei ihm bedankte, winkte er ab: »Du glaubst nicht, wie ich mich freue, dass du zu Robert fährst. Du warst so lange Zeit abweisend zu ihm. Ich aber habe längst erkannt, dass er, nur er, zu dir gehören kann.« Liebevoll erwiderte sie seinen Blick. »Ich hing einfach noch zu sehr an dir, um zu erkennen, was in Robert steckt. Erst nach einer besonders schönen Opernaufführung, der ›Aida‹, ist mir das klar geworden. Für mich stand immer fest, dass ich nur einen Mann lieben kann, der ähnlich ist wie du. Du und Robert, – ihr habt so viel Gemeinsames. Ihr könntet Brüder sein! Brüder, die sich besonders gut verstehen.«

Oriane erinnerte sich, dass Horst daraufhin sehr bewegt gewesen war. »Da magst du recht haben. Menschen, die sich besonders nahe fühlen, waren bestimmt schon in einem früheren Leben miteinander verbunden.«

»So, wie du und ich!«, wollte sie zu Horst sagen. Aber er hatte sie sehr rasch in seine Arme genommen und sie an das Einsteigen erinnert.

Als sie ihm noch aus dem Zugfenster ihre Hand reichte, sah sie, dass seine Augen feucht waren. Er nahm die Brille immer ab, wenn er sich unterhielt. Seine Grüße an Robert flogen ihr noch beim Abfahren zu, und Horst ihre Handküsse.

Zu früher Morgenstunde stand Robert auf dem Hamburger Bahnhof und wartete voller Aufregung auf Oriane. Sie entdeckte ihn sofort. Beide liefen aufeinander zu und umschlangen sich mit den Armen. Robert wollte sie gar nicht mehr loslassen. »Ich konnte es nicht glauben, dass du kommst. Ist es wirklich wahr, dass du jetzt bei mir bist, oder träume ich?« Freudig schmiegte sie sich an ihn. »Es ist wahr, Robert. Ich fasse es ja auch kaum.« Er küsste sie wieder und wieder. Bis dann beide lächelnd entdeckten, dass der Bahnsteig von Menschen wie leer gefegt war.

In einem nahen Restaurant frühstückten sie in der Morgensonne. Roberts erste Frage galt Jakob. Gespannt hörte er Orianes Bericht über seine Fortschritte. Robert wiederum erzählte ihr von den Babys und vorwiegend Kleinkindern in der Praxis seines Onkels, wo er nun täglich arbeitete. Oriane staunte, wie lebendig dieser einst so schweigsame junge Mann seine Eindrücke und Erfahrungen in der Kindermedizin schilderte. Robert gestand ihr, dass der jetzige Weg der richtige für ihn war. »Onkel Herbert bestätigt mir das jeden Tag. Du wirst ihn nachher kennen lernen. Er wird dir auch gefallen.«

Es gab so viel zu erzählen, dass die beiden die Zeit vergaßen. Sie standen erst auf, als im Restaurant bereits für mittags gedeckt wurde.

Robert fuhr im Wagen seines Onkels mit Oriane in die Nähe der Alster zum Wohn- und Praxisort. Oriane fiel bei der Fahrt durch die Großstadt auf, wie viele Grünanlagen und Gärten es überall gab. Herrliche alte Bäume spendeten Schatten über leuchtendem Grün. Gepflegte Blumenrabatten hinterließen den Eindruck, dass die Hamburger es sich etwas kosten ließen, nicht nur sich selbst, sondern auch die vielen Besucher zu erfreuen. Anerkennend rief Oriane: »Hamburg scheint eine wunderschöne Stadt zu sein!« Robert legte seine Hand auf ihr Knie. »Ich hoffe, du liebst Hamburg bald so wie ich. Wir sind beide Münchner und sind verwöhnt, sehr verwöhnt sogar. Aber in Hamburg schnuppere ich Meeresluft, und das zieht mich so hierher. Ich bin gespannt, was du sagen wirst.«

Oriane war beeindruckt vom herzlichen Empfang des Kinderarztes Dr. Herbert Hochreiter und seiner Frau Agnes. Die hochgewachsene, sportliche Erscheinung des Arztes, das ergraute Haar über dem sonnengebräunten Gesicht ließen Oriane verwundert grübeln, warum ein so jugendlich aussehender Arzt bald seine Praxis übergeben wollte.

Seine ebenso jung wirkende Frau führte sie in die Praxisräume, die mit Wartezimmer und medizinischen Nebenräumen das ganze untere Stockwerk ausfüllten. Das Ehepaar bewohnte den ersten Stock dieses gepflegten, herrschaftlichen Hauses. Im obersten Stock waren die Gästezimmer mit Bad, Toilette und einer Teeküche.

Roberts Tante zeigte Oriane ihr gemütlich eingerichtetes kleines Reich, mit einem Blick in den wundervollen Garten. Sie umarmte Oriane und bot ihr das »du« an. Sie verriet ihr, dass Robert oft von ihr erzählt und Fotos gezeigt habe.

Dann ließ sie Oriane allein und bat sie und Robert nachher zum Mittagessen.

Nebenan befand sich Roberts geräumiges Zimmer. Ein wuchtiger Schreibtisch füllte den halben Raum aus. Über Roberts Bett hing ein gewaltiges, sehr gut gemaltes Bild von der Nordsee. Oriane betrachtete es aufmerksam. »Hast du nicht Angst, dass dich diese stürmischen Wellen im Schlaf überfluten und in die Tiefe reißen?« Sie schauderte. »Der Ammersee ist mir lieber.« Robert nahm sie lachend in die Arme: »Du hast das Meer noch nie gesehen. Die Nordsee ist kein sanftes, sondern ein sehr wildes Gewässer. Onkel Herbert will uns über Pfingsten mit auf die Insel Wangerooge in sein Ferienhaus mitnehmen. Da bekommst du dann einen Eindruck vom Meer.« Oriane war skeptisch, aber sie sagte das lieber nicht, denn sie wollte Roberts Vorliebe für das Meer nicht trüben.

Agnes, wie Oriane Roberts Tante nun anredete, hatte das Essen zubereitet. Es gab das typisch Hamburgerische Gericht, Labskaus, und als Dessert rote Grütze. Dr. Hochreiter bat Oriane, ihn Herbert zu nennen. Er neckte die Freundin seines Neffen mit der Bitte, die Zutaten dieses wohlschmeckenden Gerichtes herauszufinden. Oriane tippte auf Kartoffeln, rote Beete, Essiggurken, Fleisch und Fisch. Welche Sorte Fleisch sich allerdings auf ihrem Teller versteckte, konnte sie nicht enträtseln. Es war Pökelfleisch und war in Dosen zu kaufen. Belustigt meinte der Arzt, ob Oriane bereit wäre, auch daheim in München statt Schweinebraten mit Kartoffelknödeln Labskaus auf den Tisch zu bringen. Er war erfreut, als Oriane bejahte.

Als sie aufgefordert wurde, über Jakob zu erzählen, war sie überrascht, wie fröhlich sie über ihren Sohn Einzelheiten zu Tage brachte, die ihr erst jetzt so recht zum Bewusstsein kamen. Sehr wichtig erschien dem Arzt Orianes Reaktion auf Roberts Berufswechsel nach Hamburg. Alle drei hingen erwartungsvoll an ihren Lippen. Spontan kam ihre Antwort: »Ich kann Robert verstehen. Er kann gar nicht anders, als hier arbeiten. Hier ist es einfach wunderbar.« Alle drei klatschten. »Deine Auserwählte hat den Nagel auf den Kopf getroffen«, rief Herbert vergnügt. Seine Frau wollte jedoch wissen, wie sich Oriane von München lösen würde, wo sie doch beruflich fest gebunden war. Oriane wollte nun keineswegs ihre beruflichen Schwierigkeiten preisgeben und meinte, sie wolle sich deswegen erst mit Robert besprechen, denn da gäbe es noch etliches zu regeln. Herbert erhob nun sein Glas gegen Oriane. »Die Grundeinstellung scheint mir sehr positiv zu sein. Und das ist das Wichtigste. Außerdem macht Robert hier seine Sache bestens!« Gutgelaunt klopfte er seinem Neffen auf die Schulter und sah Oriane wohlwollend an. »Ich kann jetzt verstehen, warum Robert mir von dieser attraktiven Münchnerin vorgeschwärmt hat!«

Später, auf der Fahrt zum Hafen, rief Robert Oriane anerkennend zu: »Du hast ja Onkel und Tante überraschend schnell überzeugt.«

Oriane band sich soeben ein malerisches Seidentuch um ihr vom starken Wind zerzaustes Haar. »Das fiel mir überhaupt nicht schwer.«

Beide traten mit zahlreichen Ausflüglern in ein großes Motorboot, zu einer Hafenrundfahrt. Oriane hatte noch nie in ihrem Leben solch reges Treiben gesehen wie hier. In unmittelbarer Nähe stand ein elegantes Kreuzfahrtschiff zur Abfahrt bereit. Die letzten Passagiere hetzten mit Gepäck zum Anlegeplatz. Später zeigte ihr Robert das Lotsenschiff, das diesen Meeresriesen aus dem Hafen in die offene See hinausschleuste.

Die See blies einen scharfen Ostwind ins Boot. Der Kapitän erklärte über Lautsprecher die Sehenswürdigkeiten des Hafens, steuerte am Dog von Blohm & Voß an den riesigen Schiffswerften vorbei. Oriane bestaunte die übergroßen Container- und Frachtschiffe, die mit Waren und Ladungen aus aller Herren Länder gefüllt waren. »Hier atmest du nicht nur Meeresluft, sondern den Duft der großen, weiten Welt!« Robert sah, wie beeindruckt Oriane war. Beide saßen eng nebeneinander am Bug des Schiffes. Robert störte sich nicht an den Blicken der Ausflügler, wenn er immer wieder ihre Lippen mit den seinen suchte. Meinte er doch noch zu träumen, dass sie hier bei ihm war. Und Oriane ließ es mit Freuden geschehen. Durch die Liebe zu ihr hatte sich dieser oft um die rechten Worte ringende junge Mensch so erfreulich verändert. Wie ablehnend war sie immer zu ihm gewesen, wie weh hatte sie ihm jahrelang getan! Das wollte sie nun mit der ganzen Kraft ihrer Liebesfähigkeit gutmachen.

Als dann die tausend Lichter am Hafen aufleuchteten und auch der Turm an der Landungsbrücke hell in die Nacht strahlte, aßen die Liebenden in einem gemütlichen Restaurant zu Abend. Oriane, umfangen von seinen Augen, die sich tiefer und sehnsüchtiger in die ihren senkten, spürte, dass er allein mit ihr sein wollte. Und wieder war sie beglückt, dass er ihr jetzt sagen konnte, was ihn bewegte. Seine Hände lagen dabei auf den ihren. »Ich habe schlimme Sehnsucht nach dir gehabt, all die Monate. Habe gedacht, du liebst mich nicht mehr, weil du dich wegen der Unterschrift so festgelegt hast. Lass uns jetzt bald heimfahren. Ich will dich nur noch in meinen Armen haben. Sonst nichts, gar nichts anderes mehr!«

Robert fuhr mit ihr durch die leuchtende, sternenklare Nacht. Der Wind hatte sich beruhigt. Eine schmale Mondsichel stand über dem stilvollen Haus des Arztes Dr. Hochreiter, als Robert vorfuhr. Er bat Oriane, noch nicht sofort auszusteigen, denn er wollte ihr eine schicksalsentscheidende Frage stellen: »Könntest du dir vorstellen, hier mit mir gemeinsam dein zukünftiges Leben zu verbringen?«

Oriane sah ihn an, mit jenem aufrichtigen Blick, den er an ihr so liebte. Sie nahm seine Hand und drückte sie fest. »Ja, Robert! Ich kann es mir sogar sehr gut vorstellen!« Sie bekräftigte ihre Worte noch mit einem Kuss, den er glücklich erwiderte.

Im Haus brannte kein Licht mehr. Alles war still. »Onkel und Tante gehen früh schlafen. Morgen früh um acht Uhr beginnt die Praxis, auch für mich!«

Im oberen Stockwerk waren Robert und Oriane ganz für sich. Robert zog sie behutsam in sein Zimmer und schloss leise die Türe hinter sich zu.

Den ganzen nächsten Tag war Robert voll beschäftigt, ebenso sein Onkel. Oriane staunte, wie viele Mütter mit ihren kranken Kindern, oder mit Babys in Tragetaschen, schon in aller Frühe den Kinderarzt aufsuchten.

Nur kurz bekam sie Robert zu Gesicht – in langen, weißen Hosen und weißem, kurzärmeligen Hemd. Er versuchte ein kleines Mädchen zu trösten, das bitterlich weinte, weil es eine Spritze bekommen sollte. Interessiert setzte sich Oriane eine Zeitlang ins Wartezimmer, um den Betrieb beobachten zu können. Auch die beiden Sprechstundengehilfinnen lernte sie kennen, zwei bildhübsche junge Mädchen, die Oriane mit neugierigen Blicken musterten.

Dann aber bot sie Agnes ihre Hilfe an. Doch Herberts Frau wurde an diesem Tag durch ihre Zugehfrau entlastet, und die beiden Frauen setzten sich mit einer Tasse Kaffee in den Wintergarten. Agnes fand großen Gefallen an Oriane und war lebhaft daran interessiert, mehr über das Leben dieser jungen Frau, die bereits Mutter war, zu erfahren. Und Oriane, die Vertrauen zu Agnes hatte, plauderte wie mit einer guten Freundin über Jakob, ihren Beruf, aber auch über ihre Pflegeeltern am Pilsensee, denen sie so unendlich viel Gutes verdankte. Sie verschwieg auch nicht, wie glücklich sie über Robert war, in dem sie erst vor einigen Monaten einen ganz neuen Menschen entdeckt hatte. Agnes strahlte. »Die Zauberin bist du allein! Was meinst du, wie verzweifelt wir schon immer über Roberts Schweigsamkeit waren. Wir wussten überhaupt nie, wie wir mit ihm daran waren. Wenn er uns als Kind mit seinen Eltern und Schwester besuchte, waren wir oft ratlos, weil er nur ja und nein sagte. Herbert hat ihn damals sogar einmal durchgeschüttelt und ihn energisch gebeten, er soll doch endlich sagen, was und wie er denkt. Aber da verstummte er völlig. Herberts Wunsch war es seit jeher, seinen Neffen als seinen Nachfolger einzusetzen, denn unsere beiden Söhne hatten für das Medizinstudium keinerlei Interesse. Aber jedes Mal, wenn er Robert wieder gesehen hatte, sagte er: »Wie soll Robert nur mal in einem Beruf zurechtkommen, wenn er den Mund nicht aufmacht, geschweige dass er auf die Leute zugeht, was unumgänglich notwendig ist. Und jetzt ist Herbert einfach hin und weg von deinem Herzallerliebsten.«

Agnes' Freude war ansteckend. Fröhlich brachten Agnes und Oriane das Mittagsmahl auf den Tisch. Aber beim Essen entbrannte zwischen den Männern eine heiße Diskussion über die Behandlungsmethoden bei einer vor wenigen Stunden in der Praxis bekannt gewordenen Kinderkrankheit. Robert klärte den Onkel über die neuesten Erkenntnisse, die er sich im Studium erworben hatte, auf. Herbert beharrte auf seinen jahrzehntelangen Erfahrungen. Oriane staunte, wie präzise und sachlich Robert dem Onkel seinen eigenen Vorschlag darlegte, ohne jedoch die Meinung Herberts ändern zu wollen. Herbert überlegte eine Weile. Dann meinte er: »Du weißt, dass ich mich bemühe, flexibel zu sein. Dein Vorschlag ist aber durchaus einleuchtend, mein Junge. Mein Einverständnis hast du!«

Da an diesem Tag die Praxis bis abends geöffnet war, ruhten sich Robert und Herbert nur kurze Zeit aus, und dann ging es weiter. Als Robert mit Oriane für wenige Minuten allein war, nahm er sie in seine Arme und flüsterte ihr ins Ohr: »Ich zähle die Stunden, bis ich dich wieder unter meinem Meerbild küssen kann. Und du?« Oriane legte lächelnd ihre Arme um seinen Hals und küsste ihn. »Ich doch genauso!«

Zwischendurch versuchte Oriane, im Maybachhaus anzurufen, um sich nach Jakob zu erkundigen. Elena berichtete ihr, dass der Kleine nachts geweint hätte, aber sonst ging es gut. Von Maria erzählte Elena, dass die begeisterte Oma für Jakob ein Schaukelpferd gekauft habe, damit er am Tag mehr beschäftigt war und nachts besser schlief. Sie empfahl Oriane, die Tage zu genießen und bestellte Grüße von Horst.

Agnes entführte Oriane an den Alstersee, der nicht weit von ihrem Haus entfernt lag. Nach einem Spaziergang am Seeufer entlang, wo Oriane die gepflegten Villen in herrlichen Gärten bewunderte, lud Agnes Oriane in den Alster-Pavillon zu Kaffee und Kuchen ein.

Bei einem kleinen Stadtbummel tauchte Oriane in das üppige Angebot von Modeartikeln. Agnes schenkte Oriane einen sehr hübschen Badeanzug, den sie in Wangerooge ausprobieren sollte. »Gleich morgen Nachmittag, nach der Praxis, fahren wir los«, erklärte Agnes. Oriane schüttelte sich belustigt. »Ich soll dort ins Wasser? Die Nordsee hat doch höchstens vierzehn Grad.« Agnes lachte: »Vielleicht sogar noch weniger! Aber du kommst doch aus dem Fünfseenland. Badest du dort nur im Hochsommer?« Oriane verneinte und erzählte, dass sie mit Horst oft schon im April bis in den Herbst hinein geschwommen war.

»Ja, Horst«, freute sich Agnes. Sie erzählte, dass sie ihn vor Jahren, als sie mit Herbert seinen Bruder in München besuchte, kurz am Gartenzaun seines Grundsstückes beim Rasenmähen begrüßt hatte, da sie etwas abholen wollten, was Robert vergessen hatte. »Ihn habe ich nur mit Shorts, nacktem Oberkörper, braungebrannt und muskulös in Erinnerung. Ist er so geblieben?« Oriane bejahte fröhlich und zeichnete Agnes auf ihre Fragen nach Elena ein ebenso positives, abgerundetes Bild des Ehepaares.

Abends versorgte sich Robert immer allein. In seinem Zimmer bereitete er für Oriane und sich den Abendbrottisch und holte einige Vorräte aus dem Kühlschrank seiner Teeküche. Nachdem er den dampfenden Tee in die Kanne gegossen hatte, stellte er eine brennende Kerze zwischen sie beide. »Ich werde dich sehr vermissen, wenn ich hier wieder allein bin. Bis ich die Praxis übernehme und meinen Facharzt beendet habe, werden mindestens noch drei Jahre vergehen. Wir haben hier doch eine kleine Wohnung. Du könntest mit Jakob schon bald herkommen?« Natürlich hatte sich Oriane insgeheim bereits ernste Gedanken über ihre und Roberts Zukunft gemacht. Sie erklärte Robert, dass sie sich noch einige Monate verpflichtet fühle, mit der neuen Leiterin zusammen zu arbeiten. Robert rechnete sich sofort aus, dass sie dann spätestens an Weihnachten mit Jakob hier bei ihm sein könnte.

»Aber dazwischen heiraten wir!«

Oriane belegte gerade ein Käsebrot und ließ bei diesen schicksalhaften Worten wie elektrisiert das Messer fallen. »Heiraten? Ist das dein Ernst?« Robert war aufgestanden und hinter Oriane getreten. Er bog behutsam ihren Kopf zu sich zurück und küsste sie mit einer Leidenschaft, die Oriane zutiefst berührte. »Du wirst es sofort zu spüren bekommen, wie ernst ich es meine.«

Und Oriane wurde eingehüllt von seiner Zärtlichkeit und einer Liebe, die bereit war, ihr körperlich und seelisch all das zu geben, was er voller Sehnsucht für sie so lange Zeit aufbewahrt hatte. Sie aber gab ihm mit Innigkeit seine Hingabe zurück, sodass Robert alle Zweifel, einsame Stunden und traurige Gedanken der letzten Monate vergaß.

Am Spätnachmittag des nächsten Tages standen Dr. Hochreiter mit Frau Agnes, Oriane und Robert vor dem reetgedeckten Ferienhaus auf der Nordseeinsel Wangerooge.

»Du warst als Kind mal hier«, wandte sich der Onkel an seinen Neffen. »So großzügig wie mein Heim in Hamburg ist es freilich nicht, aber hier am Meer bin ich erst richtig zu Hause. Und mehr brauchen Agnes und ich zu unserem Lebensabend nicht.« Das Ehepaar führte die jungen Leute in die ebenerdige, gemütliche Wohnküche und in ein geräumiges, stilvoll eingerichtetes Wohnzimmer. Im ersten Stock war das Schlafzimmer mit einem Sonnenbalkon, daneben ein Arbeitszimmer und ein großes Bad. Im zweiten Stock gab es nur zwei sehr schmale Schlafkammern für die Gäste und eine Dusche mit Waschbecken.

»Da haben Niss und Tiss geschlafen, unsere Söhne. Ihnen reichte der kleine Platz, denn sie waren in den Ferien fast immer am Strand.« Agnes erzählte, dass die Brüder von Kindesbeinen an intensive Reiter waren.

Vor dem Abendessen machten die vier einen Fußmarsch zum Strand. Ein schmaler Pfad durch die Dünen zeigte ihnen den Weg zum Meer. Der Wind wurde nun stärker, blähte ihre Windjacken auf und wirbelte Orianes langes Haar um ihr Gesicht. Je näher sie dem Strand kamen, desto stärker erfüllte das Brausen der Wellen die Luft. Robert nahm Orianes Hand und rief Tante und Onkel zu: »Wir rennen schon voraus!« Sie liefen auf die Anhöhe zu, blieben atemlos oben stehen, denn jetzt lag das Meer zu ihren Füßen. Die gerade einschießende Flut ließ die Wogen mit schäumendem Gischt auf die Sandbänke prallen. Das Orgelgeräusch in der Luft wurde stärker. Oriane und Robert mussten sich ihre Worte zuschreien, damit sie verstehen konnten.

Beide zogen ihre Sandalen aus und stapften barfuss durch den Sand, bis sie die Wellensäume erreichten. Wie zwei badeversessene Kinder liefen sie am Strand entlang, ließen die Wellen über ihre Füße flitzen und riefen sich übermütig Koseworte zu. Agnes und Herbert hatten ihre helle Freude an dem jungen Paar. »Was hat diese junge Frau aus meinem Neffen gemacht!« Herbert konnte kaum Worte finden. »Robert ist ein neuer Mensch geworden. Meine Patienten sind äußerst angetan von ihm. Außerdem kann er es hervorragend mit Kindern. Was doch die Liebe alles vermag!«

Beim Abendessen verriet Robert seinen Verwandten die Hochzeitspläne.

Hatten doch Oriane und er in der vergangenen Nacht lange Zeit über ihr noch in diesem Jahr bevorstehendes Ereignis gesprochen. Das Ehepaar schien mit dieser Nachricht gerechnet zu haben. Robert strahlte seinen Onkel vielsagend an: »Du bist mein Chef und musst grünes Licht geben. Wenn du mich zehn Tage entbehren kannst, wäre das optimal.«

Sie überlegten alle vier, denn Robert wollte gern bis zur Hochzeit seine Doktorarbeit beenden und möglichst wenig Zeit für sein Studium an der Uni versäumen. Oriane wusste noch nicht, wie lange sie mit der neuen Leiterin arbeiten würde, aber eine Hochzeit war immer vorrangig. Agnes erklärte, dass das junge Paar mit Jakob im zweiten Stock wohnen könne und später ohnehin das ganze Haus zur Verfügung haben würde. Sie einigten sich auf Anfang Oktober, wollten aber noch alles mit Elena und Horst besprechen, denn Orianes und Roberts Wunsch war eine kirchliche Trauung am Ammersee. Agnes und Herbert erklärten, dass sie sehr gerne mit Roberts Eltern und Marietta, sowie Orianes Pflegeeltern feiern möchten. Das junge Paar fühlte sich von einer Welle der Zuneigung umfangen.

Nachdem beide Agnes in der Küche und beim Aufräumen geholfen hatten, wünschten sie ihr und Herbert eine gute Nacht und gingen hinauf in ihre engen Kammern. Robert stieß in seiner Größe an die niedere Decke. Er zog den Kopf ein, setzte sich auf das Bett und prüfte misstrauisch seine Breite. »Da kann sich ein Schläfer nur mühsam auf die andere Seite drehen. Aber zwei passen niemals nebeneinander.« Oriane gähnte verstohlen und streichelte über sein betrübtes Gesicht. »Weißt du was? Heute bringe ich dich zu Bett. Wir haben jetzt zwei Nächte nur wenig geschlafen. Da bleibt heute Nacht jeder auf seinem engen Lager. Und morgen Nacht …« »Da lasse ich mir etwas besseres einfallen«, flüsterte Robert geheimnisvoll.

Nach der Dusche klopfte Oriane an Roberts Zimmertür. Er lag schon im Bett. Sie merkte, wie müde er war. Da zog sie sacht die Decke über seine Schultern und stopfte sie sorgsam an allen Seiten fest. Dann beugte sie sich über ihn, strich ihm über das dichte Haar wie eine Mutter ihrem Kind und küsste ihn sanft auf den Mund. »Schlaf gut. Ich liebe dich!« Er gab ihr den Kuss zurück, aber als sie spürte, dass er sie in seine Arme ziehen wollte, legte sie ihren Finger auf seine Lippen und flüsterte: »Du brauchst jetzt deinen Schlaf. Heben wir unsere wunderschöne Kuschelstunde bis morgen auf.« Und schon war sie an der Türe, die sie leise, ganz leise hinter sich schloss.

In der Nacht brausten Inselstürme um das Haus. Doch schon am frühen Morgen, als die Sonne wie ein Feuerball am Horizont auftauchte, war der Himmel von Wolken leergefegt. Als Oriane sich im Bett aufsetzte und zum Fenster hinaussah, wölbte sich ein klarer, blauer Himmel über der weiten Dünenlandschaft. Nach dem stürmischen gestrigen Tag war kaum ein Windhauch zu spüren. Es war Ende Juni, und es versprach ein heißer Badetag zu werden. Oriane schlüpfte in ihren neuen Badeanzug und zog ihr leichtes Strandkleid darüber. Leise klopfte sie bei Robert an, doch als sie durch den Türspalt spähte, sah sie, dass er noch fest schlief.

In der Küche fand sie Agnes, die das Frühstück bereitete. Fröhlich deckten die beiden Frauen draußen gemeinsam den Tisch. »Gönnen wir unseren Männern die verdiente Ruhe«, lachte Agnes. »Die beiden schlafen zum Wochenende oft bis mittags.« Doch das wusste Oriane schon von den Sonntagen am Pilsensee. Sie genoss diese Morgenstunde mit Agnes in dem reizvollen kleinen Garten, wo bunte Wicken in dichten Büschen am Zaun hochkletterten und die ersten Tigerlilien auf dem sandigen Boden schon bald ihre gewölbten, braunen Blütenblätter öffnen würden.

Nachdem der Proviant für mittags im Korb lag, schrieb Agnes ihrem Mann ein Briefchen, dass sie schon an den Strand gegangen waren. Als sie beim Strandkorb ankamen, der für das Ehepaar Hochreiter fest reserviert war, saßen zwei Eis lutschende Kinder darin. Agnes forderte sie freundlich auf, ihnen Platz zu machen, aber das größere Mädchen lachte nur und blieb sitzen. Der etwa zehnjährige Junge lutschte genüsslich an seiner Waffel. »Uns gefällt es hier aber!«

Da legte Oriane ihre Badesachen neben den Strandkorb und streifte ihr Kleid ab, so dass sie im Badeanzug da stand. Unbekümmert band sie ihr Haar zu einem Pferdeschwanz zusammen und sah die Kinder an.

»Uns gefällt es hier aber genauso. Stellt euch vor, ich bin heute zum ersten Mal am Strand, denn ich kenne das Meer noch gar nicht. Aber die Dame neben mir wohnt sogar hier und hat den Strandkorb mit ihrem Mann gemietet. Vielleicht passen wir ja alle vier hinein.« Keck setzte sich Oriane zwischen die überraschten Kinder. Agnes, die bewundernd Orianes Reaktion auf die frechen Antworten der Kinder beobachtete, meinte ruhig: »Nebeneinander geht ja wohl nicht, aber vielleicht setzt sich einer von euch auf meinen Schoß?« Jetzt mussten die Kinder beide lachen. Beschämt stand der Junge auf und sah Agnes an: »Entschuldigung! Sie haben schon graue Haare. Ich kann besser stehen.« Da stand auch das Mädchen auf. »Sollen wir Ihnen ein Eis holen? Es ist schon so heiß!« Agnes meinte, sie habe kein Geld bei sich. Bereitwillig zählten die Kinder das Geld in ihrer Hosentasche. »Für zwei kleine Eis reicht es noch. Wenn Sie hier wohnen, könnten wir unser Geld bei Ihnen abholen.«

Agnes fragte die Kinder nach ihren Eltern und ihrem Namen. Sie erfuhr, dass die Eltern eine Ferienwohnung ganz in der Nähe gemietet hatten. Auch nannten sie ihre Namen: Olaf und Sigrid. Eifrig holten die Geschwister nun ein kleines Eis, und Agnes besah anerkennend Oriane im türkisfarbenen Badeanzug. »Man sieht dir überhaupt nicht an, dass du ein Kind geboren hast. Keine Streifen, – keine Falten! Schlank und rank. Respekt!«

Schon waren Herbert und Robert in Sicht.

Die Kinder waren erstaunt, bei ihrer Rückkehr noch zwei Männer bei ihrem auserwählten Strandkorb vorzufinden. Da Robert Geld eingesteckt hatte, konnte er den Kindern das Eis gleich bezahlen. Oriane, die schon ein Handtuch im Sand ausgebreitet und sich eingekremt hatte, merkte, dass die Kinder noch unschlüssig herumstanden und etwas sagen wollten. Da fragte Olaf, ob sie etwas später Oriane und ihren Mann zum Strandtennis abholen dürften. Ihnen fehlten noch zwei Personen. Die beiden Geschwister bekamen eine Zusage, und zufrieden zogen sie ab. Sofort berichtete Agnes den beiden Männern, wie tolerant sich Oriane diesen zuerst recht unverschämten Kindern gegenüber verhalten hatte. Robert lachte ihr zu. »Bin ja gespannt, wie sie ihren Sohn mal im Griff hat.«

Oriane hatte sich schon zum Sonnenbaden in den Sand gelegt. »Das will ich jetzt noch gar nicht wissen.« Robert kniete sich neben sie und rieb ihren Rücken mit Sonnencreme ein. Er schmollte, dass sie ihn habe schlafen lassen, wo ihm doch die Zeit mit ihr so kostbar wäre. Oriane gab ihm zu verstehen, dass sie ihn auf keinen Fall wecken wollte. »Ich fand es wichtig, dass du dich auch einmal ausschläfst!«

»Bravo!« ,rief Herbert, der sich bereits neben seiner Frau im Strandkorb sonnte. »Ich habe den Eindruck, Oriane wird eine verständnisvolle Ehefrau sein.«

Es war ein herrlicher Badetag. Das Meer war glatt wie ein Spiegel. Und am Tag zuvor hatten stürmische Wellen den Strand aufgewühlt. Der Wind hatte nachts ans Haus gerüttelt. Aber jetzt war der Himmel wolkenlos. Oriane fand es ungewöhnlich, dass hier nur bei Flut und mit Badeaufsicht gebadet werden durfte. Die weiträumige Badestelle war mit Drahtzaun versehen. Ein Bademeister blies von seinem Turm aus sofort in sein Horn, wenn es Verfehlungen gab. Herbert betonte, wie notwendig diese Regelung sei, da sonst zu viel passieren würde.

Als Robert neben Oriane auf dem Rücken schwamm, wollte er ihre Eindrücke vom Meer wissen. Sie bespritzte ihn übermütig mit Salzwasser. »Lausig kalt ! In unseren bayerischen Seen gibt es nicht so viele Vorschriften. Da kann ich schwimmen, wo und wie ich will. Aber die wilde Nordsee zeigt ja heute wirklich, wie sanft sie sein kann.«

Nach dem Picknick kamen die Geschwister zum Strandtennis. Es war Ebbe, der Strand breit, und der Sand pflasterhart. Es wurde ein Riesenspaß. Auch die Eltern der Kinder kamen dazu, und sie spielten zu sechst. Der Vater lud Oriane und Robert zum nächsten Abend zur Grillparty ein. Die Geschwister bettelten, dass die beiden kommen sollten. Erst als es zu dämmern begann, räumten sie den Strandkorb leer und traten den Heimweg an.

Es war so warm, dass die vier draußen im Garten bei Kerzenlicht zu Abend aßen. Als alle fertig waren, forderte Robert Oriane zu einem Strandspaziergang auf. Freudig stimmte sie zu. Robert holte seinen Bademantel, und Oriane erfuhr bei einem kurzen Telefonat an den Pilsensee, dass Jakob bestens zu haben sei. Er habe schon zwei Nächte durchgeschlafen. Horst empfahl ihr, jeden Tag auszukosten. Das waren erfreuliche Nachrichten.

Oriane und Robert liefen nun dem Meer entgegen. Sanft streichelten die Wellen den Sand. Der Mond, schon über sein halbes Rund hinausgewachsen, warf seinen milden und doch so betörenden Schein auf eine weite Fläche dieser Unendlichkeit, die sie umgab. Sie begegneten kaum einem Menschen. Jeder Schritt ihrer nackten Füße drückte Spuren in den Sand und wurde von den Wellen wieder gelöscht. Robert blieb stehen und legte den Arm um Oriane. »Alles um uns her scheint schon zu träumen. Solche Nächte sind selten. Weißt du was?« Verschmitzt sah er Oriane an.

»Wir werden uns jetzt ein Plätzchen zum Träumen suchen. Unser Bett zu Hause taugt nicht für uns zwei.« Und schon lief er voraus, den Dünen entgegen. Hinter einem Hügel erspähte Robert eine lauschige Stelle. Er breitete seinen Bademantel aus und zog Oriane in seine Arme.

Diese Stunden unter der Stille des Sternenhimmels, in der sie sich ineinander verlieren und eins werden durften, waren ein Geschenk, das oft nur einmal im Leben beschert wird. Es machte Oriane sehr glücklich, Roberts tiefe Zärtlichkeit zu entdecken und ihm dieselbe wieder zu schenken. Was sie besonders beglückte, war, dass der liebste Mann ihr sagen konnte, was er für sie empfand.

Lange Zeit lagen sie noch dicht nebeneinander und kosteten bewusst diese seltene Stunde aus. Erst spät in der Nacht kehrten sie in das schlafende Haus zurück.

Auch der Pfingstsonntag bescherte ihnen noch einen herrlichen Badetag. Olaf und Sigrid holten das junge Paar wieder zum Strandtennis ab. Dieses Mal spielten auch Agnes und Herbert mit. Zu acht machte dieser Sport richtig Spaß. Außerdem entdeckten Herbert und der Vater von Olaf und Sigrid, dass sie sich kannten. Herbert schickte seine kleinen Patienten, die Schuheinlagen brauchten oder Schwierigkeiten mit ihren Füßen hatten, in die orthopädische Werkstatt von Olafs Vater.

Die Grillparty war dann der krönende Abschluss der Pfingsttage auf Wangerooge. Etwa ein Dutzend Personen versammelten sich im Garten von Olaf und Sigrids Eltern. Jeder brachte Würstchen und Brot mit. Auch Herbert und Agnes waren eingeladen. Robert gestand, dass er viel lieber mit Oriane noch einen weiten Spaziergang am Meer gemacht hätte, als sich diesen wenig geliebten Grillgestank um die Nase wehen zu lassen. Oriane flüsterte ihm ins Ohr, dass solch ein Erlebnis wie in der letzten Nacht nicht so schnell wiederholt werden sollte. Da ließ er Grillfeuer und Würstchenduft über sich ergehen.

Als dann der Gastgeber seine Ziehharmonika hervorholte und seine Gäste mit schwungvollen Liedern überraschte, sang sogar Robert mit. Dass er trotzdem, auch wenn sie sich erst nach Mitternacht von der netten Familie verabschiedet hatten, noch auf einem Umweg über den Strand bestand, zeigte Oriane, wie dickköpfig er sein konnte. Wie viele Küsse, Koseworte und Liebkosungen die Liebenden auf diesem Heimweg miteinander austauschten, entdeckten nur die Sterne über ihnen.

Kaum hatte sich jedoch die Haustüre hinter Oriane und Robert geschlossen, zog ein Gewitter am Himmel auf, das sich bis in den Morgen hinein geräuschvoll über der Insel entlud.

Als am Nachmittag des nächsten Tages Herberts Auto bepackt und zur Abfahrt nach Hamburg bereit stand, kamen Olaf und Sigrid atemlos ans Gartentor gelaufen. Sie wollten zum Abschied Oriane noch ein Körbchen mit besonders hübschen Muscheln überreichen. Oriane steckte den beiden Schokolade zu und bedankte sich. Schuldbewusst neigte sich Sigrid ihr entgegen. »Bist du uns nicht mehr böse, weil wir zuerst so eklig zu dir und deiner Tante waren?« Oriane legte den Arm um das Mädchen.

»Nein, bin ich nicht. Aber besonders nett war es nicht. Macht ihr das oft so?« Olaf erklärte lachend: »Wir machen uns ’nen Jux draus, die Erwachsenen zu ärgern. Viele schimpfen fürchterlich. Das freut uns dann. Aber du hast dich nicht ärgern lassen. Du bist richtig toll!«

Oriane versprach den Kindern, sie anzurufen, wenn sie nach Hamburg mit ihrem kleinen Sohn zurückkäme. »Dann besucht ihr Robert, Jakob und mich, abgemacht?«

Die Geschwister winkten dem abfahrenden Wagen noch nach, bis er auf dem Weg zum Hafen verschwunden war.

Oriane blieb noch einen Tag, bis auch sie selbst wieder abreisen musste. An diesem letzten Tag aber bekam sie Robert erst wieder am Abend zu sehen, da nach den Feiertagen die Arbeit in der Praxis nicht abriss. Sogar in der Nacht wurde Herbert zu einem schwerkranken Kind gerufen, das er selbst mit dem Verdacht auf Blinddarmdurchbruch ins Krankenhaus fuhr. Er nahm Robert zu diesem lebensbedrohenden Besuch mit. In der Klinik wurde die sofortige Notoperation des Mädchens beschlossen.

Beim Abschied von Herbert und Agnes musste sich Oriane überwinden zu fragen, ob Robert vielleicht zu ihrem Geburtstag im Juli kommen könne. Mit einem Lächeln sah ihr Herbert in die Augen. »Ich fürchte, dass ich dir diesen Wunsch nicht erfüllen kann. Du hast ja heute als die zukünftige Ehefrau des Dr. Robert Hochreiter einen besonders turbulenten Praxistag- und Nacht miterlebt und bist im Bilde, was sich hier so manches Mal abspielt. Aber ihr habt doch jetzt bestimmt Liebe auf Vorrat getankt, oder? Und bis zur Hochzeit müsst ihr noch gut drei Monate warten. Das haltet ihr doch sicher aus?«

Das Ehepaar entließ Oriane mit einer solch wohlwollenden Herzlichkeit, dass sie sich schon jetzt auf ein Wiedersehen freute.

Robert brachte Oriane zum Schlafwagenzug nach München. Sie sprachen nicht mehr viel. Beide waren noch ganz stark von ihrer Gemeinsamkeit erfüllt.

»Unser Kuss muss jetzt bis zu unserem Hochzeitstag vorhalten!« Robert wollte Oriane nicht freigeben. Beinahe hätte er vergessen, auszusteigen. »Hab Dank für alles! Es hätte nicht schöner sein können«, rief sie Robert zu und winkte, bis er schon längst nicht mehr zu sehen war.

Horst holte Oriane in aller Frühe ab.

Er las sofort in ihren Augen und an ihrem Lächeln, dass sie glücklich war. Als sie neben ihm im Auto saß, nahm er ihre Hand und sah sie an. »Und? Ist Robert der richtige Mann für dich?« Oriane drückte seine Hand. »Ja, Horst, er ist es. Und du hast ihn mir zugeführt, nur du! Es war wunderschön mit ihm.«

Als wäre er von einer langen Last befreit, atmete Horst tief aus. »Ich wusste es: Mit Robert an deiner Seite kann eigentlich nichts schief gehen, wenn du dich überwindest und herauslockst, was in ihm steckt. Das kann nur durch Liebe geschehen.«

Oriane lachte fröhlich: »Und es ist geschehen, Horst. Hätte ich nur eher auf dich gehört!« Horst ließ den Motor an. »Alles kommt so, wie es kommen muss!«

Als sie ihm erzählte, dass sogar der Hochzeitsmonat schon besprochen worden war, zeigte er sich gar nicht sonderlich erstaunt. »Da siehst du, wie wichtig diese Reise für dich war.«

Etwas später hielt Oriane ihr vor Übermut zappelndes, lachendes Söhnchen im Arm. Jakob schubste sich lebhaft in die Höhe, schnappte nach ihrer Nase und fuhr mit den Fingern durch ihr Haar. Horst erzählte ihr, dass Jakob schon versuchte, sich mit Hilfe der Stäbe in seinem Laufstall hinzusetzen, was das Kind auch gleich in die Tat umsetzte, als Oriane es gezeigt haben wollte. Und schon saß Jakob stramm und kerzengerade und quietschte vor Vergnügen, als seine Mutter und Horst in die Hände klatschten. Das Bübchen reichte seiner Mutter ein Spielzeug, das Horst ihm geschenkt hatte und das seine ganze Wonne war. Es war ein Männchen aus festem Plastik, kunterbunt bemalt, glatt und rund. Das Männchen verzog das lustige Gesicht zu einem besonders munteren Grinsen. Auf seiner Brust war ein Knopf. Wer auf diesen drückte, bekam eine Melodie zu hören, ein Lied, das einem nicht mehr aus dem Sinn ging. Jakob hatte sofort heraus, wie er zu dieser Musik kommen konnte.

Als Oriane sich an diesem Spielzeug ergötzte, klatschte Jakob begeistert die Händchen zusammen. »Seit dem er die Spieluhr hat, schreit er nachts nicht mehr«, erklärte Horst. »Er holt sich sein Männchen, macht Musik und schläft wieder ein.« Oriane umarmte ihn bewundernd. »Ein Zauberer warst du ja immer schon.« Doch Horst zog seine Augenbrauen hoch. »Wehe, wenn er das Männchen plötzlich nicht findet, wie gestern bei Elena. Da warf er sich zornig schreiend auf den Rücken und zappelte wild mit Armen und Beinen. Als Elena sein Spielzeug fand, war schnell alles vergessen.« Horst wurde nachdenklich. »Hoffentlich ist er nicht so ein Zornpinkel, wie sein Papa früher einer war. Ich kann mich noch gut erinnern, wie er ein paar Mal ausgerastet ist, als er hier mit dir gespielt hat.«

Blitzartig erinnerte sich Oriane an eine Szene mit Anton bei der Zeugnisverteilung, am Ende des 3. Schuljahres. Da stand in seinem Zeugnis die Note 5 in Deutsch. Voller Wut hatte Anton sein Zeugnis in Fetzen gerissen und auf dem Klassenboden zertrampelt. Er rannte aus der Klasse und schmetterte die Türe hinter sich zu. Anton wurde damals zum Direktor gerufen. Seine Mutter erhielt einen blauen Brief, doch Anton verriet Oriane nicht, was darinnen gestanden hatte. Es kam nichts dergleichen mehr vor. Aber Oriane wollte Maria deswegen gelegentlich ansprechen.

Am frühen Nachmittag kam Elena. Es war Mittwoch und deshalb in Horsts Firma halbtags frei. Doch Horst fuhr trotzdem in seine Firma um den Vormittag wegen dringender Arbeit nachzuholen. Jakob war auf seinem Kissen im Laufstall eingeschlafen. Dicht neben ihm lag die Spieluhr.

Da ein Gewitter mit kühler Luft die Hitze der vergangenen Tage abgelöst hatte, setzten sich Tante und Nichte ins Wohnzimmer. Elena brachte Kaffee und wartete voller Spannung auf Orianes Neuigkeiten aus Hamburg. Besonders glücklich war Elena darüber, dass Oriane endlich zu Robert gefunden hatte. Und dass nun auch in diesem Jahr Hochzeit sein sollte, brachte sie völlig aus dem Häuschen.

Die beiden Frauen vergaßen nun Zeit und Pflichten. Wie zwei Freundinnen beratschlagten sie, wo und wie die Hochzeit vonstatten gehen, wer eingeladen werden sollte. Sie merkten nicht, wie das Gartentor ging und Maria klingelte. Erst beim dritten Geläute lief Oriane zur Haustüre. Maria umarmte »ihre Orri" und überreichte einen Kuchen. Sie setzte sich mit an den Kaffeetisch, und Oriane erzählte zum zweiten Mal alle Neuigkeiten. Die Hochzeit brachte die Oma genauso aus der Fassung: »Da gehst du ja nach Hamburg! Das ist ja furchtbar! Da verlier ich dann des Buberl ganz und gar aus den Augen.« Sie holte ihr Taschentuch, um die hervorquellenden Tränen aufzufangen. Elena versuchte sie zu trösten, indem sie erklärte, dass das junge Ehepaar im Urlaub bestimmt an den Pilsensee kommen würde. Doch Maria wehrte ungläubig ab: »I wo! Des is höchstens einmal im Jahr. O mei, o mei! Und i hab a solche Freid an dem Buam!«

Ganz plötzlich taute sie jedoch auf und berichtete, wie gut Jakob zu haben sei, wie lange er sich beschäftigen könne und wie gut ihm sein Essen schmecke.

Als habe Jakob gehört, dass über ihn gesprochen wurde, erwachte er. Als er seine Oma sah, streckte er die Ärmchen nach ihr aus und wollte zu ihr. Maria setzte ihn auf ihren Schoß, doch nach einer Weile verlangte er nach seiner Mutter. Als Oriane Marias trauriges Gesicht sah, malte sie ihr aus, dass sie ihren Enkel in Hamburg besuchen könne. Aber da zögerte Maria und meinte, sie wäre zu alt für so weite Reisen.

Elena stritt lachend ab: »Mit fünfundsechzig ist man nicht zu alt. Du bist noch so fit. Du kannst von München nach Hamburg fliegen. Wir bringen dich zum Flughafen, und in Hamburg wirst du abgeholt.«

Oriane gab ihr das Kind zum Füttern auf den Arm, und es war rührend, wie sie den Enkel umsorgte. Trotzdem verwöhnte sie ihn nicht, und Oriane hatte den positiven Eindruck, dass sie auch Konsequenz walten ließ. Ohne weiteres war Jakob nach seiner Mahlzeit wieder im Laufstall zufrieden, setzte sich nun immer häufiger auf, griff nach seinen Spielsachen oder robbte von einer Ecke in die andere. Langeweile schien er nicht zu kennen. Als Maria sich verabschiedete, musste ihr Oriane versprechen, dass sie Jakob oft zu sehen bekäme, solange sie noch in München war.

Es ergab sich ganz von selbst, dass Oriane noch ein paar Tage am Pilsensee blieb. Durch den Umzug nach Hamburg würde ihr zukünftiges Leben in ganz neue Bahnen gelenkt werden. Die Hochzeit im Herbst, der Abschied aus der Münchner Wohnung und ihrer Heimat bei Elena und Horst, erschienen ihr noch kaum nachvollziehbar. Es gab viel, sehr viel mit Elena und Horst zu besprechen. Außerdem sollte für Oriane bereits Anfang der neuen Woche die Zusammenarbeit mit Susanne Steiner beginnen.

Spät abends wurde sie jedoch durch ein Telefonat mit Robert darin bestärkt, alle kommenden Aufgaben positiv anzugehen, da sie sich gemeinsam ihre Zukunft aufbauen würden. Roberts zärtliche Worte am Telefon waren ein Trostpflaster auf trübe Abschiedsgedanken.

Bevor Oriane wieder nach München gebracht wurde, zeigte Jakob erneut, wie zornig er werden konnte. Als ihm mitten in der Nacht seine Spieluhr durch die Gitterstäbe seines Bettes gefallen war, strampelte er auf dem Rücken liegend wie ein wütender Käfer mit allen Vieren in die Luft und schrie aus Leibeskräften, sodass nicht nur seine Mutter, sondern auch Elena und Horst aus dem Schlaf schreckten. Schlaftrunken hob Oriane das Spielzeug auf, gab es aber dem Kind nicht sofort, sondern legte die Spieluhr in ihr Bett. Zum ersten Mal in seinem Leben sprach sie mit strenger Stimme zu ihm und sah ihn dabei auch sehr streng an.

»Nein, Jakob, nein! So geht das nicht! Du bist jetzt ganz ruhig!« So hatte Jakob seine Mutter noch nicht erlebt. Er vergaß sein Geschrei und sah, wie Oriane sich in aller Ruhe wieder in ihr Bett legte. Doch bald streckte er reumütig seine Hand durch die Gitterstäbe nach der Spieluhr aus. Oriane sah Jakob an und legte einen Finger an die Lippen. Sie gab ihm das Männchen, und Jakob machte einen Jauchzer vor Freude. Seine Mutter ließ das Nachtlicht brennen und schloss die Augen. Da hörte Jakob noch eine Weile auf die liebliche Melodie und schlief ein.

Als Maria zum Verabschieden kam, erzählte Oriane von Jakobs zornigem Geschrei in der Nacht. Die ehrliche Frau berichtete sofort, dass er auch bei ihr sich schon einmal so gezeigt hätte. »Aber bei mir kommt er damit net durch. I will net, dass er so wird, wie sei Papa früher war!« Und Maria berichtete, dass ihre Mutter leider den Anton sehr verzogen habe. Keinen Wunsch habe sie ihm abschlagen können. Sie selbst habe dann alles wieder glatt bügeln müssen, und das sei oft sehr schwer oder auch gar nicht mehr möglich gewesen. »Aber bei mir hat sich mei Bua des net traut. Na, na, mit mir net. Und er mag mi dafür. Der lässt nix auf sei Mama kommen. I kann dir nur den einen Rat gebn, Orri: Tu dem Jakob ja net alles erlauben. Der hat nämli den starken Willen wie sei Papa. Fang glei heut damit an!«

Oriane bewunderte diese schlichte Frau für ihre gesunde Erziehungseinstellung.

Horst packte sogar den geräumigen Laufstall mit in seinen Kombi, als er Oriane nach München brachte. Frau Beger nahm sie in Empfang. Sie hatte sich gut erholt und die Wohnung wieder »startklar gemacht«. Der Laufstall passte nur ins Wohnzimmer, und Jakob kam nicht aus seiner gewohnten Ordnung. Als Horst sich verabschieden wollte, bat ihn Oriane, noch ein paar Minuten sitzen zu bleiben. »Der Gedanke, dass ich nun bald weit weg von dir sein soll, ist mir sehr arg. Ich glaube nicht, dass ich mich daran gewöhnen kann. So viel bin ich mit meinen Freunden bei euch gewesen, und nun bist du bald ganz allein im Haus, allein mit Elena. Wie kommst du da zurecht? Du sagst nie etwas, kannst dich immer beherrschen und zeigst nie, wie es wirklich in dir aussieht. Ich habe dich deswegen schon als Kind immer bewundert. Warst du immer schon so?«

Horst spürte, wie wichtig ihr seine Antwort war. Seine Selbstkritik, die er früher nur selten einsetzte, zwang ihn dazu, aufrichtig zu sein und nichts zu beschönigen. »Bevor du zu uns kamst, war ich oft recht ungenießbar. Ich verstand mich nicht mit meinen Eltern, die mich leider sehr bevormundeten. Ich stritt mit Elena. Weil sie keine Kinder bekommen konnte, war sie oft verzweifelt und deprimiert. Statt sie zu trösten oder sie auf andere Gedanken zu bringen, verliebte ich mich in eine andere Frau. Unser Verhältnis dauerte etwa ein halbes Jahr. Elena zog damals zu ihrer Mutter, arbeitete aber in meiner Firma weiter. Bei den Kollegen hat sie nie gezeigt, wie ihr zu Mute war. Sie war immer ausgeglichen, freundlich, chic gekleidet. Dafür bewunderte ich sie.

In dieser Zeit verunglückten deine Eltern. Der Tod deines Vaters traf mich schwer. Wir waren zwei außergewöhnlich gute Freunde. Er, der Zahnarzt, ich sein Techniker. Wir passten bestens zusammen. Aber durch diesen Schicksalsschlag wurdest du uns geschenkt, Onuschka. Durch dich fanden Elena und ich wieder zusammen. Wir hatten nun ein gemeinsames Kind. Elena war überglücklich. Aber ich? In meiner Liebe zu dir wollte ich es mir nicht eingestehen, dass ich dich allein für mich haben wollte. Ganz allein für mich! In meinem Egoismus dachte ich nicht daran, dass ich dir, dem heranwachsenden jungen Mädchen, schaden könnte. Und ich dachte auch nicht an Elena, der ich wieder sehr weh tat.«

Nach einer Schweigepause, in der Horst Oriane mit einem innigen Blick umfing, vernahm sie seine folgenden Worte wie einen Abschied nehmenden Nachklang an die Zeit ihrer gemeinsamen Liebe. »Wie es weiterging, weißt du, Onuschka. Durch dich habe ich jedoch die Fähigkeit zu einer wirklichen, tiefen Liebe erfahren, wie ich das noch nie zuvor erlebt habe. Du hast diese Fähigkeit in dir, im geliebten Menschen diese Hingabe zu wecken, zu entfalten und sie auch weiterzugeben. Deshalb bin ich so froh, dass Robert dein Mann sein wird, Onuschka. Er verdient es, geliebt zu werden. Und er wird dir alles, was du ihm an Liebe gibst, von ganzem Herzen zurückgeben. Erst, als ich dich aus meinen Armen entlassen habe, war es mir möglich zu erkennen, wie viel auch in Elena steckt. Die Liebe zu dir hat einen neuen Menschen aus mir gemacht. Diese Veränderung spürte auch Elena, die täglich merkte, wie sehr ich litt, weil du nicht mehr bei uns warst. Wir entdeckten beide, dass wir uns gegenseitig brauchten. Elena gab sich immer gelöster, offener – völlig anders als früher. Sie war eine ganz neue Frau. Beide haben wir uns erfreulich geändert. Aus diesen Gefühlen entstand in diesen Jahren wirkliche Liebe. Siehst du jetzt, wie positiv sich unser Leben verändert hat? Du brauchst dir um mich wirklich keine Sorgen zu machen, meine liebe kleine, große Onuschka! Und dann gibt es auch noch die Freude, dass du uns mit Robert und Jakob besuchen wirst.«

Horst legte seine Arme um sie und drückte ihren Kopf sanft an seine Brust. »Ich werde dich und auch Robert sehr vermissen. Aber wenn ich Menschen wie dich und ihn lieb habe, dann wünsche ich mir nichts mehr, als dass es dir und ihm gut geht.«

Orianes Kopf lag ganz still in seinem Arm. Sie war zu bewegt, um mehr als ein: »Ich danke dir!« zu flüstern.

Horst fügte noch hinzu: »Da fällt mir Hermann Hesses Gedicht ›Stufen‹ ein. Ein paar Zeilen daraus will ich dir aufsagen, wenn mir das gelingt:

›Es muss das Herz bei jedem Lebensrufe
Bereit zum Abschied sein und Neubeginne,
Um sich in Tapferkeit und ohne Trauern
In andere, neue Bindungen zu geben.
Und jedem Anfang wohnt ein Zauber inne,
Der uns beschützt und der uns hilft, zu leben.
Des Lebens Ruf an uns wird niemals enden …
Wohlan denn, Herz, nimm Abschied und gesunde.‹

Horst küsste ihre Stirn. Dann stand er langsam auf, nahm sanft seine Arme von Oriane und drehte sich zur Tür. Er nickte ihr mit einem Lächeln zu und ging.

Noch lange stand sie versonnen und beglückt über dieses Gespräch mit ihm und sann über seine Worte nach.

Der Arbeitsalltag umfing Oriane schneller, als ihr lieb war.

Als sie jedoch sah, wie die Kinder sich bei der Begrüßung freuten, und auch die Mütter ihr fröhlich die Hände reichten, stand sie rasch wieder mitten im Geschehen.

Schon nach wenigen Tagen gemeinsamer Arbeit mit Susanne Steiner wusste Oriane, dass sie hier in diesem Garten für Kinder, auch wenn er ihr selbst nicht mehr gehörte, ihre eigenen, individuellen Ideen entfalten konnte, sei es auch nur für kurze Zeit.

Susanne Steiner hatte eine sehr warmherzige Ausstrahlung, die Kinder und Eltern rasch anzog. In den ersten Tagen wunderten sich die Kinder, dass die neue Leiterin noch wenig mit ihnen spielte, aber umso mehr beobachtete, was Oriane alles mit ihnen unternahm. Als die beiden Erzieherinnen allein waren, ging Frau Steiner freudig auf Oriane zu. »Ich staune, wie viel ich von Ihnen lernen kann. Ihr Ideenreichtum scheint unerschöpflich zu sein.« Sie berichtete Oriane von ihren vielen Praxisjahren in Heimen und Kindergärten, in denen die Kinder wohl sinnvoll beschäftigt wurden, aber auch viel sich selbst überlassen waren. Hier aber wurde ihr bewusst, wie gezielt die Kinder durch Vorschulprogramme, Musik-Mal- Märchenspiele und kreatives Basteln gefördert wurden, ja sogar manch verborgenes Talent entdeckt werden konnte.

An einem Spätnachmittag traf sich Oriane mit Frau Steiner in einem Café. Oriane nahm Jakob im Sportwagen mit, da die Leiterin den Kleinen gerne sehen wollte. Vorsorglich hatte Oriane aber Frau Beger gebeten, Jakob etwas später abzuholen und mit ihm spazieren zu fahren.

Es war ein heißer Tag. Beide setzten sich in den schattigen Garten. Orianes berechtigte Bedenken, dass der lebhafte Jakob sehr schnell eine Unterhaltung unmöglich machen würde, bestätigten sich bald. Der Kleine war an seinen großen Laufstall gewöhnt. Heftig rüttelte er an seinem Wagen, versuchte trotz seines Gurtes aufzustehen und wurde sehr quengelig. Keine Ablenkung wollte helfen, weder Fläschchen noch Bilderbuch. Jakob strebte vom Schoß seiner Mutter hinunter auf den Kiesboden, um die Steinchen in seinen Mund wandern zu lassen. Frau Steiner meinte bedauernd: »Ich bewundere Sie wirklich, Oriane! Fast den ganzen Tag sind Sie total engagiert bei fremden Kindern. Und die übrige Zeit widmen Sie sich ganz Ihrem Kind. Das ist doch kaum zu schaffen!«

Es war ein Glück, dass Frau Beger erschien, denn Jakob schrie jetzt mit voller Lautstärke, so dass Gäste am Nebentisch bereits unwillig dem Café- Garten den Rücken drehten. Oriane atmete sichtlich auf, als sie allein waren. Zum ersten Mal vertraute sie Frau Steiner an, unter welchen Bedingungen sie Jakob bekommen hatte. Sie breitete auch ganz offen ihre Zukunftspläne mit Heirat und Wohnsitz in Hamburg aus. Susanne Steiner war betroffen darüber, dass Oriane ein Kind aufzog, für das sie gar nicht bereit gewesen war. Hart kritisierte sie die übereilte Übergabe des Kindergartens von Frau Hellwig. »Durch ihre Notlage waren Sie überbelastet, Oriane. Das war alles zu viel auf einmal. Und dann noch das Pech mit den extrem schwierigen Kindern! Bedauerlich genug, dass diese antiautoritäre Erziehung, die in dem englischen Internat Summerhill entstand, leider auch etliche deutsche Pädagogen mit recht einschneidenden Folgen zu spüren bekamen.« Frau Steiner empfand die Bestimmung des Jugendamtes, dass Oriane mit einer neuen Leiterin zusammenarbeiten sollte, die nun die volle Verantwortung übernahm, als eine Befreiung.

Über die Heirat mit einem Kinderarzt freute sie sich, aber nicht über die weite Entfernung. »Ich würde gern noch ein paar Monate mit Ihnen zusammen arbeiten, Oriane. Von einer Praktikantin, die ich mir später nehmen werde, kann ich kaum etwas erwarten. So jemanden wie Sie finde ich nicht mehr!«

Oriane freute sich sehr über ihr Lob. Beide einigten sich darauf, dass Oriane noch bis zur Nikolausfeier im Dezember bleiben würde. Natürlich kamen sie auch auf den Hochzeitstag im Oktober zu sprechen. Frau Steiner genehmigte mit ihrem gewinnenden Lächeln die gewünschten zehn Tage.

Etwas später kündigte sie ihre Tochter an, die sie bald hier abholen würde. Dabei gab sie Oriane einen kurzen Einblick in ihr eigenes Leben, das sehr tragisch verlaufen war. Ihr Mann war als Reporter an einem Kriegsschauplatz im Ausland erschossen worden. Ihre gemeinsame Tochter war damals drei Jahre alt.

Frau Beger kam mit dem schlafenden Jakob zur gleichen Zeit wie Frau Steiners Tochter. Ein hübsches, zwölfjähriges Mädchen beugte sich voller Interesse über Jakob, dessen dichtbehaarter Blondkopf im Schlaf tief auf die Brust gesunken war.

Frau Steiner verabschiedete sich, und Oriane bestellte für Frau Beger noch eine Tasse Kaffee. »Sie waren meine Rettung. Wir hätten uns bei dem schreienden Jakob nicht eine Minute miteinander unterhalten können.« »Sie wissen doch, wie gern ich Ihnen helfen tu!«, lachte Frau Beger.

Die nächsten Wochen bis zu den Sommerferien im August gestalteten sich im Steiner- Kindergarten, wie er jetzt genannt wurde, äußerst erfreulich. Susanne Steiner überraschte Oriane mit allen Kindern zu ihrem zwanzigsten Geburtstag. Die Leiterin hatte mit den Größeren heimlich ein Lied eingeübt und ein großes Gemeinschaftsbild malen lassen. Darauf war ein stattliches Schiff zu sehen, ringsherum ein See mit einer Landschaft, Bäumen, Häusern und einer Kirche. Auf dem Schiff stand eine winkende Oriane mit ihrem kleinen Sohn. Oriane musste sich an den Geburtstagstisch mit einer brennenden Kerze setzen. Viele Kinder überreichten ihr kleine selbst gebastelte Geschenke, und Frau Steiner verteilte einen köstlichen Kuchen, den sie gebacken hatte.

Am frühen Abend verwöhnten Elena und Horst sie mit Blumen, Geschenken und einem Abendessen in einem beliebten Münchner Lokal. Doch vorher öffnete Oriane voller Neugier das Paket von Robert. Eine sehr gute Fotografie von ihm, geschmackvoll eingerahmt, freute sie besonders, ebenso ein Opernauszug von Puccinis Tosca auf Schallplatten. Robert hatte ihr bereits verkündet, dass diese Oper in der kommenden Saison auf dem Spielplan der Hamburger Oper stehen würde. Das schönste Geschenk aber war ein Liebesbrief von Robert. Es waren nur wenige Zeilen, aber darin stand alles, was er für sie empfand. Für Oriane ein inniges Bekenntnis seiner schon so langjährigen Liebe, die sie nie hatte erkennen wollen. Ganz bewusst arbeitete sie nun daran, ihn zum Ausgleich für diesen Schmerz, den sie ihm zugefügt hatte, mit ihrer Liebe zu verwöhnen.

Jakob hielt in seiner kleinen Faust ein Päckchen mit einem sehr gelungenen Schnappschuss von sich selbst. Horst hatte das Kind fotografiert, als Oriane in Hamburg war.

Die erfreuliche Zusammenarbeit zwischen Frau Steiner und Oriane erreichte dann auf dem Sommer- und zugleich Abschiedsfest für die Kinder, die im Herbst in die Schule kamen, ihren Höhepunkt. Leiterin und Kindergärtnerin übten mit den baldigen Schulkindern das Märchen »Schneeweißchen und Rosenrot« ein. Helle Begeisterung ergriff Eltern und Kinder, als Oriane, als Bär verkleidet, brummend in die Stube tapste, wo Frau Steiner, als Mutter, ihren kleinen Töchtern aus einem Märchenbuch vorlas. Spannend wurde gezeigt, was die beiden Schwestern im Wald mit einem bösen Zwerg erlebten und wie der Bär sich später in einen Königssohn verwandelte. Der Königssohn hatte noch einen Bruder, deshalb gab es eine Doppelhochzeit mit beiden Schwestern. Schneeweißchen war die sechsjährige Antonia, die beim Hochzeitstanz ein kleines Solo vorführte. Oriane hatte bei dem

Mädchen eine außergewöhnliche Begabung zum klassischen Ballett entdeckt und freute sich, dieselbe nun den scheinbar ahnungslosen Eltern zeigen zu können. Antonia bekam jubelnde Zurufe, ebenso das Märchenspiel. Antonias Eltern klatschten jedoch nicht, was Oriane befremdete. Beim Abschied nach dem Fest erklärte Antonias Mutter Frau Steiner und Oriane ziemlich empört, dass sie ihr Kind auf gar keinen Fall zu einer Tänzerin »heranzüchten« wollte.

Mit einem festlichen Schultüten-Umzug ging diese fröhliche Feier zu Ende. Hoch zufriedene Eltern schüttelten den beiden Erzieherinnen die Hände. Frau Steiner und Oriane vertrauten einander trotz des gelungenen Festes ihre gegenseitige Enttäuschung über die abfällige Bemerkung von Antonias Mutter an. Frau Steiner war betrübt darüber, dass Eltern die Freude ihres Kindes so lieblos zerstören können. Doch Oriane war zuversichtlich. »Antonia hat einen starken Willen. Ihre Begabung werden bestimmt auch andere entdecken und fördern.« Beide gaben einander herzlich die Hand zum Abschied. Susanne Steiner rief Oriane nach: »Ich freue mich schon jetzt auf die Arbeit mit Ihnen im September.«

Vier Wochen Ferien!

Oriane hatte sich schon mehrfach überlegt, wie sie diese Ferien mit einem kleinen Kind sinnvoll verbringen sollte. Beim Geburtstags-Abendessen mit Horst und Elena beratschlagten die drei, und wie immer machte Horst einen guten Vorschlag. Da er mit Elena und einem bekannten Ehepaar aus dem Segelclub eine zweiwöchige Bergwanderung von Hütte zu Hütte im Allgäu geplant hatte, schlug er vor, dass Oriane mit Jakob am Pilsensee sein könnte. »Wie wäre es, wenn du jetzt in den Ferien anfängst, deinen Führerschein in Angriff zu nehmen? Robert freut sich bestimmt sehr, wenn seine Frau dann in Hamburg Autofahren kann.« Und Elena führte Oriane vor Augen, dass sie ja Maria für Jakob gleich nebenan hätte. Oriane erwärmte sich sofort für diese Idee und wollte sie auch schon bald in die Tat umsetzen.

Sie telefonierte mit Marietta.

Die Freundin erschien sofort. Beide hatten sich seit Orianes Reise nach Hamburg nicht mehr gesehen. Marietta wirkte blass und zerstreut. Ihre Fröhlichkeit war wie weggeblasen. Kürzlich hatte sie gestanden, dass sie in einem abgrundtiefen Liebeskummer steckte. Alfonso, der Besitzer einer sehr beliebten Pizzeria, hatte sich in sie verliebt, ebenso Marietta. Leidenschaftliche Monate mit glutvollen Liebesbeteuerungen und Heiratsplänen hatten ihren früheren Freund Paul entthront. Aber dann hatte Marietta entdeckt, dass ihr strahlend schöner Alfonso auch noch eine andere Geliebte küsste.

Als der schuldbewusste Liebhaber Marietta in ihrer Schreinerei abholte, schleuderte sie dem Treulosen ein soeben ausgesägtes Holzbrett vor die Füße. Aber im geheimen war sie sehr unglücklich. Oriane tat die Freundin leid. »Sei froh, dass du seine Untreue vor der Heirat entdeckt hast. Er ist es nicht wert, dass du dich grämst. Schade um Paul. Er ist der Wertvollere.« Aber da grämte sich Marietta noch mehr. Trotzdem brachte sie Oriane mit Jakob zum Pilsensee. Und weil der Anblick des lebhaften Kindes sie auf andere Gedanken brachte, bat sie Oriane, über das Wochenende bei ihr zu bleiben.

Die Freundinnen verstanden sich jetzt wieder besser. Marietta betonte, wie offen und ungezwungen Robert durch Oriane geworden war. »Du hast einen neuen Menschen aus ihm gemacht, Orri. Bei jedem Telefonat sagt er mir, wie glücklich er mit dir ist. Ich war doch für ihn Muttterersatz, obwohl ich jünger bin. Aber die Eltern hatten immer nur den Beruf und ihre Bekannten im Kopf. Da hingen wir zwei halt besonders aneinander.«

Zwischendurch kam Maria herüber und hütete Jakob, wenn die Freundinnen sich mit Schwimmen oder Bootfahren vergnügten. War sie doch um jede Stunde froh, in der sie ihren Enkel um sich haben durfte. Als Marietta dann wieder nach München in ihre Schreinerei musste, wo sie längst eine feste Anstellung hatte, kam ein junger, fescher Fahrlehrer und holte Oriane zur Fahrstunde ab. Oriane stellte sich gut an und es machte ihr Spaß, die vertrauten Orte des Ammer-, Wörth- und sogar Starnberger Sees zu umfahren. Sie nahm immer eine Doppelstunde, und bald meinte ihr Lehrer: »Wenn Sie so schneidig weitermachen, brauchen Sie nicht bis Weihnachten mit der Prüfung zu warten.«

Oriane war rundherum zufrieden über diese Ferien. Jakob spazierte nun eifrig in seinem Laufstall, der im Garten stand, umher und hielt sich an den Stäben fest. Zwischendurch krabbelte er im Wohnzimmer mit affenartiger Geschwindigkeit in alle Ecken und Winkel. Dabei versuchte er, Schubladen zu öffnen und ihren Inhalt überall herum zu werfen. Es war höchst gefährlich, ihn nur eine Sekunde aus den Augen zu lassen. Das Wörtchen Nein wirkte da Wunder. Wenn seine Mutter oder Maria Nein sagten, sah er sofort schuldbewusst zum Erwachsenen auf und besann sich eines besseren. Dafür schrie er aus Leibeskräften, wenn er nach dem Krabbeln wieder in seinen Laufstall gehoben wurde. Inzwischen hatte Jakob aber schon gemerkt, dass seine Mutter und auch die Oma überhaupt nicht beeindruckt waren von seinem Zorn. Oriane ignorierte ihn dann völlig oder ging aus dem Zimmer. Die Oma setzte sich mit ihrem Strickzeug weit weg und sah ihn auch nicht an, oder beide unterhielten sich miteinander.

Einmal war Jakob über diese Nichtachtung so erbost, dass er die geliebte Spieluhr gegen den großen Spiegel im Wohnzimmer schmetterte. Ein hässlicher, großer Sprung blieb zurück. Die Spieluhr gab noch einen jammervollen Ton von sich, dann schwieg sie für immer. In aller Ruhe hob sie seine Mutter auf, drückte auf den Knopf und schüttelte sie. Die Musik kam nicht mehr. Jakob weinte bitterlich. Das Kind war über viele Stunden kaum zu beruhigen. Zum ersten Mal aß er nichts. Nachdem Jakob vom Weinen völlig erschöpft war, schlief er ein, wachte aber bald unter Tränen wieder auf. Er verlangte nach der kaputten Spieluhr, drückte immer wieder auf den Knopf und gab es schließlich auf. Oriane nahm ihn auf ihren Arm und versuchte Jakob mit einem anderen Spielzeug abzulenken, was ihr schließlich auch gelang. Erleichtert atmete sie auf. Ging es ihr doch durch den Kopf, wie sie nicht nur Jakob, sondern auch Marietta auf andere Gedanken bringen könnte. Wenn die Freundin zum Wochenende kam, hörte Oriane sie nachts leise schluchzen. Marietta grämte sich nicht nur um die verlorene Liebe zu ihrem leidenschaftlichen Alfonso, sondern bereute es zutiefst, dass sie dem zuverlässigen und auch sehr liebenswerten Paul mit ihrer Untreue sehr weh getan hatte.

An jenem Samstag läutete am Spätnachmittag das Telefon. Oriane traute ihren Ohren nicht: Es war Paul! Glückstrahlend stürzte die Freundin an den Apparat. Oriane hörte den Freudenschrei: »Was Schöneres gibt's nicht! Komm schnell, ganz schnell!« Und Marietta umfasste Oriane und wirbelte mit ihr durchs Zimmer. Paul war bereits einige Male im Maybachhaus gewesen. Er arbeitete schon länger nicht mehr in der Schreinerei, sondern war fest angestellt in der attraktiven Buchhandlung seines Vaters.

Binnen kürzester Zeit war Paul mit seinem Wagen am Pilsensee. Oriane freute sich von Herzen über das Wiedersehensglück der Freundin. Die drei aßen kurz zusammen zu Abend. Dann zog Marietta den so schmerzlich Vermissten hinauf in das Zimmer ihres Bruders, und Oriane sah die beiden erst am nächsten Tag in den Mittagsstunden wieder.

Horst und Elena kamen braungebrannt und durchtrainiert von ihrem Bergwanderurlaub zurück. Als er den kaputten Spiegel sah, konnte Horst sich schnell zusammenreimen, wie das passiert war. Er zog die Augenbrauen hoch und sah von Jakob zum Spiegel und vom Spiegel zu Jakob. Schuldbewusst blickte das Kind seine Mutter an, und dann entlud sich ein herzerweichender Tränenstrom. Oriane erzählte Horst von dem Wutanfall und davon, dass die Spieluhr ihren Geist aufgegeben hatte. Horst setzte Jakob auf seine Knie. Der Tränenstrom versiegte sofort, als er dort reiten durfte. Außerdem meinte Oriane, dass Jakob sich schon über Gebühr über den Verlust der geliebten Musik erregt habe.

Am Abend kehrten Marietta und Paul von einem Ausflug zurück. Strahlend hielten sie einander umschlungen und erklärten beim gemeinsamen Abendessen, dass sie zu Silvester heiraten wollten.

»Dann sind ja alle unter der Haube, und wir zwei bleiben hier verwaist zurück!« Horst legte mit humorvoller Geste einen Arm um Elenas Schulter. Lächelnd sah sie zu ihm auf. »Trotzdem wird es uns zwei nie langweilig werden.«

Den Blick, den das Ehepaar austauschte, fing Oriane auf. Sie spürte, welch ein Vertrauen, aber auch welche tiefe Zuneigung diese beiden Menschen miteinander verband. Sekunden nur dachte sie an die Zeit, in der sie und Horst sich leidenschaftlich geliebt hatten. Aber nun war sie von Herzen über diese Fügung des Schicksals zufrieden.

Aufmunternd wandte sich Elena an die jungen Leute: »Besucht werden wir hoffentlich immer wieder von euch!« Da legte Oriane ihre Arme um ihre Pflegeeltern und gab beiden einen Kuss. »Jetzt fehlt nur noch Robert in unserem Bund. Hier, bei euch, ist unsere Heimat. Und das wird immer so bleiben.«

Marietta tat dergleichen, und Paul schüttelte Elena und Horst herzlich die Hände.

Oriane fuhr mit Jakob, Marietta und Paul nach München zurück. Da sie noch Ferien hatte, führte sie die Fahrstunden in der Großstadt weiter. Sehr schnell bekam sie den Unterschied zwischen den Fahrten im Fünfseenland und dem hektischen Verkehr in München zu spüren. Der ältliche Fahrlehrer, missgelaunt und kaum zufrieden zu stellen, hatte einen Pick auf Oriane. Vom ersten Tage an meckerte er an ihrer Fahrweise herum. Hätte sie es nur eher gewusst, dass ihr Fahrlehrer zu den gefürchtetsten, aber auch erfahrensten Münchens gehörte. Sogar Horst fuhr einmal mit und wollte Orianes Fahrweise testen. Herr Brassl nahm sich sichtlich zusammen. Als Horst beim Aussteigen meinte, es ginge doch schon recht ordentlich, vernahm er nur ein unbefriedigendes: »Na ja!«

Horst war ärgerlich. »Ein rechter Sturkopf! Lass dich nicht aus der Ruhe bringen. Du wirst einmal gut Auto fahren. Das habe ich im Gespür.«

Fast jeden Abend telefonierte Oriane mit Robert. »Ich zähle die Tage. Noch knapp fünf Wochen bis zu unserer Hochzeit. Wie schade, dass Marietta und Paul nicht mit uns zusammen heiraten. Aber sie wollen sich in München trauen lassen, und wir am Ammersee. Ich bin so gespannt, wie du in deinem Brautkleid aussehen wirst. Was kann Jakob schon alles sprechen? Ich habe solche Sehnsucht nach dir. Sie wird jeden Tag schlimmer.«

Robert hatte Fragen über Fragen. Oriane erzählte ihm, dass Jakob jetzt unentwegt seinen Wortschatz übte und verbesserte. Als er Roberts Foto auf dem Nachttisch seiner Mutter sah, rief er: »Papa!« Maria hatte dem Kind ein Bild von Anton gezeigt und dabei »Papa« gesagt. Seitdem war jedes Foto von einem männlichen Wesen für ihn ein Vaterbild. Oriane bewegte es sehr, dass Robert an Jakob so regen Anteil nahm, als sei er sein Sohn. Horst sagte einmal zu ihr, sie müsse es Robert hoch anrechnen, dass er Jakob annehme, obwohl er die negativen Umstände seiner Zeugung kannte. Auch hatte Robert Anton immer abgelehnt. Oriane konnte es ebenfalls kaum mehr erwarten, bis Robert wieder bei ihr war. Außerdem hatte sie sich in den vergangenen Wochen so an ihre Zeiteinteilung in Freiheit gewöhnt, dass sie sich sehr überwinden musste, im September wieder beruflich voll einsatzfähig zu sein.

Susanne Steiner merkte, dass Oriane in den ersten Kindergartentagen nicht so konzentriert schien, wie sie es von ihr gewöhnt war. Vorsichtig stellte sie Oriane zur Rede und meinte, sie sollte es ihr ganz offen sagen, wenn sie etwas auf dem Herzen habe. Oriane erzählte ihr, dass Jakob zu laufen anfing und ihre schon ältere Hilfe sich durch das lebhafte Kind überfordert fühle. Susanne erfuhr von der Fahrprüfung und hatte volles Verständnis dafür, dass die baldige Hochzeit Zeit und Vorbereitungen kostete. Sie machte Oriane das Angebot, nur noch halbtags zu arbeiten. Wenn die Kinder ihren Mittagsschlaf hielten, konnte sie nach Hause gehen. Oriane war überglücklich, musste jedoch eine Gehaltskürzung in Kauf nehmen.

Jetzt konnte die junge Mutter frei über den Nachmittag verfügen, mit Jakob spazieren gehen und Einkäufe erledigen. Nachdem Oriane eines Tages mit Erfolg ihre Fahrprüfung bestanden hatte, setzte sie für sich eine Belohnung aus. Sie traf sich mit Elena in einem nahen Geschäft für Brautmoden und Festkleider, um ein Hochzeitskleid auszusuchen. Marietta hatte keinerlei Verständnis dafür, dass eine so junge Braut wie Oriane nicht in strahlendem Weiß vor den Altar treten wollte. Auch Elena und Horst zeigten sich enttäuscht. Aber Elena kam zu dem verabredeten Laden und fand dort Oriane und Jakob, der in seinem Sportwagen saß. Als er Elena sah, wollte er sofort auf ihren Arm. Doch schon näherte sich Oriane mit einem cremefarbenen Spitzenkleid. Sie hielt es ihrer Tante vor und meinte, es müsste ihr bestimmt sehr gut stehen, denn sie sollte zur Hochzeit auch etwas besonders Hübsches anziehen. Elena trat vor den Spiegel: »Zuerst kommst du daran. Deswegen bin ich doch hergekommen.«

Jakob, erbost, dass die Tante ihn nicht wie gewohnt auf den Arm nahm, fing heftig an zu schreien. Die Chefin holte aus einer Dose ein besonders großes Plätzchen und gab es Jakob. Sofort biss er genüsslich hinein und die beiden Damen waren glücklich, dass sie in Ruhe die an den Ständern aufgereihten Festkleider durchsehen konnten.

Oriane hatte bereits im Schaufenster ein vergissmeinnichtblaues Abendkleid gesehen und sich darin verliebt. Aufgeregt schlüpfte sie hinein und zeigte es Elena, die sich ebenfalls für ein beigefarbenes, langes Kleid interessierte. Sie sah Oriane in dem Kleid, das ihr bezaubernd stand. Aber zur Hochzeit?

»Das ist hübsch. So was kannst du anziehen, wenn du mit Robert in die Oper gehst, aber es ist doch deine Hochzeit. Der schönste Tag in deinem Leben! Und ob es Robert gefällt?« Oriane war enttäuscht. »Ich will aber nur dieses.« Elena bat sie, noch ein anderes Kleid zu suchen und half jetzt selbst mit. Auch die Chefin schien ihre ganze Ehre daran zu setzen, das Passende zu finden.

Dass Jakob so still war, schien in diesem Gefecht um das Hochzeitskleid niemand zu bemerken. Neben seinem Sportwagen hing auf einem Bügel ein zartrosafarbiges Festkleid. An dem dezenten Halsausschnitt war eine bezaubernd geformte Rose angenäht, die Jakob so gut gefiel, dass er diese Blume unbedingt näher besehen wollte. Obwohl er angegurtet war, konnte er aufstehen und dieses Kleid mit Leichtigkeit zu sich herunterziehen. Bald lag diese mit Spitzen und Rüschen besetzte Pracht quer über seinen Knien, und er konnte diese herrliche Rose ganz nah bei sich haben. Mit seinen keksverschmierten Fingern strich er über den seidigen Stoff, tastete mit den Lippen über die Rose, nahm sie lutschend in den Mund. Da die Rose mit kleinen, schimmernden Perlen bestickt war, dachte Jakob an Bonbons. Das Wasser lief ihm im Mund zusammen, vermischte sich mit den schokoladegetränkten Bröseln des Kekses, die er noch in den Backentaschen gespeichert hatte und bekleckerte als dickflüssige Spucke das ebenfalls mit Perlen verzierte Oberteil. Begeistert aufjauchzend griffen die Kinderfäustchen in den knisternden Stoff. So ein herrliches Spielzeug hatte Jakob noch nie in seinem Leben gehabt.

Plötzlich durchfuhr ein entsetzter Aufschrei den eleganten Laden. Fassungslos entriss die Chefin dem ahnungslosen Jakob das durch Flecken verunstaltete Kleid. Elena und Oriane rannten beide nur mit ihrer Unterwäsche bekleidet aus den Kabinen. Es war ein Glück, dass sie die einzigen Kundinnen waren. Rot vor Zorn drückte die Chefin Oriane das sündhaft teure Kleid in die Arme. »Da haben Sie ihr Hochzeitskleid! Das nehme ich nicht mehr zurück!«

Oriane stand in Schlüpfer und BH wie versteinert und hielt das zerknitterte Bündel an sich gepresst.

Jakob schrie wie am Spieß. Elena war in der Kabine verschwunden um sich in aller Eile anzuziehen um dann mit Jakob fluchtartig den Laden zu verlassen.

Oriane stand an der Kasse. Als sie den Preis des Kleides entdeckte, wurde sie aschfahl im Gesicht. Ungerührt packte die Kassiererin das Kleid ein und legte die Rechung vor. Wortlos zahlte Oriane mit Checkkarte. Als sich die Chefin auf ihrem Prüfgerät versichert hatte, dass der Check gedeckt war, zeigte sie einen leisen Hauch von Mitleid mit der jungen Frau. »In der Reinigung gehen die Flecken gewiss heraus. Bestimmt können Sie es dann anziehen!«

Draußen auf dem Gehsteig schob Elena Jakob auf und ab. Das Kind war nach diesem einschneidenden Erlebnis vor Erschöpfung eingeschlafen.

Elena sah bedauernd auf Oriane, die immer noch sehr blass war. Sie machte sich Vorwürfe, dass sie Jakob nicht besser beaufsichtigt hatte, statt die verführerischen Kleider durchzusehen. Als sie den Preis des rosa Kleides erfuhr, prallte sie entsetzt zurück. Trotzig platzte Oriane heraus: »Ich ziehe so ein Ding nicht an. Ich hasse rosa! Immer schon!«

Elena war anderer Meinung. »Ich fand es wunderschön. Wenn du schon unbedingt eine andere Farbe willst als weiß, dann ist doch so ein ganz zartes Rosa noch passender als dieses blaue Abendkleid.«

Oriane verstummte nun völlig. Sie gingen nach Hause, ließen Jakob im Sportwagen weiterschlafen, und Oriane setzte Teewasser auf für das Abendessen.

Elena wollte unbedingt das verunglückte Kleid auspacken, aber ungehalten legte Oriane ihre Hand auf die umfangreiche Tüte. »Bitte nicht! Ich habe erst mal die Nase voll davon!«

Beider Stimmung war auf den Nullpunkt gesunken. Da läutete es an der Wohnungstür. Horst trat herein und trug einen besonderen Käse in die Küche, den alle gern aßen. Sofort sah er die missmutigen Gesichter der beiden Frauen. »Was ist los? Ist euch eine Laus über die Leber gekrochen?« Oriane verzog keine Miene. »Viele Läuse!«

Da fing Elena sofort an zu erzählen, was passiert war – von dem blauen Kleid, das Oriane so gut gefiel, und was Jakob mit einem herrlichen rosa Festkleid angestellt hatte. Und Oriane rief außer sich dazwischen: »Und dann hat die Chefin Jakob hysterisch brüllend das fleckige Kleid aus dem Kinderwagen gezerrt, und Elena und ich sind aus den Kabinen gerannt. Wir hatten ja fast nichts an!«

Um Horsts Fassung war es geschehen. Bisher war es ihm noch gelungen, seine Faust auf die Lippen zu pressen, um nicht laut aufzulachen. Jetzt aber lachte er schallend los, griff sich in die Seiten, weil er sich kaum halten konnte. Die Brille war über den Tisch geflogen, weil Lachtränen ihre Gläser vernebelt hatten. Im Geiste sah er seine Frau in ihrer eleganten Unterwäsche und Oriane in ihren knapp sitzenden Spitzenhöschen in dem Laden umherlaufen. Als Oriane verdutzt rief: »Aber das Kleid war doch so teuer!«, rief er, ohne seine Heiterkeit zu unterbrechen: »Da fällt uns schon was Passendes ein. Aber ich sehe diese keifende Frau vor mir, wie sie dem erschreckten Jakob das verschmierte Kleid wegreißt und das arme Kind, das seine Mutter und seine Tante halbnackt durch den Laden rennen sieht.«

Jetzt hatte sich der verflixte Knoten gelöst, und auch Elena und Oriane lachten. Alle drei lachten um die Wette. Elena sah ihren Mann an, den sie besonders liebte, wenn er diese Unbeschwertheit an den Tag legte, die das Leben leicht und lebenswert machte und alle Schwierigkeiten für eine ganze Weile vergessen ließ.

Oriane dachte an die Kissenschlachten mit Horst als Kind und an viele andere Momente, in denen er und sie sich vor Lachen kaum aufrecht zu halten vermochten.

Schließlich konnten sie alle drei nicht mehr. Erschöpft setzte sich jeder hin, wo gerade Platz war, und Oriane erinnerte Horst daran, dass er sich wegen des Preises etwas einfallen lassen wollte. Horst putzte seine Brille und schlug vor, dass Oriane auf ihren Einladungen zur Hochzeit statt Blumen oder Geschenken, um einen kleinen Geldbeitrag für wichtige Anschaffungen zum neuen Hausstand bitten sollte. »Du wirst sehen, dass da mehr zusammenkommt, als das Kleid gekostet hat.«

Energisch bat Horst nun darum, das Kleid zu sehen. Als sich Oriane weigerte, bestand er darauf. Elena breitete das kostbare Stück auf dem

Wohnzimmertisch aus. Auf dem mit Perlen und Rüschen verzierten Oberteil zeigten sich unbarmherzig Jakobs schokoladengetränkte Speichelspuren. Die Rose war durch die ersten Kinderzähnchen verwüstet worden.

»Ich habe noch nie ein so schönes Kleid gesehen«, entfuhr es Elena. Und Horst stimmte ein: »Ich auch nicht!« Er bat Oriane, es anzuziehen.

Sie war empört. »Ich finde es scheußlich! Viel zu überladen. Ich kann diese Farbe nicht ausstehen. Und diese Flecken!«

Jetzt wurde Elena energisch. »Ich nehme es mit in die Reinigung. Ein neues Kleid kannst du nicht kaufen. Komm, probier es an!«

Wiederstrebend verschwand Oriane in ihrem Zimmer.

Das Kleid passte wie angegossen! Oriane drehte und wendete sich vor dem großen Spiegel. Sie hätte sich Lügen strafen müssen, wenn sie sich nicht eingestanden hätte, dass das edle Gewand ihr wie auf den Leib geschneidert war. Dieses anmutige Festkleid hatte ein Charisma, dem sich niemand entziehen konnte, ein Kleid, das nur bestaunt, aber niemals abgelehnt werden würde.

Elena stand mit dem ausgeschlafenen Jakob auf dem Arm in der offenen Tür. Ein entzückter Aufschrei entfuhr ihr. Und Jakob erkannte sein herrliches Spielzeug wieder. Er streckte die Ärmchen nach seiner Mutter aus und rief strahlend: »Mama!«

Elena trat mit dem Kind nahe an Oriane heran, denn Jakob wollte in den Stoff greifen. Voller Begeisterung spitzte er die Lippen und berührte wie zu einem Kuss die rosa Pracht. Jetzt stand auch Horst in der Tür – stumm vor Bewunderung. Die Gefühle, die in diesen Minuten sein Inneres durchstürmten, vermochte niemand zu ahnen.

»Wenn das kein Hochzeitskleid sein soll, will ich nicht mehr Horst Maybach heißen!« Alle drei lachten befreit auf. Jakob wollte immerzu das Kleid seiner Mutter streicheln. Horst rief Oriane zu: »Hast du dich eigentlich schon bei deinem Sohn bedankt? Er allein hat dir nämlich zu diesem Traumkleid verholfen!«

Elena brachte das Kleid in die Reinigung. Makellos überstand es chemische Liebkosungen. Nur die Rose am Halsausschnitt war von Jakobs Schneidezähnchen zernagt worden. Elena ersetzte sie durch eine zarte Seidenrose, die den Liebreiz dieses Kleides noch unterstrich. Oriane hängte es nun, von einem weißen Tuch umhüllt, an den Schrank ihres Zimmers. Aber die Geschichte, die sich um dieses turbulente Gebilde rankte, wurde überall im Bekanntenkreis voller Heiterkeit erzählt. Und die Neugierde wuchs mit jedem Tag, die Braut endlich darin sehen zu können.

»Ich darf dieses Kleid erst sehen, wenn du mir mit Horst an unserem Hochzeitstag in der Kirche entgegengehst!« Oriane spürte Roberts Erregung am Telefon. Das war am Tag vor seiner Abreise nach München.

Und genauso geschah es.

Es war ein strahlender Oktobertag. In der schlichten evangelischen Erlöserkirche in Herrsching am Ammersee, wurde das junge Paar getraut. Unter Glockengeläute und dem Brausen der Orgel führte Horst seine Pflegetochter auf dem Weg zum Altar ihrem zukünftigen Mann entgegen. In dieser Schicksalsstunde erhofften sich nicht nur die Liebenden, sondern auch die ihnen bisher Vertrauten, dass ihr gemeinsamer Lebensweg Erfüllung und Freude bringen würde.

Oriane hörte neben sich Roberts überzeugend ausgesprochene Worte: »Ja, ich will!« In voller Überzeugung schloss sie sich ihm an.

Zwischendurch brabbelte Jakobs Kauderwelsch. Er saß auf Elenas Schoß und sah sich neugierig um.

Nach dem Gesang des Kirchenchores trat das frisch getraute Paar aus der Kirche in den Sonnenschein hinaus und schüttelte die vielen Hände, die sich ihm entgegen streckten. Jakob strebte von Elenas Arm zu seiner Mutter. Doch Oriane ging an Roberts Arm und trug den Brautstrauß, eine Komposition aus rosafarbenen und weißen Rosen. Als seine Mutter ihm einen Kuss gab, griff er nach der Rose, die sie im kunstvoll aufgesteckten Haar trug.

Dann entdeckte er Robert. Lächelnd zeigte das Kind auf ihn und sagte laut, allen vernehmlich: »Papa!«

Spontan nahm Robert den Kleinen auf den Arm und drückte sein Köpfchen gegen seine Wange. Alle hatten diese liebevolle Geste gesehen. Und alle wussten es auch, dass er nicht der Vater war. Nur Maria wandte sich tränenden Auges ab. Horst sah es und nahm sich vor, mit ihr später zu sprechen.

Robert konnte seine Blicke kaum von Oriane lassen. »Du bist wunderschön. Und dein Kleid ist ein Traum!«

Diese letzten Worte bekam Oriane mit vielen Glückwünschen wieder und wieder zu hören. Bis dann Mariettas Ruf laut wurde: »Wer fängt den Brautstrauß?«

Oriane warf ihn hoch, dem wolkenlosen Himmel entgegen. Erwartungsvoll streckten die Damen ihre Hände, um diese begehrenswerte Trophäe zu ergattern. Elena war die Glückliche!

Dr. Hochreiter, Roberts und Mariettas Vater, wandte sich übermütig lachend an Horst: »Würdest du deine Elena noch einmal heiraten?« Ohne zu zögern, rief Horst: »Ja, sofort!« Elena gab ihm einen herzhaften Kuss und Robert küsste seine Oriane. Einstimmig ertönte Beifall.

Dann verkündete Horst den Gästen, dass sie jetzt alle nach Wartaweil fahren würden. Da sei, etwa zehn Minuten von Herrsching ein herrlicher Park mit einem sehr guten Restaurant für ihr Hochzeitsessen. Im Park oder am See sei vor dem Essen noch Zeit zum Ausruhen oder zu einem Spaziergang. Die Kaffeetafel sei am Nachmittag im Maybachhaus am Pilsensee.

Das war ein verlockendes Angebot. Das Brautpaar ging nun zu Roberts Auto, das von Marietta und Paul mit Dahlien und Astern geschmückt worden war. Agnes und Herbert aus Hamburg stiegen mit ein. Schnell fühlte sich Oriane wieder von der Herzlichkeit dieser beiden Menschen umfangen. Agnes hob sofort hervor, was sie bei der Feier in der Kirche besonders bewegt hatte. Erstaunt war sie über Jakob. »Das Kind ist schon recht weit für sein Alter. Aber – er hat doch Robert ganz lange nicht gesehen. Und nannte ihn sofort Papa.« Oriane erklärte ihr, dass Maria dem Kind ein Foto ihres Sohnes, seines Vaters, gezeigt habe. Für Jakob seien alle jungen Männer Papas. Agnes verriet Oriane, dass am Nachmittag ein Besuch aus Hamburg käme, den Robert und Oriane niemals erraten könnte.

Bald fanden sich alle Hochzeitsgäste in Wartaweil ein. Die Kronen der hohen, herbstlich entflammten Bäume wiegten sich sacht im Sonnenlicht. Obwohl ein Türchen im Zaun zum leise summenden See führte und ein verschwiegener Weg zum Spaziergang einlud, verweilten die Gäste lieber im Park. Sie setzten sich plaudernd auf Bänke oder schauten Jakob zu, der lärmend, mit einer festen Rutschhose bekleidet, auf dem mit dichtem Herbstlaub bedeckten Rasen krabbelte. Maria ließ das Kind nicht aus den Augen, denn Jakob steuerte auf jeden Gast zu, zupfte die Herren am Hosenbein und die Damen am Rock. Wollte er doch unbedingt jedem zeigen, wie flink er sein konnte. Bald aber nahm ihn Robert auf seinen Schoß und setzte sich mit Oriane auf eine Bank. Beide waren erleichtert, miteinander reden zu können. Hatten sie sich doch am gestrigen Nachmittag nur kurz am Bahnhof gesehen und sich dann mit Marietta und Paul, ihren Trauzeugen, beim Standesamt getroffen. Anschließend waren sie mit den beiden zum Abendessen gegangen. Robert hatte sich vorgenommen, noch am selben Tag sein Zimmer im Elternhaus zu räumen und alles für ihre jetzige Reise und seinen Umzug nach Hamburg in die Wege zu leiten.

»Ein Mammutprogramm«, schalt ihn seine Schwester, die mit Paul kräftig mithalf. Sollte doch kein Urlaubstag mit seiner jungen Frau versäumt werden.

Robert staunte über Jakob, der sich während ihrer Unterhaltung intensiv mit seinem Brillenetuie und Sonnenbrille beschäftigte. Vorsichtig klappte er es auf und zu, nahm die Bügel der Brille sacht in den Mund und versuchte, sie wieder ins Kästchen zu legen, was jedoch missglückte. Dann strich er fröhlich über das geliebte Kleid seiner Mutter und untersuchte Roberts Krawatte. Jetzt traten auch Horst und Elena Arm in Arm auf die anmutige Gruppe zu. Horst wollte wissen, wohin die Reise der jungen Leute gehen solle, denn Oriane hatte selbst nur ungefähre Ziele genannt. Robert hatte sich bisher sehr geheimnisvoll verhalten.

Er verriet, dass er als Ziel Schloss Thurnstein, oberhalb von Meran, ausgewählt habe. Horst war selbst in dieser Märchenlandschaft, wie er sie nannte, mit Elena gewandert. Er wandte sich an Oriane: »Da kann dir ja dein Mann die Fahrkunst fortgeschrittener Autofahrer vorführen. Nämlich die steilen Haarnadelkurven zu Schloss Thurnstein hinauf. Ich würde euch raten, nicht bei Dunkelheit dort anzukommen.«

Elena rief entsetzt: »Wollt ihr denn da heute noch hin?« Lachend wehrte Robert ab: »Nein, natürlich nicht! Ich habe eine gute Stunde von hier in einem Hotel gebucht. Ich muss mich doch endlich um meine bezaubernde Frau kümmern!«

Oriane schmollte. »Und ich habe von nichts eine Ahnung!« Ihr Lachen lockte nun alle anderen Gäste herbei. Bald standen Roberts Eltern, die Hamburger, Marietta und Paul mit Maria um die Bank. Jeder hatte Fragen über Fragen, die aber sofort verstummten, als zum Essen gerufen wurde. Eine lange, festliche Tafel war in einem extra reservierten Raum gedeckt. Jakob saß in einem Kinderstühlchen neben seiner Mutter und Elena. Beide Frauen warfen sich einen heimlichen Blick zu, der besagte, dass sie dem Frieden nicht lange trauten. Bereits nach der köstlichen Suppe, die auch Jakob mitessen durfte, entstiegen dem Kinderstühlchen verdächtige Düfte, die sich sehr schnell um die Tafel ausbreiteten. Maria kam kaum in den Genuss ihrer dampfenden Speise, weil auch sie ahnte, was geschehen war. Sie stand auf, denn sie fühlte sich verantwortlich, das Übel zu beseitigen. Horst hatte inzwischen ein Fenster weit geöffnet.

Soeben brachte der Kellner die erste Platte des Hauptgerichts herein, da rief Horst: »Können Sie bitte ein paar Minuten warten. Bei uns muss noch schnell ein sehr menschliches Problem gelöst werden!« Schallendes Gelächter war die Antwort.

Maria hob Jakob mitsamt seiner penetrant duftenden Verpackung aus dem Stühlchen und strebte mit ihm dem Ausgang zu. Jakob aber, der nicht wusste, warum er von seinem wunderschönen Platz entfernt wurde, fing wütend an zu schreien und strampelte so zornig mit den Beinen, dass Maria sich kaum wehren konnte. Rasch lief auch Elena hinter den beiden her, um zu helfen. Doch das Wehgeschrei klang noch eine ganze Weile allen Gästen in den Ohren.

Da erhob der Arzt aus Hamburg, Roberts Onkel, sein Glas gegen das Brautpaar. In wenigen Sätzen sprach er voller Herzlichkeit, wie sehr seine Frau Agnes und er sich freuten, das junge Paar bald in seinem Haus zu begrüßen. Robert habe bereits mit seinem Praxiseinsatz bei ihm seine Tüchtigkeit als künftiger Nachfolger gezeigt, und Oriane habe bei ihrem Besuch in Hamburg seine Frau und ihn davon überzeugt, dass sie sich mit ihrem Söhnchen gut dem Arzthaushalt anpassen würde.

Herbert Hochreiter wandte sich an Elena, die gerade wieder zurückkam, und an Horst: »Meine Hochachtung der Erziehung, die ihr eurer Pflegetochter von klein auf gegeben habt. Die Früchte erntet ihr jetzt.«

Dann wandte er sich seinem Bruder, Robert und Mariettas Vater und dessen Frau zu: »Ihr könnt stolz auf euren Sohn sein. Hat er euch eigentlich in seiner Bescheidenheit schon verraten, dass er seine Doktorarbeit mit Erfolg beendet hat?«

Fröhlich lächelnd stimmten beide Eltern zu.

Alle erhoben nun ihre Gläser, und Herbert Hochreiter rief: »Tausend Glückwünsche dem jungen Paar, und eine gute Hand dem Arzt Dr. Robert Hochreiter!« Sehr beeindruckt stimmten die Gäste Beifall an. Inzwischen kam auch Maria zurück. Jakob war draußen im Kinderwagen unter einer hohen Kastanie eingeschlafen.

Das Hochzeitsmahl wurde von allen einstimmig gelobt. Die Gespräche waren so angeregt, dass Marietta und Paul beinahe vergaßen, mit Maria rechtzeitig zum Maybachhaus zu fahren, um dort die Kaffeetafel zu richten. Sie nahmen den schlafenden Jakob in ihrem Kombi mit.

Verstohlen sah Robert auf seine Uhr und flüsterte Oriane zu: »Müssen wir unbedingt noch bei der Kaffeetafel dabei sein? Ich will dich jetzt endlich für mich allein haben.« Aber Oriane gab ihm lachend einen leichten Klaps. »Ein bisschen müssen wir schon noch bleiben! Außerdem muss ich mich noch umziehen.« Robert wehrte ab: »Dieses herrliche Kleid darfst du nicht ausziehen, weil ich mich nicht daran satt sehen kann. Ausziehen werde nur ich es. Versprochen?«

Zum Pilsensee zurückgekehrt, war im Garten ein mit Herbstblumen geschmückter Tisch gedeckt. Es war so warm, dass ein Sonnenschirm aufgestellt wurde. See und Himmel hatten mit ihrem Blau ein Brautgeschenk gewebt.

Jakob stand in seinem geräumigen Laufstall neben dem Kaffeetisch. Über ihn beugte sich ein blondes Mädchen und entlockte dem Kind gerade ein fröhliches Lachen.

»Die Überraschung aus Hamburg!«, rief Agnes zu Oriane. Es war Sigrid!

Jetzt erschien auch ihre Mutter, und es zeigte sich, dass diese Überraschung wirklich gelungen war. Sigrid wollte unbedingt zu Orianes Hochzeitstag kommen. Da sie mit ihrer Mutter in der Nähe Verwandte hatten, verbanden sie diesen Besuch mit dem heutigen Festtag.

Maria hatte eine sechsstöckige Hochzeitstorte gebacken und geradezu fantastisch dekoriert. Das Brautpaar musste sie anschneiden, und Maria wurde von allen mit Lob überschüttet. Aber auch Marietta führte ihre Backkünste vor. Während die Gäste mit ihren Tellern bei der Torte standen, um ein gutes Stück zu ergattern, hatte Sigrid nur Augen für Jakob. Er wollte aus dem Laufstall und ihr zeigen, wie er krabbeln konnte. Sie hob ihn heraus, und flink kroch er über den Rasen.

Da rief ihre Mutter nach Sigrid und hielt ihr einen Teller mit der Hochzeitstorte hin. Fasziniert von der Verzierung aus Marzipan, setzte sich das Mädchen an ihren Platz und probierte.

Plötzlich standen Horst und Robert fast zur gleichen Zeit von ihrem Stuhl auf und riefen erregt wie verabredet: »Wo ist Jakob?«

Alle starrten auf den leeren Laufstall. Jakob war nirgendwo zu sehen.

Die beiden Männer rannten atemlos zum See. Schon von weitem sahen sie das Kind auf dem Steg. Jakob hatte sich am Geländer der Treppe, die hinunter zum Wasser führte, aufgerichtet und schaute den Wellen zu, die in sachtem Geplätscher dem Ufer zustrebten.

»Nicht rufen, sonst erschrickt er«, raunte Horst Robert zu. Der war als erster bei Jakob. Das Kind drehte sich ihm strahlend zu und deutete auf die Wellen. »Watter!«

Robert hob ihn hoch und drückte ihn wortlos an sich. Oriane stand mit vor Schreck geweiteten Augen hinter ihm. Als Jakob sie sah, streckte er die Arme nach ihr aus und rief fröhlich: »Mama!«

Robert gab ihr Jakob in den Arm. Unfähig zu sprechen, presste sie ihn an sich. Und wie immer, wenn er ihr Kleid sah, befühlte er entzückt die mit Perlen bestickte Seide.

Keiner Worte mächtig, standen die Gäste auf dem Weg zum Wasser. Maria war die erste, die nach diesen Schreckensminuten fähig war zu reden. Sie hob die Arme zum Himmel. Ihre Stimme bebte: »Unser Herrgott, hab Dank! Hab tausendmal Dank! Du hast uns den Jakob beschützt!«

Fassungslos schluchzend weinte Sigrid am Hals ihrer Mutter.

Robert stand dicht bei Oriane und hielt sie und das Kind schützend umfangen. Mühsam sich fassend, trat Horst neben das junge Paar. Seine Stimme legte sich beruhigend und tröstend über alle:

»Maria hat die Dankesworte für uns ausgesprochen. Jakob hat seinen Schutzengel ganz nah bei sich gehabt. Wir wollen jetzt nicht rechten, wie es dazu kam, sondern uns von Herzen freuen, dass wir so ein großes Glück hatten.«

Horst und alle, die bei ihm standen, schauten jetzt auf die junge Mutter, die den Kopf ihres Kindes an ihre Brust drückte und mit sachter Hand sein Haar streichelte. Es war ihr nicht möglich zu sprechen. Aber unter Tränen lächelnd sah sie zu Horst und Robert auf, als innigen Dank für ihr beherztes, schnelles Eingreifen.

Horst bewegte dieses Mutter-Kind-Bild noch lange Zeit nach der Abfahrt des jungen Paares und aller Gäste. Dass Oriane zu Robert gefunden hatte, davon war er überzeugt. Dass Oriane den Weg zu ihrem Kind finden würde, das wusste er erst jetzt.

Ende Teil 1

August 2010

Julius von Negelein

Das Verbalsystem des Atharvaveda

DOGMA

Julius von Negelein

Das Verbalsystem des Atharvaveda

ISBN/EAN: 9783955076528

Auflage: 1

Erscheinungsjahr: 2012

Erscheinungsort: Bremen, Deutschland

Zur
Sprachgeschichte des Veda.

Das Verbalsystem des Atharva-Veda

sprachwissenschaftlich geordnet und dargestellt

von

Julius von Negelein.

Gekrönte Preisschrift.

Berlin.
Mayer & Müller.
1898.

Inhalt.

Diese Schrift ist der erste Theil einer von der hohen philosophischen Facultät der Königlichen Albertus-Universität mit einem Preise gekrönten Arbeit. Dieselbe hat im Laufe des vergangenen Jahres weitgehende Umgestaltungen erfahren. Wie mich mein hochverehrter Lehrer, Herr Professor Dr. Garbe, jetzt in Tübingen, über die Wichtigkeit der Darstellung des Formenmaterials der jüngeren vedischen Texte unterrichtete und für eine zweckmässige Anordnung des letzteren Sorge trug, so hat mich Herr Professor Dr. Bezzenberger bei der Ausarbeitung des sprachwissenschaftlichen Theils in weitgehendster Weise mit Rath und That unterstützt. Beiden Herrn sage ich daher auch an dieser Stelle meinen tiefgefühltesten Dank.

Die Aufgabe der vorliegenden Arbeit, zu Delbrücks Werk: „Das altindische Verbum, seinem Bau nach dargestellt,“ Halle 1874, eine Ergänzung zu liefern, machte, da Delbrück sich nicht auf Formensammlungen beschränkt, sondern das gewonnene Material sprachwissenschaftlich zu erklären sucht, ebenfalls eine linguistische Exegese nothwendig, welche dazu führen sollte, die fast ein Viertel Jahrhundert alte Arbeit des Jenenser Gelehrten mit den Hilfsmitteln der modernen Sprachwissenschaft zu bearbeiten. Das sehr umfangreiche zu diesem Zwecke vorliegende Material hat nur soweit als es zur Durchführung des Zwecks der Arbeit unbedingt erforderlich war, Berücksichtigung finden können, auch sind nur diejenigen Fragen erörtert worden, zu deren Behandlung der allein und durchgreifend herangezogene Text, die Atharvasamhita, Gelegenheit bot. Dem Verfasser kam es stets und lediglich darauf an, die wichtigen von der Sprachwissenschaft gegebenen Gesichtspunkte für die Darstellung des Formenmaterials zu verwerthen. Danach würde die Arbeit vorzüglich dem Sanskritphilologen, welcher mit dem Atharvaveda sich beschäftigt, zu Gute kommen können.

Die Anordnung des vorliegenden Materials war durch die Bestimmung, eine Parallelarbeit zu dem oben citierten Werke zu liefern, gegeben, zumal Delbrücks Schematisierung seiner Sammlungen nach ausdrücklicher Bemerkung den Anforderungen der Sprachwissenschaft in bewusstem Gegensatze zu der grammatischen Anordnung Paninis und seiner Nachahmer entspricht. Der Anforderung, „im besonderen nachzuweisen, in welchem Umfange ältere Verbalformen verschwinden und durch jüngere Bildungen ersetzt werden,“ ist unter zu Grunde-Legung von Averys bekannter Arbeit in der Weise Genüge geleistet, dass die Häufigkeit des Vorkommens jeder einzelnen Form durch einen Index gekennzeichnet, die Identität derselben mit der in der gleichlautenden Ṛgsamhita-Stelle belegten Bildung durch einen Stern markiert, und jede dabei auftretende Differenz durch ein Kreuz angedeutet wurde.[1]) — Eine weitergehende Statistik im Sinne Averys schien mir indess namentlich angesichts des verschiedenen Alters der Bücher des A. V. und der ungemein häufigen, durchaus nicht immer konstatierten Berührungspunkte mit dem R. V. unwesentlich. Auch geht meine Ueberzeugung dahin, dass die kahle Statistik des Vorkommens älterer oder jüngerer Formen für das Alter eines Textes durchaus nicht ausschlaggebend sein kann; am allerwenigsten aber wird dies bei unserem Texte der Fall sein, der erst spät kanonisiert wurde und bis dahin sich vielleicht zahllosen, uns vollkommen unbekannten Veränderungen unterziehen musste, während die ev. grössere und konservativer verfahrende Schule des Ṛgveda den alten Formenschatz treuer überliefert haben mag.[2]) Endlich würden z. B. Lieder, welche eine bestimmte

[1]) Was die Transcription anbetrifft, so habe ich mich aufs engste an Whitney angeschlossen. Die wenigen nothwendig gewordenen Aenderungen, namentlich die Bezeichnung des gutturalen Nasals durch ŋ werden die heillose Verwirrung, die in der Transcriptionsfrage bereits herrscht, hoffentlich nicht noch vermehren. Ich habe möglichste Einfachheit angestrebt. *Jeder Vocal ohne Quantitätsbezeichnung ist kurz, jede Länge wurde durch den Morenstrich gekennzeichnet.*

[2]) Interessant ist die Bemerkung, dass der A. V. in den dem R. V. entlehnten Stellen bisweilen alterthümliche Formen zeigt, die sich in den ihm eigenthümlichen Stellen *nicht* mehr finden, woraus ich, wie vielleicht eine spätere Arbeit ausführlich darthun wird, auf eine *bewusste* Scheidung zwischen einer älteren und jüngeren Sprachperiode innerhalb desselben Textes und aus dieser auf eine bis in die älteste Zeit hinaufreichende grammatische Analyse schliesse, ähnlich derjenigen, die *Yaska* uns bewahrt hat. Wenn z. B. rap *nur* in R. V.-Citaten, lap *nur* in echten Stellen des A. V. vorkommt, da beide Wurzeln doch ihrer Bedeutung und ihrem Lautwerth nach identisch sind, so schliesse ich, dass die l-Form die

Schwurformel 40mal oder öfter wiederholen, sonst selten gebrauchte Verbalformen in einer das Gesammtbild verzerrenden Häufigkeit erscheinen lassen. Nach alledem ist von einer solchen Statistik Abstand genommen worden.

Die einfache Wurzel.

Es werden im Folgenden alle Formen aufgezählt, welche aus der einfachen Wurzel herzuleiten sind, wobei nur das Präsens und der Wurzelaorist gewisser Verba in Betracht kommen. Wie bedenklich auch die Trennung der zu dem Aoriste gerechneten Tempusbildungen, des Wurzel-Aorists und des a-Aorists von einander sein mag, so schien es mir doch gerathen, dieselbe nach Delbrücks Vorgange zu vollziehen, weil die Verwandtschaft des sog. Wurzelaorists mit dem Wurzelpräsens zu augenfällig ist. Erklärt doch auch Brugmann, Comp. II 872 f.: „Zunächst ist zu betonen, dass ein Bildungsunterschied zwischen den Formen des Präsensstammes und denen des starken Aorists von indogermanischer Urzeit her nicht bestand.“ Gleichwohl ist nicht zu verkennen, dass wir die Auffassungsweise des Aorists als eines blossen Augmenttempus des Präsens nicht aufrecht erhalten können, wie wir aus Aor. Bildungen, zu denen keine Präsentia vorhanden sind, lernen.[1]) Immerhin ist die Kluft noch nicht so gross wie diejenige zwischen den a-Aoristen und den Präsentien der ersten resp. sechsten indischen Classe.

Zu der von Delbrück S. 85 citierten Form nethá sei bemerkt, dass dieselbe einer Contraktion entsprossen sein kann. Aehnliche Bildungen finden sich öfter, z. B. sanem Taitt. Br. 1. 2. 1. 15 für sanayam*, welches erst durch Analogiebildung zu saneyam wurde, apiprem Apast. Çr. 4. 12. 3, set Vāj. S. IX, 5, 6 offenbar von √sā = ṣan abzuleiten, apiprem Apast. Çr. 4. 12. 3. Diese Formen stellte

zur Zeit der Abfassung des A. V. allein gebräuchliche, die r-Form dagegen der R. V. Stufe angehörig ist. Daher sind zur Zeit der Entstehung unseres Textes bewusst archaïsirende Bildungen in denselben hineingetragen worden. Der R. V. hatte also bereits ein kanonisches Ansehen und musste grammatisch fixiert sein.

[1]) cf. gā, dhā (säugen), prā, sthā, hvā. Diese Erkenntniss fand ich zuerst bei Bechtel, Hauptpr. 191 in die Worte gekleidet: „Man wird finden, dass der Stamm auf ē in den allgemeinen Zeiten — ich halte mich an Aorist und Perfect — überall früher bezeugt ist als im Präsens, wo er theilweise überhaupt nicht belegbar ist.“ Wir stellten bereits gacchāmi — ágāt mit griech. βάσκω — ἔβην in Parallele. Diese Verhältnisse sind also indogermanisch.

mir Herr Prof. Garbe freundlichst zur Verfügung. — Wenn Delbrück nethá als eine Augenblicksgeburt betrachtet, so scheint mir dieser Ausweg doch bequemer als billig zu sein.

Bezüglich der Anzahl der Bildungen des Wurzel-Aor. im A. V. ist es leicht zu bemerken, dass dieselbe geringer ist als im R. V. Die Atharvasamhita bildet im Ganzen von 50 Verben Wurzel-Aoriste, von einigen derselben sind diese Formen allerdings ganz vereinzelt.

Wurzeln auf ā.

√gā agām[5] gām[2] agās[2] gās[7] agāt[15] gāt[8] agātam[2] gātam agātām[2] gātām ágāma[3] gāma agāta gāta agus[9] gus[5]. — √dā (geben) dās[14] dā′s*[2] adās*[2] dāt* adāt[7] adāt* dātām* dus[3] ádus[6] adus*. — √dā (binden) dāntu (12. 3. 3). — √dhā (stellen) dhātu adhām*[2] adhām dhām dhās[2] dhās* adhāt[2] adhāt* dhāt[7] adhus dhīmahi* adhithas[2]. — √dhā (säugen) adhāt. — √drā (cf. Br, Comp. II 892 § 497) drāhi drā′tu drāntu[3] drāntu*. — √pā$_1$ (trinken) pāti 9. 10. 23† pāhí[25] pāhi*[7] pātu[50] pātu*[8] pātu 18. 2. 55† pātam[3] pātā′m[2] pāta pāta*[2] pātana pā′ntu[5] pāntu*. — √pā$_2$ (beschützen) apus pāthas. — √prā aprāt. — √psā psātás psāhi psātu. — √bhā bhāsi[3] bhāsi* bhā′ti[8] bhāti 18. 3. 65† bhāti* bhāhi[2] bhātī′[2] bhātī′s[2] bhātī′s*[2]. — √yā yāmi[3] yāmi* yā′si[4] yāsi 13. 1. 21† yā′si* yāti 3. 31. 5† yā′ti[9] yā′ti*[2] yātas*[2] yā′nti yāhi[17] yāhí*[9] yātu[5] yātu 7. 58. 1† 18. 2. 10† yāta áyāt*[2] áyātam*[2] yātam[2]. — √vā$_1$ vāmi* vā′ti[3] vāti 6. 91. 2† vātas* vāhi*[2] vātu* vā′tu[3] vātu 4. 13. 2† vāntu[3] vāntu 18. 1. 39† avāt vā′n. — √rā rāsva. — √sthā asthām[3] sthās ásthāt[10] asthāt*[2] asthāma sthāta vi āsthan (?) 13. 15. wohl zu √as gehörig. ásthus[5] sthus sthus* asthita asthiran. — √snā snāhi. — √hvā ahvam ahvat ahve[2] hve[5] a. e. St.

Aoriste des Passivs.

√dhā dhāyi dhāyi*. — √pad pā′di[3]. — √prā aprāyi. — √budh ábodhi* bodhi*. — √muc ámoci moci[33]. — √çiṣ çeṣi. — √hā hāyi.

Zu den Verben auf ā.

Die bei Betrachtung der auf ā ausgehenden Wurzeln aufsteigende Frage über die Gründe der für ā scheinbar regellos erscheinenden Substitute ă, ī, ĭ ist bis zum heutigen Tage, wie vor 25 Jahren (cf. Delbrück § 127) im wesentlichen ungelöst geblieben. Wie wäre ein ágāta gegenüber ásthita zu erklären? Man hat nach de Saussures Vorgange für erstere Form eine lange Nasalis sonans angenommen, wie man dies nach indischer Theorie beim ṛ-Vocal thut. Eine solche Ansicht hat wenig Anklang gefunden. Entgegnungen siehe bei Bechtel, Hauptpr. 226—31 und in J. Schmidts Kritik der Sonantentheorie. De Saussures Hypothese wird schon durch die Thatsache unwahrscheinlich gemacht, dass wir z. B. gā neben gam als selbständiges Verbum, u. a. auch im Compositum finden. Wenn man, wie es geschehen, dem ā in gā das Prädicat der Ablautfähigkeit absprechen wollte, so ist die Schwierigkeit damit nur verlegt. Zweifellos ist der ursprüngliche Zustand der Wurzel durch Analogie- und Neubildungen bis zur Unkenntlichkeit verunstaltet.

So hat wohl zuerst Benfey (Kieler Monats-Schrift 1854, S. 34) die Vermuthung ausgesprochen, dass z. B. in dem ā der Wurzel psā ein rein suffixales, secundär erscheinendes Element zu sehen sei und dass diese Wurzel auf bhas zurückgehe. J. Schmidt schliesst sich den Ausführungen Benfey's aufs engste an, wenn er (Voc. II) in prā neben par, çrā neben çar „eine ihrem Ursprung nach dunkle Wurzelerweiterung wie in yā aus i, psā aus bhas“ erblickt. Bechtel macht Hauptpr. S. 201 darauf aufmerksam, dass Brugmanns z. B. Comp. II 955 § 580 gegebene Ausführungen im wesentlichen auf Benfey zurückgehen. Bechtel glaubt, dass diese Formen „zu zweisilbigen Basen gehörende Stämme der allgemeinen Zeiten, in Sonderheit Aorist- und Perfectstämme sind“ Hauptpr. S. 192. Zunächst aber ist ein Accentuationsgesetz, nach welchem die einsilbigen Basen den (ursprünglich zu Grunde gelegten) zweisilbigen entwachsen wären, nicht zu ermitteln, sodann kommt nach meiner Ansicht die von Bechtel S. 200 betonte Erklärbarkeit der Permanenz des ā in Formen wie trāta[1]) dieser Hypothese kaum zu Gunsten, weil die Empfindung für die Herkunft des ā allmählich hätte schwinden und Analogiebildung eintreten müssen.

Bildungen wie ásthiran liegt es nahe, durch Reduktion des wurzelhaften ā zu Schwa zu erklären, was sprachgeschichtlich un-

---

[1]) dem suffixalen ā wird bekanntlich die Schwächung durch Ablaut abgestritten. In Formen wie ádhāma neben med ádhmahi reicht diese Erklärung aber nicht mehr aus. Hier nimmt Brugmann Comp. II 891 als Nothbehelf wieder einmal Analogiebildung zu den starken Casus an. Ich kann es mir bei dieser Gelegenheit nicht versagen, auf Ficks treffende Bemerkung hinzuweisen, dass die Annahme unbeweisbarer Analogiebildungen nicht eine Erklärung sondern die Negation jeder Erklärung bedeute.

zweifelhaft richtig sein dürfte. Bekanntlich ist indess das i der r-Endungen (i-re, i-ran u. s. w.) später zur einfachen Sandhi-Form herabgesunken und hat so Endungen wie r-i-re bilden können. — Die Schwierigkeit des Auftretens eines neben ásthiran liegenden adhīmahi könnte man mit Brugmann Comp. II 896 durch die Erklärung aus der Welt schaffen, das ı gehe auf i = ə zurück, indem es als Wurzeldeterminativ den Schwa-Vocal verdrängt habe. Ein solches Wurzeldeterminativ ist aber bei √dhā sonst nirgends bekannt. — Schliesslich sei auf die etwas alte aber sehr hübsche Darstellung der Ablaute des Sanskrit-Aorists und Perfectums in ihrer Analogie mit den entsprechenden griechischen Temporibus bei Fick BB IV 164 ff. hingewiesen.

Wurzeln mit mittl. a.

Auf einfache Consonanz ausgehend.

√ad ádmi^{4} átti^{18} a. e. St. átti^{*2} admasi adanti^{2} adyāt addhí^{7} addhi^{*3} attu* attu^{2} attam^{2} atto 18. 3. 44† atta^{24} a. e. St. adantu^{4} adantu* adat ádān. — √an anát^{6} anát*. — √aç āṣṭa açīya^{2} açīmáhi^{*3} açīmahi^{2} açīmahi 13. 1. 60†. — √as ásmi[1]^{x} ási^{x} ásti^{x} smasi* smasi smas sthá sthána^{5} sánti^{x} Conj.: ásāni^{7} ásasi^{4} ásasi* ásati^{8} ásati^{*2} ásas 3. 17. 8† ásat^{17} ásat^{*2} ásat 7. 42. 2; 3. 17. 2† ásāt 6. 128. 1. ásāma ásan^{2} ásan*. — syām^{x} syās^{x} syāt^{x} syāma^{x} syus^{x} edhi^{x} ástu^{x} stam^{3} stham* stā́m^{15} sta^{4} santu^{x} san^{x} sat^{x} sántam sántas^{x} satás satā́m satī́^{x} satyā́s satī́s. — ās* ā́sīt^{*13} ā́sīt^{29} ā́stām^{8} āstām^{*3} ā́san^{x} āsan^{x}. — √gam ágamam^{7} ágamam* agan 7. 73. 8† ágan^{32} ágan^{*3} gan áganma^{4} áganma^{*4} agman* gahi^{3} gahi^{*2} gatam^{2} gata* Med.: ágata áganmahi agmata. — √grabh[2] (?) ágrabham^{7} (?) agrabhīt^{3} (?) agrahīt (?). — √ghas ághās (?) ákṣan^{*3}[3]. — √naç$_{2}$ naṭ naçat*. — √taḍ tāḍhi*. — √tap[4] átapthās 9. 5. 6. — √yam[5] yámas^{4} yamat^{2} yaman 7. 117. 1†. — √pad patsi patthās (8. 1. 4 u. 8. 1. 10).

---

[1]) Die häufigsten Formen, deren Auszählung mir zwecklos schien, tragen den Index „x".

[2]) Da unsere Wurzel gṛhī angesetzt werden muss, sollte man agrahīt zum Wurzelaoriste ziehen, oberflächlich schematisierend müsste sie aber zum iṣ-Aor. gehören.

[3]) Nach J. Schmidt, Sonantentheorie S. 55 ist der vollständige Schwund des Wurzelvoc. der Wirkung der ursprünglich vorhandenen beiden Accente zu verdanken, was weiter unten noch zur Sprache kommen wird.

[4]) Im Register zu Whitneys Index zum A. V. wohl vergessen.

[5]) Nur hierhin gehörig, falls wir diese Formen für echte Conjunktive halten.

padīṣṭa Präc. — √vaç vaṣṭi*[2] uçánti* uçán*[2] uçántam* uçántas[3] uçatā́m* uçadbhis* uçatás uçatás* uçatī́[4] uçatī́* uçatī́s uçatī́s*[2]. — √vas$_1$ avasran*[2]. — √vas$_2$ váste[6] vasáte vásānas[6] vásānas*[3] vásānā[2] vásānām vásāne[2] vásānās vásānās*[3] vásānau ávasta vastām vastām*. — √çvas çvasihí çvásantu. — √sas sasán. — √svap sváptu 4. 5. 6[5]† svápantu 4. 5. 6† svapán svapántīm svapántas svapántas*. — √han hanmi[21] háṅsi hánti[16] hánti*[3] hatás hanmas[2] hanmasi[2] ghnánti[4], Conj.: hanas hánat[9] hánāva* hánāma[2] hanātha hánan. — hanyā́t[3] jahí[68] jahí*[8] jahi 8. 3. 23† hántu[23] hantu*[3] hatám[3] hatam*[3] hatām[2] hata[3] hantanā* ghnantu[3] ghnantu* Part.: ghnán ghnatás ghnate ghnántas[3] ghnatām ghnatī́ aghnata ghnānā́s[5] ghnānā.

Precativ-Formen,

aus der Wurzel gebildet.

jīvyā́sam[8] priyāsam (pṛ$_1$) bhrājyāsam yuyās* (yu$_2$) rādhyāsma vadhyāsam çrūyāsam videṣṭa 2. 36. 3 (√vind).

Isoliert stehende Imperative,

aus der Wurzel gebildet.

√mad mátsva 2. 5. 4. — √rā rāsva 6. 39. 2. — √viṣ viḍḍhí 2. 5. 4. — √çak çagdhi 19. 15. 1*.

Die imperativisch gebrauchte 2. Pers. Sing.

√nī (?) nesi* 19. 15. 4 (nach Whitneys Auffassung). — √yaj yakṣi 5. 12. 3* 9*. — √sad satsi 6. 110. 1†.

Zu den Wurzeln mit mittl. a, Delbr. § 128.

Während Delbrück die Frage nach der Erklärung von Formen wie hathas richtig löst, damit der Nasalis-sonans-Theorie die Wege ebnend,[1]) gelingt ihm die Beantwortung der Frage nach der Genesis der Verlängerung des Wurzelvocals in Formen wie dvānta krānta çrānta u. s. w. nicht. De Saussure, S. pr. weist darauf hin, dass gerade diese Verba des Wurzel- determinierenden i sehr selten entbehren und mithin z. B. krānta für kramita mit Ersatzdehnung für den Morenverlust aufzufassen sei. — Oft macht die Einordnung von Formen wie gamas gamat karas u. s. w., welche als unechte Con-

[1]) Vergleiche hierzu schon Benfey, kleine Gramm. z. B. S. 128 Anm. 5.

junctive des Wurzel-Aorists betrachtet werden können, grosse Schwierigkeiten. Hier ist wieder die Anwesenheit resp. das Fehlen der zugehörigen Indicative massgebend. Zu den bei Delbrück angeführten echten Conjunktiven giebt Neisser, BB VII 235 ff. höchst wichtige Correcturen.*[1]) Zu ā'sīt cf. unter anderen Bartholomae, JF III 39 § 62, der ī = η (ā'sīt = ἔην) setzt.[2]) Delbrück S. 188 ahnt sicherlich auch hier das Richtige. Ich halte ī für ein Wurzeldeterminativ, das sich schon sehr früh gerade bei diesem Verbum eingebürgert hat, weil ein ās, wie es der R. V. kennt, durch Satzsandhi vollkommen unkenntlich wird. Es scheint, da der A. V. nur in einer entlehnten Stelle das alte ās kennt, als ob solche Formen nur künstlich in einem alten Citate ihr Leben fristen, woraus sich für die Entstehung unseres Textes vielleicht manches ergeben könnte. — — Zu jahi von √han cf. Benfey, Kleine Schriften Abtheilung IV, S. 67, Delbr. S. 32 f., Hübschmann KZ 23, S. 391, welcher folgende Entwickelungsreihe annimmt: jhəndhi* > jadhi* > jahi. Das h = jh der Wurzel hat sich danach, da die folgende Silbe mit einer Aspirata begann, in j verwandelt und mit dem durch Nasalis son. geschwundenen n der Wurzel die Silbe ja gebildet.

Bezüglich der Länge des Augments in ā'stam ā'san cf. Br. Comp. II 481; nach ihm sei, wie schon lange vor Brugmann Bezzenberger für das Griechische vermuthete, entweder ē-Augment anzunehmen oder ā aus dem Singularis herübergekommen, wobei das Verhältniss von ā'nam zu ánati massgebend geworden sein kann; das gleiche gilt von √i. Zu Formen wie aitām ā'yan cf. Bartholomae Ar. Forsch. B. II. Bildungen wie áyās áyāt seien an dieser Stelle nur notiert. — Die Länge des a in √çās erklärt Bartholomae JF III 52 § 84 durch die bis auf die Quantität des Wurzel-Vocals vollständige Identität des s-Aorist-Stammes mit dem Präsens-Stamme, welche Quantitätsverschiebungen verursacht habe.[3])

---

*[1]) Derselbe zählt ibid. S. 211 f. die Fälle auf, in denen der Indicativ der ersten indischen Classe dem Conjunctiv der zweiten gleichlautend ist. Dies ist bei as ās kar gam duh dṛç naç brū bhuj yuj yam van vaç rī vṛj çās çru sad stu han der Fall.

[2]) Die Identification rührt wohl von Fick her, cf. das unter atārīt (is-Aor.) zu bemerkende und Fick, GGA 1881, S. 1423, 1430 ff., 1883 S. 584 ff., BB 7, S. 171, dagegen aber Bartholomae Stud. II 71 ff., dessen Ausführungen nicht stichhaltig sind.

[3]) Bechtel construiert hier einen Ablaut, dessen Besprechung hier nicht am Platze und welcher namentlich der zahllosen durch ihn vorausgesetzten Accentverschiebungen wegen ganz unbeweisbar und nicht sehr wahrscheinlich ist. Siehe Hauptprobl. namentlich S. 254 ff.

Wurzeln mit mittl. a,
auf Doppelkonsonanz ausgehend.

√cakṣ cakṣe cáṣṭe[7] (Bartholomae JF III 3 § 5) cáṣṭe* cáṣṭe 9. 10. 26† 7. 81. 1† 13. 2. 11† cakṣate*[2]. — √takṣ takṣatī*.

Wurzeln mit mittlerem ā.

√ās ā'ste[3] ā'ste* ā'smahe[7] ā'sate[20] ā'sate*[6] ā'satai[2] ā'stām[2] ādhvam (mss āddhvam) ā'sta[2] (3. S. Imf.) ā'sīnas*[1]) ā'sīnāya[2] ā'sīnām ā'sīnās[3] ā'sīnāsas*. — √çās çāsmi çisāmahe 18. 1. 31† çā'sānā.

Wurzeln auf ĭ.

√i émi[x] éṣi[x] esi 7. 81. 2† 18. 1. 39† éti[x] eti*[4] etas imási[2] yanti[x] Conj.: ayasi[6] ayas 7. 97. 1† áyas áyās 2. 12. 7 (vielleicht zu √yā) áyati[17] ayat[3] ayāma ayan* āyan 11. 5. 2.[2]) ayān 12. 3. 40. — ihi[x] etu[x] aitat[3]) 18. 3. 40† itam[4] itām[2] ita[2] itā eta[4]) itana[5] yantu[x] Part.: yán yatī' yántī 6. 46. 3. Impf. aís aít aítam aitām 14. 1. 11† īmahe[2] īmahe 18. 4. 61† ī'yase*[2] ī'yate[4] īyante[5]) Conj.: áyātai Part.: ī'yamānas.

Wurzeln auf ī.

√vī vīthas vīhí[2] vītāt* vītám vyántu*[2]. — √çī çéṣe çeṣe* çáye[6])[3] çaye* çayāte* çemahe çére çérate çáyīya çetām çayām[4] (3. Sing.)

Wurzeln mit mittlerem ĭ.

√dviṣ[7]) dvéṣmi[3] dvéṣṭi* dvésti[39] a. e. St. dvéṣṭi[14] dviṣṭas dviṣmás[45] dviṣmás* dviṣmas[9] a. e. St. dviṣáte dviṣánti[3] Conj.: dvéṣat dvéṣāma Impf.: dveṣṭu[2] Part.: dviṣán[3] dviṣántam[3] dviṣate[5] dviṣate*[2] dviṣaté 6. 46. 3† dviṣatás[6] dviṣatás* dviṣatā'm[5] dviṣatás[34]. — √dih dihānás* ádihan. — √chid chitthās achidan. — √rih rihanti rihanti* rihaṇé. — √idh

---

*[1]) dafür klassisch: ā'sānas.

[2]) Nach Whitney ā-Augment. Vielleicht liegt hier Präposition anu-ā vor.

[3]) aitat „calls for amendment" Whitney Ind. 382.

[4]) starke Form statt schwacher.

[5]) über das ī dieser Formen cf. Bartholomae Ar. Forschungen II 73 f., der von einer redupl. Bildung dritter Classe ausgeht und in ī den schwachen Stamm derselben erkennen will.

[6]) çaye ist 3. Pers. Sing. cf. √duh.

[7]) Das s der W. nicht indog. Fick, Et. W. 4 Aufl. I 71. Brugmann Comp. II 1020 § 656.

idhīmahi 18. 1. 56† idhīmahi[2] idhīmahi*[2] idhānás. — √çiñj çiñte. — √vidı vidátha[1]) vidyā'́t[17] vidyāt* vidyāma vidyús* viddhí[3] viddhi* vettu vidām 3. Sing. Imperat. cf. weiter unten vittám[2] ávet védas védat.

Wurzeln mit mittl. ī.

√īḍ ī'ḍe* īḍe[2] īḍāmahe* ī'ḍate*[2] īḍate ī'ḍānas. — √īr ī'rate[7 2]) īratām īratām* īrṣva* ī'rāṇās. — √īç īçiṣe[2] ī'çe[11 3]) ī'çe*[3] ī'çāthe[2] īçmahe īçidhve ī'çate īçata[3] īçata* ī'çānas[17] ī'çānam ī'çānam ī'çānās[3] ī'çānās*.

Zu den i-Wurzeln.

Betreffs der ständigen Gunabildung in der √çī thun wir wohl am besten, eine schon in die indog. Urzeit zurückzuverlegende Contractionserscheinung, deren erste Gründe mir aber nicht klar sind, anzunehmen. Brugmann, Comp. II 891 § 496 glaubt, dass die Unregelmässigkeit „durch den sehr frühen Uebergang aus der thematischen in die unthematische Flexion" entstand. Die übrigen bei dieser eigenthümlichen Wurzel sich findenden Anomalieen, namentlich die Identität der ersten und dritten Person Sing. Präs. Med. (çaye), die dritte Sing.-Imperat. çayām, die merkwürdigen r-Suffixe wie -re, -rate, -rām, ratām sind u. a. von Whitney, Grammatik II § 628—9 längst besprochen, cf. auch unter √duh und √kṛp. — Zur Etymologie von īḍ (Delbr. S. 99) ist zu bemerken, dass diese Wurzel nach einer von Bezzenberger, G. Nachr. 1878 S. 264 ausgesprochenen und später auch von Bartholomae aufgenommenen Vermuthung einer Contraction aus yaj + dā ihren Ursprung verdanke. Auch ist ein Zusammenhang mit lat. aestimare, entstanden aus aizditumare, angenommen worden.

Die Genesis von stauti hat bereits Ascoli in seinen arisch-semitischen Studien beschäftigt, und ist daselbst eine „Zusammenziehung" aus stavati angenommen worden, wie ich aus KZ 16, S. 213

---

1) Whitney, Ind. 382 bemerkt: vidátha needs emendation.

2) J. Schmidt, Voc. II 215 citiert udī'rate aus A. V. I, 20, 2; 6. 99 und fasst diese Form hier zum ersten Male als Contractionserscheinung aus redupl. Bildungen auf, wie noch später zu erwähnen sein wird. Bezzenberger hat diese in J. Schmidts Kritik der Son.-Theor. sich wiederfindende Anschauung in den G. G. A. 1896 S. 950 als unbegründet zurückgewiesen und betrachtet √īr als ein schon in indog. Zeit vorhandenes selbständiges Verbum. — Bart A. F. II hat J. Schmidts Erklärungsmethode auf andere Verba wie √īks, √īṣ u. s. w. ausgedehnt. Siehe unter diesen.

3) ī'çe ist dritte Pers.-Sing. cf. unter √duh.

ersehe. Die Vermuthung einer Contraction wird durch die Beobachtung Benfeys, Gramm. § 819 II 3. 2, unterstützt, dass neben raumi, taumi staumi (√ru, tu, stu) auch ravīmi, tavīmi, stavīmi vorkommen oder doch zum mindesten ausdrücklich erlaubt sind. cf. auch Leo Meyer, KZ 21, 345. In neuerer Zeit hat bekanntlich Streitberg, JF III 402 unter Beibringung reichen Materials dieselbe Ansicht ausgesprochen. Bechtels abweichende Ansicht (Bechtel, Hauptpr. 284) geht dahin, dass die Vṛddhistufe, welche erst im zehnten Mandala des R. V. vorkomme, Perfectbildungen entsprossen sei. Bartholomae, Arische Forsch. II 83 f. endlich leitet sie von dem s-Aorist (dessen 3. Pers.-Sing. von √stu ja ástaut lauten müsste) her. „Als der Bedeutungsunterschied zwischen Imperfect- und Aorist-Formen sich verwischt hatte, ástaut mit ástot gleichbedeutend geworden war, bildete man zu ástaut ein stauti."

Wie dann aber das stoti* von dieser wunderlichen analogistischen Neubildung verdrängt werden konnte, dies zu erklären bietet dann unüberwindliche Schwierigkeiten. Brugmann, Comp. II 890 bringt auch hier seine e-Hochstufe an. — Die Annahme einer Contractionserscheinung ist nach allem Vorausgegangenen noch immer bei weitem am wahrscheinlichsten. — Zu √brū cf. M. U., V 300 ff., wo zuletzt in umständlicher Weise die Behauptung gerechtfertigt wird, dass brū auf mrū zurückgehe, indem analog der Entwicklung von marmora zu marbe über *marmre *marm^b^re *mar^m^bre sich zwischen Consonant und Liquide ein parasitärer Labial eingeschlichen und den Consonanten schliesslich verdrängt habe. — Dieser Lautübergang ist indess schon sehr lange bekannt. So sagt Bickell, K. Z. 14, 426: „häufig entstund β aus m . . . auch im Sanskrit findet sich b statt m in bru, zend mru." Auch Curtius, Grundz. II, 115 erkannte in der schlechten Identification von mlāpayati mit βλάπτω dasselbe Phänomen. J. Schmidt, Voc. II, 283 glaubt an die Verwandtschaft von √mar = smar mit mrū* mbrū*, brū, wovon das letztere aus dem ersteren entstanden wäre. J. Schmidt überträgt den bereits bekannten Lautwandel aus dem griechischen (βροτός = mṛtá) auf das Sanskrit. Die erstcitierten Osthoffschen Untersuchungen gehen unter getreuer Beibehaltung der von J. Schmidt gewählten Beispiele von diesen aus.

Wurzeln auf u.

√kṣṇu kṣṇuvānás. — √budh bodhi* 4. 32. 6[1]) ábodhi* 13. 2. 46. — √yu₁ yaumi yutām 3. S. Imper. Med. yavan 3. 17. 6† (im Index

[1]) cf. zu diesem Imperativ Whitney, Gr. § 839.

falsch citiert!) yuvase*. — √çru áçravan çrūyāsam 16. 2. 4 çrudhi* çrudhī' 2. 5. 4; 18. 1. 25. — √stu stáumi stauti[4] stumas, Conj.: stávāma stuhí[4] stuhí* stautu[2] stuṣvá stuṣvá 5. 2. 7† stuvatām stuván stuvaté[2] stuvānás stuvānám stuvānásya.

Wurzeln auf ū.

√brū brávīmi[7] bravīmi* brávīṣi brūmás[7], Conj.: bravas[2] bravas* bravat* brávat[4] bravātha* brūyāt[4] brūhi[20] brūhi* brávītu[2] bravītu* brūtam brūta[8] bruvantu bruvantu* bruván[2] abravīs abravīt[12] abravīt* abrūtām abruvan[8] bruvāṇā's bruve brūte[4]. — √bhū ábhūs[5] bhūs* abhūs 6. 87. 1† bhūt[3] ábhūt[8] ábhūt* ábhūtam* abhūtām ábhūma[2] ábhūma*[2] bhūma abhūtana[2] abhūvan bhūs bhūt bhūt* bhūtám bhúvas 3. 17. 8† bhúvas bhuvas 18. 3. 60† bhúvat[9] bhūtu 8. 4. 6* bhūyā'sam[17] bhūyā's bhūyā's*[2] bhūyāt bhūyāsma[2] bhūyāstha[1]). — √hū ahvi. — √sū suve* sūte* súvate* súvānā.

Wurzeln mit innerem ŭ.

√duh[2]) duhanti[2] dhukṣe[2] duhé[3])[23] duhé*[2] duhāte duhre duhrate* duhrate 18. 4. 29† dhukṣva[2] duhā'm*[3] duhām[4])[7] duhāthām duhātām duhrā'm[6] duhratām[8] duhratām[12] a. e. St. dúhānas dúhānā[2] dúhānam[2] dúhānās[2] dúhānās*[2] adhok[16] a. e. St. dohat 7. 73. 7[5]). — √budh[6]) bodhi* 4. 32. 6 abodhi* 13. 2. 46. — √muc ámucam mucas ámukthās[3]. — √yuc ayukta áyukta*. — √rud rudanti rudan rudatyás árudat. — √rudh rudhmas arudhan.

Ṛ-Wurzeln.

√kṛ[7]) ákaram[16] ákaram* karam[5] karam* akar kar* ákar[6] kar* kartam[2] ákartām ákarma* akarma karta[8]), Conj.: karasi* karati

---

[1]) Nach Whitney, Gr. § 838 falsch für bhūyāsta.

[2]) Zu den r-Formen das unter √çī bemerkte. Es liegt der Gedanke sehr nahe, dass Formen wie sísratam sisrate von √sṛ auf die Erhaltung der r-Suffixe zum mindesten von Einfluss gewesen sind.

[3]) Zu den Formen 3. Pers. Sing. wie duhe, īçe, vide, çaye. cf. Johansson, KZ 32, 512, Neisser, BB 20, 74, Ludwig, Inf. u. a.

[4]) cf. das bei Besprechung der Nasal-Infix-Klasse unter √indh zu bemerkende.

[5]) dohat A. V. 7. 73. 7, R. V. 1. 164. 26, hält Grassmann für Conj. d. erst. Cl. (cf. dohase dohate R. V. dreimal), Whitney schlechter für Conjunct. der zweiten Cl. mit unregelm. Steigerung.

[6]) cf. Whitney, Gr. § 839.

[7]) Zu diesen Formen kommt die imperativisch gebrauchte 2. Pers. Sing. kárṣi 13. 2. 3.

[8]) cf. kṛta 19. 44. 1.

karas[12] dar. 11 a. e. St. kárat[11] kárat* kárāma* kárāmahe akran[5] akran 18. 3. 22† akran*[2] kran akrata akrata* akrata 5. 3. 10† kr̥dhi[4]. — √r̥dh r̥dhyām* r̥dhyā́sma. — √kr̥p[1]) akr̥pran*. — √gr̥[2] gírāmi[2] girati girāmas, Conj.: garat. — √dr̥ç ádr̥çran 13. 2. 18† darçati 5. 2. 7†. — √dhr̥ dhr̥thās. — √dhr̥ṣ dhr̥ṣāṇás. — √mr̥j mr̥jmas mr̥ddhi[4] mārṣṭu mr̥je mr̥jmáhe[8] mr̥kṣva[2] mr̥ḍḍhvam[2] mr̥jānā́s ámr̥jata[2]. — √var var āvar 4. 1. 1 vran*. — √mr̥ amr̥ta mr̥thās[4] mr̥ta murīya*. — √vr̥j avr̥k. — √vr̥t avr̥tan[2]) 3. 31. 1. — √spr̥, Conj.: sparat[2].

Zu den r̥-Wurzeln.

Delbrück führt S. 94 eine Anzahl von Formen an, denen der r̥-Vocal abnormer Weise nicht eigenthümlich ist, nämlich arīta, murīya, vurīta, turyā́ma kriyāma. Die erstere Form bedarf keines Kommentars, die weiteren aber zeigen verschiedene bisher nicht zusammenhängend dargestellte Erscheinungen. vurīta dürfte von einem *vrīta nur orthographisch verschieden sein. Das u soll nur die u-Färbung des r̥-Vocals bezeichnen. Einen anderen Prozess, der zum gleichen Resultate führte, erkennen wir in der Form: turyā́ma. Hier geht der u-Laut entschieden von dem v-Laut der mit tar identischen Wurzel tvar aus. Man vergleiche die Identität von tar und tvar, takṣ und tvakṣ, dhan und dhvan, jar und jval. In dem u der Wurzel haben wir eines der Wurzel-Infixe zu sehen, deren Erkenntniss als solche Ficks grosses Verdienst ist. Bloomfields Constructionen (Am. Or. Soc. Proceedings Dec. 94) von Wurzel-Ablauten haben den grossen Fehler, anstatt von der Parallelität dieser Wurzelformen (tar = tvar) von einer einheitlichen Basis auszugehen (taru = turu = tūrv = tvar = tur) und zwingen zur Annahme unbeweisbarer Lauterscheinungen. Bei Erörterung dieser hier nur zu streifenden Frage wird man niemals die vortrefflichen Sammlungen J. Schmidts, Voc. II 233 f. entbehren können, der wohl zum ersten Male auf das Nebeneinander von tir und tur u. s. w. aufmerksam macht und den Schlüssel zur richtigen Erklärung uns in die Hand giebt, wenngleich er a. a. O. S. 233 behauptet: „den Grund, weshalb a durch folgende Liquida in einem Falle zu u, im anderen zu i wird, habe ich nicht ermitteln können.“ — An die Betrachtung dieser Verba schliesst sich unmittelbar die Erörterung über die bereits unendlich oft besprochene √kr̥

---

¹) cf. das unter √çī Bemerkte.

²) Nach Whitneys Lesung gegen Roth.

an, über welche volle Klarheit wohl nie wird zu erreichen sein. „Solche Doppelformen und mehrfache Formen wie kr̥, kur, kuru werden wir wohl nie alle ihrem Ursprung nach zu erklären im Stande sein und wir werden es wohl nie dahin bringen, alle Einflüsse bloss zu legen, die zu solcher Varietät in der Sprache hinführten," Brugmann, KZ 24, S. 284. — Von der mir bekannt gewordenen Litteratur über √kr̥ sei nur erwähnt, dass der fruchtbare und aufschlussgebende Vergleich mit √çru sich zuerst in Windisch' Kritik von Ficks Wörterbuch, KZ 21, S. 389 findet. Die daselbst gestellte Frage: „Könnte . . . çru nicht aus çar-u entstanden sein durch Antreten eines weiterbildenden oder wortbildenden u?" enthält einen später leider nicht aufgenommenen sehr richtigen Gedanken. J. Schmidt, Voc. II 300 kommt bei Gelegenheit der Besprechung von çuruçruṣemno zu der Ansicht, dass wir den Präsensstamm çurnu* zu Grunde zu legen haben. Dadurch ist eine Analogie mit kr̥nu aus kurnu* von selbst geboten. Combiniert mit Windisch' Ansicht von zweisilbigen Stämmen führt J. Schmidts Hypothese von selber zu der erst von de Saussure mit voller Klarheit ausgesprochenen Nasal-Infix-Theorie, ohne die wir jene Wurzeln nicht verstehen können. Pedersen, JF II 307 bereits liess çr̥ṇómi durch Infigierung des Nasals entstehen. — Erwähnt sei hier nebenbei, dass Osthoff, MU IV 215 f. çr̥ṇumás aus çrunumás erklärt. Von dem Pluralis sei dann der r̥-Vocal auf den Singularis übertragen. Das alles ist höchst unglaubwürdig. — Schliesslich nenne ich Bartholomaes Erklärung von av. srunaoiti, das aus sərənaoiti* im Anschluss an die Aorist- und Perfect-Formen wie asrūdūm, susruma u. s. w. entstanden sein könnte. Hier wird also der u-Gehalt der Wurzel mit dem stets zur Hand befindlichen Mittel der Analogiebildung „erklärt". Der Wahrheit am nächsten kommt jedenfalls Bloomfield, welcher in seinem Aufsatz Am. Or. Soc. Proc. Dec. 1894 karu als starke Form zu kuru auffasst und kuru nicht in kur-u trennen will, da er es als zweisilbige Wurzelform hinstellt. Und in der That haben wir in çaru und karu vollständig analoge Wurzelbildungen zu sehen. Der Unterschied zwischen beiden Wurzeln aber besteht darin, dass √çru als seltener gebraucht den Determinationsvocal u in allen Verbalformen erhalten, √kr̥ ihn nur für das Präsens angenommen hat. Das Verhältniss der Wurzelformen karó . . . und kuru-' erklärt sich aus dem J. Schmidt'schen Gesetz der Vocalschwächung, nach welchem wir der Silbe kar in karoti einen Nebenton zuweisen müssen, während die von der Betonten am weitesten entfernte Silbe die schwächste ist.

Damit fällt ein Bedenken von Brugmann (cf. KZ 24, 286) fort. Der analogistische Weg ist ja auch hier der bequemste. Wenn er aber dazu führt, karoti als einfache Nachbildung zu tanóti aufzufassen (Bartholomae, Ar. Forsch. II 86), so überschreitet er die Grenzen des Wahrscheinlichen um ein Erhebliches. — Ich veranschauliche das Verhältniss der beiden in Frage kommenden Wurzeln durch die folgende Tabelle.

	√çru	√kr̥[1])
	çar-u	**kar-u**
daraus gebildet:	[çar-ó-mi]	kar-ó-mi
mit Nasal-Infigierung:	çar-na-ó	kar-na-ó
daraus gebildet:	çr̥ṇómi	kr̥ṇómi
	çuru	**kuru**
daraus gebildet als Imperative:	çuru	kuru
als 2. Pers. Plur. Präs.:	[çuruthá]	kuruthá
mit Nasal-Infigierung[2])	çur-n-u-thá	kur-n-u-thá
wird zu	çr̥ṇuthá	kr̥ṇuthá

Die Parallelität beider Wurzeln hört in den ausserpresentischen Formen auf. Deshalb haben wir çrutá = ç^{u}rutá von çuru- gegen kr̥ta von kr̥-. Bildungen wie ákar waren von √çru, welche das determinierende u niemals entbehrt, nicht denkbar. Das alte Verhältniss wird noch durch das neupersische kuném von Stamm kunu = kr̥ṇu gegenüber Inf. kérden von sanskr. kar wiedergegeben. —

Es erübrigt noch zu bemerken, dass wir in Formen wie kr̥ṇmási, kr̥ṇvāma zwei oft besprochene Unregelmässigkeiten zu sehen haben. Bei kr̥ṇmási könnte das u, zu v geworden, interkonsonantisch geschwunden sein, bei kr̥ṇvā'ma haben wir es lediglich mit einer ortho-

---

¹) Zu kuru — karoti vergl. auch: guru — garīyans, dīrgha — drāghīyans, wo das ī der Wurzelsilbe ein Contractionsvocal ist. Zu guru findet sich, Paninis Gesetze der Vr̥ddhierung entsprechend, zwar gaurava, im Pali ist jedoch das richtigere gārava erhalten geblieben. guru = βαρύς = g-rāvis zeigt eben in der ersten Silbe einen Minimalvocal, der, mag er nun u- oder i-Färbung haben, in der Steigerung nur zu a werden kann.

²) Ich glaube, dass die ursprünglich zu Grunde zu legende Form çurnuthá sich zunächst in çrunuthá verwandelt hat, dem Verhältniss von θαρσος zu θραδύς entsprechend. Das u dieser Formen ist, da der Accent auf der zweitfolgenden Silbe steht, ein von dem r der Wurzel absorbierter Minimallaut geworden. Unter dieser Annahme erklärt sich altpers. akunavayata akr^{u}navayata ebensowohl wie pali sunómi = sr^{u}nómi und suta = ç^{u}rutá oder wie avesta srunaoiti = sr^{u}naoiti.

graphischen Eigenthümlichkeit zu thun.[1]) Zerdehnungen von v zu uv finden sich in den Brahmaṇas häufig; ebensowenig kann es an dem umgekehrten Prozess gefehlt haben. — Ich bin weit davon entfernt zu glauben, dass diese Auseinandersetzung die Frage nach den erwähnten Variationen lösen kann, vielleicht aber wird sie in das haltlose Formengewirre, welches wir z. B. bei Br., Comp. II 1008 ff. finden, etwas Ordnung hineinbringen. Von Einzelheiten ist noch die Form kránta (Delbr. S. 74, 91) zu erwähnen, welche de Saussure, S. pr. S. 37 in geistreicher Weise zur Stütze seiner Hypothese von der Nasalis-sonans macht, welche nach ihm in betonter Silbe zu an werden muss. — Hier sei gleich bemerkt, dass de Saussure sich mit Formen wie duháte in der Weise abfindet, dass er sie auf älteres duhaté zurückführt. Solche Formen sind aber überaus selten und die darauf gegründete Hypothese schwebt ziemlich in der Luft, zumal wenn man von solchen Bildungen ausgehend durch Analogie die Accentverhältnisse eines duháta erklären will. — De Saussure lässt die Möglichkeit offen, diesen Accentwechsel bis auf eine Zeit zurückzuverlegen, in welcher die Nasalis-sonans noch als solche bestand: dann hätte also neben ákrata ein kránta bestanden. Dies ist denn auch die einzige belegbare Bildung solcher Art, welche als Repräsentant eines früheren Sprachzustandes gelten würde. — Delbrück scheint wieder ähnliches geahnt zu haben, wenn er in der angeführten Form eine alte Bildung erkennt. —

Die von Delbr. (S. 95) erwähnte Länge von a in mārjmi wird von J. Schmidt, Voc. II 238, der abaktr. marezaiti gr. ὀμόργνυμι, ἀμέλγω heranzieht, und erst viel später von dem hier in J. Schmidts Bahnen wandelnden Streitberg, JF III 387 (cf. III 401 f.) vortrefflich als Contraction aus einer ursprünglichen zweisilbigen Form erklärt, wozu got. miluks idog. *mélək-ti > mārṣṭi herangezogen wird. Danach ist für mich diese Frage erledigt und verdient Bartholomaes gewaltig erkünstelter Erklärungsversuch, nach dem mārṣṭu, „die durch u als Injunctiv charakterisierte Präteritalform von *mār̥ṣt" (Bart, JF III 50), als 3. Pers. S. des s-Aorists der Ausgangspunkt für die ā-Formen geworden sei, weniger Beachtung. Brugmann, Comp. II 890 nimmt

[1]) J. Schmidt macht jetzt in seiner Son.-Theorie S. 164 darauf aufmerksam, dass z. B. ánu-vartiṣye A. V. XIV, 1, 56 ein anvartiṣye ergiebt. Dadurch gewinnt die von E. Kuhn, Litt. Bl. III 56 aufgestellte Erklärung, nach der das v von kr̥nmahe u. s. w. ursprünglich nur vor dem v der Dualsuffixe geschwunden sei und sich der Schwund dann auf den Pluralis übertragen habe, an Wahrscheinlichkeit.

hier wie mehrfach seinen ē-Ablaut an. Damit ist aber wenig erwiesen. — Die von Delbr. S. 95 betonte aber unerklärt gebliebene Metathese in ásrāk von √sarj und ádrāk von darç u. s. w. beruht nach J. Schmidt's Hypothese auf der Wirkung zu Grunde liegender zweisilbiger Basen. Hoffmanns Bemerkung, dass Per Persson zum ersten Male die Metathese von tres und ters u. s. w. als ein Resultat des Svarabhakti erkannt habe (cf. Hoffmann, BB 1893 S. 165) verdient also eine wesentliche Berichtigung, indem schon Benfey, Or. u. Occ. III 29 u. J. Schmidt, Voc. II 245, letzterer mit voller Entschiedenheit, zweisilbige Basen zu Grunde gelegt hat, um durch sie die Metathese zu erklären. Dieselbe dient im Sanskrit dazu, allzugrosse Consonantenhäufung zu vermeiden. Ein ádār für ádārṣṭ von √dṛç wäre selbst dem Inder unverständlich geblieben. — Diesen Auseinandersetzungen wäre besser eine spätere Stelle zuzuweisen, wenn die angeführten Formen zum s-Aorist gehören, wohin sie auch Whitney nach den Anweisungen der indischen Grammatiker stellt. Ich wüsste die Vṛddhi-Stufe solcher Bildungen sonst auch kaum zu erklären und halte die neuerdings angefochtene indische Theorie für die in jeder Beziehung wahrscheinlichste. So zählt auch Avery z. B. ádyaut von √dyut unter die Imperfecta, ich kann dem einstweilen nicht beipflichten. Delbr. Seite 100 verweist auf Seite 50 und erklärt sich dort nicht im Stande, die behandelten Formen „einleuchtend zu erklären". Statt der Behauptung: „Bei den i- und u-Wurzeln wechselt Guna und Vṛddhi des Vocals", werden wir daher den Satz stellen dürfen: Zum Präsens-System gehören sämmtliche Guna-Bildungen und die Vṛddhi-Formen von Verben, die mit i und u auslauten. Alle übrigen sind zum s-Aorist zu rechnen.

Die a-Klasse.

I. Wurzel-Vocal betont.

Einfacher Schlusskonsonant.

Ohne Steigerung.

√ac, añc acāmi acati ácanti añcatu aca 4. 15. 16† ácasva. — √an[1]) ánati[4] anáti 4. 30. 4† anáti[4] anánti[3] ana anát*[2] anát[6] anatás 6. 31. 2† anatás* anaté[2] anatā'm anatī'nām. — √am ámamānas. — √av ávati[3] ávathas[10] ávatas* ávanti* avā*[2] ava avatu* avatu[17] avatam[3]

[1]) Um den Accent-Wechsel zu veranschaulichen, sind die Verbalformen beider Klassen (der ersten und sechsten) einander gegenübergestellt.

avatām[5] avata[2] avatā* ávantu[14] avantu*[5] āvan 4. 2. 6† ávantau. — √as (?)[1]) āsthan 13. 1. 5. — √āp ā'pam ā'pat[8] ā'pan ā'peyam (wohl Aor., das Präs. fehlt im R. V.) — √kaṣ[2]) ákaṣan. — √kas[3]) kasantu. — √kram[4]) krāmati krāmanti ákrāmat[35] akrāmat* akrāman akraman 4. 3. 1. — √kṣad[5]) kṣadāmahe. — √kṣar kṣáranti[5] kṣaranti*[8] kṣara kṣárat kṣarantu[2]. — √kṣam[6]) kṣā'mat (oder krā'-?) 7. 63. 1. — √khan khanāmi* khánāmi khanati khanāmasi[3] khananti khánantas khánamānās ákhanat[5] akhanan. — √gam[7]) gáchāmi gáchati[30] gachati* gáchathas gachatas gáchanti[3] gachāsi gáchāt*[2] gáchāt gáchāti* gachān* gáchet[4] gachema[4] gácha[17] gacha*[2] gacha 18. 2. 7† gachatāt[3] (2. Sing.) gachatāt*[5] gachatu gachatu* gachata* gachatam gachantu gáchatas gáchantī ágacham ágachat[3] gáchai gachasva gachasva* gachatām* gachatām 18. 3. 58† agachanta[2]. — √gad[8]) gada. — √car cárāmi[3] carāmi*[2]

[1]) cf. Johansson, KZ 32 435 ff., der die 2. Pers. Sing. Med. ā'sthās zum Ausgangspunkt dieser Neubildung macht; cf. griech. ἄρθην, ἐλελίχθη. Siehe auch Whitney, Gr. § 847, der sie von √sthā ableitet. Sie wird aber von den indischen Grammatikern zu √as gestellt und noch im Daçakumāracaritam (cf. Commentar dazu) als dorthin gehörig empfunden. Bartholomae, Stud. I 32 f., leitet vi-āsthan von sthā wie agan statt agus von gā her.

[2]) Diese Wurzel ist stets selten. Nach Grassmann kaṣ = kas, ich nehme die Identität von kaṣ mit kṛṣ an.

[3]) Später sehr häufig.

[4]) kram neben krām auch im R. V. Die Regel Whitneys, Gr. § 745d, gilt nicht ausnahmslos: siehe akrāman neben akraman. Daher diese Formen hierher gestellt. De Saussure, S. pr. S. 171 hält die Bildungen mit ā für alte Aoriste.

[5]) kṣad wohl mit ghas verwandt.

[6]) P. W. u. W. Ind. halten diese Formen für unrichtig.

[7]) gam ist von Brugmann, Comp. II 1066 § 708 mit hā zusammengestellt. Hier spricht die freie Phantasie erheblich mit; ibid. I § 400 wird die auch von J. Schmidt vielfach verworfene Ansicht von Bartholomae, KZ 27, 366 ff., nach welcher den Präs.-Bildungen auf cch (ved. ch) ein skh zu Grunde liegen soll, mit dem Hinweis auf die § 475, 553 konstatierte Thatsache, dass ein indog. Wechsel zwischen der unaspirierten und aspirierten Tenuis angenommen werden müsse, als nicht genügend begründet bezeichnet. cf. aber Bartholomae, Stud. II, 1—60. Man könnte sich den Uebergang von sko in ccha in der Weise denken, dass der Guttural k pallatale Färbung bekam und den Sibilanten pallatalisierte, dass die so entstandene Gruppe çca in ähnlicher Weise zu ccha wurde wie sanskrit. paççāt in pali paccha übergeht. Das m der Wurzel ist zur Nasal-son. geworden und geschwunden gmskáti > gacchati, cf. de Saussure, S. pr. S. 22. Freilich legt das Avesta dieser Erklärung grosse Schwierigkeiten in den Weg. Die Auseinandersetzungen von Joseph Zubaty, KZ 31, 9 ff. überzeugen mich nicht. cf. auch Weber, GGA 1856, 758, OO III, 194, J. Schmidt, KZ 27, 332.

[8]) Whitneys Ind. lässt die Möglichkeit offen, ein ἁπλεγ vígada zu lesen, das auch dem Sinn nach besser passt.

cárasi[2] cárati[20] cárati*[8] caratas*[3] caratas[2] cárāmas cárāmasi* cárāmasi 6. 45. 3† cáratha cáranti[15] cáranti*[3] cáranti 6. 51. 3† careyam cáret[2] carema[4] cara[9] carā 20. 127. 11 caratu[2] carata[2] cáran[4] cáratas cárate[2] cárantam[5] cárantam*[7] cárantas caratas* Acc.-Plur.; cáratas[2] cárantī* cárantī[3] cárantīm ácarat[6] ácalat[39] carat acalan[13] ácaran carete caratāi. — √tap tapāmi[5] tapasi tapati* tapati[4] tápanti[2] tapāti tapa[9] tapatu[6] tapatu* tápatam* tapata tapantu tápan[4] tápantam tápas[2] atapat tapasva*. — √day[1]) dayāmasi daye dayasva dayatām. — √tras[2]) trasantu trasata. — √tsar[3]) tsárati tsáran. — √dabh dabhāti*[2] dabhan*[2] dabhan[7]. — √dah dáhāmi dahati[7] dahāmasi dahas* dáha[15] daha*[2] dahatu[3] dahatam dahantu* dáhan[6] dáhatas[3] ádahas* ádahat. — √dad[4]) dadate dádante ádadat dadat Conj.*[3], dádan ádadanta. — √nad nádatas Gen. Sing. Part. anadatā. — √nabh nabhasva nabhatām. — √nam namāmasi namas[2] nama namantu ánaman[3] namantām namantām* námamānas* namanta*. — √naç[5]) nacantī* naçat (not mss). — √pac pacāmi[3] pácati[5] pácatas pácanti[3] pácata pacatā pácan pácatas[2] ápacat pácate[2] apacanta*. — √pat[6]) pátati[6] patati* patanti*[2] pátanti[2] pátāti[2] pata[10] pata* patatu[3] patata patantu[4] Part.: pátan[3] pátantam[3] pátantam*[2] pátatas[2] pátantī ápatat[2]. — √prath prathate* prathasva prathatām[3] práthamānā práthamānās áprathetām. — √bhaj bhajāmi bhajāmas[11] u. 27 mal a. e. St. bhájāsi* bhajāsi bhajāt bha-

---

[1]) In day haben wir eine Schwächung der √dā zu sehen, cf. Bechtel, Hauptpr. 253. dayati verwandelt sich in dyáti beim Vortreten eines betonten Compositionselementes. Kein Präs. wie dyáti ist ausserhalb der Verbindung mit einem Präfixe belegbar. cf. Bechtel, Hauptpr. 268. Diese Erkenntniss geht wohl auf Benfey, GN 1874, S. 630 zurück.

[2]) Im R. V. u. A. V. noch verhältnissmässig selten.

[3]) tsar = sar (selten) cf. Bloomfield, JF IV, 72, der tsar für eine Contamination von tar und sar hält.

[4]) cf. √dā unter der Red.-Classe. Bemerkenswerth ist es, dass die Formen der a-Classe nur in der 3. Person vertreten sind. Danach scheint es so, als ob gerade die 3. Person Plur. der Red.-Classe, als 3. Pers. Sing missverstanden, der Ausgangspunkt der neuen Bildungsart wurde. Doch ist dieser Vorgang schon bis auf indog. Zeit zurückzuverfolgen.

[5]) Die Wu. naç añç nāç sind identisch. cf. Bezzenberger, B.B. II, 160 Anm. 2, J. Schmidt, KZ 23, 269. Schon Windisch, KZ 21, 414 identificiert die Wurzeln ak, anak, ank nak nank (erreichen), ohne ihr gegenseitiges Verhältniss zu einander näher zu prüfen.

[6]) Die Imperfectform ist gegenüber der des Plusquamperfectums unverhältnissmässig selten. Hier liegt der Anfang der Neubildung vor, die zum griechischen πίπτω führte.

jāma bhaja[2] bhajā[2] bhajā* bhájata bhajantu bhájantī bhajante bhajāmahai bhajāmahai 7. 90. 2† bhajemahi bhajasva* bhajadhvam bhajanta* abhajanta. — √math mántha[4] a. e. St. manthatu manthantu. — √mad madasi mádanti[8] mádanti*[8] Conj.: madas madat. — madema[2] madantu* madantu[2] mádan mádantī* mádantīm mádantau 18. 1. 54† mádantas[4] mádantas* amadat[2] madate mádasva. — √yaj yajāmi yajasi* yajati 18. 1. 18† yajāt* yaja* yaja yaje[5] yájate* yajate yajāmahe[23] yajāmahe* yajasva* yajantām* yajantām 5. 3. 4† yájamānas[4] yájamānasya[6] yájamānāya[17] yájamānāya* yájamānāya 18. 1. 43† yájamānam[4] yájamānam* yájamānena yájamāne yájamānās[2] áyajanta[4] ayajanta*[2]. — √yat yatete* yatasva yatantām yátamāne*. — √yabh yábha[3] a. e. St. — √yam yachāmi yachasi yachati[2] yachatas yáchanti* yáchanti yachāt[7] yachātha yachān[2] yachet yácha*[4] yacha[20] yachatu[32] yachatu 5. 3. 8† yachatu* yachatam[8] yachatām[3] yachata[3] yachantu 7. 49. 1† yachantu[8] Part.: yáchantas[2] áyachat[4] áyachat* áyachan[2] yachadhvam yáchamānam. — √rad randantām rádantam. — √rap[1]) rapāmi* rápat Conj.*, rapema*. — √rabh rabhe[6] rabhāmahe[8] rabhasva[11] rabhasva* rabhatām rabhethām[8] rabhadhvam*[2] rabadhvam[4] rabhantām[2] rábhamāṇā* rabhathās árabhethām[8]. — √ram ramase 3. 18. 3† ramase ramate ramatām rámadhvam[2] rámantām[3]. — √lap lapantu lápan. — √labh lábhet lábhe. — √vad vádāmi[12] vadāmi*[2] vádati[9] vádati* vadămasi vadāmasi[5] vádanti[7] vadanti*[2] vádāni[8] vádās[2] a. e. St. vadāsi[3] vadāsi* vadāsi 14. 1. 21† vadāti vádat[2]) Conj. 3. 3. 6 udeyam[2] vadet[2] vadema[3] vadema* váda[11] vada*[9] vadatu[2] vadata vádantu Part.: vádan vádatas vádantam vádantam* vádantau vádantas[2] vádantas* vádantīm vádantīs ávadan[2] avadan* avadanta avadanta* avādiran[3]) 11. 4. 6. — √vadh vadha 6. 6. 3† vadheyam[7]. — √van vananti vánās. — √vap$_1$ vápasi vapanti vapatu vapata[3] ávapat vapate*. — √vap$_2$ vapāmi[2] vápanti* vapatu vapata* vapata vapantu* vapa[3] avapat[2] ávapan[2] vápate. — √vaç[4]) vaça (?) vaçet (?). — √vas$_3$ vásati[7] vasāmasi vasanti vaset vasa vasatu vasantu vásan vásantas[2]. — √vah váhasi[2] vahati*[2] vahati[5] váhanti[14] váhanti*[6] vahanti 13. 2. 11† váhāt[2] váhāti vahātha[2] vaha[20] váha*[4] váhā* vahatu[2] vahatu* vahatāt váhatam[2] vahatām vahatām* vahata[3]

[1]) Dies Verbum ist mit dem späteren lap identisch und vermehrt, da es nur in entlehnten Stellen vorkommt, die Anzahl der Argumente dafür, dass die dem R. V. entnommenen Stellen der Atharvasamhita einer älteren Sprachstufe angehören, als die ihr eigenthümlichen.

[2]) Im Index falsch citiert.

[3]) cf. Whitney, Gr. § 818a. Diese Endung ist nur zweimal belegt.

[4]) P. W. stellt Lesung von vaça und vasa frei.

vahantu*[2] vahantu[13]. Part.: váhantam 11. 1. 29†; ávahas ávahat[2] avahan[2] avahan* vahat váhase váhamānas* váhamānās. — √vyath vyathantām[8]. — √vraj[1]) vrajata. — √çap çápāti çápāt[4] çápātas* cápate çápatas[2]. — √sac sacase sácate[5] sacate* sacevahi sácadhve sácante[9] sácāvahai[2] sacasva sacatām[2] sacethām sacadhvam[6] sacantām[3] sacantām* ásacanta sacanta*. — √saj sajāmi sajāmasi sajantu[2]. — √sad[2]) sīdāmi sīdasi sīdati sī́danti sī́danti*, Conj.: sīdān; sīda[6] sīdatu[9] a. e. St. sīdatam* sīdatā sī́dantu* sīdantu sīdema sī́datas (Acc.-Plur. Part.) sī́dat*. — √sah sáhe[2] sahate[4] sahate*[2] sahāmahe[2] sahante sahāvahai* sáhasva[10] sáhasva*[2] sahatām sáhadhvam sahadhvam* sáhamānas[7] sáhamānas* sáhamānam[13] sahamānās sáhamānā[2] sáhamānā* sáhamānām[2] sáhamānām* ásahanta* asahanta. — √stan stana 6. 126. 2†. — √svaj svaje svajātai 18. 1. 15† 16† svajasva[4]. — √svad[3]) svádantu*. — √svar sváranti* asvaran*.

(ṛ) a + Nasal + Cons.

√añc[4]) añcatu. — √krand krándati[3] ákrandat krándat kranda[5] krándan Part. — √dañç[5]) daça. — √dṛṅh dṛṅhāt dṛ́ṅha[3] dṛṅhatu dṛ́ṅhatā* dṛṅhántam ádṛṅhat[3]. — √dhanv[6]) dhanvā*. — √nand nándati[4] nándau. — √pṛñc cf. unter pṛc. — √bhrañç bhrañçat (Conj.) — √math[7]) mántha[4] a. e. St. manthatu manthantu. — √mand[8]) mandasva.

---

[1]) vraj ist identisch mit varj.

[2]) Bezüglich der Herleitung des Präs.-Stammes von √sad aus sizd* macht de Saussure, dessen Darlegungen (S. pr. S. 172) Osthoff (a. a. O. S. 4 ff.) bemängelt, mit Recht darauf aufmerksam, dass *sizd zunächst nur *sīḍ ergeben könne. Unter dem Einflusse von Formen wie sadati sasāda wird dann der linguale Laut in den dentalen übergegangen sein (cf. Br., MU I, 12 Anm. 3). Unter den in unserem Texte erhaltenen Formen von Stamm sada findet sich, soweit ich sehe, kein Präs. Ich stelle sie daher gegen Delbrück (S. 139) lieber zum a-Aorist. — Es ist indess wohl zu beachten, dass namentlich in Anbetracht des avestischen hidhaiti das Sansk sīdati als vollständig unabhängig von √sad entstanden gedacht werden kann.

[3]) durch d-Suffix gebildet.

[4]) Die einzige im A. V. vorhandene nasalierte Form der Wurzel.

[5]) Die z. B. bei √an für das Altindische constatierte Accentverrückung von der Wurzel zum classenbildenden Suffix ist hier für das Indogermanische anzunehmen: indog.: daçáti, indisch: dáçati. Br., Comp. II, 916 § 516.

[6]) verhält sich zu dhā wie ino zu i, cf. dieses.

[7]) √math, welche im A. V. mit und ohne Nasalinfix, ausserdem mit nā/nī-Affix erscheint, beansprucht der Vielseitigkeit der Wurzelbehandlung wegen ein besonderes Interesse.

[8]) mand verhält sich zu mad wie vand (nur Med) zu vad; im R. V. sehr häufig, später vereinzelt.

— √vañc vañcasi váñcati váñcate. — √vand vánde vándāmahe* vándamānas* vándamānas vándamānās. — √vāñch[1]) vā́ñcha[3] vāñchantu* vāñchantu. — √çans çansasi çansati[2] çánseta[2] çánsantīm*. — √çvañc[2]) çvañcasva* çvañcamānā*. — √sañj[3]) sajāmi sajāmasi sajantu[2]. — √skand skanda skándan askandat. — √syand syandate syandadhvam syándamānās[3] syándamānās*.

ṛ + Con.

√ṛdh (?) ṛdhema oder Aor.? Präs. Stamm ṛdha nicht belegt. — √kṛp[4]) akṛpran* kṛ́pamāṇasya. — √pṛc[5]) pṛñca 9. 4. 23†.

a + Doppelconsonans.

√arc árcāmi* árcāmi árcanti[3] arcāma* arcata[2] árcata 7. 82. 1† ā́rcan. — √ard ardati (aber: ṛdantu 8. 4. 24*). — √arh arhati[3] arhati*. — √takṣ takṣatam* átakṣatam átakṣan átakṣata*. — √dakṣ dákṣamānas dákṣamāṇās. — √nakṣ nakṣati nakṣatu nakṣasva nákṣamāṇās nákṣamāṇās* nákṣamāṇau. — √rakṣ rakṣasi rakṣati[10] rákṣathas[2] rakṣatas rákṣatha rákṣanti[6] rakṣāti rákṣa[6] rákṣā rákṣa* rakṣā(pā)* rákṣatu[33] rakṣatu 3. 17. 4† rakṣatāt rakṣatām[10] rákṣata[3] rákṣantu[12] rakṣantu 5. 3. 4†, Part.: rákṣan[2] rákṣantas rákṣamānās[2], Med.: rakṣase. — √rapç[6]) rapçante. — √valg[7]) valganti ávalgata. — √çardh çárdha*.

---

[1]) vānch für lautgesetzliches vāch aus der durch lange Nasalissonans entstandenen Form der Wurzel gebildet (Brugmann, Comp. II, 1032); sogar im Passiv zu finden.

[2]) fehlt in der späteren Litteratur, im R. V. noch häufig, im A. V. nur in diesen entlehnten Stellen.

[3]) Im A. V. haben nur einige aus dieser Wurzel gebildete Substantiva den Nasal, das Präs. der ersten Classe entbehrt desselben überhaupt.

[4]) Whitney, Index: „or to the accented a-class". cf. auch Whitney, Gram. § 745b.

[5]) Diese Form, die einzige, die mit Bestimmtheit der a-Classe zugewiesen werden muss, bestätigt die häufiger zu beobachtende Thatsache, dass der Imperativ, speciell die 2. Sing. Imp. der Nasalklassen (auch pṛc bildet alle übrigen Formen nach der 7. Classe) in die a-Classe übergeht. cf. das bei Besprechung der nā/nī-Classe zu Bemerkende.

[6]) in der ganzen späteren Sprache nicht vorhanden.

[7]) Im R. V. noch nicht vorhanden, wohl gleich vrj.

ā + Cons.

√āl[1]) (?) āla 6. 16. 3 (?). — √khād[2]) khā'datas Dual, khā'danti khā'da khā'dantas. — √gāh gāhethām gā'hamānas ágāhathās gā'hathās. — √tāv[3]) tā'vanti[2] 12. 2. 38, 52. — √dās[4]) dā'sati[5] dā'sati*[4] dā'santi[8] dā'sāt[10] dā'sān[10] dā'san dā'santam dā'satas*. — √dāç[5]) dāçasi*. — √dhāv dhā'vāmi dhā'vasi dhā'vati[4] dhā'vatha dhā'vanti[2] dhāvāt dhāva dhāvatāt dhāvatu 6. 92. 3† dhāvatu[2] dhāvatu*[2] dhāvata[7] dhā'vantu[2] Part.: dhā'vantam[2] dhāvantī dhāvamānam. — √nāch nā'dhamānasya nā'dhamānās[2]. — √bādh bādhe[2] bādhase 4. 9. 4† bā'dhate* bādhate[7] bādhete bādhāmahe* bā'dhasva[2] bā'dhatām* bādhatām[2] bā'dhethām 6. 97. 2† 7. 42. 1† Imf.: bādhathās* Part.: bādhamānas*[2] bā'dhamānas[8]. — √bhās bhāsati bhā'sāsi. — √bhrāj[6]) bhrā'jat bhrā'jan[2] bhrā'jatā[2] bhrā'jantas bhrā'jantas*[2] bhrā'jamānas[8] bhrā'jamānam[8]. — √yāc yā'cāmi[2] yācāmi* yā'cati[2] yācanti yā'ceyus[2] yā'can yā'cadbhyas[8] yā'camānas[2] yā'camānasya áyācan[2]. — √rāj[7]) rā'jati[6] rājati*[2] rājatas rājatas* rā'jāni* rāja[4] rājatu rā'jan rā'jantam árājan. — √rās[8]) rāsatām 19. 40. 4† rāsantām* rāsantām rā'samānā.

Wurzeln mit mittl. ī.

√inv ínvatha invata 5. 2. 6†. — √jinv jínvasi[2] jínvati[2] jínvatha* jínvanti jinva* jinvatāt jinvatu jinvatam* jínvat Part. — √nikṣ níkṣa[9])[5] níkṣanti níkṣe*. — √pinv[10]) pinvatam Dual Imp., pinvata pinván pin-

---

[1]) sonst nirgends belegt. P. W. hält nirāla für einen Vocativ.

[2]) Br., Comp. II, 1048 § 692 erschliesst, Ficks WB. folgend, auch hier ein d-Suffix.

[3]) P. W. liest vidhāvati.

[4]) zu dās die Nebenform das, im A. V. vereinzelt.

[5]) cf. Leo Mayer, BB II, 263 f. Dieses Verbum findet sich nur im R. V. und in dieser entlehnten Stelle des A. V. cf. P. W.

[6]) cf. Bartholomae, J.F. III 50 § 80, doch macht schon J. Schmidt, Voc. II, 239 auf den Wechsel von √bhrāj zu bhargas (fulgeo) av barāzaiti aufmerksam. Nach Bechtel, Hauptpr. S. 159, 202 sind bhrāj, rāj urspr. Aorist-Präsentia.

[7]) Osthoff, MU V Vorwort VI nimmt hier indog. lang r̥-Vocal an. J. Schmidt, Voc. I, 34 identificiert es mit rañj färben, ibid. II 239 nimmt er Contraction als Grund der Vocalverlängerung an. cf. erezata des Avesta.

[8]) Das s in √rās könnte als Aoristsuffix angesehen werden. Ueber die Schwierigkeit, zwischen Wurzel-Det. und Präs. bildenden Elementen zu scheiden cf. Brugmann, Comp. II, 880 ff.

[9]) statt níkṣa auch níkṣva für níkṣ-sva.

[10]) Hier constatieren wir die Wurzelreihe: pī, pīv, pi-n-v.

vatī'm- pinvatī'm, pínvamānas[2] pínvamānā pínvamānās[3]. — √cikṣ[1]) çikṣāmi[2] çikṣāt çíkṣā çíkṣān açikṣan.

Wurzeln mit ī.

√īkṣ[2]) ī'kṣe ī'kṣate[2] īkṣante[2] aíkṣata[2 3]) aíkṣanta[3]) ī'kṣamāṇas ī'kṣamāṇā[3]. — √īṣ[4]) ī'ṣamāṇās īṣatu. — √krīḍ[5]) krī'ḍate krī'ḍantau*[3] krīḍantīs. — √jīv jī'vati[5] jī'vanti[15] jīvāni jī'vāti[3] jī'vāti* jī'vās jīvāt* jīvān jī'vema[4] jī'va[12] jīva* jī'vatu[2] jī'vatām jī'vata jī'van[3] jī'vatā jī'vatas jī'vantau jī'vantas 12. 2. 23† jī'vantas jī'vatām jī'vantīs. — √mīv mī'vantīm. — √ṣṭīv[6]) áṣṭīvan.

Wurzeln mit ū.

√ūh[7]) ūhāmi[2] ū'hasi ūha[2] ū'han auhat auhan[2] ohatām 19. 44. 10 auhatām auhata*. — √kūj[8]) kū'jantau. — √gūh[9]) gūhati gū'hamānas gū'hamānā* agūhan* gūhathās. — √jūrv jū'rvati* jū'rvathas* jū'rvan 6. 52. 1†. — √dhūrv[10]) dhū'rvantam* dhūrvantu*. — √bhūṣ[11]) bhū'ṣati bhūṣati* bhū'ṣema bhūṣa abhūṣan*. — √mūrch[12]) ámūrchat.

---

[1]) Ein selbständig gewordenes Desiderativ von çak.

[2]) īkṣ ist ursprünglich wohl Desiderativ. Barth, A. F. II, 78 will in īkṣ einen selbständig gewordenen Perf.-Stamm sehen.

[3]) Brugmann, Comp. II, 865 nimmt e-Augment an.

[4]) īṣ, im R. V. noch häufig, nach Grassmann Desid. zu √i, kennt die Nebenform īs; cf. Osthoff, MU IV, 1. Barth, Ar. Forsch. II, 76 hält īs für ein Contractionsproduct der ursp. nach der 3. Classe flectierten √isı „in rasche Bewegung versetzen".

[5]) Nach Johansson, JF III aus krīzd entstanden, dazu hṛṣṭa (??). Ich halte Grassmanns Etymologie für zutreffend.

[6]) ṣṭīv bildet Cerebralis statt Dentalis im Anlaut, weil es kaum jemals ohne Präfixe erscheint: pari-ṣṭīv.

[7]) Nebenform: ŭh, beide von √vah cf. Osthoff, MU IV 9. N.B. für ohatām besser rohatām zu lesen.

[8]) Einzige im A. V. belegte Form, im R. V. unbekannt, später häufiger.

[9]) gūh, Nebenform guh, cf. dazu Johansson, JF II, 53 f., Osthoff, MU IV 9, Johannes Schmidt, KZ 25, S. 164 ff., W. Gr. § 745c, J. Schmidt, Voc. I, 141.

[10]) hval, dhvar, dhūrv „zu Fall bringen". cf. P. W. und J. Schmidt, Voc. II, 262.

[11]) bhūṣ von Brugmann, Comp. II, 1022 § 658 gut aus Nomen bhavas* erklärt, wie ūh aus vah. Das s wäre dann vom Nomen entlehnt.

[12]) √mūrch fehlt im R. V., im A. V. nur in dieser Form, die Wurzel war ursprünglich zweisilbig, daher ū. Dass wir es hier mit einer Contractionserscheinung zu thun haben, hat wohl zuerst J. Schmidt, Voc. II, 235 ff. erkannt, wenn er erklärt: „hier ist also der Stimmton des r, welcher sich als Svarabhakti hinter demselben entwickelt hat, . . . mit dem vor r stehenden Vocale in dessen Länge zusammengeflossen."

— √çumbh[1]) çumbhāmi çúmbhati çumbhati 14. 1. 28† çumbhāti çumbhata çumbhantu[2] çumbhantu 18. 3. 56† çúmbhan çúmbhante çúmbhantām çúmbhamānās çúmbhamānās*. — √sphūrj sphūrjati.

e-Wurzeln.

√ej[2]) éjati[5] ejatas éjathā éjāti éjat[6] éjat* ejatu. — √edh[3]) edhate édhante* édhasva. — √eṣ eṣas éṣatu[2] éṣantam. — √jeh[4]) jéhamānās*. — √ceṣṭ[5]) céṣṭatas[2] Gen. Sing. Part. 11. 4. 23, f. — √yeṣ[6]) yéṣantam. — √rej réjante rejante* réjamāne. — √veṣṭ[7]) veṣṭatām. — √ven[8]) venas vénantas*. — √sev sevate sevasva.

---

[1]) Im A. V. ist der Nasalstamm schon völlig durchgedrungen.

[2]) ej wohl = ṛñj, auch fast bedeutungsgleich, von J. Wackernagel, KZ 30, S. 296 und J. Schmidt, Voc. I, 132 mit iṅg identificiert. Wackernagel will aus dieser Gleichung eine indog. Wurzel: eig erschliessen.

[3]) edh zu sādh gestellt: Thurneysen, KZ 30, S. 351 f.; von Johansson, JF II, 31 ff. noch weit ärger von einer mit sonantischem m beginnenden Wurzel mzdh und dieses von mddh (!!) abgeleitet. Letztere Etymologie dürfte zu den schönsten Früchten der modernen Anwendung des Studiums der Lautphysiologie gehören. Die fragliche Wurzel ist sicherlich eine Prakritform von ṛdh wie geha zu gṛha.

[4]) jeh: „klaffen", wohl mit jabh zusammenzustellen, wie ven mit van und yeṣ mit yas.

[5]) cf. Johansson, KZ 23 S. 469, Brugmann, Comp. II, 1040 § 681, im R. V. unbekannt.

[6]) aus ya-iṣ von √yas abzuleiten, eine selbständig gewordene Perfectform.

[7]) veṣṭ ist vielleicht aus viç + t-Suffix entstanden (Johansson, KZ 32, 469). Die Stellen A. V. 5, 18, 3 und 5, 28, 1 mit ihren Bildungen viṣṭita und viṣṭitāni berechtigen zu der Ansetzung einer als ursprünglicher angesehenen √viṣṭ. cf. auch Benfey, Jubeo und Verw.

[8]) Nach Grassmann von √van als selbständig gewordener Perfectstamm abzuleiten. Doch kann angesichts der entsprechenden Wurzel des Avesta diese Ansicht nur unter Aufrechterhaltung der unwahrscheinlichen Vermuthung bestehen bleiben, dass diese e-Bildung bereits in indo-eranischer Zeit entstanden wäre. Von der höchsten theoretischen Bedeutung sind indess auch die geistreichen Versuche Gerlands (Intensiva und Iterativa, S. 19, 87 f.), in dem Verhältniss von vap zu vep u. s. w. den Ausdruck einer Begriffsverstärkung der letzteren Wurzel aufzuweisen. „Bei vep besteht die Verstärkung in der häufigen Wiederholung des Begriffs der Urwurzel, wenn dieser selbst auch dadurch verkleinert auftritt, ganz wie wir das Verhältniss der Bedeutungen zu einander im Deutschen bei schneiden und schnitzen fanden. Und wer wollte verkennen, dass wir es hier mit einer Art der Intensivbildung zu thun hätten? denn wenn vadh schlagen zu vādh quälen .... vap hin- und herwerfen, bewegen zu vep zittern wird, so haben wir hier ... eine rein intensive Verstärkung, welche uralt ist."

Reduplicierte Wurzeln, welche in die a-Classe übergegangen sind.

√pā[1]) píbāmi[2] píbasi píbati[2] pibāmas píbanti*[2] píbāt pibāva* píba[3] píba*[3] píbā pibatu[4] pibatam pibatam* pibatām pibantu píbantīs* ápibat apibat* apiban. — √sthā tiṣṭhāmi tiṣṭhasi[3] tiṣṭhasi* tíṣṭhati[27] tíṣṭhatas[10] tíṣṭhanti[13] tiṣṭhanti*[3] tiṣṭhāsi tiṣṭhāti tíṣṭhāt[2] tiṣṭhas[2] Part.: tiṣṭhan 4. 5. 5† tíṣṭhan[3] tíṣṭhantam[3] tiṣṭhantam*[2] tíṣṭhate[5] tíṣṭhatas tiṣṭhantas[3] tíṣṭhatas tíṣṭhantī[2] tī'ṣṭhantīm átiṣṭhas[2] átiṣṭhat*[2] atiṣṭhat[10] atiṣṭhatām átiṣṭhan[2] tíṣṭha[33] tiṣṭhā[2] tiṣṭhā* tiṣṭha 14. 2. 33† tiṣṭhatu[3] tiṣṭhatu* tíṣṭhatam (Dual) tiṣṭhata[3] tiṣṭhata*[3] tiṣṭhatā tíṣṭhantu[6] Med.: tiṣṭhe tiṣṭhe* tiṣṭhase[2] tíṣṭhate[3] tíṣṭhante[2] tiṣṭhatām tiṣṭhadhvam tiṣṭhadhvam* tiṣṭhantām tíṣṭhamānas* tiṣṭhamānām atiṣṭhe.

Verba auf ṛ.

√ṛ arāma 11. 2. 17. aratām (3. Dual) 14. 2. 16* arāmahi 11. 2. 7, 20, als a-Aor. oder Präs. aufzufassen? arati ist nicht belegt. — √jṛ$_1$ járat Part. járantīm járatīs. — √jṛ$_2$ (?) járan (not mss.) — √tṛ[3]) tirāmi[2] tarati tiratas taranti[4] tarāṇi[6] a. e. St. tirāti tarāthas tárema[4] tarema*[2] tareyus tara[2] taratā taratā* tira 6. 6. 3† tira[3] táran tirán tirántas átaran atirat tirase 7. 81. 2† tiráte tiránte*. — √bhṛ bharāmi[5] bhárati* bharati bharati 13. 2. 26† bharāmasi[3] bháranti[4] bharan* Conj., bharema bharā bhārā*[2] bhara*[3] bhara[5] bharatam bharatām bharantu[2] Part.: bhárantam bhárantas bhárantī[2] bhárantīm ábharas abharat[11] abharat*[2] ábharāma ábharan[3] bhare[3] bhare* bharasva[5] bharantām 8. 3. 16† bháramāṇās. — √sṛ[3]) asaran[3]. — √smṛ smárāt smaratāt[2] smarethām*. — √hṛ harāmi[14] harāmi*[2] hárasi hárati[17] harāmasi hárāmas[2] háranti[6] hárāṇi[2] hárāt harān haret hárema 14. 2. 38† hárantas hara[11] harata harantu[2] áharat[3] hárante*.

Wurzeln mit mittlerem ṛ.

√ṛṣ[4]) arṣasi ṛṣati ṛṣati* arṣanti[4] ṛṣánti[3] arṣatu[2] ṛṣatu[2] ṛṣantu arṣat arṣase 18. 4. 60† arṣata 6. 28. 2†. — √vṛt varte[3] vártate[6]

[1]) Johansson, JF II 8 ff., Brugmann u. a. meinen, dass der mediale Laut in pibāmi nach Analogie von Formen mit medial beginnenden Endungen wie píbdhi u. s. w. entstanden sei, was, wie erwähnt, nur in indog. Zeit geschehen sein könnte. cf. irisch ibim.

[2]) Starke und schwache Formen neben einander gestellt.

[3]) Vielleicht rechnet man diese Form gegen Whitney, Register zum Ind., besser zum a-Aorist, da ein Präs. sarati im A. V. nicht vorkommt.

[4]) Die Formen mit starker und schwacher Wurzelsilbe sind nebeneinander gestellt. Der Accent ist leider nirgends überliefert; cf. Johansson, J. F. II, 45. Der Zusammenhang mit √ar ist evident.

vartasva[8] vartatām[5] vartethām avartata[8] avartanta. — √vṛdh[1]) vardhatas vardhantu vardhase várdhante várdhasva vardhatām[10] vardhatām* vardhantām[8] várdhamānas[8] vardhamānas* várdhamānam várdhamānā avardhata avardhanta. — √vṛṣ[2]) várṣasi varṣati varṣanti várṣantu[3] várṣan várṣatas (Part.) várṣate (vṛṣasva* vṛṣethām*). — √sṛj sárjatas (Part.) — √sṛp sárpasi 4. 9. 4† sárpati[4] sárpanti sarpāt Part.: sárpat sárpantam sárpatas[3] Impt.: sarpa sarpa* sarpata* sarpantu[2] ásarpas. — √spṛdh spárdhamānā. — √hṛṣ harṣadhvam 6. 97. 3† hárṣantām hárṣamāṇās 4. 31. 1†. Dazu kommen von der bekannten aus kar durch p-Determination gebildeten Wurzel die Formen kálpat kalpate[5] kalpatām[2] kálpamānas[4] akalpata[2] ákalpanta.

Wurzeln auf i.

√i āyan 2. 1. 4, 5 āyan 8. 9. 18, 20. 135. 6[2] ayatām 1. 22. 1 ayantām 11. 10. 8 ā'yata 4. 24. 6. — √kṣi[3]) kṣayati* kṣayema 19. 15. 4† kṣáyantīs. — √ci $_{1}$ $_{2}$[4]) cáyāmahe (?). — √ji jayati jayati 7. 50. 6† jáyanti jayāti[2] jayema*[4] jayema[4] jáya 3. 19. 8† jáya[9] jayatu* jáyatām (Dual), jayatā* jayata[2] jayata* jáyantu[5] jayantu* jáyan[8] jáyantam*[8] jáyatām* jayatām jáyantī jayantīm jáyantīs jáyantīnām* ajayat[7] ajayat* ájayan[8] jayethe* jáyante jayātai jayantām* jayantām. — √pī, pī $_{1}$ páyate*[2]. — √çri çrayāmi çráyāti 14. 2. 38† çraya açrayan çraye[10] a. e. St. çrayate çrayante[2] çrayātai[2] çrayasva[6] çrayatām çrayethām[4] çráyantām* çrayantām[2].

Wurzeln auf ī.

√nī náyāmi[16] náyati[3] nayāmas nayāmas 6. 28. 1† nayāmasi[6] nayāmasi*[2] nayathā* náyanti[3] náyanti 14. 1. 46† 6. 46. 3† 19. 57. 1† nayāsi náyāt[3] nayāti[3] náyāti*[2] náyāthas nayāsai 4. 31. 3† naya[9] naya*

---

1) vṛdh = rudh = ruh v. Bradke, ZDMG 40, S. 658; wohl auch gleich ṛdh. Bereits J. Schmidt, Voc. II, 295 hat vṛdh mit rudh identificiert. cf. auch Bugge, KZ 20, S. 3 ff.

2) Es ist durch nichts erwiesen, dass die beiden in Paranthese gesetzten Formen der accentuierten a-Classe angehören, vielmehr ist die Tiefstufe deshalb eingetreten, weil der Accent auf der mit diesen Formen verbundenen Präp. ā liegt; desgleichen im R. V. cf. Grassmann unter √vṛṣ.

3) über die ursprüngliche lautliche Verschiedenheit der Wurzeln kṣi $_{1}$ und kṣi $_{2}$ cf. u. a. bei Kretschmer, KZ 31, S. 430 und die dort citierte Litteratur.

4) statt cáyāmahe 19. 48. 1 mss. cayásmahe; — cayat 7. 53. 3* mit Grassmann als Conjunctiv aus der Wurzel anzusehen (Conj. der Wurzel-Cl.) Im Register zum Index jedenfalls vergessen.

nayatu[13] nayatu* nayatu 12. 2. 24† náyata nayata* náyantu* nayantu[5] náyantī* náyantīm anayam anayat ánayan[2] náyate[2] náyamānas. — √bhī bháyāmahe*. — √lī láyate layantām* (Imper. 3. Plur.) — √çī áçayat 11. 8. 16.

Wurzeln mit mittl. i.

√cit cetat*. — √mih méhati méhantī mehatām. — √riṣ réṣāt. — √vip vépate* vépamānā vépamānās avepanta.

Wurzeln auf u.

√cyu cyávate cyávante cyavasva cyavethām. — √dru dravatas drava[8] drava* dravatu dravantu[6]. — √nu navati navanta 9. 9. 3† navanta*. — √pu[1]) pávate[6] pavate*[2] pavate 18. 2. 1† 6† pávante[2] pavasva pavatām pavatām* pavantām* pávamānas[14] pávamānas* pávamāne. — √plu plavante plavasva plavantām[2]. — √stu stavate*.

Wurzeln auf ū.

√bhū bhavāmi[3] bhavasi 7. 81. 2† bhavasi[2] bhávati[77] bhavati* bhavatas* bhavatha 1. 4. 4[2]† bhavatha bhávanti[10] bhávanti*[3] bhavāsi bhávāti*[5] bhavāti[2] bhavāthas, bhavat[2] bhavāma bhavan bhávet[2] bhávema bhávā bhava[35] bhavā bhava*[7] bhavā* bhávatu[13] bhavatu*[8] bhávatam[5] bhavatam* bhávatām bhavatām* bhavata bhavata* bhavatā[2] bhavantu*[10] bhavantu[32] ábhavas[3] ábhavat[42] abhavat*[4] abhavat 19. 6. 6† ábhavatam[2] ábhavan[10] Part.: bhávan[6] bhávantas[3] bhávantī* bhavantīm bhávantīs. — √hū[2]) hávāmahe[13] havāmahe*[4] havāmahe 3. 16. 1† 2† hávante havante* havante 18. 1. 41† 42†, dazu die Bildungen vom Stamme hvaya: hváyāmi[3] hváyati hváyanti[2] hvayatu[3] hváyantu[4] (cf. die ya-Classe). — √uṣ[3]) óṣa[4] a. e. St. oṣa* oṣatu[2] oṣatam* óṣantī[2]. — √kruç kroçantu kroçatu[2] kroçatām. — √cud códat*. — √juṣ joṣase. — √tuç tóçamānā. — √dyut dyotate dyotatām dyótamānas. — √budh bodha bódhatu* bódhantu. — √mud modate módante[2] módamānau módamānau*. — √mruc[4]) mrócan. — √yudh yodhanti. —

---

[1]) Es ist bemerkenswerth, dass wir im A. V. nur Medialformen zu verzeichnen haben, während das Activ nach der 9. Classe flectiert.

[2]) hū (Präs. der ersten Classe davon:) hava, hū + ā (Antritt des wurzeldeterminierenden ā) = hvā, wie schon Benfey erkannt hat, cf. auch Brugmann, Comp. II, 951 § 578, huva aus hvā zerdehnt, hvā + i-Suffix = hvay, hierhin gehörig die von Whitney, Index, zur ya-Classe gerechneten Formen.

[3]) von Grassmann zu vas „leuchten" gerechnet, cf. auch Ficks Et. W.

[4]) √mruc fehlt im R. V., im A. V. nur diese Form.

√ruc rócase[5] rócase* rócate[8] rócate* rócamānas[4] rócamānam arocathās árocathās*. — √ruh rohāmi rohasi róhati[5] róhanti[8] róhāt róhema roha* roha 3. 20. 1† 18. 1. 60† róha[25] rohatu[10] rohatu 6. 106. 1† rohatu* rohata[4] rohata* rohantu* Part.: róhan róhatas róhantas[3], arohat 19. 6. 2† 18. 3. 40† arohat[2] arohat*. — √çuc çócati çoca[4] çocatu[6] çocata çócatā.

√ūh₂ [1]) ohate.

II. Die unaccentuierte a-Classe (Suffix-Vocal betont).

a-Wurzeln.

√hvā huvé[18] huve*[3] huve 7. 86. 1† huvema huvema 7. 85. 1†. — √prach pṛchāmi[5] pṛchā′mi*[6] pṛchati pṛchāmas pṛchanti pṛcha pṛchánānam* Med.: pṛche[2]. — √vad udeyam[2]. — √vas₁ uchet uchatu[9] uchatu* uchántu*[2] uchantu 8. 4. 23† uchántu[2] uchántīs[2] aúchat.

i-Wurzeln.

√kṣi[2]) kṣiyati[4] kṣiyánti[2] kṣiyanti* kṣiyema kṣiya kṣiyántam ákṣiyan. — √iṣ ichā′mi* ichasi[3] ichatas[2] ichas ichāt 4. 21. 5† íchāt[3] ichán[4] ichán* ichántas ichántī[2] ichántī* ichā′* icha[3] icha* ichatu* ichatu aíchat[2] aíchāma ichate ichante ichasva ichatām icheta ichámānas[3] ichámānas*. — √kṣip ksipasi[2]. — √khid khidāmi khidati khidā khidét khidán khidánti khídam. — √diç diçāmi diçatu diçántā (Dual). — √piç piñçá[4] piñçatu* ápiñçat*. — √miṣ miṣanti*[2] Part.: miṣát[2] miṣatás miṣatás* miṣántam* miṣatā′. — √likh likhat. — √lip limpāmi. — √vij vijánte[4] vijantām[2] vijámānā. — √vind vindati[8] vindanti* vindatu ávindat[4] avindat* ávindan[4] vindáte[5] vindáte* vindante vindásva[2]. — √vidh vidhéma[13] vidhema*[8] a. e. St. ávidhat*. — √viç viçāmi[4] viçati viçáthas viçánti[2] viçāti viçāva viçātha, viçema viça[4] viça* viçátu viçatam[2] viçata viçata[22] a. e. St. viçantu[4] Part.: viçan* aviçat[8] áviçan[10], viçé viçáte[8] viçáte* viçánte* viçante viçasva* viçasva[8] viçatām viçadhvam aviçathās aviçanta 10. 8. 3†. — √sic siñcā′mi[7] siñcati siñcáthā siñcánti[2] siñcét[2] siñca 4. 15. 16† siñca[4] siñcatu siñcatu* siñcatam* síñcata[2] siñcán* ásiñcat[2] ásiñcatām[2] ásiñcan[4] ásiñcata[2].

---

[1]) ohate Whitney, Gr. § 745a.

[2]) Diese Wurzel zeigt am deutlichsten die Unzulänglichkeit der indischen Classeneintheilung: kṣi-yánti müsste zur 4., kṣiy-ánti zur 6. Classe gerechnet werden.

u-Wurzeln.

√yu$_1$ yuvase*. — √yu$_2$ áyuvanta. — √ru ruva.

√dhū dhuvāmi. — √sū$_{1\,2}$ suvāmi* suvāmi[3] suvatām (Dual) suvāmasi[4] suvāti suva[5] sua[2] suvā.

√ukṣ ukṣāmi ukṣatu[11] ukṣata[2] ukṣántu[2] ukṣántī aukṣan[1])* ukṣámāṇā. — √ubj ubja[3] ubjatu ubjátam* ubjántas. — √ubh umbata. — √khud khuda[2] 20. 135. 4, 20. 136. 5. — √gur gurásva 5. 20. 4. — √juṣ juṣáse juṣéta juṣásva[7] juṣásva*[2] juṣátām* juṣéthām[2] juṣethām* juṣádhvam* juṣadhvam[4] juṣantām[8] juṣantām 18. 2. 35† 19. 11. 4† juṣámāṇas ájuṣe. — √tud tudatu tudantu 3. 17. 5† tudántīm. — √nud nudā'mas[3] nudāmasi[2] nuda[5] nudā nuda 3. 18. 2† nudatu[2] nudatam nudata* nudatā nudantu[2] nudán[2] nudán* anudas* Med.: nude[3] nudate nudethe[2] nudāmahe nudásva[9] nudasva*[2] nudatām[5] nudéthām* ánudanta[2]. — √pruṣ[2]) pruṣántas 20. 134. 2. — √muc muñcā'mi[16] muñcā'mi*[4] muñcati muñcatas muñcāsi muñcāt muñcá[15] u. 25 mal a. e. St. muñcā muñcatu[17] muncátam* muñcatam muñcatām[5] muñcáta[6] muñcata* muñcántu[34] muñcántu*[2] muncantu 3. 7. 5† Part.: muñcán[2] muñcántas[2] muñcántīs ámuñcas amuñcat muñce muñcatām[4] muñcatām 7. 72. 2† muñcantām muñcámānas amuñcata amuñcanta. — √yuch nur in áprayuchant. — √yuj yujé[2] yujé*. — √ruj rujánti[2] ruja*[2] ruján[4] ruján* rujántas*. — √lup lumpét. — √sphur sphuráti sphuratam.

Wurzeln mit mittl. ṛ.

√ṛd ṛdantu* (cf. unacc. a-Cl.) — √ṛch ṛchati ṛchāt[7] a. e. St. ṛchatu[5] ṛchantu* ṛchantu[10] a. e. St. — √kṛt$_1$ kṛntáti kṛntá[4]. — √kṛṣ kṛṣáte kṛṣatu (gegenüber kárṣet). — √cṛt cṛtāmi cṛtā'masi[10] cṛtā[2]

---

[1]) Zu der Vṛddhi in Präteritalformen von Wurzeln mit Vocalanlaut bemerkt Bartholomae, Ar. Forsch. I, 74: „Ich bin der Meinung, dass ein urindog. *aichat *aubjat und die übrigen augmentierten Formen aus Tempusstämmen mit anlautendem i, ī, u, ū seiner Zeit, als sich ai und au zu e und o gestalteten, diesen Wandel nicht mitgemacht, sondern unter dem Einfluss einerseits der entsprechenden, nicht augmentierten Formen ichat, ubjat, andererseits der augmentierten Formen consonantisch anlautender Stämme (ábharat u. s. w.) die diphtongische Aussprache des ai, au, beibehalten haben."

[2]) Die Lesart dieser Stelle ist zweifelhaft. √pruṣ ist nach Grassmann, Fick u. a. eine Erweiterung aus prū. Vielleicht kann man zu dieser Wurzel sanskr. puruṣa rechnen.

çṛta[2] çṛtatu. — dṛṅh dṛṅhántam 12. 2. 9. — √pṛṇ[1]) pṛṇásva 2 5. 2, 4; 7, 26, 8; 19. 61. 1; pṛṇat 7. 57. 1. — √bṛh bṛhatam 11. 9. 11. — √mṛṇ mṛ$_2$[2]) mṛṇasi* mṛṇá u. 4mal a. e. St. mṛṇa* mṛṇat mṛṇáta. — √mṛḍ[3]) mṛḍāti[2] mṛḍá't mṛḍā'* mṛḍa[13] mṛḍa 5. 3. 8† mṛḍatāt mṛḍátam[5] mṛḍáta mṛḍata[6] a. e. St. mṛḍátā[2] mṛḍantu. — √mṛç mṛçāmasi mṛçāmasi 4. 13. 7† mṛçá't mṛçántam mṛçántīm amṛçat. — √vṛṣ vṛṣasva* vṛṣethām*. — √vṛh vṛhāmi vṛhāmi*[4] vṛhāmas vṛhāmasi 2. 33. 3† vṛhāmasi[2] vṛheva* vṛha* vṛha vṛhatam*. — √vṛç[4]) vṛçá'mi[10] vṛçati vṛçanti[2] vṛçá[7] vṛça*[3] vṛçatu Part.: vṛçáte[2]; ávṛçan Med.: vṛçate[12] vṛçante[2] vṛçantām 8. 3. 16†. — √sṛj sṛjāmi[12] sṛjati* sṛjáti[3] sṛjáthas sṛjāmas[8] sṛjāmasi[8] sṛjánti[8] Conj.: sṛjat* sṛjāti[2]; sṛjét[2]; sṛjá[10] a. e. St. sṛjá[15] sṛja*[3] sṛjā sṛjā* sṛjatā sṛjantu[2] ásṛjat* ásṛjan[2] Med.: sṛjate[2] sṛjante sṛjatām sṛjethām[2] asṛjata[4] ásṛjanta[2]. — √spṛç spṛçāmi* spṛçāt spṛça* spṛçata[2] aspṛçan spṛçasva[2] spṛçasva 14. 1. 21† spṛçantām spṛçantām 12. 2. 31† aspṛçanta.

Wurzeln auf ṝ.

√kṝ$_2$ kirá'mi[2] kira kirántīm. — √gṝ$_1$[5]) gṛṇátā 5. 27. 9 gṛṇata 5. 27. 9. — √gṝ$_2$[6]) gírāmi 6. 135. 3.[2] girati 5. 18. 7 girāmas 6. 135. 3. — √tṝ cf. unter √tṝ der unacc. a-Classe. — √çṝ çṛṇa 19. 45. 1.

[1]) Grassmann stellt diese Wurzel zu paṝ$_1$ (füllen) unter Stamm III: pṛṇá, wie von einem erweiterten pṛṇ. Die richtige Auffassung wird sich uns bei Besprechung der Nasalwurzeln ergeben.

[2]) Warum stellt der Index, wenn er mṛṇ zu mṛ stellt, nicht auch pṛṇ zu pṛ? Warum erwähnt er neben çṛ die Nebenform çṛṇ überhaupt nicht?

[3]) mṛḍ ist aus mṛṣ durch d-Suffix entstanden. cf. JF II, 47; I, 171, Brugmann, Comp. II, 1049 § 692. Doch schon Benfey, Abh. der Göttinger Ges. 16, 25 ff., auf welchen diese Erkenntniss wohl zurückgeht.

[4]) Zum Consonantismus dieser Wurzel cf. Zubaty, KZ 31. 19.

[5]) „Die Form A. V. 5, 27, 9 ist für fehlerhaft zu halten". P. W. Sie ist sicherlich Analogiebildung zu gṛṇantu, gṛṇánt u. s. w., zumal keine im A. V. erhaltene Form dieses Verbums den schwachen Stammvocal der 9. Classe, ī, zeigt, (ausgenommen nur 4, 31, 5*) was zur Folge hatte, dass eine Wurzel gṛṇa ins Sprachgefühl überging.

[6]) Der Accent von girāmi schwankt zwischen Stamm und Endung, daher ist eine bestimmte Classeneinordnung unmöglich. Die von P. W. unter gṝ$_2$ angeführte Form gírati findet sich an der citierten Stelle 6. 135. 3 nicht, wohl aber die unbetonte girati 5. 18. 7. Dieselbe ist nach einer schon von J. Schmidt, Voc. II, 212 ausgesprochenen und u. a. von Bechtel, Hauptpr. 116 aufgenommenen Ansicht als Resultat einer Schwächung der vortonigen Wurzelsilbe gar zu gir anzusehen. Neben giráti steht aber bekanntlich guráti einer gleichlautenden Wurzel. Bechtels Bemerkung: Die dunkle Färbung sei durch vorausgehenden Guttural oder Labial

a-Aorist.

Da ich nach Delbrücks Vorgange die Formen des sog. Wurzel-Aorists unter die Classe der Präsens-Bildungen aus der reinen Wurzel gebracht habe, müsste ich konsequenter Weise den a-Aorist, wie Delbrück es thatsächlich thut, unter die vorausgegangenen beiden Verbalkathegorieen auftheilen. Wenn dies unterblieben ist, so leitete mich das Gefühl, dass ich nach dem im A. V. herrschenden Sprachgebrauch unmöglich z. B. ákhyat als einfaches Präteritum zu einem niemals existierenden Präsens *kheti aus einer *√khi auffassen könnte. Gewiss hat diese Bildungskathegorie von den Imperfecten solcher Formen einmal ihren Ausgang genommen, doch legt der A. V. hierfür durchaus kein directes Zeugniss ab. Ja wir würden nach meiner Ansicht das Sprachbild unseres Textes verzerren, wollten wir z. B. aus ávr̥dhāma durch Einreihung in die Präteritalklasse ein *vr̥dháti als zu Grunde liegende Präsensform supponieren. Bei dem seltener gebrauchten, im wesentlichen auf bestimmte Wurzelgruppen beschränkten Wurzel-Aorist begehen wir im gleichen Falle eine ähnliche Gewaltsamkeit nicht. Hier schien mir der Vorzug der Zusammenstellung des morphologisch Verwandten den aus ihr erwachsenden Nachtheil einer sprachhistorisch nicht zulässigen Gruppierung zu überwiegen.

Wurzeln mit innerem a.

√as ästhan (?) 13. 1. 5[1]). — √gam gamātas 10. 7. 42 gamātha* 3. 8. 4; 14. 1. 32 gamāma* ágamat[3] u. a. e. St. 7 mal. agaman gamet[4] gamantu* gamemahi*. — √jan[2]) janāt 6. 81. 3. — √das dasat. — √naç[3]) (?) neçat (?) 5. 13. 2 u. s. w. — √pat[3]) ápaptat u. s. w. —

---

bestimmt, reicht hier also nicht aus. Ich gehe wieder von einer Parallelwurzel gvar* aus. Höchst einleuchtend aber erscheint mir auch die von Herrn Prof. Bezzenberger mir gütigst mitgetheilte Ansicht, dass wir von indog. gəréti, gər-ónti ausgehend, in den verschiedenen Wurzelvocalen die Wirkung zweier Epenthesen zu sehen haben. Der Differenzierungstrieb mag dann die eine Wurzel mit labialem, die andere mit pallatalem Vocal ausgestattet haben.

[1]) cf. S. 30, Anm. 2.

[2]) Im Register zum Ind. wohl vergessen.

[3]) Die e-Formen dieser Wurzel, die Bartholomae, KZ 27, 360 Anm. 1 mit Recht besser zum Plusquamperf. rechnet, siehe unter dem Perf., dasselbe gilt vom Stamme papta √pat.

√pad padāt. — √math[1]) máthat. — √yam yame[2]) 18. 2. 3† yámas[3] yaman 7. 117. 1† yamat[3]. — √vac[3]) avocam[10] ávocat* ávocat 5. 17. 3† ávocāma Conj.: vocam*[2] vocas[3] vocat*[3] vocat 7. 73. 7† vocati 18. 1. 19* vocan[2]; vocéyam[2] vocet vocata. — √çak áçakat açakan çakan[2]. — √çram áçramat. — √sad asadas ásadat* sadat ásandan asadan* sadata* sadema[3]. — √san ásanam ásanāma* sanéyam* sanema sanema*.

ă + Doppelconsonans.

√taṅs átasat. — √bhraṅç bhraçat*. — √randh radham* radhāma*.

√āp ā'pam ā'pat[3] ā'pan ā'peyam. — √çās ciṣāmahe 18. 1. 31†.

Wurzeln auf ā.

√gā ágata[3] 10. 10. 13—5. — √khyā ákhyat 18. 1. 24† 18. 3. 23† akhyat[4] akhyat*[2] khyan*. — √hvā ahvam ahvat[2] ahve[2] hve.

Wurzeln mit mittl. ṛ.

√ṛdh ṛdhema. — √gṛdh gṛdhas gṛdhat. — √tṛp atṛpam. — √tṛṣ tṛṣat. — √tṛh[4]) atṛham. — √dṛp adṛpat. — √dṛç dṛçan 8. 4. 24* dṛçema 1. 31. 4. — √vṛdh vṛdhāma. — √sṛp ásṛpat sṛpas[2] sṛpat[2].

Wurzeln auf ṛ.

√ṛ arāma 11. 2. 17 aratām (3. Dual) 14. 2. 16* arāmahi 11. 2. 7, 20. — √kṛ akaram* ákaram[16] karam* karam[4] ákaras[3] karas[11] ákarat[3] karat[12] karat* karāma* karan.

Wurzeln mit mittl. i.

√nij anijam. — √piṣ[5]) ápīṣan 4. 6. 7. — √bhid bhideyam. — √riṣ riṣam* ríṣat[5] riṣāma[5] riṣan[4]. — √vid ávidam*[2] avidam ávidas ávidāma[2] avidāma* ávindan[2] Conj.: vidat[6] vidata vidan[3] vidan* Opt.: vidéyam videma videṣṭa 2. 36. 3 avidanta vidanta[3] Conj.: vide 12. 3. 54 vidanta[3]. — √çiṣ çíṣas[3] çíṣātai.

---

[1]) Alle diese Formen dürfen zum a-Aorist gerechnet werden. Whitney hat sie im Reg. zum Ind. als solche nicht aufgeführt.

[2]) „yame must be yamat or yamet" Whitney, Ind. 382.

[3]) voca ist zu einem als a-Aorist gefühlten selbstständigen Verbalstamm geworden.

[4]) √truṭ ist wohl eine Erweiterung von tṛh durch d-Suffix.

[5]) Mit Verlängerung des i der Wurzel; der Grund ist im Nasalschwund zu suchen. Aeusserst drastisches Beispiel der Vocaldehnung neben Vocalkürze der nasalierten Form; cf. auch ānança neben ānāça (Whitney, Gr § 788) und aus dem Pali u. a.: sinha neben sīha, vinsati neben vīsatim.

Wurzeln auf i.

√hi[1]) ahyam 4. 1. 2.

Wurzeln mit mittlerem u.

√krudh krudhas^{2}. — √kṣudh kṣudhat. — √druh druhas. — √puṣ puṣema puṣema*. — √muc ámucam mucas. — √ruh áruham^{2} áruhas áruhat^{5} áruhan^{3} ruhema* ruha. — √çuc çucantas*.

Verba auf ya.

Ein besonderes Interesse verdienen die Verba mit Wurzel-Auslaut ā, welche die verschiedensten Wurzel-Abstufungen zeigen, ohne dass deren Gründe uns bis jetzt klar wären. So zeigen in unserem Texte √gā √glā √trā √pyā ein ā, √dhā$_2$ √vā √vyā √hvā ein ă, √chā, √dā$_2$ $_3$ √sā völligen Schwund des Wurzel-Vocals und Substitution von i. Wie sich im speciellen die Wurzeln der ersten Gattung zu denen der zweiten Gattung verhalten, ist mir völlig unklar. Whitney, Gr. § 761^{c} bemerkt ausdrücklich, was sich uns bereits aus früheren Betrachtungen ergab, dass die Verba von der Form √gā u. s. w. grossentheils Erweiterungen von einfacheren Wurzeln durch Anfügung des ablautunfähigen ā seien. Diesen äusserst fruchtbaren und folgereichen Gedanken hat wohl zuerst Benfey ausgesprochen, wenn er Kieler Monatsschr. 1854 S. 34 Bildungen wie ἔπτην als besondere, aus der Grundform durch bindevocalartiges Hinzutreten des ā entwickelte Formen des allgemeinen Verbalthema auffasst. Bei der Betrachtung der indisch. 9. Classe mit ihren durch ā „determinierten“ Wurzeln wird diese Ansicht, auf das Sanskrit übertragen, sich als fruchtbar erweisen. Die indischen Grammatiker setzen sie auf ai an, also gai, glai u. s. w.; Verben wie dā$_2$, vā u. a. werden von denselben auf e angesetzt, wodurch gewiss nur die Bildung auf aya im Präsenssystem sowie das sonstige Schwanken zwischen ā- und ī-Formen symbolisiert werden soll. Die strenge Aufrechterhaltung der Scheidung zwischen den beiden Verbalkathegorieen auf ī und ā ist überhaupt sowohl vom Standpunkt des Sanskrit als von dem der indog. Ursprache unmöglich. Die Berechtigung, z. B. die Wurzel für „saugen“ „dhe“ anzusetzen, ergiebt sich aus Ableitungen wie dhenu, während andere Formen wieder so entschieden für Aufrechterhaltung

---

[1]) Whitney, Gr. § 847 führt ein ahyat (jedenfalls also ahyam dafür zu lesen) als im A. V. vorkommend an.

einer Wurzel dhā sprechen, dass wir gerade in diesem Falle die blasse Abstraction einer Wurzel am besten ganz aufgeben und uns klar werden, dass die ī-Wurzeln der ersten Classe mit den ā-Wurzeln der ya-Classe eine so enge Verbindung eingegangen sind, dass ihre Scheidung bereits unmöglich geworden ist. Diess wird an den Wurzeln, welche ā ganz verwerfen, recht augenscheinlich. Wenn √chā wirklich, wie Bezzenbergers Hypothese es wahrscheinlich macht (GGA 1879, S. 675), mit lat. secare identisch ist (cf. Fick, GGA 1881, S. 1427), so wäre wohl am besten eine Präsens-Flexion nach Art der 4. indisch. Classe anzunehmen, welche, nachdem die Wurzel aus sich heraus Aoriste und Infinitive gebildet hatte, (cf. chāsīt u. a. P. W., cf. auch chāta neben chita), Präsentia wie *chayati entstehen lassen konnte, die dann als zu einer Wurzel *chi gehörig angesehen und nach einer der accentuierten a-Classe nahekommenden Art flectiert wurden.[1]) Bei den von P. W. mit dā₃ bezeichneten Wurzeln wird dies Verhältniss noch augenfälliger, weil dort √dā Präsentia vom Stamm daya gebildet hat, neben denen sich ein dyá in dyáti findet.[2]) — Die meist vertretene Annahme eines Schwa-Vocals, der von dem gleichartigen y absorbiert wurde, (dyati aus dəyati) lässt das parallellaufende dayati unbeantwortet.[3]) Die Verlängerung des ṛ vertretenden ir in jīryati, tī'ryati zeigt das Gesetz, nach dem die Gruppe ry den vorausgehenden kurzen i-Laut verlängert (wie schon Panini lehrt), von neuem in Kraft.

Von den consonantisch schliessenden Wurzeln ist vor allem die Länge in çrāmyati eigenartig, welche als Ersatzdehnung für den Verlust des sonst überall bewahrten i aufzufassen ist: çramita — çrāmyati

---

[1]) Man sagt wohl im wesentlichen dasselbe, wenn man von einem a-Aorist ausgeht, also chyati nach achyat gebildet sein lässt. Ich trage übrigens kein Bedenken, √chid einfach aus dem bedeutungsgleichen chā, chi durch Antritt des Wurzeldeterminativs d zu erklären.

[2]) Höchst interessant ist auch z. B. √mī „vermindern", welche neben Präsens mināti bisher unbelegte Formen wie māta bilden soll, also ebenfalls auf eine a-Wurzel zurückgeht, wie auch griechisch μχίων beweist. Ebenso bemerkt Whitney, Ind. S. 382 zu piprā'yasva: „piprā'yasva seems to te trying to belong at once to prī and to prā." Dagegen wird z. B. √pī durch Wurzeldeterminativ ā vor Analogiebildungen mit ā-Wurzeln geschützt.

[3]) Bechtel, Hauptprobl. S. 251—57 beschäftigt sich mit der Frage nach der Erklärung von dyáti neben dayati eingehend. Bereits J. Schmidt hat in dem vortonigen Accent der von einer Präposition begleiteten Wurzel den Grund des Vocalschwunds zu finden gesucht. cf. unter √so, syati.

(cf. Kretschmer, KZ 31, S. 409. Aehnliches vermuthet Streitberg. Dass de Saussure der Vater dieser Theorie ist, wird man zu erinnern kaum nöthig haben.

Wurzeln auf ya,

mit consonantischem Ausgang.

√as asyāmi[2] ásyasi[2] asyati[2] asyatas asyāmasi ásyatha[3] ásyanti asya asyatāt asyatam* asyatam asyatām[2] Part.: ásyantam ásyate ásyantas ásyantī; ā'syas[2] ā'syat[2] ā'syan [āsthan]. — √iṣ isyāmi iṣyati* iṣyatam. — √uc ucyatu[2]. — √kup in ákupyantas. — √krudh[1]) krudhyati. — √jan jā'yase[2] jāyase 7. 81. 1† jā'yate[15] jā'yate* jāyete jāyante[3] jā'yemahi* jā'yasva jā'yatām[6] jāyadhvam jāyantām[3] jā'yamānas[3] jā'yamānas* jāyamānasya jā'yamānam[2] jā'yamānam* jā'yamānāt jā'yamānā[2] jā'yamānāyai jā'yamānās ájāyathās[2] ajāyathās* ájāyata[2] ájāyata*[5] ajāyata[39] ajāyanta[5] ajāyanta*. — √tṛp tṛpyatu tṛpyantu. — √tṛs tṛśyate. — √das[2]) dasyati[4]. — √dah dáhyati. — √dīp dīpyate[2]. — √dīv[3]) dī'vyati. — √naç naçyanti[2] náçya[2] náçyata[2] naçyantu[3]. — √nah nahyāmi[8] nahyā nahya 6. 67. 3 nahyatam nahyata nahyasva nahyadhvam[3] ánahyanta. — √nṛt nṛ'tyati nṛ'tyanti[3] nṛtya nṛtyatu Part.: nṛ'tyatas nṛ'tyantios nṛ'tyantas anṛtyat. — √pad padye[6] pádyate[6] pádyante[2] padyasva* padyasva padyatām[5] padyantām[4] pádyamānām apadyanta. — √paç páçyāmi[7] páçyasi[3] páçyasi*[3] páçyati[18] páçyati*[3] páçyati 4. 5. 5† paçyāmas paçyatha páçyanti[8] paçyanti* páçyāni paçyāsi* páçyāsi paçyās páçyāma paçyāsai unecht. Conj.: páçyat* paçyat páçyema[4] páçya[4] paçya*[3] páçyata*[3] paçyata[3] Part.: páçyan*[4] páçyan[7] páçyatas[2] páçyantas* ápaçyam ápaçyam*[3] apaçyat*[2] apaçyat[3] páçyate[2]. — √puṣ púṣyasi*[3] puṣyasi púṣyati 4. 32. 1† puṣyatas puṣyatam puṣyata[4] púṣyema púṣyate*. — √budh búdhyema budhyate budhyasva[2] búdhyamānās búdhyamānau búdhyamānā[2]. — √man mánye[4] manye*[2] mányase[6] mányate[8] mányate*[2] manyante manyeta manyasva manyatām[5] manyantām[4] mányamānas[6] mányamānas* mányamānā mányamānau amanyata ámanyanta. — √mid[4]) medyatām.

---

[1]) dh-Suffix anzunehmen cf. Brugmann, Comp. II, 1048 § 691.

[2]) später ganz vereinzelt.

[3]) Hillebrandt, BB 5, 342 bemerkt, dass √dīv zu *diav sich wie çun zu çvan verhalte. Danach wäre die Wurzel richtiger diav anzusetzen. Ich halte sie aber für nichts anderes als eine Erweiterung zu √dī leuchten, wie pīv zu pī u. a. — Vielleicht liegen indess auch zweisilbige Wurzeln, nämlich dieve* u. s. w. zu Grunde, deren schwächste Form dann dīv u. s. w. lauten müsste.

[4]) not mss. Unregelmässige Gunierung des Wurzelvocals.

— √muh muhyata múhyantu[3]. — √yas yásyantī. — √yudh yúdhyante yúdhyante*. — √raj arajyata. — √randh[1]) [2]) rádhyatu. — √rādh[2]) rā'dhyatām rā'dhyamānasya. — √riṣ ríṣyati[3] ríṣyatas[6] a. e. St. ríṣyās riṣyāti* riṣyema* riṣyema. — √lubh[3]) in alubhyant. — √vāç[3]) vā'çyamānā. — √vidh vídhyāmi[11] vidhyati vidhyāmas vidhyanti vídhya[11] vídhya*[4] vidhyatu vidhyatam* vidhyatam[2] vidhyatām[2] vidhyata[2] vídhyantas. — √çuṣ çúṣya. — √çram çrā'myatas. — √sīv[4]) sī'vya sī'vyatu* sīvyadhvam*.

Vocalische Wurzeln (auf ā).

√gā gāyati[4] gā'yanti gāya[2] gāyantu gā'yatas. — √glā in ánavaglāyatā. — √trā trā'yase trāyasva[2] trā'yatām trā'yadhvam trā'yantām[3] trāyantām* trā'yamānas* trā'yamāṇas[3] trā'yamānam[2]. — √pyā pyāyase* pyāyasva pyāyatām[3] pyāyatām 4. 15. 11† pyāyantām pyā'yamānās.

√dhā$_2$ dhi dháyanti dhayet. — √vā, ve, u vayati 10. 7. 43† vayatas avayat ávayan. — √vyā vyayāmasi[2] vyayantu[2] vyaye vyayasva* vyayasva[2]. — √hvā hváyāmi[3]) hváyati hvayāmasi[4] hváyanti[2] hváyantu[4] hvayantu*[3] ahvayat[2] ahvayan hvaye*[2] hvaye[2] hvayāmahe[2] hvayāmahai hvayasva[2] hvayatām[2] áhvayethām hvayethām[2] ahvayanta[9].

√chā[5]) chya 9. 5. 4. — √dā$_2$ 3 dyāmi[2] dyati dyāmasi dyā[3] dyatu dyatām (Dual, 2. Pers.) — √sā[6]) syāmi[6] syati syanti sya syā syatam*.

Wurzeln auf i.

√i ī'yase[2]* ī'yate[4].

---

[1]) Im A. V. nur im Medium nasaliert.

[2]) rādh, randh, ardh wahrscheinlich identisch cf. Neisser, BB 19, 144.

[3]) im R. V. nur mit einer Präsens-Form nach dieser Classe belegt.

[4]) Wahrscheinlich aus √sā sy-ati durch v-Suffix entstanden. (cf. unter chā S. 35 Anm. 1). Auch der Bedeutung nach sind beide Wurzeln ursprünglich wohl identisch, cf. P. W., sodass an der Zusammengehörigkeit kein Zweifel obwalten kann. Zu sīv findet sich übrigens die Nebenform siv.

[5]) Im R. V. unbelegt.

[6]) Neben Stamm sya ist im R. V. Stamm si-na-a = sinā, der die Entstehungsweise der 9. indischen Classe hübsch illustrieren hilft, ziemlich häufig.

√dī dīyā*. — √pī[1]) pī́yatas 5. 18. 15 Acc. Plur. Part. — √rī[2]) rīyate*. — √çī çīyatām.

√hary[3]) haryatás 18. 1. 23* haryāsi harya haryatam haryata[3] haryantu.

ṛ-Wurzeln.

√jṛ jīryati. — √tṛ avatī́ryatī 19. 9. 8.

Passiv.

Dass das Passiv mit dem Medium der 4. indischen Classe ursprünglich identisch war und von ihm ausgegangen ist, wird u. a. von Delbrück S. 167 f. überzeugend und trefflich dargestellt. Die älteren Ansichten über dieses Genus finden sich bei Brugmann, MU I 187 ff., der die unwahrscheinliche Vermuthung hinzufügt, es sei das Passiv ein Denominativ des Part. necess. Diese Ansicht findet sich im Compendium nicht mehr. — Bekanntlich hat der Differenzierungstrieb dem Medium der ya-Classe den Accent auf die Wurzelsilbe, dem Passiv auf das ya-Suffix verlegt, während nach Brugmann, Comp. II, 1070 § 710 ursprünglich die Tief- resp. Hochstufe das unterscheidende Element gewesen sei, wie z. B. aus dem accentuierten mriyáte erhelle. Diese Auffassung ist nach meiner Ansicht sehr äusserlich. Der Inder mag sich den Hergang des Todes sehr wohl als ein Zermalmtwerden (mṛ malmen) vorgestellt haben. (Ich will hier gleich bemerken, dass die von Brugmann, Comp. II, 1070 § 710 constatierte Form dṛçyati sicherlich nichts als eine leise prakritisierende Bildung ist, wie sie sich im Mahabharata häufiger findet.) Dass bereits der Veda bisweilen die fehlenden Tempora und Modi des Passivs durch Umschreibungen ausdrückt, bemerkt Benfey, GGA 15, S. 116, indem er A. V. VI 32, 3 folgenden Wortlauts citiert: „. . . upayantu mṛtyum“ „sie mögen getötet werden“. Ein besonderes Interesse ist stets dem Passivaorist von der Form akāri (√kṛ) geschenkt worden. Die Vermuthung Benfeys, nach welcher derselbe durch Ausfall des t der Personalendung entstanden sein soll, ist um so räthselhafter, als

---

[1]) cf. Grassmann, W. B. unter pīs; daselbst unsere Stelle falsch citiert (5. 18. 5 statt 5. 18. 15). P. W. setzt diese äusserst selten vorkommende Wurzel als pīy an.

[2]) auch nach der 9. indischen Classe.

[3]) hary „gern haben“ ist später ganz vereinzelt.

bekanntlich die Augmentformen niemals Hauptendungen zeigen; danach ist, abgesehen von allem übrigen, ein advesi aus *advesti (!) undenkbar. Das Richtige hat wohl Streitberg, JF III, S. 389 f. erkannt, wenn er namentlich aus dem Umstande, dass diese Bildung ausnahmslos auf die 3. Person Sing. beschränkt ist, schliesst, dass wir es hier ursprünglich mit einer Nominalform zu thun haben.[1]) Dass derselben freilich griech. μόμρι, τρόρι u. s. w. entspreche, setzt die von Brugmann, KZ 24, 1 ff. (cf. auch P. Br. B. IV 401) behauptete, von Collitz in seinem Aufsatz: Ueber die Annahme mehrerer grundsprachlicher a-Laute BB 2, S. 291 ff. geistreich bekämpfte Identität von griech. ŏ zu sansk. ā voraus. Immerhin ist die Annahme der ursprünglich nominalen Natur des sanskr. Passivaorists die bis jetzt am meisten acceptierte, obwohl sie mit der Thatsache der Augmentaffigierung und der indeclinablen Natur unserer Form kaum vereinbar ist.

Wurzeln auf ā.

√jñā jñāyate (not. mss.) — √tā tāyáte² tāyatām tāyámāne*.

√dā₁ dīyáte² dīyámānas² dīyámānā. — √dā₂ dīyate. — √dhā dhīyasva dhīyatām² dhīyámānā². — √pā²) pīyáte. — √mā₁ mīyámānā. — √hā hīyate hīyatām*.

Wurzeln auf u.

√dhū³) dhūyatām. — √hū hūyámānā hūyámānās.

Wurzeln auf i.

√kṣī₂ kṣīyáte⁴). — √mī mīyáte² mīyánte².

√jī jīyáte³ jīyáte 1. 20. 4†. — √nī nīyase nīyánte nīyámānām³. — √lī (?) līyate² a. e. St. not. mss. — √vī vīyante vīyámānā.

Wurzeln auf ṛ.

√kṛ kriyáte⁴ kriyate 18. 2. 1† kriyámāṇām*² kriyámāṇam kriyámāṇā kriyámāṇāyās. — √dhṛ dhriyasva dhriyatām¹⁰. — √mṛ mri-

---

[1]) Bechtel, Hauptpr. 159, 202 hält Bildungen wie avāci für Locative des Infinitivs.

[2]) Die sanskr. pīyáte analoge Bildung im Griechischen zeigt ī Osthoff, MU IV, 13.

[3]) Auch hier entspricht ū im griechischen, cf. Osthoff, MU IV, 12.

[4]) kṣīyáte hat im griechischen eine Parallelform auf ĭ. Osthoff, MU IV, 12.

yáte mriyante[9] mriyásva. — √çṛ[1]) çīryante[2]. — √hṛ hriyámāṇā[3] i. dems. Hymn.

Wurzeln auf Consonanten.

√ac acyase[2] acyámānam. — √aj ajyate*. — √aç$_2$ açyámānā. — √as asyate[2]. — √idh idhyase* idhyate[2] idhyásva[2]. — √ṛdh ṛdhyante ṛdhyatām[3] ṛdhyatām*. — √kṛt kṛtyámānas kṛtyámānā. — √gam gamyáte. — √gṛh gṛhyate. — √chid chidyate 9. 9. 11†. — √tap tapyate* tapyā'mahe[3] tapyantām tapyámānas tapyámānasya tapyamānam tapyámāne tapyámānā átapyanta. — √tṛh tṛhyánte tṛhyantām tṛhyámāṇānām. — √dah dahyante[2]. — √duh duhyate duhyánte duhyámānā. — √dṛç dṛçyáte[3]. — √nah nahyámāne 12. 5. 25. — √pac pacyámānā[2]. — √piç piçyámānā. — √pṛc pṛcyadhvam 6. 64. 1† pṛcyantām. — √bandh √badh badhyáse[2] badhyáte[5] badhyate* badhyatām[3] badhyantām* badhyámānam. — √bhaj bhajyámānā. — √bhañj bhajyantām[2]. — √bhid bhidyate (not mss.) — √math mathyáte. — √muc mucyáse mucyáte[2] múcyātai[2] [2]) mucyatām[4]. — √ric ricyate aricyata*. — √rudh rudhyáte[6] a. e. St. — √vac ucyáse[4] ucyáte[17] ucyate* ucyete 19. 6. 5†. — √lup lupyáte. — √vad udyámānam. — √vap upyánte· upyámānās. — √vah uhyate 14. 1. 13† uhyámānam uhyámānā*. — √vic vicyadhvam. — √vid vidyáte[4]. — √vṛj vṛjyate. — √vṛçc vṛçcate wohl für vṛçcyate zwölfmal an zwei Stellen. vṛçcante[2] vṛçcantām 8. 3. 16†. — √çiṣ çiṣyate[2] çiṣātai[3]) 2. 31. 3. — √sic sicyáte[5] sicyámānāyām[2] ásicyanta. — √sṛj sṛjyante sṛjyámānāyai. — √han hanyáte[3] a. e. St. hanyáte* hanyánte 14. 1. 13† hanyátām[5] hanyantām hanyámānā[2]. — √vañc vacyásva[4] a. e. St.

√man mīmāṅsyámānasya (?).

Zu den Denominativen.

Von den Denominativen mit consonantisch schliessender Wurzelsilbe bieten diejenigen, welche mit einem Nasal den Stamm auslauten, besonderes Interesse, weil sie den Schlussvocal ă des zu Grunde liegenden Nomens elidiert haben, neben pṛtanyati findet sich noch ein

---

[1]) cf. Kretschmer, KZ 31, S. 395 und de Saussure, S. pr.

[2]) abnormer Accent cf. W. Gr. § 761 b.

[3]) für çisyātai (auch Whitney, Gr.: „doubtless misreading for çiṣyātai").

pṛtanāyati, vṛṣaṇyati geht, wie das P. W. vermuthet, auf vṛṣan zurück.[1]) Danach darf man wohl mit Recht einerseits Analogiebildung zu Verben, die von nasalisch schliessenden Nominibus abgeleitet sind, annehmen, andererseits aber die gleichzeitige Einwirkung mehrerer nominaler Basen auf dasselbe Denominativ constatieren. Dies Princip wird klarer, wenn man Verben wie adhvarīyati betrachtet, welches sicherlich auch von adhvaryu beeinflusst worden ist. Dies ist auch dem Sinne nach sehr wohl möglich; die Grundbedeutung würde dann die sein: als Opferpriester fungieren, das Opfer vollziehen, opfern. Natürlich darf man bei dieser Einwirkung nur von einem psychologisch unbewusst mitwirkenden Elemente reden. Nach diesem Principe liesse sich die Substitution von ī sehr gut erklären. Ebenso hat auf sakhīyati offenbar neben dem zu Grunde liegenden sakhā der schwache Stamm sakhi eingewirkt. Ein unmittelbar vom schwachen Stamme sakhī gebildetes sakhīyati kennt das P. W. nicht. Auf die Frage nach dem Verhältniss des sog. Denominativs gṛbhāyati zu gṛbhṇāti kommen wir noch bei Besprechung der Formen 9. Classe zurück. An derselben Stelle wird auch die Hypothese, nach der ai-Formen wie açarait der Ausgangspunkt gewesen sein sollen, erörtert werden, hier bemerken wir nur, dass wir garnicht einsehen, warum gerade diese Formen den alten Sprachzustand bewahrt haben sollten, dass ausserdem nicht einmal alle ai-Formen auf diese Weise erklärbar sind,[2]) (cf. asaparyait), und dass sich sämmtliche in Frage kommenden Formen, z. B. agrabhaisam und ajagrabhaisam als regelrechte s-Aoriste mit Vṛddhirung des ī der √gṛbhī und dementsprechend auch die übrigen Formen deuten lassen. Bartholomae, Stud. II, 114 bemerkt, dass denselben auch syntaktisch ausnahmslos ein Aorist-Charakter zukommt. (Dass das s des Aorists gerade in unserem Texte der Personalendung den Platz räumt, ist öfter bemerkt, daher ist açarait von √çari für açaraiṣt nicht seltsam). Dazu kommt, dass, selbst wenn die ai-Bildungen nach J. Schmidts Theorie zu erklären wären, dies doch die Thatsache nicht aufhellen könnte, dass die 2. Sing. gegen Johannes Schmidts Gesetz diesen ai-Vocal nicht kennt, endlich nicht zum mindesten dass die in Frage kommenden Bildungen

---

[1]) Höchst bemerkenswerth ist jedoch auch Bezzenbergers zunächst für das Griechische aufgestellte Hypothese, nach der wir vṛṣanyati in vṛṣən-nyati zu zerlegen hätten. cf. hierzu GGA 1887, S. 415, cf. auch Froehde, BB VII, 104, IX, 107 f.

[2]) Es handelt sich überhaupt nur um folgende Formen: çarais 12. 3. 18, çarait 6. 66. 2, açarait 6. 32. 2 (ápājait 12. 3. 54) asaparyait 14. 2. 20.

sich fast ausnahmslos im A. V. also einem einzelnen schlecht überlieferten Texte finden und man daher solchen vereinzelten, den Stempel der Abnormität auf der Stirn tragenden Formen unmöglich so hohen morphologischen Werth beimessen kann. — Die sehr wenig zahlreichen Bildungen, bei denen ā morphologisch nicht berechtigt war (cf. aghāyati), haben fast stets ă in älteren oder jüngeren Parallelformen.[1]) Ein gleiches Schwanken der Quantität beobachten wir ebenfalls bei den i-Stämmen. Der relativ seltene Gebrauch der Denominativa mag zu solchen Differenzen geführt haben. — Bezüglich der Bedeutung derselben ist es klar, dass sie ursprünglich nur die Thatsache ausdrücken sollten, „dass die Verbalform in irgend einem Verhältniss zum Nomen stehe. Welcher Art das Verhältniss sei, musste aus der Natur des Nomens und dem Sinne des Satzes (?) entnommen werden", Br., Comp. II, 1114 § 773. Aehnlich äussert sich schon Delbrück S. 201. Immerhin ist für unseren Text die Mannigfaltigkeit der Bedeutungen dieser Bildungsgruppe numerisch gross und evident. Sie gehört in ihrer zügellosen Freiheit zu den bezeichnendsten Phänomenen der ganzen indischen Sprache.

Denominativa, welche ya an den consonantischen Stamm fügen.

	uruṣyā' uruṣyatām — gavyán[2]
caraṇyāt[2]	
	taviṣyáte* taviṣyámāṇas — daçasyet* — durasyáti 1. 29. 2† durasyā't durasyatás[2] durasyatī's — namasyántas — patyete pátyamāne
pṛtanyáti[2] [2]) pṛtanyā't[2] pṛtanyā'n pṛtanyántam* pṛtanyatás[4] pṛtanyatás* — bhuraṇyántam* [3])	
	manasyéta
vṛṣaṇyatás[3] a. e. St. vṛsaṇyántī vṛṣaṇyántyās	

[1]) Aus dieser Reihe fällt eine sehr interessante Form, nämlich vitatyamāna, Apast. Çr. 12. 12. 13, vollständig heraus, wenn der Commentar sie richtig als Part. Präs. Pass. eines Denominativs von vitata erklärt. Die Kenntniss dieser Form wie aller übrigen des genannten Textes verdanke ich Herrn Prof. Dr. Garbe.

[2]) cf. Brugmann, Comp. II, 986 § 617.

[3]) zu bhuraṇa gebildet. Solche Typen sind selten. cf. Brugmann, Comp. 1089 § 743.

saparyāmi saparya saparyatu saparyata[2] saparyata 18. 1. 49† asaparyait[1]) 14. 2. 20 — sumanasyámānas[4] sumanasyámānam sumanasyámānās[3] sumanasyámānā[4] — svapasyáte*.

---

a + ya.

kīrtáyās[2] [devayántam devayántas*[3] devayántas] — pāláyantī — mantráyete mantrayāmahe[9] a. e. St. mantráyante* — mṛgáyāmahe mṛgáyante — vīráyasva vīráyadhvam 12. 6. 26† — sabhāgáyati[2] — suṣváyantī[2]) suṣváyantī*.

ā + ya.

aghāyáti[2] [3]) aghāyánti aghāyántam aghāyatā'm — amitrāyántam[4]) 7. 84. 2 — gopāyatas[5]) [6] a. e. St. gopāyánti* gopāyá gopāyatu[5] a. e. St. u. 4mal a. e. St. gopāyátam gopāyata[6] a. e. St. gopāyantu[2] gopāyán — gṛbhāya[5] gṛbhāya* gṛbhāyáta* gṛbhāyata — tudāyási — dhūpā'yat[6]) — pṛtanāyatás[6] a. e. St. u. 9mal a. e. St., ausserdem einmal — priyāyáte[7]) [8] priyāyámānās — mathāyáti[2] — muṣāyati* (mss. mukhā) — raçanāyámānā[8]) — vṛṣāyasva[9]) vṛṣāyámāṇas* — çrathāya*[8] [10]) — satvanāyán[11]) — áskabhāyat[2] áskabhāyat* askabhāyat in der St.: 9. 10. 3†.

von der Form īya.

advarīyatā'm*[12]) — arātiyā't — kavīyámānas* — janiyánti 14.

---

[1]) zu dieser Form cf. Bezzenberger, BB II, 158 ff.

[2]) von suṣū.

[3]) Der Padap. bildet aghăy . . .

[4]) Die Bildung mit ā ein ἀπ. λεγ. Padap. bildet amitrăy . . .

[5]) Die Bemerkung von Johansson, JF II, 50 betreffs dieser Wurzel ist mir nicht klar. gup ist Denominativ zu go „Kuh", gopāyati Den. zu gopā „Hirte".

[6]) ganz vereinzelt neben dem häufigen dhūpăy von dhūpa „Räucherwerk".

[7]) Zu priyāyáte cf. Ludwig, KZ 18, S. 53 f., Bartholomae, Stud. II, 66.

[8]) ἀπ. λεγ. zu raçanā gehörig.

[9]) Padap. vṛṣăyáti, zu vṛṣan gehörig P. W.

[10]) P. W. stellt dieses Verbum zum Causativ von çrath.

[11]) ἀπ. λεγ.

[12]) neben adhvaryatā'm.

2. 72† janīyaté — putriyánti 14. 2. 72† — mahīyate² ¹) — çapathīyaté² ²) — sakhīyaté*³).

von der Form ūya

in ápratimanyūyamāna — çatrūyatás çatrūyatā'm² çatrūyatā'm*² çatrūyatī'm.

Causativa.

Dass die Causativa mit den Denominativen verwandt sind und so die Mittelstufe statt der Hochstufe in dem causativen jărayati (nach dem denominativen mantrăyati) ihre Erklärung finde, vermuthen Bartholomae und Brugmann jedenfalls mit Recht. Es liegt hier eben eine Analogiebildung vor, welche zum Beisp. ein jărayati, bei dem wir als einer Causativbildung die Vṛddhistufe zu erwarten hätten, nach der Analogie von Verben wie mantrăyati mit der Mittelstufe ausgestattet hat. Auch die Thatsache, dass die Causativa vielfach von den primären Präsens-Bildungen anstatt von der Wurzel ihren Ausgang nehmen, ist nicht zu bezweifeln, obgleich beide Facta zur Erklärung der Verschiedenheit in der Wurzelstufe der Causativa nicht ausreichen. Interessant aber durchaus nicht vollständig sind die Zusammenstellungen, betreffend den Wechsel von ă mit ā in offner Silbe, wie sie Streitberg, JF III, 386 giebt. Derselbe stellt ā als die Norm hin, auf der folgenschweren Identificierung von ā mit griechisch ŏ fussend (cf. auch Brugmann, Comp. II, 1145 § 790); bemerkenswerth ist die Thatsache, dass sich Part. Perf. Pass. auf īta regelmässig bei allen Verben mit hochstufiger Wurzelsilbe findet.⁴) Dass die causative Bedeutung bei vielen Verben ganz verblasste, bei manchen ihrer Natur

¹) von mahi gross.

²) neben çapati kommt çapyati „fluchen" vor.

³) sakhīyaté* nur in einzelnen R. V. Stellen.

⁴) Bartholomae, Stud. II, 71 Anm. 1 knüpft an diese Thatsache die Vermuthung an, dass wir z. B. in dhăray einen indifferenten Stamm zu sehen hätten, der erst durch den Antritt des thematischen Vocals präsentische Bedeutung bekam. Danach hätten wir also dhăr-ay-a-ti zu trennen. So findet der Stamm dhāri in dhārita eine schöne Erklärung. Dieser Gedanke findet sich zuerst höchst klar und vortrefflich bei Grassmann, KZ 11, S. 81 f. ausgesprochen. Einen Beweis für seine Richtigkeit sehe ich in dem Verhältniss von rohayāmi zu lohita roth, das unmittelbar mit rudhi-ra, ruti-lus verwandt ist. Dass beide mit griech. ἐρυθρός identisch sind, wir in dem i der zweisilbigen Wurzel also einen Vertreter des Schwa-Vocals zu sehen haben, sei schon hier bemerkt.

nach nie konnte vorhanden gewesen sein, ist längst erkannt. Oefter äussert sich diese Bedeutung noch „intensiv, iterativ oder frequentativ“ (Br. Comp. 1147 § 791). Dass der ganze Typus morphologisch mit dem der Verben 4. Klasse zusammenhänge, ist mehr ein naheliegendes Aperçu als eine wissenschaftlich begründbare Behauptung. — Das p der Ausgänge auf -payati hat, wie man längst erkannte, den Charakter des indogermanischen Wurzeldeterminativs, der von dem des Präsenssuffixes sich principiell nicht trennen lässt. So ist es denn streng wissenschaftlich unzulässig, das p in dāpayati und dīpyate auseinanderzuhalten.[1])

A-Wurzeln.

Der Wurzelvokal bleibt kurz. Die Wurzel endigt auf einen Consonanten.

√an anáyati. — √gam gamayati gamayāmas gamayāmasi* gamayanti gamaya[2] gamayā* gamáyan gamayā'm cakā'ra. — √jan janayati janáyathā* janáyanti janáyās janáya[6] janaya* janayatu* janáyan[5] janáyan* janáyantīs ajanayam[2] ajanayat[5] ajanayan[3] janayat janayāvahai ájanayanta[3] janáyanta. — √tvar tvaráya. — √dabh dambhaya*. — √dam damáyan. — √nam namayāmasi. — √pat patáyati patáyanti*[2] patáyan patáyantam* patáyantam. — √prath pratháya ápratbayas pratháyate pratháyasva. — √mad[2]) madáyanti. — √raj rajaya. — √raṇ raṇáyantu*. — √ram ramaya. — √vyath vyatháyā vyathayīs. — √çam çamayāmi çamayāmasi çamayat Conj.; çamaya 18. 3. 60† çamaya çamayatu çamayantu. — √çrath çratháyā çrathāya*[3]. — √stan stanáyati[3] stanáya[2] stanáyan[3]. — √svad svadayā* svadayatu. — √svar svaráyantam.

Die Wurzel endigt auf mehrere Consonanten.

√ard ardáya[2] ardayāti ardáyan. — √krand krandaya krandaya* ákrandayat. — √jambh jambhayāmasi[7] jambhaya jambhayatām jambháyat jambháyantam. — √bhakṣ bhakṣayati[5] bhakṣáyanti[2] bhakṣáyantas. — √manh mahayantu[2]. — √randh randhayāmi randháyāsi[3] randhaya[3] randhaya* randhayantu randháyan* arandhayat[3]. — √çaṅs çaṅsaya (not. mss.) — √sraṅs sraṅsayāmi sraṅsayitvā'.

---

[1]) Per Perssons Aufsatz über Wurzelerweiterung und Wurzelvariation Upsala Universitets Arsskrift 1891 mag an dieser Stelle genannt werden.

[2]) neben vielen Causativformen auf ā in der Wurzelsilbe.

Der Wurzelvocal wird gedehnt.

√am āmáyat. — √av ā'vayas āvayat[2]. — √kam kāmáye* kāmaye kāmáyāmahe[2] kāmáyante kāmáyamānās. — √ghar ghāraya ghāritas ghāritau. — √cat cātayāmahe[2] cātáyan[2]. — √chad chādayāmi* chādayasi. — √tan tānayā[2]. — √tap tāpaya tāpáyan[2]. — √tras trāsaya[3] a. e. St. — √naç nāçayāmi nāçáyāmas nāçáyāmasi[9] nāçáya[16] nāçayā[2] nāçayatu nāçayantu[2] nāçáyan nāçáyat. — √pad pādayāmi[3] u. 27 a. e. St. pādayāti padayāthas pādáya[5] pādayasva Part.: pādáyantam pādáyantau. — √bhaj bhājayata*. — √mad mādaya[2] mādayā mādayata mādáyante*[2] mādayāthās mādayasva[2] mādayethām* mādayadhvam 5. 3. 6† 18. 1. 42† mādayadhvam[3] mādayantām* mādayantām. — √man mānayet. — √yat yātayantām 4 a. e. St. — √yam yāmaya. — √lap lāpaya. — √vaj vājáyanti vājáyadbhis 7. 50. 3†. — √van vānayantu. — √vası (?) avāsayas. — √vass vāsayāthas 2. Dual vāsaye. — √çat çātaya çātáyan. — √çap çāpayā. — √çvas çvāsaya*. — √sad sādayāmi[5] sādayati sādayāthas Conj. sādaya asādayan[2] sādaye[8] a. e. St. sādayitvā'[2]. — √svap svāpayāmasi*[2] svāpáya[2] svāpayā.

Wurzeln auf ā.

√pā pāyayāmasi apāyayat. — √pyā pyāyayāmi pyāyayati pyāyáyanti pyāyayantu.

Wurzeln mit mittl. ā.

√kāç kāçayāmi. — √dās dāsayati dāsaya. — √bādh bādhaya. — √yāc yācáyate. — √rāj rājayātai. — √rādh rādhayāmi rādháyantas. — √sādh sādhaya.

Ṛ-Wurzeln. Wurzeln mit mittlerem Ṛ.

Der Wurzelvocal bleibt ungesteigert.

√dṛṅh adṛṅhayata. — √mṛḍ[1]) mṛḍayāsi[2] mṛḍáyā[2] mṛḍayantu.

Der Wurzelvoc. wird guniert.

√ṛdh ardháyanti. — √kalp[2]) kalpayāmi[3] kalpáyasi kalpáyanti[3] kalpayāti kalpayāti 18. 3. 59† kalpayāti* kalpayāt kalpaya[3] kalpaya*

---

[1]) Benfey, Vedica S. 9 will A. V. V, 3, 8 aus ethymologischen und metrischen Gründen den ṛ-Vocal von mṛḍa . . mit einer Länge ausgestattet wissen. Die spätere Litteratur über diese Frage findet sich in J. Schmidts Kritik der Sonantentheorie zusammengestellt.

[2]) Bekanntlich ist diese Wurzel durch Determinierung von kṛ entstanden.

kalpayatu* kalpayantu kalpáyan kalpáyantas[3] akalpayat[5] ákalpayan[4] akalpayan*[2] kalpayasva* kalpayantām ákalpayathās ákalpayanta kalpayitvā'[2]. — √tarp tarpayāmi tarpáyati tarpáyathas tarpáyanti tarpayāti tarpáyantu[5] tarpayantīs atarpayat tarpayatām tarpáyantām*. — √dr̥ç darçáya[2] a. e. St. u. 6 mal a. e. St. — √mr̥c marcayasi marcáyatā. — √vr̥j varjaya. — √vr̥t vartayati* vartayāmasi vartaya* vartaya[2] vartáyatam*[2] vartayan (Part.); ávartayat ávartayan ávartayanta. — √vr̥dh vardhayāmi vardhayāmasi vardháyanti* vardhayanti vardhayātha vardháya[10] vardhaya 1. 29. 1† vardhaya* vardhayā[2] vardhayā* vardhayatā[3] vardhayantu[5] vardháyan* vardháyan vardháyantau vardháyantas vardháyantī vardhayat vardhayāmahe. — √vr̥ṣ varṣáyanti[2]. — √hr̥ṣ harṣaya.

Wurzeln auf r̥.

√dhr̥ dhārayāmi[2] dhāráyati dhārayāmas dhārayanti dhārayanti 18. 3. 52† dhāraya[2] dhārayā dhāraya* dhārayatāt dhārayatu dhārayatam dhārayatām* dhārayantu[2] dhāráyan* dhāráyantam dhārayantam* ádhárayat[3] ádhārayan[12] dhāráyante*[2] dhārayātai adhārayata. — √pr̥₁ pūrayati pūrayāti pūraya. — √pr̥₂ pāráyāmi pāráyāmasi[3] pārayāti pārayāt pāraya[3] pāraya* pārayantu. — √mr̥ māráyati māráyanti māráyāti. — √vr̥ vāraya[2] vāraye[5] vārayāmahe vārayātai[2] avārayanta vārayiṣyate[4].

i-Wurzeln, Wurzeln mit mittl. i.

Der Wurzelvoc. bleibt ungesteigert.

√il ilayati ilayanti ilaya iláyatā* ailayīt. — √īr īrayāmasi īrayāmas īraya*[2] īraya[2] īrayata Part.: īráyan aírayas aírayat[4] airayan[5] īrayasva* īrayasva īrayethām īrayantām[2] aírayéthām aírayanta[2]. — √dīp dīpayāmasi dīpáyan. — √pīḍ[1]) pīḍaya. — √srīv srīvayāmi. — √vīḍ vīḍáyasva*[2]. — √iṅg iṅgayanti* iṅgaya*. — √īkṣ īkṣayantu īkṣáyan[4] īkṣayasva. — √īṅkh īṅkháyātai.

Der Wurzelvoc. wird guniert.

√cit cetáyanti*. — √mith (?) ámethayat (not. mss.). — √mid medayatām* medayathā*. — √riṣ reṣaya. — √vid vedayāmi[2]. — √vip vepáyati vepaya[2] u. 25 mal a. e. St. ávepayas. — √viç veçá-

---

[1]) Schon Bickell, KZ 21, S. 429 hat √pīḍ auf api-sad zurückgeführt. cf. auch Pott, Et. Forsch. I. Aufl.

yāmi[4] veçayāmasi veçayet veçayā veçaya[2] veçayantu Part.: veçáyan veçáyantas 4. 30. 2† veçáyantī aveçayat veçayāmahe veçitam. — √viṣṭ veṣṭayāmi[1] u. 27 mal a. e St. veṣṭaya.

u-Wurzeln, Wurzeln mit mittl. ū.

Der Wurzelvoc. bleibt ungesteigert.

√sūd sūdayatu sūdayantu 6. 51. 2†. — √sphūrj sphūrjáyan Part.

Der Wurzelvoc. wird guniert.

√krudh krodháyanti. — √cud codáyāmi* codayāmi codaya*[2] codáyantā* codayasva codayantām. — √jyut jyotáya[2]. — √duṣ dūṣáyanti* dūṣayatā dūṣáyan[2] dūṣayiṣyā'mi. — √dyut ádyotayan. — √puṣ poṣaya. — √budh bodhaya[2]. — √muh moháyanti mohaya[4] mohayatu[8] moháyan moháyantī 3. 2. 5†. — √yup yopáyantas*. — √ruc rocaya[2] rocáyan. — √ruh rohayāmi roháya[8] rohayatu. — √lubh lobháyantas 6. 28. 1†. — √çuc çocáyāmasi[2] çocáyan (Part.). — √çubh çobhayāmasi. — √çuṣ çoṣayāmi çoṣáyati.

Wurzeln auf u.

√cyu cyāváyati cyāvaya cyāvayatu* cyāvayantu[2] cyāváyan. — √bhū bhāvayati abhāvayat. — √yu₂ yāvayās yāváya[4] yāvayā[4] yāvayā 1. 21. 4† yāvayatam yāvayantu yāvayat. — √çru çrāvayati[2] çrāváyantas. — √sru srāvayāmasi.

Causativa auf p.

√ṛ arpaya[4] arpayatam* ā'rpayan arpipam (Aor.) árpita[11] árpitā 18. 2. 6† arpayitvā'. — √kṣā kṣāpayati kṣāpáya[2]. — √glā glāpayanta 9. 9. 10†. — √jñā jñāpayāmi. — √dā dāpayatu. — √dhā dhāpayāmas dhāpayāthas Conj.

Nasalwurzeln.

Zu den interessantesten und am häufigsten in Angriff genommenen Problemen der gesammten Sanskritgrammatik gehört die Frage nach der Herkunft der Wurzeln 9. indischer Classe und ihrem Verhältnisse zu den Nasalinfixclassen. Die folgende Darstellung, die das Princip einer Mannigfaltigkeit der Erklärungsweisen aufrecht erhält, wird es versuchen, zwischen der Infix- und Affixtheorie zu vermitteln, indem sie die erstere nach J. Schmidts, Ficks u. a. Vorgange (cf. Festgruss an Roth § 179 ff.) für absolut nothwendig zur Erklärung unzähliger indogermanischer Bildungen ansieht, und das „Einspringen einer Silbe in ein fertiges Wort", an dem z. B. Streitberg J. F. III 411 f. (Fussnote), doch auch Brugmann und die übrigen Junggrammatiker Anstoss nehmen, für sowohl möglich und thatsächlich hält, als es in den semitischen Sprachen unbezweifelbar offen vorliegt; andererseits aber wird meine Erklärung auch der Affixtheorie ihre Berechtigung zugestehen, indem sie, wie wohl zuerst J. Schmidt K. Z. XXXII S. 378 es thut, de Saussures einseitigen Standpunkt verwirft und dem durch Infigierung entstandenen kṛṇóti ein dhi·nó-mi entgegenstellt.

Wenden wir uns nunmehr zur Betrachtung der in unserem Texte vorkommenden Wurzeln der in Frage kommenden Classe, so erkennen wir, dass unter ihnen diejenigen, welche mit ṛ auslauten, besonders stark vertreten sind, und gerade s i e sind es, welche zur Fortbildung durch wurzeldeterminierende Vocale besonders neigen. So liegt die von de Saussure erwiesene Thatsache, dass wir in dem ā von pṛṇāti den Zusammenfluss des Schwa-artigen i einer Wurzel pari mit dem a des na-Infixes zu sehen hätten, schon ohnedies nahe. Die Länge der schwachen Form wird sich am leichtesten unter der Voraussetzung verstehen lassen, dass das a des na-Infixes in der vortonigen Silbe zu nə reduziert und mit dem Schwa-Vocal der Wurzel zu ī zusammengeflossen sei. Doch ist zu erwägen, dass wir neben der Wurzeldetermination durch i eine solche durch ī anzuerkennen haben, wie dieselbe in bravīti, āsīt u. s. w. vorliegt. Es werden im Folgenden Wurzeln erwähnt werden, denen dieser Lang-Vocal unzweifelhaft zukommt.

Die Besprechung der im speciellen mit ṛ wurzelauslautenden Verben 9. Classe erfordert die Hervorhebung der Thatsache, dass wir dieselben für Bildungen 7. Classe der durch ā determinierten Wurzel-Form halten können. Erwägen wir nun einerseits, dass jene sog. Determinationen, wie anderwärts dargethan, von Präteritalformen ihren Ausgangspunkt genommen haben[1]), und andererseits, dass der $\frac{\bar{a}}{\bar{\imath}}$ Ablaut nur unter Zugrundelegung der vorerwähnten auf de Saussures Theorien gestützten Erklärung seine ungezwungene Deutung findet, so geht für mich daraus die Thatsache als höchst wahrscheinlich hervor, dass die als Ausgangspunkt dienenden durch ā „determinierten" Wurzelformen als Contractionsproducte ursprünglich zweisilbiger Basen, deren letztes Element als Schwa-Vocal anzusetzen ist, angesehen werden müssen. Es ist danach die Identität eines aprāt mit aparīt, einer später in den iṣ-Aorist eingedrungenen Bildung, wahrscheinlich. Die Identität beider Formen, welcher lautlich keine ernsten Bedenken entgegenstehen, erklärt, zum Ausgangspunkt unserer Bildung 9. Classe gemacht, sowohl die Quantität wie die Qualität des schwierigen Ablauts. — Eine besondere Besprechung erfordert die interessante Wurzel gṛbhī, welche den langen Vocal in allen Formen beibehält. Sie bildet neben gṛbhṇāti bekanntlich gṛbhāyate, das formell als Denominativ angesehen werden könnte. Die offenbare Zusammengehörigkeit des wurzeldeterminierenden ī mit dem āy der „Denominativform" und dem ā des Präsens führte J. Schmidt zu der Annahme, dass wir von ai-Bildungen wie agrabhaiṣam auszugehen hätten. Zu den bereits geäusserten Bedenken kommt noch die nur auf dem Wege künstlicher analogistischer Erklärung verständliche Erscheinung von Conjunctivformen wie stṛṇata 2 Plur. Man wende nicht ein, die Seltenheit der Conjunctivformen begünstige die Annahme einer Analogiebildung. Solche Formen wären, morphologisch betrachtet, Undinge, die sich bei ganzen Formenkategorien zum Gesetze erhoben hätten und deren noch so vereinzeltes Auftreten die ganze Annahme umwerfen müsste. Zu gṛbhṇāti, von √gṛbhai gebildet, müsste der Conj. jedenfalls gṛbhṇyati lauten, wovon die Analogie in Conj.-Formen von √hā jihīte vorliegt.

Die verschiedenen Stämme der Wurzel gṛbhī, von der wir ausgingen, können unter Acceptierung der Infixtheorie durch die naheliegende Annahme mit einander verknüpft werden, dass die -nā Formen

---

[1]) z. B. √prā von áprāt.

des Präsens auf -nāy zurückgingen, gṛbhṇāti also als gṛbh-ṇ-āy-ti zu deuten sei. Doch ist der Schwund eines y, welcher dieser, auch von mir unabhängig gefundenen, Hypothese zu Grunde liegt, durchaus nicht ausgemachte Sache, wenngleich u. a. Wackernagel denselben in weitestem Umfange annimmt. Ich stützte mich auf Erscheinungen wie māpayati für māyayati von √mi — ein äusserst zweifelhaftes Beispiel angesichts des anderen Orts erwähnten Ueberganges von Wurzeln wie mā und mi in einander. In den jüngeren indischen Dialecten, namentlich im Pali, scheint der Schwund eines vorkonsonantischen y häufiger vorzukommen. Dass ī der Wurzel gṛbhī — sie muss natürlich typische Bedeutung beanspruchen — indess Vertreter eines ə-Vocals ist, macht die Analogie mit ĭ wahrscheinlich, wie es sich z. B. in rudhi-ra findet, welches neben einem r-(l)-ohitá, rohay-ami steht und durch griechisch ἐρυθ-ρ-ός als Vertreter eines ə erwiesen wird. Nun entspricht einem rudhi-ra vollständig genau gambhī-ra, wenn dieses der Kuhnschen Hypothese zufolge wirklich zu √gṛbh gehört, rohĭ-tá wird durch gṛbhī-tá, rohăy-āmi durch gṛbhāy-e repräsentirt. Danach ist es äusserst wahrscheinlich, dass wir in ī unserer Wurzel die dem ĭ von Wurzeln wie rohayati genau parallele Länge, also ebenfalls einen ə-Laut, zu sehen haben. Wir sehen in ā der Präsensformen also abermals einen Zusammenfluss des ă des nă-Infixes mit dem ə der Wurzel: gṛbh-na-ī-ti = gṛbhnāti. Dementsprechend: gṛbh-nə-ī-te gleich gṛbhṇīte.

Dem oben besprochenen Verbum, das sich der Häufigkeit seines Vorkommens zufolge zur Exemplificierung besonders eignet, reiht sich eine Anzahl von Wurzeln an, welche ganz analoge „Denominativbildungen" kennen, die, zumal die zugrunde liegenden Nomina in der Sprache nicht oder nur äusserst selten vorkommen oder die Art der Ableitungen unerklärlich wäre, lediglich als zweisilbige Wurzeln betrachtet werden müssen: so steht neben muṣṇāti ein muṣāyati; complizierter wird dieses Verhältniss durch die schon längst beobachtete Thatsache (zuletzt Pederson J. F. II 292), dass dem Nasalinfix des Substantivs vielfach das Nasalsuffix des Verbums entspricht, dass also neben skambha skabhnāti steht. Es ist eine interessante Thatsache, dass die vortonige Wurzelsilbe fast bei keinem Sanskritverbum — die √vid vindáti ist dem Differenzierungsbedürfnisse entsprungen — den Nasal bewahrt hat. Wir müssen daraus schliessen, dass die nasallosen „Denominativformen" mit betontem Suffixvocal — sie sind gewöhnlich a-Wurzeln zugehörig — den Nasal erst secundär verloren haben. Dies gilt für skambha neben skabhayati, mantha neben mathā-yati u. a. Ich nehme in diesen Fällen daher Schwund des Nasals durch Nasalis sonans an. Eine zweite Möglichkeit, welche sich jedoch auf wenige Wurzeln beschränken muss, ist die, dass wir in bandha neben badhnâti ein Ueberspringen des Nasals aus der Wurzel in die Tonsilbe zu sehen hätten. Dann wäre die Verlegung des Accents das prius, die Länge des ā aber als Analogiebildung anzusehen, da vortonige nasalhaltige Silben, wie erwähnt, so selten sind. Daher: skambha-skabhnā-ti nach gṛhṇâti. Doch macht schon der Umstand, dass „fast alle Verba, welche der 5. Conjugationsclasse folgen, zugleich auch nach der 9. flectiert werden" Benfey G. N. 1875 S. 197 f. (cf. auch J. Schmidt, Voc. I 154 u. a.) die Einschränkung dieser Erklärung auf eine geringe Anzahl von Wurzeln nothwendig, zumal die parallele u-Bildung (skabh-nóti neben skabhnāti) in den meisten Fällen direct der Eigenthümlichkeit des Wurzelauslauts ihren Ursprung verdankt: die betreffenden Wurzeln enden meistens auf einen Labial wie skabh und stabh oder auf einen durch einen Labial beeinflussten ṛ-Vocal, wie var, welches vṛṇoti und vṛṇāti neben den substantivischen varītar, varītar, varūtar, varūtar[1]) kennt. Eine solche Beeinflussung wäre in ähnlichen Fällen immer nur unter der Voraussetzung, dass der Determinations-Vocal mit der Wurzel eine unmittelbare Einheit bildet, zu verstehen. Nehmen wir indess das Ueberspringen des Nasals z. B. bei der Wurzel skámb (skabn ́) als das Prius an, so ist ein skabhnoti neben skabhnāti unter Zugrundelegung der oben entwickelten Gesichtspunkte wenigstens nicht zu verstehen.

Was die auf einen Vocal endigenden Wurzeln betrifft, so fällt es zunächst auf, dass ā-Wurzeln hier ganz fehlen, nur die anomale √jñā ist ausgenommen. Dass dies Verhältniss das Ursprüngliche sei, ist äusserst unwahrscheinlich. Wir müssen vielmehr annehmen, dass Formen wie mināti und sināti lediglich von der i-Form der Wurzel mā und sā gebildet sind, deren erstere aus den verwandten Sprachen nachgewiesen wurde,[2]) während die letztere sich im Sanskrit als weit verbreitetes Verbum wiederfindet. Wir treffen dort in gleicher Bedeutung die

---

[1]) Nach meiner Ansicht müsste die nackte Thatsache des Vorkommens dieser vier Nominalformen neben der Erscheinung der zu Grunde liegenden Wurzel in den entsprechenden beiden Classen (vṛṇoti-varutas, vṛṇāti-varitar) allein genügen, die einseitige Läugnung der Infixtheorie auszuschliessen.

[2]) μαίων rührt von derselben Wurzel her.

genannte Wurzel sā Präs. sy-á-ti, neben den Präsensformen si-nóti und si-nā ti, und √siv, welches nominalbildend fungiert.

Es ist bereits früher die Vermuthung ausgesprochen worden, dass si-n-ó-ti unmittelbar zu √siv gehöre. Das Verhältniss zwischen √sā und Praes syáti lässt eine Erklärung in der Weise zu, dass wir eine Zwischenform sáyati anzunehmen haben,[1]) bei der sich dann der Accent auf die zweite Silbe verlegte, so ein siyáti bildend, das mit unserem syáti identisch ist. Ein ganz analoger Vorgang findet sich bei √kṣi „wohnen", welche das Nomen √kṣā „Erde" die Präsensformen kṣáyati und kṣiyáti kennt und von der so gewonnenen √kṣi auch kṣéti bildet. Es ist interessant, dass die gleichlautende √kṣi „vernichten" neben kṣayati auch kṣiṇāti und kṣiṇóti bildet, also Formen zeigt, welche bei der lautlich identischen Wurzel nicht vorkommen. Die Formen kṣitá („bewohnt" und „vernichtet") und kṣiti („Wohnsitz" und „Verderben", nur durch den Accent differenziert) zeigen, dass die Präsensbildungen lautlich vollkommen unter denselben Bedingungen stehender Wurzeln ganz verschieden sein können, dass also eine rein morphologische Erklärung auch bei der Herleitung der Präsensformen unserer Classe nicht ausreicht, vielmehr das Differenzierungsbedürfniss als psychologischer Factor entscheidend eingegriffen hat.

Haben wir in der vorerwähnten Kathegorie von Wurzeln von Basen mit ā-Auslaut auszugehen, so ist das Gleiche bei einer anderen Gruppe, deren Verba scheinbar auf i (u) auslauten, der Fall; es handelt sich um Formen wie jināti. Dieselben haben nämlich von den Aoristbildungen Typus ájyāt, die nur als Analogieen zu áprāt u. s. w. zu verstehen und zum Ausgangspunkt neuer Wurzeln (jyā u. s. w.) geworden sind, ihren Ursprung bekommen. So erhalten wir ji-n-a-ti, dessen seltenere schwache Form ji-n-ī-te nach dem Verhältniss pṛṇāti-pṛṇīte gebildet ist.

Was die auf ī ausgehenden Wurzeln betrifft, so scheint das Verhältniss zwischen denjenigen Präsensstämmen, welche ĭ, zu denjenigen welche ī zeigen, dieses zu sein, dass die mit Doppelconsonanz anlautenden Wurzeln als ursprünglich durch ī determiniert zu denken sind und dasselbe daher in allen Formen beibehalten (çrī-ṇā-mi), während die übrigen den Wurzelauslaut entsprechend verkürzen (ri-ṇā-mi). Grosse Schwierigkeiten bereitet indess die Identificierung der Präsensbildungen der synonymen Wurzeln çṛ, çrī, çrā mit den entsprechenden griechischen Bildungen. J. Schmidt Voc. II 254

[1]) Zu der auch das Causativum sāy-áyati zwingt.

identificierte çrīṇāmi mit χίρνημι und erklärte ī als Svarabhaktivocal. Dar sehr viel häufigere κεράννυμι geht dann aber ganz leer aus. Es ist höchst wahrscheinlich, dass wir çər-na-i-mi = çṛ-nā́-mi mit κίρ-να-α-μι = κίρνημι zu identificieren haben, çrī-nā-mi aber wird mit κερά-ννυμι insofern eine Verwandtschaft zeigen, als beide Bildungen sekundär sind und zwar führt der Umstand, dass der Nasal den beiden Formen gemeinsam, die Verbalklasse aber eine verschiedene ist, zu der Annahme einer Priorität des Nasals vor dem ā resp. υ des Stammauslauts. Das Doppel-ny (νν) der griechischen Form kommt hinzu, um einen secundären Stamm κεραν- = çriṇ wahrscheinlich zu machen. Der erstere ist im griechischen mit -νυ, der letztere im Sanskrit durch -nā̆ / -nī weitergebildet. Die Schreibung mit ṇ statt ṇṇ der Sanskritform (çrī-ṇāmi statt çriṇ-ṇāmi) scheint mir lediglich eine orthographische Eigenthümlichkeit zu sein, das ī aber ist als Contractionsvocal der vorherigen Silben çəri‿ zu erklären Ein besonderes Interesse gewährt unsere Wurzel deshalb, weil die zur Erklärung der Nasalklasse wichtige auf ā ausgehende Form derselben, çrā, neben den behandelten beiden belegt ist.

Fassen wir das Vorhergegangene zusammen, so sehen wir den Nasal der Wurzeln vieler Verba, vermöge der entwickelten Lautgesetze, in den starken Formen silbenbildend auftreten, so den Grundstock zur 7. und 9. indischen Classe gebend, wir sehen ihn irrelevant in vielen Verben der ersten Classe als vagierendes Infix (ásiñcat neben ásicat), constatieren, dass er vermöge seiner Natur als Liquide den Consonanten, an den er sich anlehnt, überspringt und dadurch Analogien nach Classen mit scheinbarem Aussennasal hervorruft.

Betreffs der Beziehungen der Nasalinfixclassen zu einander hegte schon Fick (GGA 1881, 442) die Vermuthung, dass stṛṇomi aus einem steru durch Infigierung eines Nasals entstanden sei, wie man auch den schwachen Formen der Verba 9. Classe ein starī[1]) zu Grunde zu legen habe. Demgegenüber kann die Behauptung von J. Schmidt (zur Gesch. d. indog. Voc.), der von dem Uebertritt des Nasals aus dem Suffix in die Wurzel redet (cf. a. a. O. S 29 ff.) nur noch historischen Werth beanspruchen. Das Gleiche gilt von der Meinung Delbrücks in der Besprechung dieser Arbeit (K. Z. XXI. 79), dass z. B. mathnā́mi auch aus manthnā́mi verstümmelt sein kann, wie gatá aus demselben Grunde „erleichtert“ wäre. — — Besondere Schwierig-

[1]) Fick identificiert bereits GGA Nov. 1881 S. 1427 κερα, (den Stamm von κεράννυμι) mit çari.

keiten hat immer der Wechsel von nā zu nī gemacht, in dem Bartholomae (zu Brugmann Comp. II 973 § 597 Anm.) einen indog. Ablaut sieht.

Eine interessante Erscheinung ist der nicht seltene Uebergang der 9. Classe in die thematische Conjugation, wie wir ihn bei pṛṇ und çṛṇ finden, wodurch dann „Nebenstämme" wie pṛṇ und çṛṇ gebildet werden. Weiterbildungen wie 1 Sing gṛṇīṣe, worin der s-Laut dem des Aorists entsprechend als ursprüngliches Wurzel-Determinativ zu betrachten ist, mithin nach dem Obenerwähnten die Silbe nīṣ als unmittelbar zur Wurzel gehörig betrachtet werden muss, finden sich in unserem Texte kaum.[1]) Whitney Grammatik § 897b weist freilich auf namasānā́ A. V. 6, 39, 2 und bhiyásāna A. V. 4, 2, 3 hin. Der Index betrachtet diese Formen besser als Adjectiva. Jedenfalls haben wir Weiterbildungen zweier Wurzeln durch Determinativ as vor uns. √bhyas (= bhiyas[2])†) ist ja in den Canon der Sanskritgrammatik schon längst aufgenommen.

Zwei vielbesprochene Eigenthümlichkeiten sind noch zu erwähnen: das Participium auf na, welches sich namentlich bei ṛ-Wurzeln findet und den Beweis liefert, wie früh der infigierte Nasal als zur Wurzel gehörig betrachtet wurde und deshalb sein Gebiet überschritt[3]), und der Imper. auf āna (cf. Brugm. Comp. II 975 § 600[4]), der noch keine befriedigende Erklärung gefunden hat.

1. Wurzeln.

√krī akrīṇan krīṇīte. — √mī mināti mināti* minanti* minā́ma*

---

[1]) Natürlicher dürfte die Erklärung sein, gṛṇīṣe als Aoristform aus dem Präsensstamm statt aus der Wurzel zu betrachten. Ich erinnere an altpers. akunavyata und avesta kerenāvi.

[2]) Mit solchen Zerdehnungen wie umgekehrt mit Contractionen identischer Laute wird man in der älteren Sprache mehr als bisher zu rechnen haben. So lesen wir in unserem Texte jahyām und jahyus anstatt *jahiyām und *jahiyus, während Whitney die unglaubliche Annahme eines absoluten Wurzelschwundes ausspricht. (Whitney Gr § 665.)

[3]) stṛṇāmi-stīrṇa. Die Erkenntniss dieser Wechselbeziehung verdanken wir Petersen, der sich auf G. Meyer, Nasalstämme, beruft. Nach Bartholomae Stud. II 98 ginge z. B. chinna auf chindna zurück.

[4]) Bei J. Schmidt. Festgr. an Roth, S. 180 finde ich die von Brugmann citierte Erklärung Bartholomaes, Stud. II 123, die mich garnicht befriedigt, acceptirt.

minīt 6. 110. 3[1]) — √rī[2]) riṇāmi riṇāti* riṇās riṇán*. — √çrī çrīṇantu.

ī-Wurzeln.

√kṣi kṣiṇā́mi kṣiṇāti[3] kṣiṇīte[26] a. e. St. prákṣīṇās 10. 3. 15 (im Ind. falsch citiert). — √ji jinā́ti[27] darunter 25 mal a. e. St. jinīyā́t jinatás[3] (Part.) jinatā́m. — √si sināmi sinā́tu sinántu.

u-Wurzeln.

√pū[3]) punāmi punāti punāti 18. 3. 40† punáte punīhi* punīhi[2] punātu[5] punītām Dual, punántu[5] punantu* punānás.

Wurzeln auf ṛ

√gṛ gṛṇīmasi* gṛṇaté gṛṇaté* gṛṇate 4. 21. 2† gṛṇantu 18. 1. 52† gṛṇántas Imp. gṛṇátā (ă) gṛṇata gṛṇānás gṛṇānā́[2], — √gṛ[2] gṛṇā́mi. — √pṛ pṛṇā́mi[2] pṛṇā́si[2] pṛṇā́ti[2] pṛṇánti* Conj. pṛṇāt pṛṇīhi[14] pṛṇātu 19. 59. 2† pṛṇītā́* pṛṇatás pṛṇántas ápṛṇāt. — √mṛ$_2$ mṛṇīhí[7] mṛṇīta[2] mṛṇán*[3] mṛṇán[6] 19. 13. 8† mṛṇántam* mṛṇántam. — √vṛ[4]) ávṛṇīdhvam. — √vṛ$_2$ vṛṇe[2] vṛṇīṣé vṛṇáte* vṛṇate vṛṇatām vṛṇānás[3] vṛṇānā́[2] vṛṇānā́s* avṛṇītā avṛṇīta*[4] avṛṇīmahi*. — √çṛ çṛṇā́mi[8] çṛṇāti çṛṇīmasi çṛṇīhi*[6] çṛṇīhi[5] çṛṇīhi 8. 3. 13† çṛṇā́tu[4] çṛṇītam[2] Dual, (cf. aber çṛṇa!) çṛṇantu*. — √stṛ stṛṇāmi stṛṇánti stṛṇīhi[35]) stṛṇīta stṛṇīthána 14. 2. 22 stṛṇatís. — √hṛ$_2$ hṛṇīṣe* 8. 4. 14.

Wurzeln auf Consonanten.

√aç açnā́mi[2] açnā́si açnā́ti[12] açnāti*[2] açnánti[4] açnīyā́t[9] açnantu açnatí āçnāt ā́çnan[18] a. e. St. açāna. — √iṣ iṣṇāmi[2] iṣṇán. — √gṛbh[6])

---

[1]) Schwache Form für starke! Nach Delbrück S. 152 hätte das parallele vadhīt zur Entstehung dieser Form beigetragen. Ich mag hier eher an Textverderbniss glauben. Bartholomae, Stud. II 160 meint: Das imperfectische āt werde durch das īt des Aorists ersetzt, weil man gewohnt war, hinter mā den Aorist zu brauchen und weil in den ī-Formen die Aoristbedeutung in hervorragender Weise lebendig war. Ich halte auch eine Aoristbildung aus dem Präsensstamm statt aus der Wurzel für sehr wohl möglich.

[2]) cf. Brugmann, Comp. II 970 § 596, 4.

[3]) cf. Brugmann Comp. II § 596, 4.

[4]) Daneben findet sich mit der nicht selten beobachteten Beibehaltung der starken Form statt der schwachen stṛṇāhi Âpast. Çr 12. 17. 19, ibid 12. 19. 5 liest man ein çrīṇāhi.

[5]) cf. Brugmann Comp. II 970 § 596, 4.

[6]) Diese Wurzel zeigt interessanter Weise drei gleichberechtigt neben einander stehende Imperative: gṛhṇā́hi, gṛbhṇīhi, gṛhāna!

gṛbhṇámi gṛhṇámi[10] gṛhṇámi 14. 1. 50† gṛhṇáti[8] gṛhṇánti gṛhṇīyāt[2] gṛhṇāhi[2] gṛbhṇīhi gṛhṇātu[7] gṛhṇītāt gṛhṇītam gṛhṇantu[2] gṛhṇán gṛhṇatás gṛhṇántam gṛhṇántas agṛhṇāt agṛhṇan agṛbhṇan[2] gṛhṇé gṛhṇate18. 3. 18† gṛhṇānás[2] gṛhṇānám gṛhṇānás 5. 17. 10†. — gṛhāṇá 3. 2. 5* 11. 1. 10.; 5. 29. 14. — √jnā[1]) jānāmi jānāmi* jānáti[4] jānīmás jānát jānát* janīhí[2] jānātu jānītāt (cf. jñātāt 19. 15. 6) jānītá[2] jānantu[6] jānan*[4] jānán[12] jānántas[2] jānatá jānatí[2] jānatís ajānāt ajānan* ajānan jānāmahai jānīdhvam 6. 64. 1† janīdhvam jānatám*. — √bādh badhnámi[9] badhnánti[2] badhnātu badhnantu ábadhnāt[20] ábadhnāt*[2] badhnāt ábadhnan* badhāna 10. 5. 44; 19. 57. 4 (not mss). — √math mathnāmi[2] mathnīta mathnantu. — √muṣ muṣṇāti. — √çrath çrathnānás. — √stabh stabhnāmi* stabhnáti ástabhnāt[2]; — stabhāná 9. 5. 15.

Uebergänge zu der a-Conjugation finden sich in çṛṇa 19. 45. 1 von √çṛṇ. — mṛṇasi 5. 29 11* mṛṇá 8. 4. 22*; 10. 3. 2; 19. 29. 4[4] mṛṇáta 3. 1. 2 von √mṛṇ sowie einigen Formen von gṛṇ und pṛṇ (?).

$\frac{\text{no}}{\text{nu}}$-Wurzeln.

Brugmann Comp. II S. 968 § 596, 2 erklärt: „Das Suffix -neu, -nu war aus dem Suffix nā-nə-n durch Anfügung des Suffixes oder Determinativs -eu, -u entstanden.“ — Nach dem Vorausgegangenen erscheint diese Hypothese nur theilweise richtig. Es wäre ja auch ganz unerhört, wenn man einer der vielen nirgends scharf abzugrenzenden Präsensklassen ein einheitliches Gebiet und einheitliche Entstehung zu Grunde legen könnte. Vielmehr haben auch hier die verschiedensten Gründe zur Entstehung und Ausbreitung dieser Flexionsklasse beigetragen. — So dürfen wir bei Wurzel var, zumal angesichts des zugehörigen Nomens varūtar, eine zweisilbige Form, ganz analog dem Stamm karu zu Grunde legen[2]) und so hat Pedersen

[1]) Die Länge des wurzelhaften a in den Präsens-Formen ist noch ganz unerklärt. J. Schmidt, Son. S. 180 ff. will den Grund zur Dehnung desselben in der Aufeinanderfolge zweier Nasale finden.

[2]) Um das Verhältniss von var, ur, zu varu zu würdigen, vergegenwärtige man sich den Uebergang von friesisch ruald zu englisch world oder sansk vṛkṣa zu pali rukkha. Bugge KZ XX S. 2 macht folgenden etwas alterthümlich klingenden Erklärungsversuch dieses Lautwandels: „Der Lautwandel ist in der Weise aufzufassen, dass der Vocal in der Stammsilbe durch die bei den Liquiden gewöhnliche Metathesis hinter r (l) trat, sodass vr (vl) in den Anlaut kam. Diese Consonantenverbindung fand dann die Sprache zu hart und v wurde von dem Anlaut des Wortes weggedrängt es zeigt aber noch seinen Einfluss auf den nach r (l) folgenden Vocal“.

J. F. II 307 f., entschieden Recht, bei vṛṇómi Nasalinfigierung anzunehmen. Aehnlich weist er neben dāçnoti ein dāçuris nach, und Bezzenberger BB III 45 (cf. auch Brugmann, Compendium § 596 S. 968) stellt zu dabhnoti ein adbhūtas. Im Uebrigen constatiere ich auch hier, dass die Wurzeln auf r und u eine sehr grosse Rolle spielen. Theilweise haben sie den Labialvocal in allen Formen mit der Wurzel verschmolzen und infigieren dann den Nasal ($\sqrt{}$çru), theilweise erstreckt sich diese Verschmelzung nur auf das Präsens ($\sqrt{}$kṛ: kariṣyami neben akṛ-ṇ-o-t), theilweise endlich werden wir den Nasal als schon in indog. Zeit attrahiert und das u als ein secundär suffigiertes Element betrachten müssen (ci cinoti neben griech. τίνω), schliesslich kommt die Einwirkung von Denominativbildungen und complicierten Analogieen in Betracht, die uns die Einordnung einer jeden Wurzel in die ursprünglich zugehörige Classe verwehrt. Bei den i-Wurzeln mag das Verhältnis noch komplicierter gewesen sein. Ein Theil derselben wie $\sqrt{}$ci rächen (gr. τίν-ω) brachte den Nasal von Altersher mit, hat also u-Suffigierung auf arischem Boden erfahren, bei einer anderen Gruppe nehme ich Infigierung an.

Eine jedesmalige Bedingung für den Antritt dieses oder jenes Suffixes zu finden, ist uns durchaus versagt. Wir müssen uns begnügen, bestimmte Bildungskategorieen nachzuweisen. Auch wird das noch kaum systematisch in Angriff genommene Studium der Nominalbildung weitere Aufschlüsse liefern.

Innerhalb der uns beschäftigenden Verbalkategorieen nehmen die Verba auf $\frac{o}{u}$ eine besondere Stellung ein. Ihnen allen bis auf $\sqrt{}$kṛ ist der Nasal als Wurzelschluss gemeinsam.[1]) Schon lange hat

[1]) Dies gilt, wie ich jetzt sehe, für die Sprache des Avesta nicht, wo sich die interessanten Wurzeln, sansk: āp, kṣar, sar gleichartig flectiert finden. Ich leite die Formen dieser Classe wieder von Nebenwurzeln wie *āpu, *kṣru, sru ab. Was āp anbetrifft, so ist die Lesart der einzigen vorliegenden Form nach Andreas' mir in diesem Punkt durchaus glaubwürdig erscheinender Hypothese überaus zweifelhaft, für die $\sqrt{}$sar ist die Richtigkeit meiner Ansicht erwiesen durch lat. salvus, das damit offenbar zusammengehört (cf. aber Fick, Et. W.) Für diese Formen ist aber Brugmanns Ansicht von der Entstehung der 8. Classe nicht anwendbar, mithin auch ein Misstrauen gegen die dortige Erklärung des Rests der Formen angebracht. Die Lehre von der Existenz der Gruppe n̥u lässt sich leicht adoptieren aber schwer fassen. Wir können ihr aber bequem aus dem Wege gehen, indem wir z. B. bei $\sqrt{}$tā die Wurzelreihe construieren: tā, tāv, tā-nā-u = tano. Die Verkürzung eines Wurzelvocals bei dem Eintritt des auf ihn unmittelbar folgenden Nasals in die Wurzel ist für das Sanskrit durchaus Regel zu nennen, sie erklärt z. B. apIṣan neben piṣ, pinṣ,

man erkennen wollen, dass wir es in der Wurzelsilbe dieser Bildungen mit Nasalis sonans zu thun haben (cf. Brugmann, K Z XXIV 259, de Saussure S. pr. S. 22). Ein tn̥-nó-mi, zu tanómi geworden, gehört also unbedingt der 5. indischen Classe an, wenn diese Theorie sich halten lässt, die übrigens der Ansicht, dass der Classencharakter u „Wurzeldeterminativ sei", sehr ungünstig ist, weil bei letzterer die Thatsache, dass dieses Wurzeldeterminativ sich auf Nasalwurzeln beschränkt haben soll, keine Erklärung findet.

Die Formen dunvánti A. V. 9. 4. 18 gegenüber dūná A. V. 2, 31, 3 und griechisch δᾱϝιος hat J. Schmidt KZ XXXII S. 379 zu der geistreichen bereits erwähnten Hypothese Veranlassung gegeben, dass wir es hier mit Ablautstufen zu thun hätten, welche durch den Accent bestimmt würden. Es tritt nach J Schmidt die Tiefstufe dann ein, wenn die auf den Vocal zweitfolgende, die Mittelstufe (ū), wenn die nächstfolgende Silbe accentuiert ist. Wenn also ein ved. dhūnóti dhūnuthá dem classischen dhūnoti, dhūnuthá gegenübersteht, so ist der Eintritt von Analogiebildungen anzunehmen, welche das ursprüngliche dhūnoti dem dhūnuthá assimiliert haben (ibid S. 380, 383). — Dass ein çaknuvánti neben hinvánti dem differenzierenden Einfluss der vorausgegangenen Doppelkonsonanz verdankt wird, braucht endlich kaum erwähnt zu werden. cf. dazu auch J. Schmidt, Sonantentheorie 173. Die Analogie des Griechischen erweist dieses Verhältniss als indog..

Die Wurzel endigt vocalisch.

Auf i.

$\sqrt{}$ksi₂ kṣinómi. — $\sqrt{}$ci cinoti 7. 50. 6† cinotu* cinotu cinván cinvatím acinvan cinuṣva. $\sqrt{}$mi minomi minoti[2] minotu. — $\sqrt{}$hi hinómi*[2] hinomi[4] hinoti* hinoti hinmasi[2] hinmas[4] hinvánti[2] hinvánti* hinutāt* hinuta[6] hinvantu*.

---

gā neben gam u. s. w. çaṅs neben çās, sie macht die Wurzelreihe pī, pīv, pī-n-v und zahlreiche andere Erscheinungen verständlich. Ich berühre hier Ideeen, welche bereits von Fick und J. Schmidt ausgesprochen worden sind. So ist denn auch bei den Nasalwurzeln wie van und san die fast immer belegte Nebenform auf ā, die durh u determiniert gedacht werden muss, der Ausgangspunkt. Auf dem bei $\sqrt{}$pī angedeuteten Wege entstanden so die sich durch kurzen Wurzelvocal auszeichnenden Präsensstämme nach eingetretener Nasalinfigierung. Ich betone auch hier, dass ich neben der angenommenen Infigierung eine Wurzelsuffigierung durchaus zulasse und auch hier das Princip der Vielseitigkeit der Wurzelbildungweise im vollsten Maasse aufrecht erhalte.

Auf ū.

√du dunoti[2] dunvanti dunván. — √çru çṛṇomi çṛṇóti[2] çṛṇoti* çṛṇávat[3] çṛṇuyā́t çṛṇú[2] çṛṇuhi çṛṇótu[4] çṛṇótu*[3] çṛṇutám Dual Imp. çṛṇuta[4] çṛṇota[2] çṛṇotā (starke Formen statt schwacher!) çṛṇvántu çṛṇvántu*[2] çṛṇván* çṛṇvaté* çṛṇvántam çṛṇvántas çṛṇvatí açṛṇvan. — √su sunóta sunótā (starke Form statt schwacher!) sunvaté[3] sunvaté* sunvatás. — √sku skunóti.

Auf ū.

√dhū dhūnoti dhūnu dhūnuhi dhūnute[2] dhūnuṣva ádhūnuta dazu die eigenthümliche Doppelwurzel ūrṇu, zu vṛ, gehörig: ūrṇomi ūrṇoti ūrṇuhi*[2] ūrṇuhi[3] ūrnotu 18. 4. 59†[1]) ūrṇotu ūrṇuvantu ūrṇuván aúrṇot[8] ūrṇute 14. 1. 27† urnuṣva*.

ṛ-Wurzeln.

√ṛ arnavat 5. 2. 8† ṛṇvatām. — √kṛ kṛṇómi[52] kṛṇomi*[2] kṛṇósi[5] kṛṇóti[14] kṛṇóti*[3] kṛṇmási[3] kṛṇmasi 4. 31. 4† kṛṇutha kṛṇutha* kṛṇuthā (ā)* kṛṇvánti. Conj.: kṛṇávas* kṛṇavas[2] kṛṇávat[9] kṛṇavat 5. 2. 8† kṛṇavāt 20. 132. 5. kṛṇávāma* kṛṇavāma kṛṇávan* kṛṇu[35] kṛṇu 14. 1. 61† kṛṇuhi[5] kṛṇuhi*[2] kṛṇótu[13] kṛṇotu*[4] kṛṇotu 7. 86. 1† 18. 3. 52† kṛṇutám[1] kṛṇutām[2] kṛṇutá 11. 1. 2† kṛṇuta[5] kṛṇutā (p. ā) kṛṇota* kṛṇvántu[4] kṛṇvantu* kṛṇván[5] kṛṇván* kṛṇvát kṛṇvántas[7] kṛṇvatí* kṛṇvatí[2] kṛṇvatís ákṛṇos*[2] akṛṇos ákṛṇot[2] akṛṇot* ákṛṇvan[2] kṛṇvé[5] kṛṇusé[4] kṛṇute[10] kṛṇute*[2] kṛṇmahe kṛṇváte kṛṇusva[9] kṛṇusva*[2] kṛṇutām kṛṇvāthām[2] kṛṇudhvam*[2] kṛṇvānás kṛṇvānám kṛṇvānás[2] akṛṇvata — √stṛ stṛṇavāmahai. — √spṛ spṛṇuhi*. — √ṛdh ārdhnot[4].

Wurzeln mit Schlussconsonanz.

√aç açnutás Dual; açnavam, açnutam açnutām Dual; açnuve* açnuté[6] açnute* açnavātai açnávāmāhai* açnutām Imper. Med. — √āp āpnóṣi āpnóti[12] āpnuhí[5] āpnotu āpnot. — √dabh dabhnuhi. — √çak çaknomi çaknoti çaknuvánti çaknavāma* Conj. — √akṣ[1]) akṣṇuhi.

---

[1]) ūrnotu A. V. XVIII 4, 59 nach Benfey GGA XV 155 aus ṛṇvatu (!) verdorben. ūrṇu wird wohl eine (schwache) Perfectform, von √var nach der 5. Classe flectiert, darstellen. u-ur-ṇó-ti = ūrṇoti. Der Perfectstamm ist also auch hier zum Ausgangspunkt einer neuen Wurzelbildung geworden.

[2]) √akṣ ist im R. V. nicht belegt.

Zur Nasal-Infix-Classe.

Von Pedersens höchst gewagter und complicierter, zu ganz absurden Consequenzen führender Hypothese über Entstehung und Verbreitung der Nasalinfix-Wurzeln sei nur so viel erwähnt, dass Pedersen (J. F. II 318 ff.) die Gruppen ein, eun, ern, eln plus Cons. aus dem indog. Sprachschatz als ausgeschlossen betrachtet und daher die starken Formen wie *leinep (griech. λείπω) als die ursprünglichen ansieht. Daraus sollen sich für das Präsens Wurzel-Formen wie *linép, für das Perfect solche wie *loip ergeben, also *-nep neben *-op. Die so gewonnenen zweisilbigen Bildungen sollen auch den Wurzeln der 5. und 9. indischen Classe zu Grunde liegen; die Erklärung der Perfectformen führt nun aber zu ganz unhaltbaren Consequenzen. Nach Pedersen wird *r̥néumi im Perfect zu *ornua> *orua> *ora, sanskr. āra. Ebenso sind nach Pedersen die Wurzeln jan, tan, man, van, san nicht, wie Brugmann will, in tn-neumi zu zerlegen, sondern reine Wurzelbildungen. Wir sahen, dass diesem Gedanken, wenn auch in ganz anderer Form, nicht jede Berechtigung fehlt. — Die Versuche, jene Hypothese auf den Pluralis des Perfectums und den Aorist wie das Futurum anzuwenden, kann ich übergehen (cf. ibid 327 f.). — Wenn Brugmann Comp. II 971 § 596, 5 übrigens annimmt, dass die starken Stämme der indischen 7. Classe, welche wir auch im Gothischen und Litauischen wiederfinden können, indog. Gemeingut seien, so streift er Ideen Pedersens.

Von Einzelheiten ist der Form tr̥ṇedhu A. V. 8. 8. 11 zu gedenken, welche, wie Brugmann Comp. II 993 § 626 und Bartholomae K Z XXVII 364 bemerken, aus einem zu erwartenden *tr̥ṇodhu für ursprünglich tr̥nazhtu etwa unter dem analogischen Einfluss eines dehi entstanden sein muss. Osthoff (zur Gesch. des Perf. S. 26) denkt sich diesen Uebergang vom zh in ein e derartig, dass der Pallatallaut aus sich heraus ein i entwickelt und so vermöge seiner i-Haltigkeit dem vorausgegangenen a die e-Färbung ertheilt habe. Die von Hübschmann K Z XXIII 385 angeführten e-Formen von tr̥h wie tr̥ṇehmi, atr̥ṇet u. s. w. sind, wenn überhaupt in den indischen Texten belegbar, nur Analogien zu tr̥ṇedhi und zu tr̥ṇedhu. Whitney, Gr. § 224 b kann nur atr̥ṇet[1]) und diese beiden Formen belegen. Im übrigen vergleiche auch den sehr klaren Artikel von Hübschmann

[1]) atr̥ṇet kann wohl nur aus atr̥ṇeṭ für atr̥neḍḍh mit der schon einmal beobachteten Rückverwandlung des ṭ in t entstanden sein.

K Z XXIII 384 ff. über die Gutturalen erster und zweiter Reihe zu dem phonetischen Theil dieser Fragen. — Die Wurzeln tṛh, tṛd, taḍ sind übrigens aufs engste mit einander verwandt. √taḍ ist prakritisch für tṛd gesetzt, beide gehen auf √tṛ durchbohren zurück.

Was die Gruppierung der Nasalwurzeln anbetrifft, so konnte ich Delbrück durchaus nicht folgen, wenn derselbe § 178 die Nasalwurzeln von der Form vindáti und áñcati von den entsprechenden unnasalierten Bildungen trennt. Der Nasal dieser Verba hat bei vielen derselben eine so geringe Beständigkeit, dass wir ihn unmöglich zum Eintheilungsprincip machen können. So ist denn die indische Auffassung, nach der „das n als ein nicht wesentlicher Zusatz gilt", vollkommen berechtigt. Finden sich doch neben Verben, welche den Nasal selbst im Perfectum zeigen, solche, bei denen das Imperfectum und der a-Aorist, dh: die nasalierte und unnasalierte Form gleich häufig und andere, bei denen der Nasal nur an einer einzigen Stelle belegt ist. Auch hat derselbe ein ganz verschiedenes Alter. Viele Verba zeigen ihn schon indog., andere auf speciell arischem Boden, einige schliesslich, wie erwähnt, auch im Sanskrit nur gelegentlich oder in abgeleiteten Nominalbildungen. Wenn nun Delbrück S. 161 dem Zweifel darüber Ausdruck giebt, ob u. a. bei math der Nasal „von Anfang an" zur Wurzel gehöre, so richtet sich also sein Princip von selbst. Bei der Vertheilung der Wurzeln „auf das spätere Sanskrit und die verwandten Sprachen" (Delbr. S. 161) mit Rücksicht zu nehmen, ist der verhängnissvolle Standpunkt Roths, der seinem Wörterbuche so unendlich geschadet hat. Hier kommt eben lediglich der Bau des zu behandelnden Textes in Frage. — Nach alledem sind hier nur die Wurzeln mit $\frac{\text{nā}}{\text{no}}$ Infixe aufgezählt. —

Nasal-Infix-Classe.

a-Wurzeln.

√añj anajmi anakti añjanti añdhi[4] anáktu[13] anaktu* añtam Dual Imperat, áñjantu[2] añján*[2] Part añte añte* añjáte*[4] añkṣva. — √grath (?) gṛṇatti (?) 10. 7. 43†. — √bhañj bhanákti bhanaktu ábhanas[1]) 3. 6. 3 bhañdhi* bhañdhi[2] bhañján* bhañján bhañjatí bhañjatīnám*.

[1]) *ábhanakṣ wird im Auslaut (pracritisch) zu abhanaṣ geworden sein und dies sich dann nach der Analogie der a-Stämme gerichtet haben. So konnte ein ábhanam als nach der ersten Classe flectiert gedacht, ein ábhanas, ja selbst ábhanat für ábhanaṣ und abhanak hervorrufen.

i-Wurzeln.

√idh índdhe[3] indháte[7] inddhām[1]) 12. 2. 7† 12. 3. 25 índhānās[2] índhānās* aínddha 3. S. Med. — √chid chinádmi[2] chinátti[3] chindhí[11] chináttu chinttām. — √piç piñçá[4] piñçatu* ápiñcat*. — √bhid bhinádmi[7] bhindánti[2] bhindyāt bhindhí[10] bhindhi* bhinattu bhindán[2] bhindán* bhindántas* bhindatí bhindatím abhinat abhinat*. — √vic vinaktu vinak. — √hiṅs hinásti[11] híṅsanti híṅste XII, 4, 13.

u-Wurzeln.

√ud undantu[2] undatí[2] undáte. — √tud tundāná. — √bhuj bhuñjatí bhuñjatíbhyas bhunajāmahai. — √yuj yunájmi[10] yunakṣi yunákti yunakti 3. 31. 5† yuñjanti*[2] yuñjanti yuñdhi 8. 3. 11† yuñdhi yunáktu[9] yunákta (!) 3. 17. 2* yuñjántu[2] yuñkṣe yuñte* yuñtām. — √rudh ruṇáddhi 7. 50. 6† ruṇaddhi[2] rundhí 4. a. e. St rundhé[21] rundhate rundhām arundhata rundhānásya.

ṛ-Wurzeln.

√ṛdh ṛṇádhat* ṛndhán*. — √kṛt kṛntatí ákṛntan. — √tṛd tṛṇadmi tṛndhí[5] átṛṇat[2]. — √tṛh tṛṇáhān[2]) Conj. tṛṇédhu. — √pṛc pṛṇakṣi pṛñcanti 5. 2. 3† pṛñca 9. 4. 23† pṛñce pṛñcanti pṛñcatís pṛñcatís* — √vṛj vṛñdhi[8] vṛṇaktu[6] vṛṇaktu* vṛṇaktu 4. 21. 7† vṛñjantu vṛñjāte vṛñkṣva.

Die Wurzeln der indischen 8. Classe.

√kṛ karomi karoti kurvanti karuvas[2] karavāt kuru[6] kurván kurvántam kurvatím akaros akarot[2] akurvan[6] a. e. St. u. 7 mal a. e. St. kurve[3] kurute[3] kurváte[4] kurvatām kurvāṇás kurvāṇás kuruthās akuruta ákurvata[2]. — √tan tanomi[4] tanomi* tanoṣi tanóti[2] tanvánti[2] tanu[3] tanotu tanota (!) 3. 17. 2† tanvatís[2]; tanuṣe tanvate* tanváte* tanuṣva* tanvātām tanvāná tanvānás* tanvānás atanuta 18. 3. 41† atanuta

[1]) inddhām 3 S. Imper., vielfach indhām geschrieben, kann als Ausgangspunkt der Medialendung ām, welche sich noch in vidām und duhām findet, betrachtet werden. Dieselbe findet sich noch mehrfach in unserem Texte, und zwar steht duhām A. V. 7, 73, 8*; 3. 10. 1*: 3. 17. 4*; 4. 39. 2; 4. 39. 4; 4. 39. 6; 9. 4. 21; 12. 1. 7; 12. 1. 9; 12. 1. 45; vidām 5 30. 13. Zu diesen Imperativen cf. Thurneysen K Z XXVII 178 Bollensen Z. D. M. G. XXII 576, Neisser B. B. u. a. Man nimmt im allgemeinen eine Nominalbildung an, deren Accusativ als von einem Verbum wie karotu abhängig gedacht werden konnte, entsprechend dem bekannten vidām cakāra. — Eine sichere Lösung dieser Frage scheint mir aber bis jetzt noch nicht gefunden.

[2]) cf. Whitney Gr. § 687

átanvata átanvata*. — √man[1]) manvé[5] manmahe[4] manvate manávate* Conj., manvīta amanvata. — √van[2]) vanve[2] vanuté[2] vanuṣva vanutām vanudhvam vanvatām 6. 126. 1† vanvānás avanvata — √san[3]) sanávāni sanuhi.

Die reduplicierte Wurzel.

Die reduplicierte Wurzel begreift bekanntlich einerseits die Präsens-Bildungen dritter indischer Classe und das Perfectum in sich andererseits umfasst sie das Intensivum und Desiderativum, welches letztere wir jedoch in anderem Zusammenhang werden zu behandeln haben[4]) Die morphologische Verwandtschaft der genannten Tempora mit dem reduplicierten Aorist ist zwar sprachwissenschaftlich kaum erweisbar, weil sie in die dunkle Zeit der eigentlichen indischen Sprachbildung emporreicht, sie ist mir aber umso wahrscheinlicher, als nach meiner Ansicht der reduplicierte Aorist seine charakteristischen Merkmale dem sich allmählich immer mehr geltend machenden Bestreben verdankt, den ursprünglich vorhandenen Reduplicationsvocal durch das gleichförmige ī zu ersetzen und dieses mit einem Accent zu versehen. Freilich ist unser Aorist bereits eine indogermanische Bildung. Seine eigentliche typische Gestalt aber hat er erst im Sanskrit gewonnen. So zeigt er zu der zu behandelnden Gruppe von Formen[5]) sich als durchaus zugehörig und wird gewissermassen als Präteritalform zu red. Präsensbildungen unmittelbar nach diesen behandelt werden.

Von Einzelheiten sei der kolossalen Formenfülle der √dā resp. dhā gedacht, welche zu doppelt verwirrenden Analogiebildungen geführt hat. Das reduplicierende Präsens dadā (schwach dad, wohl

---

[1]) cf. Brugmann K Z XXIV 266.

[2]) cf. ibid 267.

[3]) cf. ibid 271.

[4]) Nach Brugmann, Comp. 849 § 469b Anm. 1 ist es wahrscheinlich, dass das u in der Reduplicationssilbe der u-Wurzeln eine indog. Eigenthümlichkeit wäre (z. B. ju-ho-ti), während es im Perfectum Folge eines Assimilationsprocesses sei. Der Beweis ist von Brugmann, welcher diesen Fragen überhaupt wenig Beachtung schenkt, nicht erbracht. In erster Linie sei hier auf den höchst bedeutsamen Aufsatz von J. Schmidt K Z XXV namentlich S. 32 und 74 f. hingewiesen, in dem der Nachweis geliefert wird, dass der Reduplicationssonant im Präsens bei allen Wurzeln i, im Perf. stets e, arisch a gewesen sei. Arisch i, u sind erst durch Assimilation an die Wurzelsilben der schwachen Perfectformen zu Stande gekommen.

[5]) cf. dazu A. V. 14. 1. 46†: dīdhyus, (R. V. interessanter Weise dīdhiyus 10. 40. 10) welches Imperfect, Perfect und reduplicierter Aorist sein kann.

aus das ə reduciert[1]) wurde bald als Wurzel gefühlt und konnte daher selbst Participia Perfecti Passivi wie datta bilden, denen gegenüber die ursprüngliche Wurzelform weichen musste. Diejenigen Formen nun, bei welchen die Nasalis sonans ein a zurückliess wie dádati, verursachten, als a-Wurzeln missverstanden, weitere Neubildungen wie ádadat, 3 S. Imperf.[2]). Um die so entstehenden Zweideutigkeiten zu illustrieren, wähle ich die Form dadat. Dieselbe kann Part. Praes. Act sowohl vom Stamme dada wie vom Stamm dad, ausserdem echter Conjunctiv Präsentis von dad, unechter Conjunctiv Präsentis von dada und augmentloses Präteritum von dad sein; dadatas kann Gen. Sing. u. Nominativ, Accus. Plur. Part. von dad, Gen. Sing. u. Acc. Plur. Part., ausserdem echter Conj. von dad und Indicativ von dada sein. — — Bezüglich der Vertretung des bh in der Reduplicationssilbe durch j[3]) scheint es mir geboten, daran zu erinnern, dass man z. B. in der Form jabhāra sich stets vergebens bemühen wird, dass j aus dem h herauszuconstruieren, vielmehr zur Erkenntniss kommen muss, dass die ursprünglich labiale Qualität des wurzelanlautenden h vergessen wurde oder wenigstens in bestimmten Formenkathegorien unbeachtet blieb und daher die Analogie der Gutturalwurzeln wirksam werden konnte und so lag denn die Contamination von √hṛ „nehmen“ und dem bedeutungsähnlichen bhṛ sehr nahe.

Von jenem ist jahāra belegt, wovon das stark aspiriert gesprochene babhāra in seinem Mittellaute und seiner Bedeutung kaum zu unterscheiden war. So waren denn einer Verwechslung beider alle Schranken geöffnet. cf Z. D. M. G. XL 657 f. Einige Formen der √ṛ wie iyarta haben viele Scrupel verursacht. Zunächst ist die schwache Form statt der starken zu erwarten — ein im Veda häufiger Fall, sodann erscheint das ĭ der Reduplication schwierig, cf. dazu Bartholomae J. F. III 15 Note 4. Brugmann Comp. II 854 fasst i als einen indogermanischen Ueberrest auf; ich muss hier erwähnen, dass

---

[1]) W. Schulze hat K Z XXVII 423 f eine Vermuthung über den Schwund des ā in schwachen Formen ausgesprochen. Nach ihm hat das Vertreten der betonten Red. Silbe, die in den starken Formen den Accent ganz an sich gezogen hat, während in den schwachen zwei Betonungsweisen mit einander kämpfen (R. V. einmal dadhītá dreimal dádhīta) die Vernichtung des kurzen Vocals herbeigeführt. Auch J. Schmidt Son 56 nimmt an, dass der lange Vocal in dadhmás durch die ihn beiderseits umfassenden Accente erdrückt worden sei.

[2]) Es kommt z. B auch Part. Präs. dadant statt dadat vor: Ap. Cr. 5. 25. 18.

[3]) bhar-jabhāra.

J. Schmidt KZ XXXII īrte als Schwächung aus iyarti, doch jedenfalls über *iyirti auffasst.

Barth. Ar. Forsch. meint, dass zu i-ar-ti als schwache Form ī-r-ti zu erwarten und daher ī der Wurzel īr, als aus dem Perf. hervorgegangen, der Analogie von iyā́ya = īyus zu verdanken wäre. Wichtig ist Paṇinis von J. Schmidt und Bartholomae citierte Form iyr̥yāt, die ich, meiner Ansicht von der Aussprache des r̥-Vocals gemäss, nur als Variante zu iyiryāt verstehen kann, da ein schwacher Laut, hinter dem r̥ gesprochen, unter dem Einfluss des folgenden y unzweifelhaft zu i hätte werden müssen, wir dann also die Form iyriyāt erhalten hätten. Zur Erklärung des Verhältnisses der Wurzeln r̥ und īr zu einander stelle ich folgende aus meiner Annahme der weitgehendsten Wechselbeziehungen der Perf.- und Präs.-Bildungen dritter Classe hervorgehende Ansicht auf: iy-āra: īr-imá = iy-āya: ī-y-imá aus dem so gewonnenen schwachen Stamm wurde √īr gebildet. Doch auch die starke Form iyāra wurde zum Ausgangspunkt einer Präsensbildung, welche iyar-ti lauten musste. Nun verhält sich iyarti: iyr̥yāt = tarati: tiráti.

Schon aus dieser Gleichung wird die Annahme eines schwachen Vocals vor dem r̥-Laut wahrscheinlich. Auch ermöglicht meine Annahme ein Verständniss der Formen vom Stamme iyar- schwach iyr̥ neben den Formen vom Stamme īr: Bildungen wie *iyr̥yāt konnten nicht zu *īryāt werden, weil diese Contraction nur auf dem Boden des Perfectums hätte erfolgen können.

Erwähnt sei noch cakriyās R. V. VIII 45, 18 von √kr̥[2] (cf. Delbr. S. 107, § 140, 1), in Wirklichkeit ist diese Form wohl eine Optativform, vom Perfectum gebildet, zumal sie an jener Stelle mit çuçruyās in Parallele steht

Ueber Entstehung der Media in píbāmi wage ich keine Hypothese aufzustellen. Dass diese Bildung indogermanisch ist, beweist ausser dem Lateinischen vor allem die irische Form.

Reduplicierendes Präsens.

Wurzeln auf ā.

√gā jígāti*[1]). — √ghrā jíghrati. — √dā dádāmi[12] dádāsi* dádāti[22] dádāti*[4] dádātas dattás dadmas[8] dadmasi[5] dadati[2] dadyāt[2] dehí[8] dehi* dattāt* dádātu[13] dádātu*[3] dattám[2] dattām dattá[4] dadatu Part.: dádat dádatas dádatas Plur. dádatī ádadāt* adadāt adadus[2] adadus*

[1]) cf. Brugmann Comp. II 966 § 594.

adadus 5. 17. 10† dadās dadāt Med.: dadé[24] datse datté[2] dadmahe dádānas*[2] dádānā dádānam dadānasya[2] dadātai datsva dattam adatta[3] adatta*. II. Vom Stamme dada. dadate dádante ádadat dadat*[3] dádan ádadanta. — √dhā dadhāmi[19] dádhāmi*[3] dadhāsi 7. 81. 2† dádhāti[9] dadhāti*[3] dadhmas[11] dadhmasi[9] dadhmási*[3] dadhmas 4. 5. 5† dádhati[3] dhehi[75] 1) dhehi*[9] dhehi 14. 2. 6† 18. 2. 12† dádhātu[44] dadhātu*[5] dadhātu 3. 80. 3† dhattam[8] dhattam*[2] dhattām[2] dhattām* dhattá dhatta[15] dhatta*[2] dadhāta (!)[2] dadhāta*[2] dadhāta 18. 3. 44† dhattana dadhātana (!)* dadhatam 3 Plur. Part.: dádhat[2] dádhatas dádhānas dádhānas* dádhānasya dádhāne* dádhānena[2] dádhānau dadhānās[5] dádhānās*[3]-ádadhās ádadhāt[10] dádhāt[6] dádhāt*[2] Med.: dadhe[10] dhatsé dhatte dadhe* 3 S. (oder Perf.?) dadhete[2]) 5. 1. 3 dadhate dhatsva* dhatsva[3] dattām dadhātām 12. 2. 23 adhatthās adhatta. II. Vom Stamm dadha. dadhat* dádhat Conj.: dadhat[2] dádhat*. — √pā[3]) pípāṇas[2] pípānam. — √mā₁ mimīyāt* mímīyāt 6. 92. 3† mímīte[4] mimīte* mimīte 18. 3. 40* mimīmahe[7] mimate mimate* mimīṣva mímānas[4] mímānas*[2] mímānā* amimīta[3] ámimātām (!) 12. 1. 10. — √mā₂ mímāti*[3]. — √rā[4]) rarāsva rárāṇas[2] (cf. rarāṇás[3]) rarāṇā rarāṇā*. — √çā çiçāmi* çiçādhi (!) çiçādhi (!)*[2] çíçānas*[4] çiçānas çíçānās*. — √hā jahāmi jáhāsi jáhāti[5] jáhāti* jahimas jáhāni jahyus 6. 47. 2 (cf. Whitney Gr. § 665) jáhātu[14] jahātu* jahītāt jahītam jahīta 12. 2. 26† jahīta ájahāt* ájahāt jihīte[2] jihīṣva[2] jihīdhve jíhatām jíhānās*.

Wurzeln mit mittl. a.

√bhas[5]) bábhasti[3]. — √mad mamáttana* mamádat. — √yas yayastu*. — √vac vívakti* vivakti[2].

---

1) cf. zu dieser Form: Brugmann Comp. S. 984 § 540 und Brugmann M U III 144 ff.

2) Vom P. W. neben dadhāte gesetzt, also jedenfalls als Nebenform dazu angesehen, gehört wohl zum Stamm dadhā.

3) cf. Brugmann Comp. II 933 § 539.

4) Die neben einander gestellten Formen kennzeichnen sich nur durch ihren Accent als zum Präsens resp. Perfect gehörig.

5) Der Accent ist im Register zum Ind. falsch angegeben. Die Identität der Wurzeln ghas und bhas erkannte, wie ich eben sehe, bereits Hillebrandt, cf. B. B. 1893 S. 246.

Wurzeln mit mittl. ī.

√dī[2] dīdyati[1]) dīdihí[6] dīdáyati* dīdáyat 14. 1. 37† dīdāyat (!) dīdayante. — √dhī dīdhyas dīdhiyus 14. 1. 46† dī́dhyatas 18. 3. 21† dī́dhyatas dī́dhyānās* dī́dhyānās[2] dīdhītām Imperat, dīdhīthās Impert. √bhī bibhītás[6] a. e. St. abibet bibhes[9] bibhīta bibhītana[3] Part.: bíbhyatas bíbhyatām bíbhyatīs.

√diç dididdhi* (Perf?).

u-Wurzeln.

√yu yuyoma (!) yuyotu*. — √hu juhómi*[4] juhómi[17] juhóti[9] juhumás*[2] júhvati[8] a. e. St. juhvati juhuyā́t[2] juhutā (p. á) juhótā[2]) (p á) (!) juhótana*[3] júhvatas[3] júhvānas*.

Wurzeln mit ṛ.

√gṛ jā́grati[3]. — √ghṛ jigharmi. — √pṛ₁[3]) piparmi píparti[7] piparti* piprhí[3] pipartu piprta. — √pṛ₂ pipartu[2]. — √pṛc piprgdhi*[4]). — √bhṛ bibharmi[5]) bibharmi*[2] bibharṣi[6] bibharṣi* bíbharti[17] bíbharti* bibṛthás[3] bibhṛmas bíbrati[4]. Conj.: bibharat bibhṛhi bibhartu bíbhrat[11] bíbhrat* bibhratam[2] bíbhratas[4] bíbhratas* bíbhratī[9] bíbhratī* bíbhratīm bíbhratīs[2] ábibhar[5].

Reduplicierter Aorist.

Die Länge des reduplicativen ī behandelt Brugmann Comp. II .852 § 473 Anm. in einer meines Bedünkens wenig glaublichen Weise. Delbrücks Hypothese ist mir ungleich wahrscheinlicher. Auch die Scheidung zwischen starkem und schwachem Stamme (Höchst- und Tief-Stufe) in der Wurzel-Silbe ist bedenklich. Die Tiefstufe ist das durchaus reguläre, der starke Stamm findet sich fast nur bei Wurzeln, die auf ṛ-Vocal endigen, wenn ein Vocal auf denselben folgt. Dann tritt Guna ein, um die Verwandlung des ṛ in r, die, wie wir häufig beobachten, unbeliebt ist, zu vermeiden. Formen wie amīmet,

---

[1]) Diese Form stellt Delbrück S. 133 unter die Intensiva.

[2]) Zu den starken Formen an Stelle von schwachen cf. Whitney Gramm. §§ 658. 831 Brugmann Comp. II 935 § 541. Dieselbe Form findet sich noch Taitt. Br. 3. 7. 2. 4. Āpast. Çr. 9. 2. 6 cf. zu beiden Stellen Bloomfield, Proc. Am. Or. Soc. May 1883 S. XV ff. (bes. XVII)

[3]) Zu den Ablautstufen innerhalb dieser Wurzel cf. J. Schmidt K Z XXXII 380.

[4]) Der Stern fehlt im Register zum Index.

[5]) Ueber die Entstehung des reduplicativen ĭ cf. Brugmann Comp. S. 852 Anm., unten. Ich glaube, dass auch bei diesen Verben dass ĭ aus dem ṛ-Vocal entsprungen ist.

das wohl nur eine Contraction aus amīmayat ist, sind vereinzelt. Die Bildung neçat rechnet schon Holtzmann Ablaut S. 34, später Bartholomae K Z. XXVII 360 Anm. 1 zum Plusquamperfectum. Die Möglichkeit, sie unter die Perfecta zu reihen, lässt auch Brugmann offen; nach ihm ist auch eine Analogie zu yes aus *ya-yis denkbar, was mir sehr gewunden erscheint (cf. dazu Brugmann Comp. II 943 § 562).

Wurzeln mit a auf einen Consonanten.

√mā ámīmet*[2]. — √sthā atiṣṭhipam[3]. — √am āmamat[3]. — √gam ajīgamam[19] darunter 11. 3. 32—49. — √grabh ajagrabham[3] jagrabham. — √car acīcarat. — √jan ájījanas ajījanan jījanan*. — √tap tītapāsi. — √tras atitrasan. — √naç anīnaçam[3] anīnaças ánīnaçat[9] anīnaçan neçat 5. 13. 2 neçat 5. 3. 2*. — √pat ápīpatat. — √pad ápīpadāma. — √mad ámīmadam ámīmadas ámīmadanta*. — √vat ávīvatan*. — √çam áçīçamam áçīçamas áçīçamat áçīçaman. — √svad suṣūdáta. — √hvar jihvaras*.

Wurzeln mit a auf zwei Consonanten.

√arp arpipam. — √krand acikradat acikradat 18. 4. 58†. — √jambh ajījabham. — √srans asisrasan.

Wurzeln mit ṛ und ḷ.

√kḷp acīkḷpat. — √tṛ átītaras. — √tṛp atītṛpas. — √dhṛ adīdharat* adīdharan. — √pṛ apīparam[2] apīparas apīparan. — √mṛ[2] amīmṛnan. — √mṛṣ mīmṛṣas*. — √vṛ ávīvarata avīvaran. — √vṛt ávīvṛtāma. — √vṛdh ávīvṛdhas avīvṛdhat 1. 29. 3†.

ī-Wurzeln.

√çri açiçriyat 6. 31. 3†. — √kṣip cikṣipas* cikṣipan[2]. — √riṣ rīriṣas*[3] √hīḍ ájīhiḍat.

ū-Wurzeln.

√duṣ adūduṣam. — √dyut ádidyutat. — √budh abūbudhat. — √bhū abūbhuvas[2] — √muh amūmuhat. — √rup arūrupas, rūrupas[3]. √çuc çūçucas 18. 2. 4†. — √sru suros susrot susrot*.

Perfectum.

Die Reduplicationssilbe.[1])

Dass der indogermanische Reduplicationsvocal ein e war und dieses sich nach Pallatalisierung des ev. vorausgehenden Gutturals in der Reduplicationssilbe in a verwandelt hat, diese Erkenntniss gehört zu den unumstösslichsten Resultaten der neueren Sprachwissenschaft. Die allmählichen Modificationen in der Qualität des Reduplicationsvocals im Sanskrit zu verfolgen, ist bisher mehr versucht als systematisch in Angriff genommen worden, bemerkenswerth ist die Auseinandersetzung bei Brugmann, Comp. II 1219 § 851. Selbst die überall und mit grosser Entschiedenheit vertretene Annahme, nach der wir in dem a von babhūva und sasūva ein indog. e zu sehen haben, befriedigt nicht vollkommen, solange wir nicht die Gründe der einzigartigen Conservierung jener Bildungsweise kennen. cf. dazu J. Schmidt K Z XXV 33, Brugmann, Comp. II 850. — Ueber die in den Samhita-Texten des R. V. und A. V. bisweilen vorkommende Länge des Reduplicationsvocals handelt Benfey G G A XIX ff. in seinem Cyclus von Aufsätzen: „Die Quantitätsverschiebungen in den Samhita- und Pātha-Texten“, ohne zu sprachwissenschaftlich befriedigenden Ergebnissen zu gelangen. Auch die spätere Litteratur hat zur Erklärung dieser Erscheinung meines Wissens wenig beigetragen.[2]) Ich bin am ersten geneigt, metrische sowie überhaupt rhythmische Einflüsse anzunehmen. — — Delbrück citirt S. 114 ohne weitere Auseinandersetzungen die Formen von $\sqrt{}$i: iyétha, iyāya, īyathus u. s. w., deren Erklärung die grössten Schwierigkeiten bereitet. Ich bemerke soviel, dass ich das e in der 2. Person. Sing. nur als Contractionserscheinung, und zwar iyetha aus *iyay-tha verstehen kann. Im übrigen lege ich dieser Bildung wieder den schwachen Stamm ĭ-y-ĭ als Ausgangspunkt zu Grunde. So lassen sich auch die Formen mit ī wie z. B. īyathur aus ĭy-ĭ-athur sehr gut ableiten. — Osthoffs sehr complicierten Wegen zu folgen, ist mir hier unmöglich. Derselbe erklärt auf Grund eines zuvor entwickelten Systems die Formen auf ī (cf. Osthoff z. Gesch. d. Perf. S. 130) als analog zu *i-ĭ-mén, i-ĭ i̯ ó n t = ī-i̯-n̥t entstanden und nimmt an, dass dieselben Formen die Quelle der Neubildung für den Sing. Act. geworden sind, indem sie die zweisilbigen Formen wie *āya u. s. w. verdrängten und drei-

---

[1]) Zu dem ganzen Abschnitt cf. Osthoff, z. Gesch. d. indog. Perf. S. 264—84.

[2]) Ueber die Perfecta mit langem Red. Vocal cf. Brugmann Comp. II 852.

silbige an die Stelle setzten. Die mit ya und va beginnenden Verben haben ursprünglich mit voller Silbe, erst später mit dem blossen u- resp. i-Vocal redupliciert. Bartholomae, J. F. III 38 § 59 macht darauf aufmerksam, dass diese Bildungsart im Avesta noch die allein übliche ist.[1]) Die bis jetzt für die Verbreitung des reduplicativen ĭ resp. ŭ vorgebrachten Gründe scheinen mir nicht ausreichend.[2])

Behandlung der Wurzelsilbe.

Brugmanns Ansicht, nach der wir einen reduplicationslosen Perfect-Typus als gleichberechtigt neben dem reduplicierenden annehmen müssen (Brugmann, Comp. 1212 ff. § 848) ist jetzt wohl allgemein angenommen. So gehen denn die Typen papāta und veda auf eine urindogermanische Zeit zurück. Einen bedeutsamen Versuch, zwischen beiden zu vermitteln, hat Bezzenberger G G A 1879, 818 unternommen. Danach ist es anzunehmen, dass z. B. lat fōdi und sansk veda (cf. tsar) ein reduplicativer Stamm zu Grunde liegt, dessen Reduplicationsconsonant mit dem Wurzelanlaut zusammengeschmolzen sei. cf. auch J. Schmidt K Z XXV 31, Bechtel Hauptpr. 112. Die zwischen den beiden Typen scheinbar in der Mitte stehenden e-Formen von a-Wurzeln haben das grösste Interesse von jeher in Anspruch genommen. Den ganz veralteten Theorien von Delbrück S. 117 gegenüber weise ich nur auf den vortrefflichen Aufsatz von Bartholomae[3]) K Z XXVII 337—66 hin. Dort wird bewiesen, das diese Formen nach dem Schema yemus und sedus gebildet seien, dass heisst, dass das e ursprünglich nur bei Verben lautgesetzlich berechtigt war, die dasselbe durch Wortsandhi bekommen hatten, nämlich yemus aus yay-mus, sedus aus saz-dus Das Bestreben, die in der Tiefstufe durch Consonantenhäufung entstehenden lautlichen Schwierigkeiten zu vermeiden, hat jene Bildungen verbreitet, doch finden sich Analogieen in der ältesten Sprache nur in sehr beschränktem Masse vor.

---

[1]) Demgemäss kann ich Osthoff Z. G. d. P. nicht beipflichten, wenn er meint dass īje von $\sqrt{}$yaj allein berechtigt und yeje nur analogisch entstanden sei. Ich nehme Entwicklung von ya-ye-jé in yejé an, īje ist wohl aus ĭ-ye-jé vermittelst der späteren ĭ-Reduplication entstanden.

[2]) Wie bereits angedeutet, erklärt Brugmann Comp. II 469 b Anm. 2 S. 849 den Reduplicationsvocal von Formen wie rireca, cukrodha direkt als ursprünglich. Dagegen glaubt er in ju-hoti einen Repräsentanten indogermanischer Bildungsweise zu erkennen (ibid Anm.).

[3]) Brugmann Comp. II 1222 giebt im wesentlichen einen Auszug dieser ausgezeichneten Arbeit.

Bartholomae betont mit grösster Entschiedenheit, dass die e-Bildungen erst auf indischem Boden entstanden seien, wofür Avesta: hazdyāṭ = sanscr. sedyāt beweisend ist. — Osthoff, z. G. d. indog. Perf. S. 13 nimmt zwei verschiedene Formen des schwachen Perfect-Stammes an:

I sēdima av hazdyāt — II sāhvān got sētum.

Ad II muss die Reduplication, wenn eine solche vorliegt, also auf indogermanische Urzeit zurückgehen. Zu den Perfect-Formen wie sasāhiṣe mit ihrer „im Medium sonst unerhörten Dehnung des Wurzel-Vocals" (Delbr. S. 116) bemerkt Osthoff a. a. O. S. 53: „innerhalb der Perfect-Flexion selbst zeigen . . . sanscr. sah und daç übereinstimmend diese durch die Beibehaltung der schwachen Themaformen sāh, dāç veranlasste Neuerung, dass von dem Sing. Act. sasāha, dadāça aus den latent reduplicierenden[1]) schwachstämmigen Bildungen *sāhima, dāçima u. s. w. die Reduplication so wieder mitgetheilt wurde wie dem vedischen takṣur, daher ved. sasāhiṣe". — Ein zweites gleich wichtiges, aber leider nicht mit demselben Erfolge behandeltes Problem stellen uns die Bildungen auf -au wie papau von √pā u. s. w. Die Ansicht von J. Schmidt, Vocalism. I 152, sowie die gleichlautende Hypothese Kuhns, K Z XVIII 326, nach der etwa dadau aus *dadām entstanden sein kann, hat für uns nur noch geschichtliches Interesse. Delbrück in der Besprechung dieser Arbeit K Z XXI 89 nimmt an, dass jenes au eine dumpfere Aussprache des a̱ (cf. paprā R. V. I 69, 2) sei. Diese Ansicht scheint mir völlig belanglos zu sein. Brugmann, Comp. 1223 § 852 gesteht bezüglich der Frage der Herkunft von dadau, paprau u. s. w. ein non liquet ein. Zu den vorausgegangenen Untersuchungen Brugmanns siehe M U I 158 ff. — Osthoff z. G. d. Perf. S. 64 vergleicht sanscr. jahau, dadau mit lit. é-da-u und erklärt das u einfach als eine Postposition. Auch die Frage nach dem Alter und der Entstehung der Guna- resp. Vṛddhi-Formen in der ersten resp. dritten Person Perf. Act. ist bisher noch schwerlich als gelöst zu betrachten. Streitberg (J F III 383—86) widerlegt die u. a. von J. Schmidt (K Z XXV 8 ff) vertretene Hypothese, nach der die Hochstufe in der dritten Pers. Sing. Perf. Act. durch Contamination von Wurzeln mit ā und Wurzeln mit ă entstanden sein soll (jagama und çaçāda) und das Differenzierungs-Bedürfniss später die erste Pers. Sing. von der dritten Pers Sing. getrennt habe. Auch

---

[1]) cf. auch Bartholomae K Z XVII 364, der ebenfalls in sāh eine reduplicierte Bildung sieht.

nimmt er an, dass arisch ā in der dritten Pers. Sing. einem europäischen o entspricht. Ueber diese Hypothese ist bereits gesprochen. Ob für den Atharvaveda das Verhältniss ă in der ersten Pers., ā in der dritten Person gilt, ist nicht auszumachen, da der Text zu schlecht überliefert ist. cf, Whitney Gr. § 793d; bisweilen differiert der Index mit der Ausgabe in diesem Punkte.

Die Frage, ob ápaptat in diese Formengruppe einzureihen ist, beantwortet de Saussure, S. pr. S. 11 folgendermassen: „M. Delbrück range une partie de ces formes indiennes dans le plus-que-parfait; mais si l'on peut accéder sans réserves à sa manière de voir pour les formes sans voyelle thématique comme ajabhartana, on n'en sera que plus enclin à placer les premières sous la rubrique aoriste. Hier muss ich durchaus den Standpunkt des speciellen Sanskritgrammatikers dem des vergleichenden Sprachwissenschaftlers gegenüber betonen. Wenn wir bereits im R. V. Formen wie paptimá, paptús finden, so sind wir dadurch meines Erachtens, ganz abgesehen von allen sich in fremden Sprachen bietenden Analogien, gezwungen, diese Bildungen dem Perfect-System einzuverleiben. Es sei denn, dass wir einer Theorie zu Liebe einen offenbaren Nonsens begehen wollen.

Die Erklärung der Form cakamānáya aus cakṃmānáya (cf. de Saussure, S. pr. S. 258) scheint mir zu gezwungen; ich glaube entschieden, dass im Sanskrit (was wir schon bei Besprechung der Tiefstufe der √kṛ zu bemerken Gelegenheit hatten), eine Abneigung gegen die Verbindung Consonant plus Liquide plus Vocal in vortoniger Silbe existiert[1]), dass, wenn sie einmal eingegangen ist, zwischen beide Theile sehr leicht eine Sonans nach Maassgabe des der Gruppe folgenden Vocals sich einschieben kann, und die vorhandenen Schreibungen, vielfach schon durch das Metrum als incorrect erwiesen, jedenfalls einer sorgfältigen Kritik bedürfen.[2]) Danach kann ich aus der Schreibung cakamānáya ebensowenig Schlüsse ziehen, wie aus den analogen Bildungen jagamyát und jaganvān[3]) oder wie ich aus den Formen

---

[1]) Das gleiche, vorzüglich rhythmischen Einflüssen seinen Ursprung verdankende Phänomen erkennen wir im Griechischen, wenn wir z. B. neben πυκνός ein πυκινός finden. Ein nennenswerther lautlicher Unterschied liegt der Differenz in diesen verschiedenen Schreibungen nicht zu Grunde.

[2]) So ist z. B. jaharus A. V. 3. 9. 6 also nicht, wie der Index will, jahrus zu lesen, (cf. aber Bartholomae K Z XXVII 344 Anm. 4); vielmehr ist häufig das umgekehrte Verfahren einzuschlagen.

[3]) Die ihren Nasal vielleicht garnicht interconsonantisch einschliessen, da y und v sehr wohl als Vocale gelesen werden können.

titirus und tistire nach Delbrücks Vorgange (cf. S. 117) die „Nebenwurzeln“ tir und stir zu gewinnen vermag. Osthoffs Untersuchungen (Osthoff zur Gesch. d. Perf. S. 396) sind weder einleuchtend noch klar. Der Behauptung aber, dass das ī in tasthire, welches seiner Regel widerspricht, zur Wurzel gehöre und als reduciertes ā aufzufassen sei (Osthoff beruft sich a. a. O. S. 400 auf Delbrück § 147 S. 121)[1]) muss ich widersprechen. Wie ā in Formen wie ápus von √pā wegfällt, so verschwindet es auch im Perfectum jedenfalls vollständig, ī gehört hier also sicherlich ebensogut zur Endung wie in den anderen gleichartigen Formen. Uebrigens setzt die Osthoffsche Theorie wieder Analogiebildungen im weitesten Umfange voraus, da die Endung īre sich durchaus nicht auf ā-Wurzeln beschränkt. Dem A. V. gebricht es übrigens an periphrastischen Perfectbildungen durchaus nicht. So lesen wir A. V. 18. 2 27 gamayām cakāra.

Wurzeln auf ā.

√dā dade^{x} (oder Präs.) dadus^{x} (oder Imperf.) dadau, dadāván daduṣé^{2} dadiváṅsam. — √drā dadrúṣīṇām dadrāṇám*. — √dhā dadhaú^{6} dadhathur dadhus^{x} (oder Imperf.) dadhiṣé, dadhiṣé* dadhiré^{4} dadhiré*^{2} dadhiṣva dádhāne* (oder Präs.?). — √på^{2} papau papivān* papivāṅsam* papivāṅsas. — √prā paprau papre. — √mā$_{1}$ mame^{2}. — √mā$_{2}$[1]) mimāya* ámimet*^{2}. — √çā çaçānás 18. 3. 21†. — √sthā tasthau tasthau*^{6} tasthátus tasthathus* tasthús*^{2} tasthús^{2} tasthús 9. 9. 11†, 14†; tasthiváṅsam tasthúṣas* tasthe tasthe* taṣṭhiṣe tasthire. √hā jahire 18. 3. 46† ajahāt 18. 2. 33* 4. 64.

---

[1]) Besonders die Worte: „das i nun bei Wurzeln auf ā hat einen anderen Werth“ u. s. w.

[2]) Diese Wurzel bildet nur ihre Präsensformen aus √mā, alle anderen aus √mī. cf. P. W. Solche Verhältnisse legen den Gedanken nahe, den ich hier nicht weiter verfolgen kann, dass das Präsens der Verba mā, mimāti u. s. w. seinen Ursprung dem Perfectum verdankt; wir hätten in diesem Falle von einer √mī auszugehen, die das Perfectum regelrecht mimāya gebildet hat und dessen Präsens als Neubildung aus dem Perfectum über mimāyti zu mimāti wurde. Dann wäre der Ablaut mimāti mimīte sehr gut verständlich. Dieser Process des Uebergangs von mimāyti in mimāti kann von denjenigen, die J. Schmidts Theorie der Entstehung der 9. indischen Classe billigen, nicht bestritten werden und muss sich in der gleichen Zeit vollzogen haben.

Wurzeln mit ă plus Cons.

√an āna*. — √av āvitha. — √aç[1]) ānáñça ānaçus* ānaçé[7] ānaçānás[8]. — √as ása āsa*[2] āsitha āsimá. — √ah áha[20] áha*[4] āha 11. 3. 32—49 āhús[40] āhús*[8] āhús 9. 9. 21†. — √āp ápa[8] ápitha[2] āpús[4]. — √kam, kā cakamānáya cakānás. — √kram cakramé[4] cakrame*[4] cakramāṇás*. — √khan cakhnús[2]. — √gam jagántha jagáma[4] jagáma* jagáma 7. 72. 2† jagmá jagmus* jaganván* jagmúṣas jagamyāt jagamyāt 7. 26. 2† 7. 84. 3† jagmé* jagme jagmānás — √grabh jagrabha jagráha jagráha 3. 18. 3† jagráha[3] jagráha* jagṛhús jagṛhe* Plusqf.: ajagrabham[3] jagrabham. — √ghas jaghása[2]) jaghása[2] jakṣiván jakṣivāṅsas. — √car[3]) cacára cerimá cerús[2]. — √jan jajána[16] jajāna 7. 80. 3† jajñiṣé[7] jajñé[15] jajñé* jajñiré[2] und 11. 7. 23—7 jajñire*[2] jajñānás* jajñānám jajñānás*. — √tan tatāna[3] teniré tatniré[4]) tatnire*, — √tap tatápa* tatāpa. — √dāç dāçúṣe[9] dāçváṅsam dāçúṣas. — √naç nanāça* neçat 5. 13. 2 neçat* 5. 3. 2. — √nah nanáha. — √pac papáca ápeciran Plusquamperf. (cf. Delbrück S. 122). — √pat papāta papatyāt petatus ápaptat[4] paptat paptan 12. 1. 31. — √paç[5]) paspaçé* paspaçānás paspaçānám*. — √prath paprathé paprathāná. — √bādh babādhé[2]. — √bhaj babhāja* bhejiré[4] bhejānás. — √mah māmahe. — √math[6]) mamátha. — √yaj ījāthe[4] ījiré ījānás ījānám[3] ījānás ījānánām; yejé. — √yat yetire. — √yam yayāma. — √rabh rebhé rebháte rebhāṇán 8. 3. 7†. — √rādh rarádha. — √vac[7]) uváca ūcimá[2] ūcús ūciré. — √vad ūdimá. — √vas$_1$ uvāsa*. — √vas[3] ūṣimá. √vah ūháthus ūhiré*. — √vaç[8]) vāvaçāná*[2]. — √çak çaçáka[2] çekimá[2]. — √çap çaçápa çepé çepiṣé. — √çam çaçamānás* çaçamānam[2]

---

[1]) Die ā-Reduplication ist nach Brugmann, Comp. II 1221 § 851 eine indogermanische Eigenthümlichkeit bei Wurzeln, die auf Doppelconsonanz ausgehen. Von dort ist sie auf ṛ-Wurzeln übertragen. Windisch K Z XXI 409 ff. identificiert bereits ānaçus mit ενήνοχα. Unabhängig von ihm hat Bezzenberger diese Bildungsweise als indogermanisch nachgewiesen.

[2]) jaghăsa 6. 117. 2, die Ausgabe hat jaghāsa.

[3]) Die e-Bildung der schwachen Formen ist hier dem Differenzierungstriebe zu verdanken: *cakrimá für cerimá könnte auf √kṛ zurückgeführt werden. Vielleicht ist das berühmte veda von √vid gegenüber viveda von √vind (finden) ähnlichen Rücksichten entsprossen.

[4]) Reduplication an Stelle von klassischer e-Bildung.

[5]) Diese Wurzel ist also besser spaç anzusetzen.

[6]) Nach Brugmann Comp. II 994 § 627 statt mamantha, aber kaum durch Analogie, sondern aus einer nasallosen Form der Wurzel gebildet.

[7]) cf. Bartholomae J. F. III 39 § 60.

[8]) Mit sāsahāna auf gleiche Stufe zu stellen Osthoff a. a. O. S. 54.

çaçamānā́s. — √sac secire. — √sad sasī́da[3] sasadyāt sedús*[2] sedus[3] — √san sasavā́n*[1]). — √sah sāsahé[2] sāsahānás (p să) sāsahānā́m[5] a. e. St (p să); săsahé[2]. — √svaj sasvajé sasvajāte* sasvajānā́s. — √han jaghā́na[9] jaghnimā́ (p mă) jaghnús. — √hvar juhurāṇás*.

a plus Nasal plus Cons.

√dambh dadámbha[4]. — √bandh babándha[2] bedhús bedhé bedhiṣe bedhiré. — √manth cf. unter math. — √lambh lebhiré. — √skand caskanda* caskánda. — √skambh caskabhāné 4. 2. 3†. — √stambh tastámbha tastambha* tastabhus 10. 7. 44†[3]). — √syand siṣyadús siṣyade.

Verba auf ṛ.

√ṛ ā́ra 4. 27. 6. ārimá[2] ārimá* ārat 10. 4. 1. — √kṛ cakartha cakā́ra[18] cakā́ra*[3] cakráthus*[2] cakṛmá[3] cakṛmā́ (p. ă)[3] cakṛmā́ (p. ă)*[3] cakrá cakrús[31] cakrus*. — √gṛ$_2$ jagāra*. — √gṛ$_3$[3]) jāgāra[2] jāgārāsi. — √jṛ jajā́ra. — √dhṛ dādhā́ra[16] dādhāra* dadhré[4]. — √bhṛ jabhā́ra[7] jabhāra 10. 7. 43†. — √mṛ mamā́ra[2] mamā́ra* mamrúṣas. — — √çṛ çaçré[3]. — √sṛ sasratus sasrúṣīs[2]. — √stṛ tastriré. √hṛ jaharus.

ṛ (ḷ) plus Cons.

√ṛc ānṛcús. — √ṛdh ānṛdhús. — √kṛç cakárça. — √kḷp cāklpus (p. ă) cākḷpat Conj., cākḷpé. — √cṛt cacarta. — √tṛd tátarda[2] tatarda*. — √tṛp tātṛpus (p. ă). — √tṛṣ tātṛṣús*. — √tṛh tatarha. — √dṛç dadárça*[3] dadṛçé[3] dadṛçe* dadṛçrām. — √dhṛṣ dādhṛṣus dadharṣati*[2] dadhṛṣate dádhṛṣanta. — √pṛc papṛcyām papṛcyām*. — √bṛh babarha. — √mṛj mamā́rja[4]) mamṛje. — √vṛj varjivāṅs. — √vṛt vāvṛtús (p. ă) vavṛtyām* vāvṛte vāvṛte* vavṛtsva* avavṛtran

---

[1]) Stände für sasn̥vān K Z XXVII 343. Reduplication an Stelle von klassischer e-Bildung.

[2]) cf. de Saussure S. pr. S. 22, der hier Nasalis sonans vermuthet.

[3]) Brugmann, Comp. II 942 § 560 wird Reduplication mit indogermanischem ē-Vocal angenommen. Der Grund liegt in der Begriffsverwandschaft des Präteritum-Präsens mit dem Intensivum.

[4]) cf. Bartholomae J. F. III 6 Anm. 1, der die Länge des Wurzelvocals als vom Präsens übertragen annimmt.

avavṛtran*[3]. — √vṛdh[1]) vāvardha* vāvṛdhús* vāvṛdhé* vāvṛdhe vāvṛdhéte[2]) vāvṛdhānás[4] vāvṛdhānás*[2] vāvṛdhānám* vāvṛdhānám vāvṛdhānā́m vāvṛdhānaú[2] vāvṛdhānā́s vāvṛdhántas[3]) 18. 3. 22†. — √sṛj sasṛjé[5]. — √spṛdh paspṛdhāte* ápaspṛdhethām*.

Wurzeln auf zwei Consonanten.

√takṣ tatakṣa[3] tatakṣa* tatakṣus*.

Wurzeln auf ī.

√i ĭyā́ya[2] ĭyátha[3] ĭyatúr īyús īyús*[3] īyús 18. 2. 55†. — √ci cikyús[2] [4]) cikyús* cíkyat Plqm. — √ji jigā́ya[3] jigyathus* jigyus* jigīvā́n[3] jigye*. — √nī ninā́ya[2] ninā́ya*. — √bhī bibhāya[3]. — √mi mimā́ya. — √mī mīmā́ya — √çī çăçăyānā́s*[5]). — √çri çiçrāya[2] çiçriyé[2] çiçriyāṇás çiçriyāṇám çiçriyāṇám* açiçriyat 6. 31. 3†.

Wurzeln mit mittl. ī plus einfacher Consonanz.

√iṣ īṣiré[2]. — √īr īriré 14. 1. 46†. — √cit[6]) cetatus cikéta[8] ciketa*[2] cikitvā́n[3] cikitvā́n*[2] cikitvā́n 7. 97. 1† cikitúṣe* cikitúṣe cikitúṣas* cikitúṣī cikitúṣī*. — √diç didéça[2] dididdhi* (Präs.?). – √dīv didéva. — √piç pipeça. — √bhid bibhéda[2] bibhidus. — √ric riréca rireca 18. 3. 41†. — riricyām* ririce*. — √vid$_1$ véda[152] véda*[9] véda 2. 1. 3† 9. 9. 18† 14. 1. 29† véttha[8] vettha* vidmá [28] vidma* vidmā́[8] (p. ă) vidmā́ (p. ă)* vidá vidús[36] vidús*[5] vidvā́n[58] vidvā́n*[7] vidvā́n 7. 97. 1† vidvā́ṅsam[6] u 13. 3. 1—25 vidvā́ṅsam* vidúṣas[3] vidúṣe[4] vidúṣā[4] vidvā́ṅsas vidúṣām* vidúṣī. — √vid$_2$ vivéda[2] viveda*. — √viç vivéça[22] vivéçā[2] (p. ă) vivéça*[3] viviçús[3] viviçyās* viçivā́ṅsam. — √hīḍ[7]) jīhīḍa 4. 32. 5† (p. ĭ).

---

[1]) Der P. setzt immer vă statt vā.

[2]) Hier hat Uebergang in die a-Conjugation stattgefunden. cf. Whitney Gr. § 815. Ueberhaupt stellen diese Formen die Mitte zwischen Perfecten und Intensiven dar.

[3]) Whitney Gr. § 815 bemerkt: an isolated case!

[4]) Zur Erhaltung des k in der Wurzelsilbe cf. Brugmann, Comp. II 931 Anm.

[5]) Klassisch: çiçyānā́s cf. Bartholomae K Z XXVII 340 Anm. 2.

[6]) cf. Whitney Gr. § 790b.

[7]) Schon der Umstand, dass √hīḍ der Gunabildung nicht fähig ist, führt zu der Vermuthung, dass ī auf abnorme Weise entstanden ist. Und in der That haben wir in √hīḍ die durch d determinierte √har „zuernen“ zu sehen, cf. aber Bradtke K Z XXVIII 295 ff., der heḍa gleich ig. ghaizdo, unserem „geist“ setzt.

Wurzeln auf zwei Consonanten.

√hiṅs jihiṅsimá.

Wurzeln auf ū̆.

√dru dudruvus. — √dhū dudhuve. — √bhū babhūtha*[2] babhū́tha babhū́vitha[6] babhū́va[32] babhūva*[2] bavhūváthus[2] babhūvima babhūvús[10] babhūvúṣī*[2]. — √çru çuçrāva* çuçruma[3] çuçrumā (p. ă). — √sū sasū́va suṣuvé. — √sru susruvus susros susrot*

Wurzeln mit innerem ū̆.

√ud ūdus 6. 21. 1†. — √uh ūhé*. — √kṣubh cukṣubhé. — √gup jugupus. — √juṣ jujóṣa jujuṣṭana* jujuṣānás. — √tud tutóda*. — √duh duduhé duduhe*. — √dyut[1]) didyóta adidyutat. — √druh dudróhitha dudróha*. — √muc mumugdhi mumoktu[2] mumuktám mumuktam* mumuktam 6. 97. 2† 7. 42. 1† mumucánás mumucānās. — √yuj yoyója yuyukṣé. — √yup[2]) yuyopimá* (!) — √ruj rurója. — √rudh rurudhre*. — √ruh ruróhitha[3] ruroha[10] ruruhús[2]. √çuc çuçugdhi*.

Intensivum.

Dem, was Whitney Gr. § 1000—1025 über das Intensivum sagt, ist im Ganzen wenig hinzuzufügen. — Das Intensivum ist eine Bildung, welche so tief im Charakter der indogerm. Sprachen, wo nicht der menschlichen Sprache überhaupt begründet liegt, dass es noch seine Spuren zeigt, wo ihm eine speciell eigenthümliche Bildungsweise genommen ist. Das klassische Sanskrit kennt das Intensivum nur in vereinzelten Fällen, es geht aber gewissermassen auf die allererste Anfangsstufe einer solchen Bildung zurück, wenn es z. B. den Gedanken: „er kommt immer wieder“ oder: „er geht ganz langsam,“ durch mandam mandam gacchati ausdrückt, (cf. auch A. V. 2, 5, 34: pinvatím-pinvatím). Mit der grammatischen Erscheinung des Intensivs aber haben wir es erst zu thun, wenn eine solche, zum Zwecke der

---

[1]) dyut = dīv, durch t determiniert.

[2]) Starke Form statt schwacher.

Begriffsverstärkung[1]) vorgenommene Wiederholung von Verbaltheilen zu einem Worte zusammenfliesst. Hier können wir an sprachlichen Merkmalen noch verschiedene Bildungsstufen unterscheiden. So wird die aus dem R. V. in unseren Text übernommene Form karikrati einen entschieden älteren Typus repräsentieren als die Parallelbildung cárikrat; hier liegt eine Reduplication, dort eine den Lautgesetzen noch nicht unterworfene Wiederholung vor.[2]) Dass das ī, welches Reduplication und Stamm vieler Intensiv-Formen trennt, ein euphonisches Element sei[3]) und sich in der Quantität nach der folgenden Silbe richtet, ist bereits von Delbrück erkannt. Derselbe bemerkt auch, dass der ī-Vocal, welcher als Wurzel-Determinativ vielfach an die Intensiv-Stämme antritt, mit dem vorerwähnten ī nie in derselben Verbalform zusammen erscheint, es heisst also nonavīti, aber navīnot, nie *navīnavīti. Bemerkenswerth ist es, dass jeder Nasal in der Reduplicationssilbe durch n vertreten ist. Zu der Form jáṅgahe bemerkt Burchardi B. B. XIX 179, dass derartige Formen mit Nasal in der Reduplication, wenn sie von unnasalierten Wurzeln abgeleitet sind, sich im Veda noch sehr selten finden; jaṅgahe ist für diesen Typus aber kein geeignetes Beispiel, denn es kennt den Nasal in einzelnen Abtheilungen und ist jedenfalls zu der von Kuhn K Z I 123 ff aufgezählten Wurzelfamilie zu rechnen. — Die weniger bezeichnende, aber, wie Brugmann, Comp. II S. 852 bemerkt, bereits auf indog. Zeit zurückgehende Verlängerung des Reduplicationsvocals als Charakteristikum eines besonderen Typus von Intensivstämmen ist, wenn Burchardi (a. a. o. S. 181) recht hat, nur bei Verben möglich, die weder Nasal noch Liquide im Auslaute der Wurzel haben, also çākaçīti (was Burchardi S. 181 wohl zu erwähnen vergisst) rārajīti, lālapīti vāvadīti. Doch mag hier eher ein Zufall als ein Gesetz vorliegen.

---

[1]) Mithin kann von einem Intensiv nur da die Rede sein, wo zu einer solchen Begriffsverstärkung Veranlassung vorliegt, dh: hauptsächlich bei Verben, welche eine concrete Thätigkeit oder einen Sinneseindruck kennzeichnen, wie: kriechen, laufen, schlagen, schreien, klagen, brüllen, weinen oder wie: glänzen, leuchten, scheinen u. s. w. — Dass diese Beobachtung für die indog. Zeit nicht zutrifft, das Intensivum vielmehr erst auf dem speciellen Boden des Sanskrit eine solche Gestaltung gewonnen hat, ist freilich unabweisbar.

[2]) cf. J. Schmidt K Z XXXII S. 351.

[3]) Wie denn überhaupt diese Bildungen in hohem Grade rhythmisch sind.

Die Reduplicationssilbe endigt auf einen Consonanten.

√kāç in ápraçaṅkaça· — √kṛ$_8$ carkṛdhi. — √kṛṣ acarkṛṣus[2] — √gāh jáṅgahe. — √car[1]) carcarīti A. V. XX 127, 4 daneben carācará 4. 1 11*). — √jambh jañjabhānas. — √bṛh barbṛhi. — √mṛj marmṛjyánte. — √vṛt varvartti* várvṛtatus. — √sṛ sarṣat 4. 11 3 sársrāṇam 6. 39. 1. — √stan taṅstanīti. — √han jaṅghanāva* jaṅghanīhi (cf. ghanāghaná). — √hṛṣ jarhṛṣānas*.

Zwischen Reduplication und Endung tritt ī.

√kṛ karīkrati* kárikratī kárikratam cárikrat. — √krand kánikradat. — √dyut dávidyutat. — √pan pánipnatam*. — √mṛç marīmṛçá 8. 6. 17. — √mluc in: malimlucá. — √vṛj varīvarjáyantī. — √vṛt varīvartti* varīvartti. — √syand in saniṣyadás 19. 2. 1. — √sraṅs in sanisrasás 5. 6. 4. — √sṛp sarīsṛpám 3. 10. 6; 19. 48. 3; sarīsṛpáṇi 19. 7. 1. — √vṛj varīvarjáyantī.

Die Reduplications-Silbe endigt auf ā.

√kāç çākaçīti* çákaçīti çákaçat* çákaçat[2] çákaçān[2]. — √cal cācal in avicácala. — √nad nánadatī. — √raj rārajīti. — √lap lálapīti. — √vad vāvadīti vāvadītu 6. 126. 3†. — √çad çāçadmahe* çāçadānas çāçadānām*. — √gṛ jágrati[3] jāgarat[2] jāgṛtāt jāgṛhí[6] jāgṛhi* jāgṛtam* jāgṛtām jāgṛtá jágrat[2] jágratas[2] jágratas* jágratīm.

i-Wurzeln.

√nij nenigdhi. — √piç pépiçāne. — √rih rérihatīm. — √viṣ veveṣmi veveṣṭu vévisat* veviṣyāt. — √diç[2]) dediçyate.

ū-Wurzeln.

√nu nonumasi[3]. — √bhu bobhuvatī. — √yu$_1$ yóyuvat. — √ru róruvatam roravīti*. — √rud in abhiroruda. — √çuc Part. cóçucatas* 8. 3. 13† 19* Imf.: çóçucat 4. 33. 1*; 1—8* Part. Med.: çóçucānas 4. 11. 3; 8. 3. 7* çóçucānam 6. 132. 1 5; 8. 3. 9* çóçucānās 5. 22. 1. aber: çūçucas (p. ū) 18. 2. 4†[3]). — √hū jóhavīmi[11] johavīmi 3. 16. 5† johavīti johavītu.

---

[1]) Von J. Schmidt, Voc. II 227 erwähnt.

[2]) cf. Brugmann Comp. II 1083 § 729.

[3]) Auch çuçugdhi 4. 33. 1* wird am besten hierher zu rechnen sein.

Erweiterung der Wurzel durch s.

Zu den s-Aoristen.

Das gemeinsame Band, welches die folgenden Gruppen verbindet, ist der dem Futur, Desiderativ und einem Theil der Aorist-Bildungen eigne Charakterkonsonant s, der sich, wie wir bereits früher betonten, auch im Präsens vieler Wurzeln als sog. Wurzeldeterminativ wiederfindet. Die Einheit dieses s in der Verschiedenheit der Bildungsformen ist u. a. auch von Brugmann, Comp. S. 873 erkannt worden. Eine ungemein schwierige, bisher noch ungelöste Frage eröffnet sich uns indess, wenn wir nach den Gründen forschen, welche die mit dem s-Charakter versehenen Aorist-Bildungen bald mit der Vṛddhi-, bald mit der Guṇa-Stufe ausgestattet haben. Die Meinung Streitbergs, J F III 394 f., nach der z. B. anaiṣam eine Contraktionserscheinung aus anăyiṣam sei, wie derselbe Gelehrte ja auch z. B. stauti auf ähnliche Weise erklärt, ist recht ansprechend. Danach trat die Dehnstufe als Ersatz für die verloren gegangene More des ĭṣ-Aorists ein. Wurzeln mit Innenvocal wie arautsam u. s. s. w. müssten danach Analogie-Bildungen sein, was anzunehmen recht gewagt ist, wenn man bedenkt, dass sich z. B. akṛsi von √kṛ neben aneṣi erhalten hat. Doch weiss ich eine einleuchtendere Erklärung nicht zu liefern.

Was das Medium anbetrifft, so lässt sich akṛṣi neben aneṣi dadurch erklären, dass man ersteres dem s-Aorist, letzteres dem is-Aorist zuweist Der s-Aorist hat nach Ausweis des Griechischen in indog. Zeit nach der übereinstimmenden Ansicht von de Saussure, Brugmann, Osthoff u. a. (Brugmann, Comp. II 1170 § 811. de Saussure S. pr. 191, Osthoff, z. Gesch. des Perf. S. 396, J. Schmidt, K Z XXV 90 f XXVII 322 Note) im Singularis des Activums ursprünglich Vṛddhi, im Dualis und Pluralis des Activs und im ganzen Medium aber Tiefstufe gehabt. Bechtel Hauptpr. 158 bemerkt ebenfalls, dass diese Vermuthung durch den von Bartholomae K Z XXIX 289 hervorgezogenen Formenbestand sehr wahrscheinlich gemacht sei. Nach der eben geäusserten Ansicht liesse sich die Guṇa-Stufe in aneṣi vielleicht besser erklären, als de Saussure es thut, wenn er an der citierten Stelle sagt, dass das Medium gewisser Wurzeln Metaplasmus erlitten habe.

Die zweiten und dritten Personen Singularis auf īs, īt führen uns zum iṣ-Aorist hinüber. Bereits Fick B B III 158 erkannte, dass diese Endungen das auslautende Schwa der Wurzeln wie tari u. s. w.

darstellten, dass sie also erst secundär dem iṣ-Aorist einverleibt sein konnten, was auch Streitberg J. F. III 394 f, der das i des iṣ-Aorists mit dem des Futurums, Infinitivs, und Absolutivs (yamiṣyāmi, yamitum, yamitva) identificiert und Brugmann, Comp. II 1198 § 839 aufrecht erhält. Derselbe stellt ábravīt und ástarīt vollkommen auf gleiche Stufe und hält die Verdrängung der absolut fehlenden Endungen iṣ + s = iṣ, für die zweite, und iṣ + t = iṣ für die dritte Person für eine Folge des Umstandes, dass dieselben eine Unterscheidung der zweiten und dritten Person nicht zuliessen. Doch mag ich auch diese Meinung, obgleich ich sie unabhängig gewonnen habe, nicht für unanfechtbar erklären, da Zwischenformen auf iṣ vollkommen fehlen und das Differenzierungsbedürfniss sich ebensosehr z. B. bei ákar, 2. u. 3. Sing. Aor. hätte geltend machen können, was jedoch unterblieben ist. Grosse Schwierigkeiten macht namentlich bei dieser Erklärung wieder die Vṛddhi-Stufe in Formen wie atārīt u. s. w. Streitberg, welcher J. F. III 397 ff. zunächst Bartholomaes Behauptung wiederlegt, als müsse wegen der Identität des s- und iṣ-Aorists die gleiche Dehnstufe verlangt und die Differenzierung analogischen Bildungen zugewiesen werden (Bartholomae J. F. II 164 ff.) stellt die naheliegende Behauptung auf, dass in atārīt der Einfluss des s-Aorists massgebend geworden sei. — Von Osthoffs ziemlich verworrenen Auseinandersetzungen (Osthoff z. Gesch. des Perf. S. 396) will ich nur soviel erwähnen, dass derselbe das i des iṣ-Aorists ganz abweichend von allen übrigen Gelehrten als phonetische Entwicklung aus dem Zischlautgeräusch des s auffasst, Die Thatsache, dass der iṣ-Aorist bei auf Geräuschlaute schliessenden Wurzeln durchweg Guṇa als Ablaut hat, wird damit in Verbindung gebracht, dass der sigmatische Aorist als zu den Systemen der mi-Conjugation gehörig von Haus aus die bekannte Wurzelabstufung dieser (scl. Conjugation!!) zwischen Singularis Activi einerseits und Dualis, Pluralis Activi und Medii andererseits haben musste. So stellte sich avediṣam, avitsi als ganz regelmässiges Abstufungsverhältniss nach altem Princip dar und wären danach sowohl die Medial-Formen avediṣi, abhodiṣi für spätere Neubildungen nach dem Singularis Activi zu halten, als auch von den Medial-Formen wie vediṣva, bodhiṣva zu erkennen sei, dass sie die Substitute älterer *vitsva *bhutsva seien.

Zu diesem Abschnitt der Delbrückschen Arbeit verweise ich auf einige interessante Correcturen Neissers B B VII 238, 241. — Dass der siṣ-Aorist eine Combination des iṣ-Aorists mit dem Wurzel-

Determinativ s darstellt, braucht kaum erst gesagt zu werden Der sa-Aorist, der sich im Sanskrit nur bei Wurzeln findet, die ihren Auslaut mit dem s des Aorists zu kṣ verbinden, ist wohl gerade unter d e m Gesichtspunkt auf dies Gebiet beschränkt geblieben, dass diese Consonantengruppe kṣ eine unauflösliche Einheit bildet, die zum Uebertritt der genannten Wurzeln in die a-Classe führen konnte. Auch hätte ein consonantisch anlautendes Suffix das kṣ des Wurzelschlusses jedenfalls in s verwandelt, worunter die Klarheit der Form sehr litt: a-dvikṣ-thas = adviṣṭhas könnte vom Wurzel-Aorist hergeleitet werden.

Wurzeln mit mittlerem a.

√kram akraṅsata. — √tan atān. — √tap[1]) átapthās (?) — √dah dhāk. — √pad patsi patthās[2]. — √prach áprākṣam. — √bhaj abhakṣi bhakṣi* bhakṣīmahi. — √man maṅsase maṅsthās maṅsta 8. 1. 12 māṅsta 11. 2. 8. — √yaj yakṣi*[2] yakṣat[2]. — √ram[2]) araṁsata raṁsthās araṁsata 14. 2. 5†. — √rādh arātsis. — √vas_1 avāt. — √vas_3[3]) avātsīs[2]. — √vah ávāṭ* ávāṭ vākṣīt ávākṣus vákṣathas vakṣas vakṣat[3]. — √sah sākṣīya sakṣati 5. 2. 7†.

Wurzeln auf ā.

√jñā jijñāse 14. 1. 56. ájñāsthās. — √$dā_1$[4]) ádiṣi[3]. — √$pā_2$ pāsta. — √$mā_1$ ámāsi[2] māsātai 18. 2. 38—45. — √$hā^1_2$ ahās hāsta hāsmahi* hāsthās.

Wurzeln mit mittlerem ṛ.

√pṛc[5]) aprāk apṛkthās[2] apṛkṣmahi 7. 89. 1†. — vṛj vṛkṣi. — √sṛj asrāṣṭam[6]) srās[7]) asṛkṣata srāṣṭam.

[1]) Oder zu den Wurzel-Aoristen, cf. Brugmann Comp. II 1176 § 816 Abschn. III

[2]) cf. Brugmann Comp. II 1175 § 815.

[3]) Ueber diese Form spricht Bartholomae Stud, I 23 ff., ibid 30 findet sich eine Erklärung derselben auf ganz gekünsteltem analogistischem Wege. Zu der ganzen Erscheinung siehe Benfey GGA 1866.

[4]) cf. Brugmann Comp. II. 1175 § 815.

[5]) Bartholomae J F III 51 § 81 bringt hier die Idee an, dass durch Formen wie aprāk leicht Quantitätsverschiebungen im Stammvocal des Präsens eintreten könnten.

[6]) cf. Bartholomae J. F. III 2 § 4.

[7]) cf. Whitney Gr. § 146a, welcher Verdrängung des wurzelauslautenden Consonanten und des Tempuscharakters durch die Personalendung annimmt. srās = srāk-ṣs.

Wurzeln auf ṛ.

√kṛ$_3$ akārṣam √pṛ parṣā (ă)* parṣat*[5] a. e. St.. parṣat. — √bhṛ ábhārṣam. — √vṛ$_2$ avṛṣata. — √sṛ sarṣat — √stṛ stṛṣīya[7]. √spṛ áspārṣam*. — √hṛ áhārṣam[8] áhārṣam*[3] ahārṣam 3. 11 4† áhār[4].

Wurzeln mit innerem ĭ.

√chid chitthās*. — √nij anaikṣīt nikṣi[8]. — √lip alipsata*. — √vind avitsi*. — √viç avikṣata*.

Wurzeln auf ī.

√kṣi kṣeṣṭa. — √ji ájaiṣam[4] ájaiṣma* jaiṣus. — √nī neṣṭa neṣat* Conj. neṣat[6] neṣa[1]) neṣa 7. 97. 12† neṣi* aneṣata*. — √bhī bhaiṣīs ábhaiṣma*. — √mī meṣṭa meṣi meṣṭhās[2]. — √çrĭ açrait (13. 2. 9). — √hi[2]) áhait 2. 24. 1—8.

Wurzeln mit mittlerem u.

√budh ábhutsata. — √muc amukṣi ámukthās[3] (?) mukṣata*. — — √yudh yutsmahi. — √rudh araut.

Wurzeln auf u.

√cyu cyoṣṭhās*. — √dhū[3]) adhūṣata*. — √nu[4]) anūṣata — √yu yūṣam[5]) 6. 123. 4 yauṣṭam* yauṣṭa yoṣatas. — √stu ástoṣata*.

Ich glaube, dass hier der Ausgleich zwischen einem prakritisch zu ṣ gewordenen kṣ und der Personalendung s zu Gunsten der letzteren erfolgt ist, wie bereits mehrfach beobachtet. Interessante Analoga sind die beiden 3 Sing. asrāk und asrāṭ (in der Brāhmana-Sprache vorkommend) cf. Bechtel, Hauptpr. 158 f. Wir können auch hier ein Erweichung des ks zu ṣ und dessen regelrechte Verwandlung zu ṭ im Auslaut annehmen: asrāks + t = asrāṣ + t = asrāṣ = asrāṭ. Diese Bildung, welche die Analogie zu dem von Benfey G N 1876, 302 behandelten abhrāṭ wiederherstellt, ist demselben also entgangen.

1) Whitney. Ind. S. 382: „in neṣa and parṣa* . . . are certainly to be seen imperatives of the a-form from an s-Aorist stem."

2) Für áhaiṣ. cf. Brugmann Comp. II 1176 § 816 Abschn. 2.

3) cf. Brugmann, Comp. II S. 1173 § 812.

4) Das Präsens dieser Wurzel lautet: nauti; neben anūṣata kennt das P W anaviṣṭa. Danach ist wahrscheinlich auch hier eine zweisilbige Wurzel navi zu Grunde zu legen.

5) Neben yāviṣ, also ebenfalls ū aus Vocalcontraction zu erklären.

Iṣ-Aorist.

Wurzeln mit mittlerem a auf einfache Consonanz.

√an āniṣus. — √aç₂ áçiṣam 11. 3. 32—49 āçīṣ 11. 3. 32 49 āçīt 8. 3. 17† āçīt. — √av áviṣus. — √kram kramīṣ akramīt[4] akramīt*. — √kṣan kṣaniṣṭhās[1]). — √grah ágrabhīt[4] ágrahīt[3]. — √jan ájaniṣṭhās ájaniṣṭa[4] ajaniṣṭa* jániṣṭa, janiṣīya. — √math mathiṣṭana. — √vad avādiṣam[2] avādiṣus* vādiṣus vádiṣas[2] Conj. — √vadh avadhiṣam[2] ávadhīt[3] vadhīṣ[4] vadhīt[4] vadhiṣus. — √van vaniṣat[2]. — √vyath vyathiṣṭhās[3] vyathiṣmahi. — √san saniṣan 5. 3. 5†. — √sah sahiṣīvahi 19. 32. 5 sahiṣīmahi. — √stan astānīt. — √rakṣ rakṣīṣ 5. 7. 1.

Wurzeln mit mittlerem ā.

√bādh bādhiṣṭa. — √rādh rādhiṣi[2]

Wurzeln mit mittlerem ṛ.

√nṛt anartiṣus* ánartiṣus[2]. — √vṛṣ ávarṣīt.

Wurzeln auf ṛ.

√tṛ tārīt[3] atārīt tāriṣús tāriṣat[5] Conj., √bhṛ ábhariṣam 4. 13. 5† √çṛ çarais[2]) 12. 3. 18 açarait[2]) 6. 32. 2., 6 66. 2 açarīt 6. 75. 1. — √stṛ astarīs stṛṣīya 10. 5. 15—21.

Wurzeln mit mittlerem i, auf einfache Consonanz.

√jīv jīvīs jīvīt 10. 5. 25—35; 16. 7. 13. jīviṣus.

Wurzeln mit mittlerem i auf Doppelconsonanz.

√nind nindiṣat Conj. 2. 12. 6†. — √hiṅs hiṅsīs[4] hinsīs 11. 2 20, 29† hiṅsīt[3] hiṅsīt* hiṅsiṣṭam[5] hiṅsiṣṭa hinsiṣṭa* hiṅsiṣus[3].

Wurzeln auf i.

√ci[1], acāyiṣam. — √nī anayīt.

Wurzeln auf e.

√edh edhiṣīyá[2] edhiṣīmahi.

---

[1]) cf. Brugmann, Comp. u. K. Z. XXIV 363 f.

[2]) Auch Whitney rechnet diese Formen nach ausdrücklicher Bemerkung (Ind. S. 382) zum iṣ-Aorist.

Wurzeln mit mittlerem u.

√nud nudiṣṭhās. — √mud modiṣīṣṭhās 2. 29. 6[1]. — √muṣ moṣīṣ[2]. — √yudh yodhīs*. — √rucruciṣīya.

Wurzeln auf ū.

√sū sā́vīs sāviṣat[2]) 6. 1. 3; 7. 73. 7* 1. 18. 2 asāviṣus.

Von abgeleiteten Verben.

√it ailayīt 6. 16. 3. — √ṛdh īrtsīs 5. 7, 6. — √cit acikitsīs 5. 11. 1. — √vyath vyathayīs 5. 7. 2 — √sapary ásaparyait 14. 2. 20.

siṣ-Aorists.

√pyā pyāsiṣīmahi 7. 81. 5 — √van vaṅsiṣīya[2] 9. 1. 14. — √hā hāsīt 2. 28. 3; 7. 53. 4; 8. 1. 15; hāsiṣṭam 16. 4. 5 hāsiṣṭām 16. 2. 5; 16. 3. 2–4 hāsiṣṭa 9. 4. 24 hāsiṣus 6. 41. 3; 8. 2. 26.

sa-Aorist.

√dviṣ dvikṣat 3. 30. 3 dvikṣata 12. 1. 18; 12. 1. 23—5; 12. 2. 33. - √mṛç ámṛkṣat 7. 64 2 — √ruh arukṣas 17. 25. 26; rukṣas 17. 8. arukṣat 3. 5. 5; 8. 5. 20; 11. 1. 13, 16; 12. 3. 42; 18. 4. 14; arukṣāma 14. 2. 8. — √spṛç áspṛkṣat 6. 124. 2.

Futurum.

Der seltene Gebrauch des Futurums in der älteren Sprache wird mit Recht darauf zurückgeführt, dass der Conjunctiv, ja selbst der Indicativ noch häufig futurische Bedeutung hat. Die temporale Differenzierung ist, worauf auch die Analogie der semitischen Sprachen hinweist, überhaupt eine secundäre. So inhäriert auch sicherlich dem sya-Suffix des Futurums ursprünglich durchaus nicht die später übliche temporale Bedeutung mit Nothwendigkeit[3]) wenigstens gilt dies für die indogermanische Zeit. Brugmann Comp. II 1092 § 747 vermuthet, dass die älteste Function des sya-Suffixes wahrscheinlich die voluntative war, und weist auf die desiderative Bedeutung von Formen wie tiṣṭirṣate hin. Ich halte diese Zusammenstellung für sehr glücklich und bin unabhängig davon zu der Ansicht

[1]) Präcativ des iṣ-Aorists! Offenbar schon der Anfang zu grammatischen Spielereien

[2]) sāviṣat, in den mss. steht sāviṣak. Whitney Gr. § 151a konstatiert hier Verwandlung von t in k (??). cf. Bechtel, Hauptprobl. 171–78.

[3]) cf. trásyati (√tras) neben çroṣyati.

gekommen, dass das Desiderativ (siehe dieses) ursprünglich nichts anderes als eine gewisse Intensiv-Bildung mit voluntativer Function (daher s-Suffix) sei. Man hat dieses Suffix aus dem Wurzel-Determinativ s durch Combination mit dem ya-Suffix der indischen vierten Classe entstanden erklärt, wofür wir allerdings bis jetzt nicht den Schatten eines Beweises haben, wenngleich die Endung iṣya neben der Endung sya die Parallele mit den entsprechenden Suffixen des sigmatischen Aorists nahe legt.

Wurzeln mit mittlerem ă. sya-Suffix.

√kram kraṅsyámānas. — √dah dhakṣyán. — √bhas[1]) bhatsyāmi (?) — √yaj (?) yakṣyámāṇā 20. 135. 5 (?). — √vac vakṣyāmi. — √vah vakṣyatás. — √çad[1]₂ çatsyanti. — √sah[2]) sākṣye.

iṣya-Suffix.

√art artiṣye. — √gam gamiṣyati[2]. — √naç naçiṣyati. — √pat patiṣyán patiṣyati[2]. — √vad vadiṣyati. — √svap svapiṣyámasi. — √han haniṣyasi haniṣyati[4].

√rādh rātsyasi.

Wurzeln auf ā, sya-Suffix.

√dā dāsyán. — √hā[1]₂ hāsyanti[3]. — √yā yāsyán.

Wurzeln auf ā, iṣya-Suffix.

√jyā jyeṣyán 5. 20. 1 (?)

Wurzeln mit mittlerem ṛ, sya-Suffix.

√kṛt kartsyāmi vartiṣye[3]) XIV 1, 56.

Wurzeln auf ṛ iṣya-Suffix.

√kṛ kariṣyāmi kariṣyati* kariṣyati kariṣyatha. — √dhṛ dhariṣyé. — √mṛ mariṣyasi[5] mariṣyati[3] mariṣyatas. — √sṛ sariṣyatha.

Wurzeln mit mittlerem ĭ.

√mih (?) mekṣyámi 7. 102. 1 (?)

---

[1]) Wenn so zu lesen (cf. Whitney, Ind. S. 382).

[2]) Die mss geben das schwererverständliche sākṣe, das der Index durch sākṣye corrigiert.

[3]) Der Index hat diese Form sowohl im Text als im Register vergessen.

Wurzeln auf i, sya-Suffix.

√i eṣyāmi eṣyán. — √ji jeṣyán. — √nī neṣyati.

Wurzeln mit mittlerem u, sya-Suffix.

√gup gopsyanti[3]. — √yuj yokṣye (?)

Wurzeln auf u, iṣya-Suffix.

√bhū bhaviṣyasi [5] (nur in den beiden Hymnen 11. 3 u. 11. 4) bhaviṣyáti[2] bhaviṣyán[2] bhaviṣyát[6]. — √stu staviṣyate staviṣyámāṇas.

Von abgeleiteten Verben.

√duṣ dūṣayiṣyāmi. — √vṛ vārayiṣyate[4] a. e. St.

Desiderativa.

Das Desiderativ kennt zwei Bildungskategorien: die erste gewöhnlichere entsteht durch Reduplication der Wurzel unter Bevorzugung des Reduplications-Vocals i (eine Ausnahme machen nur die u-Wurzeln, deren u-Reduplication Brugmann auch hier als indogermanisch betrachtet) und Suffigierung des s, welches wahrscheinlich voluntativen Charakter hatte, der zweite nur bei a-Wurzeln mögliche Typus durch Verdrängung des a durch i und Suffigierung von s. Einen Uebergang von der ersten Kategorie zur zweiten vermuthe ich in Wurzeln wie ṛdh, cf. unter dieser. — Das die Wurzel augmentierende s wird bisweilen durch iṣ vertreten. Hier liegt sicherlich eine phonetische Entwicklung aus dem s, nicht etwa eine Combination desselben mit wurzelhaftem Schwa-Vocal vor. Wenigstens liefern unser Text oder der Rigveda zu dieser unserem System naheliegenden Vermuthung keinen unmittelbaren Anhalt. Bei Wurzeln, welche mit Nasalen, Sonanten oder Liquiden auslauten, wird bei Antritt des s die Länge bevorzugt, daher amīmāṅsata, jigīṣati, cíkīrṣati[3].

Typus I.

Wurzeln mit mittlerem ă, ohne Verlängerung desselben.

√ghas[1]) jíghatsati, jíghatsatas[2]. — √yaj[2]) iyakṣati* íyakṣamāṇās. — √vac in vivakṣú.

√pat pipatiṣati[3]).

---

[1]) Bartholomae Stud. I 26 ff. zieht diese Formen sehr gewagt zu √han, wir sollten dann vielmehr jighāṅs erwarten.

[2]) íyaksa für *yi-yakṣa (Brugmann, Comp. II 1027 § 667).

[3]) Daneben existiert auch pitsati Brugmann Comp. II 1028 § 667.

Wurzeln mit mittlerem ă, mit Nasalschluss.

√gam jígāṅsati. — √man amīmāṅsanta mīmāṅsamānās mīmāṅsámānasya mīmāṅsitásya, — √han jíghāṅsati[1] jíghāṅsati* jíghāṅsam.

Wurzeln mit mittlerem ā.

√āp ípsan[3] ípsantī ípsantīs[3].

√bādh bibhatsú.

Wurzeln auf ā.

√jñā jijñāse. — √jyā jíjyāsatas*. — √vā$_3$ vívāsat vívāsatām* — √sā siṣāti siṣāsatha síṣāsatīs.

√hā (?)[1]) jihīṣate (?)

Wurzeln mit mittlerem ṛ.

√ṛdh[2]) īrtsamānas írtsantī írtsīs. — √tṛp títṛpsāt*. — √vṛt vívṛtsati.

Wurzeln auf ṛ.

√kṛ cikīrṣati[3]. — √hṛ jíhīrṣati[2].

Wurzeln mit mittlerem ĭ.

√cit cikitsati cíkitsāt cíkitsatu[3] acikitsīs. — √tic títikṣante. — √çliṣ (?) çiçlikṣate (?) (not mss.).

---

1) mss.: jihīḍate.

2) Auch diese Bildung kann ich nur unter der Voraussetzung verstehen, dass ṛdh als ĭrdh gesprochen wurde. Dieses ergab aus ĭ + ĭrdh + sa den Stamm īrtsa; solche Stämme vermitteln den Uebergang zwischen den Typen jighatsati und lipsati indem der bei vocalisch anlautenden Wurzeln entstehende Zusammenfluss des reduplicativen ĭ mit dem ā der Wurzel zu einem ī (cf. Stamm īps) auf consonantisch anlautende Stämme übertragen wurde. Diesen Zusammenfluss denkt sich Brugmann in der Weise, dass z. B. der ā-Vocal von āp vor dem reduplicativen ĭ zu Schwa geworden sei (ĭ + əps = īps) und mithin √īps auf ähnlichem Wege entstanden wäre wie ich ī der neunten Classe erkläre (kṛ-nə-i-te = kṛṇīte). J. Schmidts inzwischen erschienene Kritik der Sonantentheorie benutzt interessanter Weise dieselbe Form (das Des. von √ṛdh) zum Erweis derselben Behauptung, die auch ich in privaten Mittheilungen durch die Thatsache zu stützen suchte, dass nach einer Bemerkung Whitneys die ersten Silben von Formen wie dṛḍha ihren Werth als Länge behaupteten. Diese Thatsache schien sich unter der gegebenen Voraussetzung am einfachsten zu erklären, der Bemerkung Benfeys, dass wir in dem ṛ dieser Wurzel einen ṝ-Vocal zu sehen hätten, scheint mir schon das graphische Bedenken entgegen zu stehen, dass wir kein diesem Laut entsprechendes Schriftzeichen angewandt sehen. Wichtig sind indess die neuerdings von Bezzenberger GGA 1896, S. 948 ff. geäusserten Bedenken.

Wurzeln auf ī.

√ji jigīṣati

√nī nínīṣati.

Wurzeln mit mittlerem ū̆.

√dhūrv dúdhūrṣati. — √yudh yúyutsati.

Typus II.

√dadh dítsati[1] dítsantas. — √dabh[1]) dipsati[4] dípsati*[2] dípsanti[3] dipsanti* dípsāt[2] dípsa dípsantam dípsatas[2]. — √labh lípsamānās; lipsethās 20. 134. 5 (not mss.).

Infinita.

Von einer eingehenderen Besprechung der Infinitive musste bei einer Darstellung, die sich auf Aufzählung und Erklärung des Formenmaterials eines bestimmten Textes beschränken will, deshalb Abstand genommen werden, weil eine lückenlose Aufzählung sämmtlicher Infinitive in vielen Fällen eine umständliche Textinterpretation voraussetzen, und — was damit aufs engste verbunden ist — eine Auseinandersetzung über Fragen der Nominal-Bildung verlangen würde, was nicht im Plane meiner Arbeit lag. Daher konnten die Infinitive nur anhangsweise erwähnt werden. — Die bekannte Schrift von Ludwig über den Infinitiv im Veda, welche, obgleich in der Tendenz verfehlt, doch schon um der Tiefe und des Reichthums ihres Ideengehalts willen stets lesenswerth bleiben wird, giebt ein in vielen Stellen lückenloses Material für diesen Punkt unserer Betrachtung, obgleich dasselbe nicht ganz einwandfrei ist, weil Ludwig viele Bildungen höchst zweifelhaften Charakters dieser Kategorie unterordnet. Dagegen geht Whitney in das andere Extrem, indem er Nominal-Bildungen konstruiert, um der Anerkennung von Infinitiven aus dem Wege zu gehen. Erwähnt seien auch noch die überkünstelten Ausführungen von Brunnhofer KZ XXX 504 ff., der u. a. in prajā́yai 5. 25. 8. einen alten dativischen Infinitiv sieht, anstatt es einfach von prājā abzuleiten. Einige Notizen über die Gegensätze namentlich in den Anschauungen von Whitney und Ludwig wird die folgende Dar-

---

[1]) Nach J. Schmidt Son. 68 wäre dipsati aus dhi-dembh-séti hervorgegangen (??) Zu aller sonstigen Unwahrscheinlichkeit kommt der Verlust der Aspiration.

stellung bringen. Von Einzelheiten dürfte die Aufzählung von Infinitiven auf tum von besonderem Interesse sein, die neben den dativischen Infinitiven sich bereits Geltung zu verschaffen beginnen. Doch kann auch hier vor der Ueberschätzung solcher Indicien für das Alter unseres Textes nur gewarnt werden.

Infinitiva.

Dative:

Auf e: dṛçe dhṛṣe yuje yudhe (vom Index gegen Ludwig zu yudh, Substant., gezogen) ruce (vom Index zu ruc f. gestellt, das sonst im A. V. nicht vorkommt). vṛdhe çubhe (vom Index zum Substant. çubh gestellt) vighase 11. 2. 2 (vom Index zu vighasa gestellt) bádhe stare 18. 1. 32 game sunúde 8. 1. 15 — dviṣé, duhé nikṣe (√nikṣ).

Auf mane: vidmane.

Auf ase: cákṣase sáhase jaráse tárase avase cārase jīvase, sämmtlich vom Index gegen Ludwig zu Substantiven auf as gestellt.

Auf tave: sūtave (neben sū́tavai uud sávitave) yātave (vom Ind gegen Ludwig zu yā́tu gestellt) dhātave kartave attave paktave savitave vā́tave vodhave vettave starītave setave pātave gantave bhartave.

Auf dhyai[1]): yajadhyai.

Auf tavai: hantavai pātavai bhartavai etavai gantavai dātava jīvitavai dhātavai mātavai otavai sūtavai.

Accusative.

Auf tum: yācitum XII, 4, 31 spardhitum XIX 23, 30 dātum praṣṭum sotum kartum

Auf am: yudham 6. 103. 3 rudham 7. 50. 5.

Absolutiva.

Ueber die Absolutiva will ich mich weiterer Auseinandersetzungen enthalten; — ob die Ausgänge auf ya, tya, tvā wirklich Instrumentale (viel eher könnte man an alte Sociative denken), die auf tvī Locative (cf. Brugmann, Comp. II 1416 § 1090, der die Meinung Bartholomaes aufnimmt) sind, ist noch nicht ausgemacht, noch weniger, ob wir es bei gatvā́ya oder hatvā́ya mit secundären Bildungen aus gatvā oder primären aus *gatu zu thun haben. Jedenfalls gehen sämmtliche Formen auf die durch i, ti oder tu determinierte Wurzel zurück und tragen den Stempel des Verbal-Nomens, der den

[1]) cf. Brugmann. Comp. II 1416 § 1089, der in dhyai nach vorweltlicher Theorie eine Wurzel dhā erkennen will.

Zeitbegriff ausschliesst. Die durch das Absolutiv ausgedrückte Handlung kann also zu der des Hauptsatzes im Präterital-, im Präsens- und sogar im Futur-Verhältnisse stehen, wofür das Pali zahlreiche Belege liefert. Damit ist der Ansicht von Benfey GGN 1873, 184, dass „der Casus, durch welchen das Absolutiv ausgedrückt ist, . . zu einem Nominalthema gehören wird, welches vergangene Zeit bezeichnet", vollständig der Boden entzogen. — Syntaktisch dürfte es ausserordentlich schwer sein, den Uebergang des Instrumentalis zur Absolutiv-Function zu verfolgen.[1]) Die Litteratursprache bietet dafür kaum einen Anhalt. — Ich habe im A. V. folgende Absolutiva gefunden:

Auf ya:[2]) dádya (Whitney § 992a) dṛçya, dhā́ya, pā́ya, úhya, dhū́ya, níya, pádya, bhā́jya (vom Causativ) chídya, ghrā́ya, gṛ'hya, kramya, gírya (gṛ 2) mā́ya (not mss.) (mā₁) sṛ'pya, sívya, sicya, sádya, çuṣya, çā́ya, vidhya, (vyadh) viṣya, viçya, lupya, sthā́ya, majya (√majj) rábhya, mṛjya, bhū́ya.

Auf āya: hatvā́ya, gatvā́ya.

Auf tya: ítya gátya, hátya ṛtya jítya, tátya, yátya (√yam) vṛ tya (vṛt) vṛ'tya (√vṛ) çrutya hṛ'tya mítya (mā₁).

Auf tvā: arpayitvā́, iṣṭvā (yaj) kṛtvā́, kalpayitvā́, krītvā́, gatvā, gṛhītvā, jagdhvā (ghas) citvā, çāyitvā, dattvā, dṛṣṭvā, paktvā, pītvā́ (pā₂) vittvā́ (vid₂) hatvā, tīrtvā (tṛ) tṛṣṭvā, tṛḍḍhvā, pūtvā, baddhvā, bhaktvā, bhūtvā, mṛṣṭvā, yuktvā, rūḍhvā, labdhvā, vṛṣṭvā (vraçc) stabdhvā, stutvā́, snātvā, suptvā (svap), hitvā́, hinsitvā́.

---

[1]) Nach meiner Ansicht ist es überhaupt ein ὕστερον πρότερον, in Absolutiv-Endungen wie tvā́ Instrumentale zu sehen, da diese Formen gewiss bis in ein Alter hineinreichen, das noch keine finiten Formen kannte, wofür auch rein logisch genommen die Thatsache von Wichtigkeit ist, dass die nicht finiten Formen häufig, ja der Regel nach den Hauptsinn des Satzes enthalten. Daher ist ein kṛtvā́ nach meiner Ansicht etwa mit çanais oder ähnlichen adverbialen „Intrumental"formen vollständig auf gleiche Stufe zu stellen. Die Annahme, dass der rein adverbialen Function des Instrumentalis sprachgeschichtlich die sociative folgte, ermöglicht ein Verständniss der Absolutiva sehr wohl. Danach heisst also kṛtva apagacchat ursprünglich (adverbial): „während der Verrichtung solcher Handlung (temporal ganz unfixiert) ging er weg", dann (sociativ gefasst): in Begleitung dieser Handlung erfolgte sein Weggehen, oder prägnanter: „es erfolgte diese Handlung und es erfolgte sein Weggehen". woraus sich für die Zeitfolge beider Handlungen noch nichts ergiebt.

[2]) Ganz abnorm findet sich das Absolutiv. vom starken statt schwachen Stamm gebildet, nämlich upayajya stett upejya Âp. Çr. 7. 28. 4 (siehe Comm. cf. auch Benfey. Skt. Gr. § 915 II 1, u. § 154. 3).

Zu den Modi.

Unter den Modi bietet der Conjunctiv, welcher im classischen Sanskrit ganz ausserordentlich selten wird, bei Besprechung der Sprache des Veda ein besonderes Interesse, namentlich haben die ai-Formen häufig die Aufmerksamkeit der Forscher auf sich gezogen. Bartholomae macht es in seinem interessanten Aufsatze KZ XXVII 210 ff. wahrscheinlich, dass die nur in der ersten Person Sing. Med. berechtigte, aus dem Conjunctiv-Element a + Endung e entstandene ai-Form sich zunächst auf die ersten Personen des Dualis und Pluralis übertrug (wofür die Sprache des R. V. noch einen schönen Anhalt liefert, indem die Endungen āsai und ātai dort erst ganz vereinzelt vorkommen), dass sie dann erst den ganzen Conjunctiv ergriffen und sich endlich in das Gebiet der athematischen Flexion eingedrängt habe. Die Endungen aithe und aite wären nach Bartholomae ebenfalls nach dieser Analogiereihe gebildet; doch sei die Uebertragung auf den s-Aorist nur in ganz vereinzelten Fällen zu constatieren. Unser Text zeigt die weiteste Ausbreitung der ai-Endung bereits als vollendete Thatsache, er bietet sogar für die als ungewöhnlich gekennzeichnete Uebertragung auf den s-Aorist in māsātai A. V. 18. 2. 38 ff. ein zweifelloses Beispiel. — Was Brugmann Comp. II 1375 § 1042 und ibid 1289 § 922 zu dieser Frage bemerkt, ist im wesentlichen ein Referat aus der Bartholomaeschen Arbeit. Ich halte die annähernd vollständige Aufzählung der Conjunctiv-Formen, obwohl sie wenig neues bringen wird, deshalb für geboten, weil sie einen interessanten Beleg für die beispiellose Bildungsfähigkeit und Geschmeidigkeit der Veda-Sprache bietet.

Conjunctiv der Verba zweiter indischer Präsensklasse.

√ad ádān[1]) — √as ásāni ásasi ásati ásātha[2] [1]) — ásas ásat ásāt[1]) ásāma ásan. — √ās ā́sātai[3]. — √i ayasi áyas áyās áyati ayat áyāt[1]) ayāma ayan āyan 11. 5. 2 áyātai — √duh dohat 7. 73. 7* — dvéṣat dvéṣāma. — √brū bravas bravat bravātha. — √yu yavan. — √vid$_1$ vedas védat. — √vid$_2$ vidátha 1. 31. 1. — √stu stávāma. — √han hanas hanat hánāma hanātha hánan.

Conjunctiv der gunierenden a-Classe.

√ej éjāti. — √gam gachāsi gáchāt gáchāt* gáchāti gachān. — √car carātai. — √jan jánāt. — √ji jayāti jayātai. — √jīv jīvāni

[1]) Als conjunctiv-bildendes Element scheint bisweilen ā neben ă zu stehen.

jī́vāti jīvās jīvāt jīvān. — √tap tapāti. — √tṛ tarāthas tarāni, tirāti. — √dabh dabhāti*. — √dās dā́sat dā́sān. — √dṛṅh dṛṅhāt. — √dham dhamāti. — √dhāv dhā́vāt. — √nī nayāśi náyāti náyāthas náyāsai náyāt. — √pat pátāti. — √pad pádāt 6. 28. 1†. — √pā píbāt (pibāva). — √bhaj bhájāsi bhajāmahai bhajāt. — √bhās bhāsāsi. — √bhū bhávāsi bhávāti bhavāthas (unechter Conj.: bhavat bhavāma bhavan). — √yaj yajāt*. — √yam yachātha yachāt yachān. — √rakṣ rakṣāti. — √rāj rā́jāni. — √riṣ réṣāt. — √ruh róhāt. — √vad vádāni vádās vadāsi vadāti (vádat). — √van vánās. — √vah váhāti vahātha váhāt vahān. — √çikṣ çikṣāt çíkṣān. — √çap çápāti çápātas çápāt. — √çumbh çumbhāti. — √çri çráyāti. — √sac sácāvahai. — √sīd sīdān. — √sah sahāvahai. — √sṛp sárpāt. — √sthā tíṣṭhāsi tíṣṭhāti tíṣṭhāt (tiṣṭhas). — √smṛ smárāt. — √svaj svajātai. — √hvā hvayāmahai. — √har hárāṇi hárāt harān.

Nicht gunierende a-Classe.

√iṣ ī́chāt[4] ichāt 4. 21. 5†. — √ṛch ṛchāt[7] a. e. St. — √tṛ tirāti. — √muc muñcāsi muñcāt. — √mṛḍ mṛḍāti[2] mṛḍā́t. — √mṛç mṛçā́t. — √likh likhāt. — √viç viçāti viçāva viçātha. — √vṛh (?) vṛhāt (?) 18. 1. 10†. — √sū suvāti. — √sṛj sṛjāti[2]. — √spṛç spṛçāt.

Conj. der yá-Classe.

√paç páçyāni paçyās paçyāsi* paçyāsi páçyāma[2] paçyāsai. — √riṣ ríṣyās riṣyāti*. — √hṛ haryāt.

Conj. des Passivs.

√muc (?) múcyātai (ed mucyā́tai).

Nasal-Infix-Classe.

√ṛdh ṛṇádhat*. — √tṛh tṛṇáhān (1. Sing. Anomalie!). — √bhuj bhunajāmahai.

Nasal-Affix-Classe.

a) $\frac{n\bar{o}}{nu}$-Classe.

√aç açnávāmahai* açnavātai. — √kṛ kṛṇávas* kṛṇavas kṛṇávat[9] kṛṇavat 5. 2 8† kṛṇavāt kṛṇávāma* kṛṇavāma kṛṇávan*. — √çak çaknávāma*. — √çru çṛṇávat[3]. — √stṛ stṛṇavāmahai.

√kar karavas[2]. — √man manávate. — √san sanávāni.

b) $\frac{\text{nā}}{\text{nī}}$-Classe.

√jan jānā́t jānāmahai.

Reduplicierte Wurzeln.

√dī$_2$ dīdáyat 14. 1. 37† dīdáyati* dīdāyat dīdayante. — √bhṛ bibharat. — √mad mamádat — √hā jáhāni.

Derivative.

a) Intensiven. √kāç çā́kaçān[2]. — √gṛ jāgarat[2] jāgarāsi. — √yu yóyuvat.

b) Desiderativen. √cit cíkitsāt. — √dabh dípsāt[2].

c) Causativen. √ard ardayāti. — √īṅkh īṅkháyātai. — √kḷp kalpayāti kalpayāti* kalpayāti 18. 3. 59†. — √jan janáyās janayāvahai. — √tṛp tarpayāti. — √dhā dhāpayāthas. — √dhṛ dharayātai (dharayā 7. 82. 3). — √pat pātayāsi pātayātha. — √pad pādayāti padayāthas. — √pṛ$_1$ pūrayāti. — √pṛ$_2$ pārayāti pārayāt — √mad mādayāthas. — √mṛ mārā́yāti. — √mṛḍ mṛḍayāsi[2]. — √yu yāvayās. — √randh randháyāsi[3]. — √rāj rājayātai. — √vṛ vārayātai[2]. — √vṛdh vardhayātha. — √sad sādayāthas. — √sthā sthāpayāti.

d) Denominativen. √arātiy arātiyā́t — √kīrtay kīrtáyās[2] — √carany caranyāt[2]. — √durasy durasyā́t. — √pṛtany pṛtanyā́t[2] pṛtanyā́n.

Perfect-Stamm.

√kḷp cākḷpat (6. 35. 3). — √diç dídeçati (6. 6. 2). — √dhṛṣ dadharṣati 4. 21. 3* 6. 28. 2* — dádhṛṣanta dadhṛṣate. — √gṛ$_2$ garat. — √ci cayat*. — √juṣ joṣase 19. 49. 6. — √dṛç dárçan darçati 5. 2. 7†. — √naç naçat*. — √yam yámas[4] yamat[3] yaman 7. 117. 1† yame 18. 2. 3†. — √spṛ sparat[2].

a-Aorist.

√gam gamātas gamātha[2] gamāma*. — √vac vocati*. — √çiṣ çiṣātai.

Red. Aorist.

√tap titapāsi.

s-Aorist.

√ni neṣat* neṣat[17]. — √pṛ parṣat*[6] darunter 5 mal a. e. St. — √man máṅsase[2] a. e. St. — √mā mā́sātai. — √yaj yakṣat[2]. — √yu₂ yoṣatas 9. 5. 27. — √vac vakṣas vakṣat[3] vákṣathas. √sac sakṣati 5. 2. 7†. — √sṛ sarṣat 4. 11. 3

iṣ-Aorist.

√tṛ tāriṣat[5]. — √nind níndiṣat 2. 12. 6†. — √vad vā́diṣas[2] — √san saniṣan 5. 3. 5†. — √van vaniṣat[2]. — √sū sāviṣat sāviṣat*.

Druckfehler.

Seite 13, Zeile 6 liess: mṛḍḍhi statt mṛddhi.
Seite 14, Zeile 21, lies: çruṇumás statt çrunumás.
Seite 15, Zeile 18, liess: ausserpräsentischen.
Seite 22, Zeile 4 von unten, liess: p. a statt pă.
Seite 24, Anmerkung 2, liess: Bartholomae statt Barth.
Seite 26, Zeile 6, liess: tiṣṭhantīm statt tīṣṭhantīm.
Seite 32, Anmerkung 1, liess: cf. S. 18 Anm. 1 statt cf. S. 30 Anm. 2.
Seite 49, Reihe 17, liess: dhi-nó-mi statt dhi.nó-mi.
Seite 51, Reihe 22, liess: gṛbhṇāti und gṛbh-ne-ī-te statt gṛbhṉāti und gṛbh-ne-ī-te.
Seite 55, Reihe 15, liess: (= bhiyas[2])) statt (= bhiyas[2])†).
Seite 59, Reihe 1 des Petit-Drucks, liess: çaṅs statt çaṅis.
Seite 60, Reihe 4, lies: çṛṇvántam statt çṛhvantam.
Seite 63, Reihe 3, liess: ápiñçat* statt ápiñcat.
Seite 65, Reihe 1, liess: dadə statt das ə.
Seite 75, Anm. 1, liess: ἐνήνοχα statt ενηνοχα.

Wort-Index.

√ud Präs.-Bild. 63.
udeyam zu √vad 20, 29.
upayajya 90, Anm. 2.
uçáti u. s. w. zu √vaç 7.
√uṣ Etym. 28, Anm. 3.

ūdima zu √vad 75.
ūdus zu √ud 78.
√ūrṇu Etym. 60, Anm. 1.
√ūh Etym. 24, Anm. 7.

√ṛ Präs.-F. 60.
ṛṇadhat 63, 94.
√ṛdh Präs.-F. 63.

√ej Etym. 25, Anm. 2.
eta (irreg. Abl.) 9.
√edh Etym. 25, Anm. 3.

ohate 29.

aikṣata (Länge des Augm.) 24, Anm. 3.
aitam 8.

aukṣan (Vṛddhi des Wu. V.) 30, Anm. 1.

karavas zu √kṛ 94.
karikrati gegenüber carikrat 79.
karomi u. s. w. 63.
√kalp 46, Anm. 2.
√kṛ mit √çru verglichen: Verbalst. u. Ablautst. ders 14, f.
kṛṇomi u. s. w. 60.
kṛṇmasi 15f.
kṛṇmahe, Schwund des v 15 f, 16, Anm. 1.
kṛta 12, Anm. 8.
krañsyámānas.
kran zu √kṛ 13.
kránta zu √kṛ 16.
krānta = kramita 7.

√krī Präs.-Bild. 55.
√krīḍ Etym. 24, Anm. 5.
√krudh Etym. 36, Anm. 1.
√kṣad mit √ghas verw. 18, Anm. 5.
kṣaniṣṭhās 85, Anm. 1.
√kṣi$_1$ Präs.-Formen 29.
√kṣi$_2$ Präs.-Formen, 56, 59.
kṣi$^1_2$ Etym. Verhältn. 27, Anm. 3.
kṣi$^1_2$ Präs.-Stamm-Bild. 53.
kṣeṣṭa zu √kṣi 84.

gacchāmi u. s. w. Entst. von ccha 18, Anm. 7.
gan zu √gam 6.
gamayām cakāra 74.
gahi zu √gam 6.
girāmi u. s. w 13, 31 Anm. 6.
gus zu √gā 4.
√gṛ$_1$ Präs.-F. 56.
√gṛ$_2$ Präs.-F. 56.
gṛṇatā 31, Anm 5.
gṛṇatti zu √grath 62.
gṛṇīṣe 55, Anm. 1.
√gṛbh Präs.-F. 57.
Imperat. gṛbhṇāhi u. Neben-F. 56, Anm. 6.
gṛbhāyate Ablaut-Ersch 51.
gṛhāṇa 57.

ghnānā zu √han 7.

cakamānāya 73.
cakriyās zu √kṛ$_2$ 66.
cakhnus zu √khan 75.
cayat zu √ci 27, Anm. 4.
carikrat neben karikrati 79.
carcarīti neben carācara 80, Anm. 1.
caṣṭe zu √cakṣ 9.
cākḷpus zu √kalp 76.
√ci Präs.-F. 59.

√tṛh Präs.-F. 63.
√tṛh = √tṛd = √taḍ 62.
tenire neben tatnire 75, Anm. 4.
träta Abl. d. Wu.-Voc. 5.
√truṭ 33, Anm. 4.
tsar = sar 19, Anm. 3.

dadate u. s. w. 3. S. Act. √dad 19, Anm. 4.
dadṛçrām 76.
dadruṣīvān zu √drā 74.
dadharṣati 95.
dadhiṣe u. s. w. zu √dhā 74.
√dabh Präs.-F. 60.
dabhnoti Verh. zu adbhūtas 58.
√day mit √dā verwandt 19, Anm. 1.
√dā Abl. d. Wu.-V. 65.
√dā Präs.-F. von den St.: dadā (dad) und dadā 66 f.
√dā Perf. F. 74.
√dā mehrdeutige F. 64 f.
dādhṛṣus 76.
dāçasi 23, Anm. 5.
dāçuṣe u. s. w. 75
√dās = √das 23, Anm. 4.
ditsati zu √dā 90.
didiḍḍhi zu √diç 68, 77.
dideçati zu √diç 95.
dipsati zu √dabh 90, Anm. 1.
dīdayat u. s w. 95.
dīdyati zu √dī 68.
dīdyus zu √dī 64, Anm. 5.
√dīv Et. 36, Anm. 3.
√du Präs.-F. 60.
dudhūrṣati zu √dhūrv 90.
dunvanti neben dūna 59.
dus zu √dā 4.
√duh r-Suf. 12, Anm. 2.
duhām 63, 12 Anm. 4.
duhe 3 S. 12, Anm 3.
dūṣayiṣyāmi zu √duṣ 88.
dediçyate zu √diç 80, Anm 2.
dohat 12, Anm. 5.
dyati neben dayati 35, Anm. 3.
√dyut Et. 78, Anm. 1.
dvikṣat zu √dviṣ 86.
√dviṣ Et. 9, Anm. 7.

dhakṣyán zu √dah 87.
√dhā Voc. Schwund im Präs. 65.
√dhā Präs.-St. dadhā (dadh) und dadhā 67.
√dhā Mehrdeut. F. 64 f.
dhāk zu √dah 83.
dhāyi zu √dhā 4.
dhīmahi zu √dhā 4.
dhehi 67, Anm. 1.
√dhū Präs.-F. 60.
dhunoti neben dhūnoti 59.
√dhūrv Et. 24, Anm. 10.

naṭ zu √naç 6.
namasāna 55.
√naç = √nāç 19, Anm. 5.
nikṣa zu √nikṣ 23, Anm. 9
nikṣi zu √nij 84.
netha Contr. Proc. 3 f.
neçat 69, 75.
neṣa zu √nī 84, Anm. 1.
neṣi neṣat zu √nī 84.
neṣi zu √nī 7.

patthās 6, 83.
papau zu √pā 72.
papivān u. s. w. √pā, 74.
paprā = paprau zu √prā 72
padīṣṭa Präs. 7.
parṣat zu √par 84.
pādi Aor. d. Pass. 4.
√piṅṣ = pīṣ 58, Anm. 1.
√pinv Et. 23, Anm. 10.

√yuj Präs.-F. 63.
yuñdhi u. s. w. zu √yuj 63.
yuyās zu √yu_2 7.
yuyutsati zu √yudh 90.
yuyopima 78, Anm. 2.
yuyoma 68.
yuṣam zu √yu 84, Anm. 5.
yeje zu √yaj 71, Anm. 1.
yetire zu √yat 75.
yemus Red. Typus 71.
√yeṣ Et. 25, Anm. 6.
yokṣye zu √yuj 88.

rakṣiṣ zu √rakṣ 85.
√randh Et. 37, Anm. 2.
√rap gegenüber √lap 20, Anm. 1.
√raj Et. 23, Anm. 7.
√rādh cf. √randh 37, Anm. 2.
rādhyāsma 7.
√rās = √rā 23, Anm. 8.
riṇāmi zu √ri 56, Anm. 2.
rireca Alter d. Red.-V. 71, Anm. 2.
rukṣas zu √ruh 86.
ruṇaddhi zu √rudh 63.
rebhe zu √rabh 75.

lipsamānās u. s. w. 90.
lebhire zu √labh 76.

vaṅsiṣīya zu √van 86.
vakṣas u. s. w. zu √vac 90.
vakṣas u. s. w. zu √vah 83.
vakṣyatas zu √vah 87.
vakṣyāmi zu √vac 87.
vadhyāsam 7.
√van Präs.-F. 64.
√var W.-Abl. 57, Anm. 2.
√valg = vṛj 22, Anm. 7.
varjivāṅs 76.
vaça vaçet 20, Anm. 4.
vākṣīt zu √vah 83.
vāvardha 77.
vāvaçāna 75, Anm. 8.
vāvṛtus u. s. w 76.
vāvṛdhantas 77, Anm. 3.
vāvṛdhete 77, Anm. 2.
viḍḍhi zu √viṣ 7.
vidátha 10, Anm. 1.
vidām 10.
vide 33.
videṣṭa 7, 33.
vinaktu, vinak zu √vic 63.
vivāsat zu √$vā_3$ 89.
√$vṛ^1_2$ Präs.-F. 56.
√vṛ urspr. zweisilbige W. 52, Anm 1; 58.
vṛkṣi zu √vṛj 83.
√vṛj Präs.-F. 63.
vṛñdhi u. s. w. zu √vṛj 63.
√vṛdh Et. 27, Anm. 1.
√vṛç Et. 31 Anm. 4.
vṛṣanyati 41 Anm. 1.
veda Red. Typus 71.
√ven 25, Anm. 8.
√veṣṭ Et. 25, Anm. 7.
vocati u. s. w. 95.
√vraj = varj 21 Anm. 1.
vran 13

√çak Präs.-F. 60.
çaknuvanti 59.
çagdhi zu √çak 7.
çayām 9.
çaye 9 Anm. 6.
çarait u. s. w. (cf. açarait) 41.
çarais 85 Anm. 2.
çaçayānās zu √çī 77 Anm. 5.
çākaçān zu √kāç 95.
√çās Et. 8.

√çikṣ Et. 24, Anm. 1.
çiçādhi zu √çā 67.
çiçlikṣate zu √çliṣ 89.
çiṣātai 40 Anm. 3.
√çī Contr. Ersch. u. End. 10.
çīryante zu √çṛ 40 Anm. 1.
çūçucas zu √çuc 80 Anm. 3.
√çṛ Präs.-F. 56.
√çṛ Nebenstamm √çṛṇ 55, 57.
çemahe u. s. w. 9.
çere, çerate 9.
çeṣi Aor. d. Pass √ciṣ 4.
√çrath Präs.-F. 57.
√çrā Et. cf. √çrī
çrānta cf. krānta.
çrāmyati u. s. w. 35 f.
√çrī W.-Abl. u. Bild. d Präs. St 53 f.
√çrī Präs.-F. 56.
√çru Präs.-F. 60.
çrūyāsam 7.

ṣṭīv Et. 24 Anm. 6.

sakṣati zu √sac 96.
sakhīyati 41.
satsi 7.
√san Präs.-F. 64.
sanavāni 94.
sanem 3.
√sar* verwandt mit salvus 58 Anm. 1.
sarṣat zu √sar 96.
sasavān 76 Anm. 2.
sasāhiṣe 72.
√sā Präs. St. 37, Anm. 6.
sākṣati u. s. w. sākṣīya zu √sah 83.
sākṣye zu √sah 87 Anm. 2
sāviṣat zu √sū 96.
sāhvān 72.
√si (= √sā binden) Präs.-F. 56
√siv Präs.-F. 52 f.
siṣāti zu √sā 89.
siṣyadus u. s. w. zu √syand 76.
sīdati Et. des Präs -St. 21 Anm. 2.
√sīv Et. 37 Anm. 4.
√sīv Präs.-F. 52 f.
su Präs.-F. 60.
susros zu √sru 78.
set zu √sā 3.
sedus zu √sad 71, 76.
skambha neben skabhnāti 52
√sku Präs.-F. 60.
√stabh Präs.-F. 57.
stabhāna 57.
stīrṇa 55 Anm. 3.
√stṛ Präs.-F. 56, 60.
stauti Contr. Ersch. 10 f.
sthána zu √sthā 6.
sthus zu √sthā 4.
√spṛ Präs.-F. 60.
srāṣṭam zu √sṛj 83.
srās 83 Anm 7.
√svad Et. 21 Anm 3.

hanātha 93.
hāyi Aor. d. Pass. zu √hā 4.
hāsīt 86.
√hi Präs.-F. 59.
√hiṅs Präs.-F. 63.
hiṃṣīṣe 56.
√hvā 28 Anm. 2.

Folgende Abkürzungen sind im Texte angewandt: Ind. oder Index bezeichnet Whitneys Index zum Atharvaveda, gedruckt im 12. Bande des Journal of the American Oriental Society. p. bezeichnet die Lesung des Padapātha-Textes.
